The Blight of Muirwood
米尔伍德的厄兆

[美]杰夫·惠勒 著
李乐玛 蔡君梅 译

致艾米丽

每个年代都会出现这样的一个阶段——人们的总体思维、奇思妙想和动机欲望都是建立在自私自利的基础上，充满了恶意与麻木，那么这些自然会反噬人类。人们在他自己的土地上恣意妄为，那么他们的土地最终会反抗他们。意念会将绝望和死亡以极快的速度传播出去，就像风儿将野草的种子散播出去那样。所以最终需要园丁站出来把它们拔掉。野豌豆必须连根拔除。当这样的事情发生之后，灵力就不再保佑人们，而是施加诅咒。它不再治愈人们，而是释放毒素。这一切可怕的事情都来得那样迅猛。古代人给这个将世界笼罩于黑暗之中的清理过程取了个名字。他们借用了树林中一度发生的萎缩性疾病的名称，布莱特大灾难。

——高登·彭曼于米尔伍德大教堂

第一章
圣灵降临节

有人朝坐在五月柱上的男人投了一颗小石子或是烂果子，害得他差点摔下来。于是他扯下自己的鸭舌帽，想要回击冒犯他的人。然而那个年轻人迅速地隐没在人群中，不见了踪影。男人只能忿忿地把帽子重新戴上，比了个挫败的手势之后，继续工作。他将带子穿入对应的环中，以此来点缀五月柱。那些彩带随着他的动作一条接着一条地垂落下来。

"刚才他差点摔下来了。"索伊皱眉说道。

莉亚忍不住咧嘴一笑："每年都有人想把他打下来。每一年。他们得逞之后会有什么结果呢？他可能会摔伤脖子，然后舞会也会被取消。"

"也许那些男孩就是为了取消舞会才这样做。"

"但并不是所有男孩都讨厌跳舞。你想要什么颜色的带子，索伊？"

"这不重要，"她低下头，说道："反正没人会邀请我跳舞。"她的肩膀逐渐沉下去，几缕乌黑的发丝掩盖住脸庞。

"除非你一直待在这个阁楼里。如果你去五月柱那里,我相信,肯定有人会邀请你跳舞的。"

"我不这么认为。"

"但这么想的话就会成真哦。"

索伊耸了耸肩,回头看向窗外矗立在主干道中央的五月柱。"你觉得我选哪个颜色的带子比较好呢?"

"蓝色。"莉亚说道,"蓝色和你的眼睛很配,而且和我们的裙子也很搭。"说完她也回头看向窗外。只见五月柱比米尔伍德四周的围墙高出一截。这么多年的圣灵降临节,莉亚和索伊都是在厨房里度过的,看着人们竖起五月柱,再为它张灯结彩。可是今年不同,她们到了年纪,也可以围着五月柱翩翩起舞了。这多少让她们感到有些眩晕且惴惴不安。莉亚不像索伊那样担心没有舞伴,杜尔登和科尔文都会邀请她跳舞。但她不想在和舞伴牵着手跳舞转圈的时候出岔子,像是被自己的裙摆绊倒,或是踩到对方的脚。在想象那些场景的时候,她却感到突如其来的一阵剧痛袭上心头。当年因为她的错,乔恩·亨特,那个教她们跳五月柱舞蹈的人,不幸去世。现在莉亚总能因为一些微不足道的小事而想起他。

"怎么了?"索伊看她脸色不好,关切地问道。

"我只是想起了乔恩教我们跳舞的那段日子。"

索伊嘴角的笑意逐渐淡去。她伸出手臂,将莉亚紧紧地抱住。

这时帕斯卡的声音从下面传来。"我问你们,取一袋面粉需要多长时间?别再盯着窗外看了,等你们忙活完的时候,那根柱子还会在那里的。你们闻到烤箱里蜂蜜蛋糕的味道了吗?还有,别忘了糖果,小圆馅饼,撒布卡帝芝士蛋糕。你们还得在交班之前把奶油醋栗泥端出去。要是你们不小心把汁水洒在身上,在舞会开始前把自己搞得一团糟,那你们一定会懊恼不已的。下来吧,姑娘们。如果非要我亲自上来催你们,我会带上一条鞭子或者一把扫帚。"

莉亚和索伊含着泪相视一笑,因为她们知道帕斯卡根本爬不了阁楼的楼梯。她们又紧紧地拥抱了一会儿,彼此都没有说话。随后她们擦掉眼泪,匆忙地下楼,穿梭在厨房里,仿佛正在为一场战役而做准备。桌上摆满了盘子,盘子上堆满了圣灵降临节特有的糖果和点心。喜气洋洋的氛围昭示着为期一周的圣灵降临节的到来。莉亚从厚厚的蛋糕上偷偷揪了一点,匆匆塞进口中。索伊被她的举动吓了一跳,忍俊不禁。

帕斯卡卷起袖子,雷厉风行地穿梭于厨房中,兼顾着每个地方:炒完菜之后去烤面包,烤完面包之后去打鸡蛋,接着搅拌蜂蜜。莉亚正在努力把种种托盘摆放到酒桶和箱子上,确保它们的平稳。索伊则在不停地洗锅,为烹饪新的菜肴做好准备。

"莉亚,把鸡蛋脆饼端到主屋里去,"帕斯卡说道,"这些是为下午大主教的客人们准备的。去了以后快点回来,姑娘。不要浑浑噩噩、磨磨蹭蹭,还有很多事情要做。"

当莉亚端着脆饼走到门口的时候,有人从外面打开了门。刺眼的阳光让她一时间睁不开眼。随后莉亚发现站在门口的是一个陌生男人。虽然她不认识他,但他从容不迫地走进来的样子,让人觉得他已经来过厨房无数遍了。

他比莉亚矮一些,但看起来和大主教、帕斯卡差不多年纪,留着参差不齐的络腮胡,和头上修剪得参差不齐的头发如出一辙,还戴着同样乱糟糟、皱巴巴的皮制风帽。帽子摘下后,垂落在脏兮兮的脖子和肩膀旁边。他穿了件褪色的皮衣和粗制滥造的外套,上面隐约可见树汁的污渍;腰间的皮带上挂着一把带鞘的短刀,这把刀让莉亚非常震惊。但他肩膀上背着的弓箭套让她更为震惊。这个男人狂野不羁的外形、浑身机油与皮革交织的味道，让她不由自主地想起了那个被她埋在比尔敦荒原的男人。

"谁在圣灵降临节闯进我的厨房？"帕斯卡转过身，声音趋于咆哮。但在看到他之后，她不禁目瞪口呆。"马丁？"

男人说起话来嗓门很大，还带有浓重的口音。"这是个好理由，帕斯卡，但我求你别再对我扯着嗓子叫唤了。这么多年过去了，我还没从你的咆哮声造成的阴影中走出来，天呐。告诉我大主教在哪里，我就立马离开。"他那双炯炯发光的眼睛看向了莉亚，"别这么盯着我，小姑娘。那不会起什么作用。一点用也没有。现在的孩子都这么没礼貌。你端着的盘子看起来挺重的，我来帮你分担一点吧。"于是他用他那肮脏的手指抢走了三块鸡蛋脆饼，开始吃起来。饼屑沾到了他的胡子上。

莉亚转头看向帕斯卡。她沉默地站在那里，眼睛微微眯起，紧盯着面前这个入侵者。"马丁，"她又叫了一遍他的名字，声音轻柔的近乎耳语。但紧接着她的眼中燃起愤怒的火焰，"出去。立刻出去。出去！"

他斜靠在门框上，对她挑了挑眉，听她继续说。

"把那个盘子拿得离他远点，莉亚。别让他再偷到另一块。扫帚在哪里？索伊——把扫帚给我！出去，马丁。给我出去！"

"随你大喊大叫，帕斯卡。只要告诉我大主教在哪儿，我就走。"他悠闲地走到装着撒布卡帝芝士蛋糕的圆桶旁边。这些撒布卡帝芝士蛋糕还没有被切成片。"我总想吃你做的这个点心。也许我该尝一尝。"

"你要是敢碰它，我就把你的手指砍了炖汤用！"

他居高临下地看着点心，眼中流露出馋意。"就吃一点点。我会用勺子吃。"

"不、许、碰、它！"

"大主教在庄园里，"莉亚礼貌地对男人点点头，用眼神示意他去门口，"我会带你去，先生。我正准备去那里。"

"你真善良，小姑娘，不过我知道怎么走。我不在的这段时间内，很多事情都变了。真的变了很多，包括你。"他的眼眸中像燃起蓝色的火焰，"那时你还是个小东西，哭个不停。现在怎么长这么大了？是我在那个晚上发现你躺在篮子里，小姑娘。然后我把你带到了帕斯卡身边，不知道她还记不记得你第一次喝牛奶的样子。在我离开米尔伍德的时候，你还是个小豆芽呢，但现在长大了这么多！你的模样没变，不过为什么现在比我还高？我们准备走吧。跟你说，帕斯卡，我待会儿会来吃撒布卡帝芝士蛋糕的。你要给我留一块。"

他讲话时，莉亚能感到，灵力的威胁从他话语中流露出来。

"您要在客人离开后见我吗，大主教？"莉亚双手紧握，边问边走向他的书房，"阿斯特力德说他们走了。"

大主教的声音从里面传来，他喘着粗气说道："你可以走了，马丁。好好享受节日。我会单独和她说的。"

她意识到自己打断了他，就不再说话，开始打量房间里面的样子。一开始莉亚并没有看到马丁，他坐在房间的内侧，身处于一片阴影中。静止和沉思两种状态在他身上完美地交织在一起。她看到马丁耸了耸肩，不大情愿地从窗边的座位上站起来，穿过整个房间走到门口，看到莉亚，盯了好一会儿，脸色越来越阴沉，仿佛再次相见让他感到极为不悦。

虽然谈话被打断了，马丁还是强硬地继续说道："一切事情都要在适当的时候做，大主教。对，在适当的时候。享受节日？说得好像我不会因为吃到芬奇派感到开心，而是能在寻找鬼鬼祟祟的扒手或者在屋檐下学习跳舞的可爱的人们身上找到乐趣。祝我玩得开心，天呐。"他恶狠狠地瞪了莉亚一眼，重重地摔门而去。

莉亚转过身，看到大主教正弯下腰，把一些看起来很重的东西搬到桌子上。她立刻认出有乔恩·亨特的短剑，只不过已经重新打磨过，皮制的刀鞘散发着油皂的气味。接着他拿出了两只皮制护腕、一只射击用手套、一条腰带和一筒箭。可以看出来每样东西都被精心打磨过。最后他拿出一把弓，放在最上面，然后故意慢悠悠地将这些东西推到她面前。

莉亚咽了口唾沫。"您这是什么意思？"

"灵力今晚向我施压了，孩子。是关于你的事情。我年纪大了，没法再对这些一直存在着的感觉视而不见。这些东西现在是你的了。等明天圣灵降临节结束之后，你就会成为米尔伍德猎手中的新成员。我会派马丁训练你。他对这个任务不大乐意，你应该也看出来了，但他还是会照着做的。他来训练你，我是最放心的。他是普莱利人，再加上温特鲁德老国王去世后我们一系列的讨论来看，事情变得更加微妙了。明天你就开始接受训练吧。"

莉亚想起，多年前自己背着一大袋面粉爬梯子的时候，不小心踩空，四仰八叉地摔到地上。面粉撒得她浑身都是，差点呛得她窒息。现在她的心情与那时候如出一辙。她眼前的世界仿佛又一次翻转了，她觉得头痛，有很多问题想问但又不知从何说起。

大主教缓缓地站起来，走向另一个箱子。他轻轻地打开箱子，问道："你没什么话想说吗？"

"我……我太震惊了，不知道说什么好。那我在厨房的工作怎么办？"

他仔细端详着她，微微眯起眼。"会有别人来接替你的工作。这种事情很常见。你不可能同时兼任两份工作，莉亚。你得先学会攻击、打猎、驯服动物。"他的目光直击她的内心。"我会带你去一条秘密的地下通道，你要记住怎么走。你将和普雷斯特维奇、帕斯卡和马丁一样，成为我的谋士，也要成为大教堂守卫者中的一员了。既然你已经能很好地驾驭灵力了，那你还要兼顾去解决外面的麻烦，比如守护石向我们预示的即将来临的危险。这个任务乔恩就永远不可能完成，因为灵力从未中意过他。你就不一样了。"

成为一个猎人？她？一想到要离开厨房，莉亚就觉得很难过。这么快就要再一次离开帕斯卡和索伊了吗？她跟科尔文一起去比尔敦荒原和温特鲁德还不到两周的时间。而就在她觉得自己的生活终于重归平静的时候，大主教的这番话又打破了她的平静。同时她又感到很兴奋，他没有因为她年轻就看轻她。这就说明他需要她，灵力也需要她。

莉亚脑中思绪万千，脱口而出的问题显得有些愚蠢，"有过女孩子吗？"

"你说什么，莉亚？"

"您的猎人——我的意思是，大主教的猎人不都是男孩吗？"

他蹙起眉头，"这有什么关系吗？"

她很难解释清楚此时的心情。"大家的反应会是怎样的呢？他们会奇怪您为什么选我，而没有选强壮的男孩，比如说格特明·史密斯，或者其他贱民比如阿斯廷，您一直很信任他，让他帮您传递口信的。"她觉得大家一定会嘲讽她。她定定地看着他的眼睛。

他沉默了片刻，脸上逐渐显出恼意。

"笨蛋才嘲笑，"他粗声回答道，"流言在纷飞，婴儿在哭泣，鬼魂在哀嚎。"他俯身从身旁的抽屉里拿出一捆蓝色的柔软布料。"不管我安排谁到那个位置上，他们都会大惊小怪。当乔恩成为大教堂的猎人的时候，很多人也是一样的反应，只因为他们不明白我为什么选他。他们也不会明白我为什么选你。米尔伍德是由灵力引导的，而不是我。"他停顿了一下，仔细端详着她的面孔。"明天训练就要开始了。但今晚你得去跳舞。"他走到她面前，把手中的衣服给她，是一件新的斗篷和裙子。

他感慨道："我无法相信你已经长大，可以参加圣灵降临节了。我一直知道这一刻会来临。当初你在那个下着暴雨的夜晚偷走了戒指。我非常生气，你竟然从我房间里偷了这么珍贵的东西——一枚金戒指。但是灵力不准我问你要回戒指，也不准我惩罚你。于是戒指现在还被你挂在脖子上。灵力察觉到你会需要它。在比尔敦荒原的时候，你的确也用到了。现在它也需要你通过这次历练。把这些衣服拿走。你的旧斗篷和裙子可以扔了。帕斯卡这段时间一直跟我说你还在长个儿。在今晚的五月柱舞会上，我们觉得你和索伊最好能穿上新的裙子和腰带。去吧，孩子。明天早晨来我这里拿你的剑和其他装备，而不是给我端早餐来了。"

莉亚咬唇问道："帕斯卡知道这件事吗？"

大主教摇摇头，"还不知道。今晚我会告诉她。"

莉亚接过柔软的包裹，捧在怀里。万千思绪涌上心头，她感到鼻头一酸，泪水已在眼眶中打转，但她不想在他面前哭，硬生生地忍住了。有那么一段时间，她多么希望大主教能让她成为教堂里的一名圣学徒。科尔文曾经答应过她这件事。在她的新生活开始之前，他难道不会安排她做些准备吗？比起其他东西，她还是最想有一本自己的书籍，想要练习写字。她想阅读梅斯顿的历史，了解他们如何学会驯服以及如何被灵力驯服。她想做的是这些事，而不是成为一个猎人。在比尔敦荒原的经历依然会出现在她的噩梦中。她再也不想回到那里。

莉亚闭上眼，点了点头，便从大主教身边走开。她说不清现在自己心里对他的感受。感激？沮丧？信任？背叛？为什么她对他的感受总是这么繁杂混乱呢？

她匆匆地从庄园回到了厨房。太阳西沉，很快就淹没在地平线下。节日庆典马上就要开始了。而她的世界将要改变。

此刻她多么渴望有一个人愿意聆听她的感受，让她倾诉。那个人知道怎样地面对、克服恐惧。奇怪的是，她心中所想的那个人不是索伊，而是科尔文。一想到马上就能见到他，莉亚就感到很开心。近日来，大家都在传，已经收到装备的梅斯顿骑士会出席米尔伍德的圣灵降临节活动。

索伊紧紧挽住莉亚的手臂，亲密无间地并肩走着，脚都差不多要绕到一起了。她的声音很温柔，但又透着几近发狂的颤抖，呼息间有薄荷的香味，那是帕斯卡给她们的薄荷叶的味道。她像以前那样试着抚平莉亚的鬈发，尽管毫无作用。"明天？你明天就要走了？这没道理，莉亚。你不仅是我的朋友，更是我的姐妹。他怎么能把我们分开呢？"

此时大门口十分拥挤，大家都准备去村庄的另一边。于是莉亚压低声音说道："大主教说他今晚会告诉帕斯卡。但她能做什么呢，索伊？他不会动摇的。你见过她什么时候能让他改变主意吗？看那里，你看到瑞奥姆了吗？她头发编得真好！她太美了。这让我感到不爽。"

渐渐的五月柱开始映入她们的眼帘,被火把和灯芯草烛装饰得灯火通明,索伊更加紧紧地挽住了利亚的手臂。"我从来没有这么紧张过。我们应该多练练跳舞的。如果我到时摔跤怎么办?"

"你不会摔跤的,索伊。"

"如果真的摔了呢?"

"你一直这样想的话就肯定会发生!深吸一口气。这是我们第一年参与庆典,没人会介意我们跳得不好。"

"刚刚邀请瑞奥姆的那个年轻人是谁?"索伊轻声说道,"他的手臂好强壮!"

"当地铁匠吧,我觉得。"莉亚嫉妒地咕哝着。他比周围的男孩高出一个头。"呃,格特明在那儿。快祈祷他没看到我们。"

"他朝我们这边走来了,莉亚!"

莉亚尴尬地意识到索伊说得没错。她们俩刚刚随着人流走出了大门,而格特明就在这时从左边径直走过来,拦住了她们通往五月柱的步伐。莉亚感到有些反胃,开始环顾四周寻找科尔文的踪影。他在哪里?

"你愿意和我共舞一曲吗?"

莉亚轻蔑地看了他一眼,光是碰一下他那被煤烟熏黑的手就让她讨厌。但让她惊讶的是,他目光所视之人不是她,而是索伊。此刻索伊把莉亚的手臂都捏疼了。

索伊嗫嚅着回答了他,但莉亚知道他肯定没有听清,因为周围实在太吵了。

"你愿意吗?"他重复了一遍,目光灼灼地盯着她,生怕经受被拒绝的羞辱。

索伊松开莉亚的手臂,伸出了手。格特明的眼中立刻露出胜利者的光芒，他一把抓过她的手，拉着她向五月柱快步走去。人们已经在五月柱外围成一个圈，等待第一支舞的开始。索伊回头看向莉亚，露出求救的神情。但莉亚只能眼睁睁地看着他们走去，什么也做不了。她看着他们旋转、舞动；看着火把的光焰在索伊乌黑的长发上反射出闪耀的光芒，他们又一次围成一圈，旋转、舞动。

这一刻，时间似乎过得特别慢，如同浓稠的蜂蜜缓缓流淌。尽管莉亚一直知道索伊长相出众，但还是第一次看到她如此动人的模样。瑞奥姆看向索伊的眼神更是证实了这一点。当索伊在跳舞的时候，瑞奥姆一直嫉妒地注视着她，那是一个骄傲的女人看到另一个比她美的女人时所迸发出的目光。索伊完全没有留意到那尖利的眼神。她羞涩地与格特明跳着舞，但她的羞涩让她看起来更加秀色可餐。他们旋转着，向另一个方向跳去，在五月柱周围的彩带中穿梭着。只见五月柱四围尽是丝绸礼服飘扬摆动。莉亚和其他没有舞伴的女孩们一起站得远远的。

当一曲结束时，跳舞的人们终于得以休息，五月柱上缠绕住的丝带也由人来打理一下。索伊刚刚优雅地告别了格特明，坦纳就气喘吁吁地走到她身边，邀请她共舞下一曲。他拉住她的手，扶着她的腰，把她带向重新围成圈的人群。索伊的目光四处搜寻着莉亚，但并没有看到她。

莉亚站在原地，心肝肺都拧成了麻花。教堂的圣学徒和圣学徒在一起跳，他们剪裁合体的短衣和金色螺纹的长袍上镶嵌着宝石，散发着炫目的光芒，他们身上散发着昂贵香水的香气。但在圣灵降临节这一天，贱民们也拥有和其他人相同的权利。每个人都可以在五月柱周围跳舞。

莉亚看到骑士们列队从施赈所那边行进过来，心里如释重负。

他们穿着统一的制服，衣领处的链条闪着耀眼的光芒。莉亚也曾看到过科尔文的衣领处有这样闪亮的链条。她轻咬下唇，开始在人群中寻找科尔文的身影。他们所有人都那么年轻，那么自信。但莉亚没有在他们之中找到熟悉的面孔。骑士们走近那群漂亮的圣学徒，护送他们到跳舞的人群中。莉亚认识这帮圣学徒，之前一直在教堂为他们送晚餐。又一次，莉亚只能站在边上，看着大家起舞。在这轮舞蹈结束之后，索伊又被衣着华贵的一名圣学徒邀请了，那个年轻人之前就一直在注视着她。这时的莉亚，开始心生不悦。她使劲地按捺住这丝情绪，不让它慢慢壮大化为嫉妒。这已经是索伊的第三支舞了。

科尔文在哪里？他答应过要和她一起跳舞的，可是现在他在哪儿呢？

"莉亚？"

她转过身，渴望能看见科尔文。但事实是杜尔登站在她面前。他干咳了两声，试着鼓起勇气。他看起来年纪很小，个子也很小，尽管他们一样大，她还是比他高很多。"莉亚，你愿意……你愿意与我共舞一曲吗？"

还有比第三支曲子开始时还孤单一人更痛苦的事情吗？她低头看向他。在她的记忆深处，他曾经因为身高而被嘲笑过。

"好的，杜尔登。我当然愿意。我很高兴你能邀请我。"

他的手心有汗。他笨拙地带着她走向围着五月柱跳舞的人群中。瑞奥姆看到了他们，用目光丈量了一下他们的身高，忍不住讥讽地笑出声。索伊站在环的另一面，和她的舞伴拉着手。

"今晚真美好……今晚你看起来……真可爱。"他尝试着赞美她，但听起来很勉强。外圈的每个人都拉着手，每个女孩站在男孩的左边。

"你没必要夸我,杜尔登。"莉亚说道,"我们已经认识一年了。第二个学年开始前你能见到父母,是不是很高兴?他们还待在村庄吗?"

"是的,他们在斯旺镇。他们现在就在那边,在帕斯卡卖食物的小摊边。大口吃着果馅饼的那个就是我父亲。"她看到了他的父亲,也那么矮。他母亲高些,和莉亚差不多。她内心感到有点难堪。

"他会介意看到我们一起跳舞吗?"当人们绕着五月柱开始旋转时,莉亚低声问道。

"不会,莉亚。没有父母不是你的错。我从来没有那样看待过你。我想……让你去见见我的父母,在这轮舞蹈结束后。"

莉亚闭上双眼,很感激他能邀请她跳舞,但心里还是有些不舒服。杜尔登心地善良。他总是对她很友善,但她对他从没其他想法。

"我愿意去。"尽管不愿意,她还是这么说道。她回头瞥了眼帕斯卡的小摊,还是同往年一样生意兴隆。她想到一年前的自己是那么向往能来五月柱跳舞,但现在很多都变了。

"你听说关于温特鲁德的最新消息了吗?"当围成圈的人们准备朝另一个方向起舞的时候,杜尔登问莉亚,"有人说老国王是被隐匿的弓箭手杀死的,普莱利的弓箭手。你听说过普莱利以及他们的雇佣兵吗,莉亚?"

每次他提到温特鲁德之战的时候,她就感到一阵心悸。他所说的大多数都是假的,不过都是流言碎语拼凑而成的而已。莉亚当然知情,因为就是她在灵力的指示下,抛开长矛,刺杀了老国王。除了大主教,她没跟任何人提过这件事,自然也没说是受到了灵力的控制。

其他人都不知道这件事,包括索伊。

"我没怎么听说过普莱利。"她说道,接着开始在圆圈附近的人群中搜寻科尔文的身影。

杜尔登像是没听到她的回答一样,自顾自地继续说道:"在我们出生之前,普莱利就战败了,莉亚。它本来是一个独立的王国,但现在只是王地上的一个附庸国。那边的人一直都很憎恨我们。有人说德蒙特并没有赢得温特鲁德之战,他只是借助了灵力的力量,就像梅斯顿说的那样。据说德蒙特为了替他父亲复仇,推翻普莱利王朝,设计了一场伏击和屠杀。又有人说他和手下的人分道扬镳之前也曾为普莱利谋事。但现在他主管国王的内阁。真相如何我们可能永远不得而知。那些日子真是怪异,莉亚。非常怪异。我也不确定这些是不是真的。"

他们舞动着穿梭于一条条飘扬的彩带中,尽可能不踩到彼此。周围的笑容、欢呼、掌声是那样的振奋人心,而莉亚却感到心中寒冷异常。她明明知道真相,却不能说出来。她知道那个残忍的门登豪尔州长是死于灵力引发的火焰中。她知道那场战争中德蒙特的军队人数处于极度劣势,当时这情形让科尔文恐惧万分。那时只有她一个弓箭手,虽然她并没有系统操练过。而这些事情她都不能告诉杜尔登。杜尔登仍然握着她的手在彩带中穿行,但这些埋藏于莉亚心底的秘密宛如一条无形的沟壑,横亘于她和杜尔登之间。

跳完舞之后,莉亚跟着杜尔登去见了他的家人,他们对她很友善。然后帕斯卡在众目睽睽之下一把将莉亚拥入怀中,流着泪断断续续地嘟哝着又要失去她之类的话,让莉亚感到有些窘迫。今晚每一支舞索伊都收到了邀请,因此在晚会快结束的时候,脚上已经磨出了水泡。然而她脸上的笑容依旧熠熠生辉。午夜时分,莉亚和索伊帮帕斯卡把小摊上的空盘子搬回厨房，一瘸一拐地走着。那些沉甸甸的秘密，像是一块不断下沉的石头，越来越重地压在莉亚的心上。每走一步，她心中的失望之情似乎就更添一分。

而科尔文·普莱斯，弗什伯爵，一直没有出现。

第二章
乔恩的灵石

尽管莉亚早就下定决心要控制自己的情绪，但当她真正踏入这里的时候，内心还是波涛汹涌，久久不能平静。眼前的比尔敦荒原陌生又熟悉——还是充满了挥之不去的压抑感，掩埋着让她永生难忘的厚重的回忆。莉亚站在乔恩·亨特的坟前，努力抑制住大哭大叫的冲动。她多么渴望回到从前重新来过。距离乔恩去世已经有一年了，也就是说，那次可怕的圣灵降临节集会已经是一年前的事情了。莉亚在这一年里一直穿着猎人专用的皮衣和靴子，恪守猎人的职责。她轻咬下唇，希望自己的那段记忆可以模糊一些，这样回想起来的时候情绪也不会如此强烈。毕竟，乔恩是因她而死的。

那时候莉亚和科尔文找到一个小峡谷，把乔恩的尸体就埋在那里的一个石堆下面。如今这个峡谷的入口已经被浓密的灌木丛和枝叶掩盖住了。如果乔恩在大教堂去世，那么他的骨灰就能安放在遗骨瓮中，然后伴随着大主教的祈祷声从此安息。可此时，他只能长眠于此。想到这里，莉亚取出了一尊灵石，久久凝视着它。这是大主教在一块形似树墩的石板上刻下的乔恩的脸：带有络腮胡须，看起来安详而平静。莉亚和马丁在石堆上面挖了一个小洞,将灵石在合适的位置放置稳当,再用周围的泥沙填紧。没有了石头的重担,他们的骡子在回大教堂的路上大可以轻松行进了。这时,莉亚不禁想道,骡子的重负已然卸下,但自己心头的重负能卸得下吗?

"他是个不错的伙伴,"马丁搓着双手,坚定地说道。他吸了吸鼻子,扮了个鬼脸来克制住自己的情绪。"你和我,我们都会再次遇见他的。在下一世,在一个公正的国家里。那里没有无赖能够伤害他,那里也不会血流遍野。"说完他抹了把鼻子,但眼中没有泪水,只有燃烧的火焰。提到往事,马丁总是怒气冲冲,他的脾气比大主教更加阴晴不定。

莉亚心神不宁地拨弄着前臂上的皮制护腕。"我无颜面对他。"

马丁冷哼一声。"是你射箭杀死他的吗?不是。是你谋杀了圣骑士们并使他们鲜血四溅的吗?也不是,拜托老天!我们每个人都会欠下一些债的,莉亚。但发生这样的事并不能说明你就欠他什么。你不欠他的。为了弥补你已经做了很多,你学着成为一个猎人,替他完成未竟的使命。

莉亚闭上双眼。那些记忆回想起来还是如此苦涩。"如果那时候我知道一切就好了。我们不该穿越沼泽地。我们当时根本没有意识到会有这么大的风险⋯⋯"

马丁一把抓住她的胳膊,逼迫她直视自己。他的手指戳在她鼻子附近。"现实总是很残酷,孩子。智慧总是在最需要的那一刻过去之后才会来临。我曾经警告过你,普莱利充满了厄运。我们没有从时代的变迁中吸取教训,没有在需要行动的时候有所作为。我们被打击得一败涂地,我们的王子像牲畜一般任人宰割。你从这个历程中学到些什么?嗯?如果那个时候你是乔恩,你会做出怎样不同的举动?在你现在知道了一切之后。"

"我不知道,马丁。"她奋力地挣扎着,想要脱离他的钳制。

他眼中的蓝色火焰燃烧得更加猛烈。"你知道的。"

"他和你一起训练了那么久。"

马丁又冷哼一声,啐了一口。

莉亚的脸颊因为愤怒而涨得通红,努力维持声音的平静。"你想让我说什么?"

他又一次指向她。"我只想听实话。他是一个猎人,没错。他受过训练,也没错。但是他知道的你都知道。我从来没有训练过哪个男孩或者男人能比你学得更快。不管是捕兔子的陷阱,还是灌木中的小昆虫,你全都知道,并且都能在第一时间记住。"

莉亚想要将脑中的那股意念拦回去,但并没有及时拦住。于是她听到低语声在那里。它一直在那里。灵力给她传送念力,以及带着嘲弄意味的暗示。其他人都不知道,灵力是通过只有她听得见的耳语声来教导她的,所以她学习新事物的速度总是吓到别人。莉亚咬紧牙关,并不想把这些说出来。

"说出来,莉亚!"

她的身体颤抖着,情绪激动,面红耳赤。她害怕面对真相,这也可能是大主教派她回到比尔敦荒原处理灵石的真正原因,他想让她回到这里直面自己的过去。

马丁逼近她,鼻尖几乎要戳到她的脸上。尽管在过去的一年里她已经长高了许多,尽管马丁现在只到她下巴那么高,但他的气势还是远远压过了她。"说出来,莉亚。把你藏在心底的阴影驱逐出来。说出来。"

她的声音很小。"他大意了。"

"大意？没错！你能尝出这个词的味道吗？简直就像吃了一嘴的灰一样。从你刚开始跟着我训练的时候我就教过你了吧？猎人必须要耐心，静静等待猎物大意的时机。"他猛然间从她身边走开，穿着靴子的脚在污泥上跺了一下，接着啐了一口。"麋鹿会再次回到有水的地方。作为一个耐心的猎人，要藏在灌木丛中，等待它在饥渴的时候回来，然后准确无误地击中它。和猎物离得越近，就瞄得越准。但是人和麋鹿不同。"他的手指在额头上敲了几下，指向石堆，"然而他大意了。"

莉亚觉得自己快窒息了。她感到身体和精神的双重折磨与痛苦。虽然她知道马丁说得没错，乔恩当时没有想到那个治安官会如此谨慎。他本可以选择伺机突击他们，但他没这么做，只是隐藏了足迹。一名箭筒满装、目标明确的弓箭手本应比一队全副武装的骑士更加致命，因为他可以从远距离射杀那些骑士。

马丁走进树林中，情绪激动地挥舞着手臂，一如他经常做的那样。"他本可以让马先行一步，制造假象，同时让你们俩悄悄躲进树林中。他本可以走另一条路回到原来的路径，摆脱伏击。或者他可以等治安官和他的随从出现，再出击。谁不知道和圣骑士一起作战，比单打独斗的胜算要高得多呢！"

莉亚咬着下唇。"他那时候还不是圣骑士。"

马丁冷哼一声，恼怒地挥了挥手。"今天我们向乔恩的墓碑致敬，莉亚。你也说过，这个圣骑士已经壮烈牺牲了。他已经足够神圣，我们不可能做什么让他变得更神圣了。他的灵石就放在这里，等到大主教得空走出米尔伍德的时候，就能找到这里，亲自对他献上敬意。我们回去吧。就当那次经历教会了你一些东西。"

莉亚点点头，跪在乔恩的灵石前。她搓了搓脸，目光空洞地盯着这尊灵石沉默的面庞。已经过去一年了。这一年中，瑞奥姆一直嘲笑她穿得像个男生。这一年中，她一直在百里区周围的树林、山谷、沟渠中游走，她凭借暗号进入密道中办事，她需要记住被派往大教堂附近的、大主教同盟的人的脸庞以及发送到那些地方的信息。她的世界更大了。而她却常常想着能回到帕斯卡的厨房中做奶油醋栗泥，常常怀念曾在那里度过的简单快乐的时光。

莉亚抬头看了眼马丁，从腰上的小袋子中取出了十字圣球。这是她的护身符，也是她唯一的出身标识。每次出门她都会带上它。除了大主教，莉亚是大教堂中唯一拥有足够的灵力能够操纵它的人。在莉亚被遗弃沦为贱民的时刻，那个球就放在她的身上。每当她想要去什么地方，或者找什么人的时候，它都能听从召唤帮她指明方向。"回去之前我想再去一个地方。附近还有一块灵石。那也是一段我需要面对的回忆。"

马丁皱了皱眉，还是点头道："领路吧，姑娘。"

在莉亚注入念力之后，石头上的几根指针开始飞速旋转。

莉亚低头看向草坪，郁郁葱葱，还带着春天的湿润感。十字圣球发出嗡嗡的响声，光洁的外壳上显示出一行字，但她看不懂。在她用灵力召唤出火焰烧死了那个治安官和他的随从之后，科尔文背着她来到了这个地方。附近被烧焦的丛林还保留着当时的样子，死气沉沉，漆黑又枯瘦。金雀花再次密密地绽放开来，然而被烧毁的丛林需要好几年才能恢复如初。

带我去灵石所在的地方。她用念力说道。于是十字圣球的指针缓缓地指向了丛林。马丁走在她后面，哄着骡子跟上来。她走进这片毫无生气的地方，一边走一边用手指在扭曲、烧焦的树干之中划过，脑中便响起了刺耳的马刺声和盔甲锵锵的声音，以及来自阿尔马格的嘲笑和威胁。她的思绪飞回了科尔文被一群士兵围攻的那个时候。那时她挡在他身前,用灵力将士兵们击退。莉亚皱起眉头,弄不明白科尔文为何就此一直不再回米尔伍德,一直没有音信传来,也没有半句的解释。

但她知道他还活着。

所有人都知道弗什伯爵为盖伦·德蒙特建立了很大的功劳。而盖伦·德蒙特已经成为护国公,监禁了年幼的国王,取而代之掌控着国家大权,国王只是他的傀儡而已。这一切都是拜温特鲁德大捷所赐。那时在听到科尔文跻身伯爵之列的时候,莉亚非常兴奋。科尔文因这场战争中立下的功劳而被嘉奖,并且被封赏了额外的土地。他属于德蒙特的亲信,是秘密委员会的一员,只有圣骑士才有资格参与。

圣灵降临节见,他曾经这样在她耳边轻轻说道。然而这只是一个向贱民轻易许下的破碎的承诺。

他们在这片烧焦的树林中向前行进。有一块巨石依旧冒着烟,像是一年前的那场火还未熄尽。但这是错觉。莉亚举起手示意马丁有些地方不对劲。马丁默默地握住剑柄,另一只手牵住骡子。灵石方圆百里的树木都化作了灰烬,新生的嫩芽是这个地方唯一的绿色生机。不过灵石的雕刻面朝东正对着太阳,曾经遍布的苔藓已全然褪去。

透过橡木的焦味,空气中还弥漫着另一股味道。人的味道。莉亚不禁战栗起来。虽然她看不见,但可以感觉到他们就在自己周围,带着鼻息声,一步一步缓缓地走过来,像阴森可怖的狼一样,紧紧地盯着她。她感到周围蚀心邪灵的气息很厚重。

马丁的声音听起来半静而警醒。"这片树林现在邪气很重。"

莉亚把她的球放回袋子里,拿出弓箭,按照马丁教她的那样拉开弓,蓄势待发。空气中各种声音交织在一起,小虫嗡嗡地飞,渡鸦呱呱地叫,昆虫啾鸣喧闹,但就是没有人的声音。莉亚尽管站在原地不动,还是能感到蚀心邪灵的鼻息喷在她的大腿处。她谨慎而耐心地等待着,留心着树林中是否有动静、是否有入侵者的声响。莉亚感到空气中有东西像烟一样依附在她的身上。她咬着下唇,聚精会神地寻找着这种东西的来源,最后惊讶地意识到,那些东西似乎是从灵石身上释放出来的。

又近了一步,两步。她弯下腰,弓着身子绕过一棵树,把身体尽量压低向前走。一只鹌鹑从她头顶上空飞过,如果把它做成菜一定很美味,但对于此时的莉亚来说,光是想到食物就感到非常反胃。这片黑漆漆的树林中弥漫着恐惧与疾病的气息。然而当莉亚靠近的时候,已经了无生机的植物奇迹般地发生了变化。一条条藤蔓逐渐出现,缠绕着被烧焦的橡木树干。藤蔓上的叶子湿润而有光泽,色彩斑斓,显得有些奇怪。莉亚从没见过这种形状的叶子。她轻轻地碰了一片,叶子上面的油便沾到了她的手指上。

骡子蓦地嘶叫起来,马丁喂了一个苹果让它安静下来。他的肌肉紧绷,仍然密切留意着四周的动静。

莉亚苦着脸,指尖上残留着油腻的感觉。"我从来没见过这种植物。"她提醒马丁道,然后从包裹中取出手套和空袋子,用小刀割下一小簇叶子放进袋子里。

"我们离开吧,莉亚。这个地方毫无生机。死亡的气息一直在附近徘徊。"

"不行,这个灵石有些地方不大对劲,"莉亚说道。她小心翼翼地从缠绕的藤蔓空隙中穿过,来到巨石周围的空地中。藤蔓肆意生长,缠住了巨石底部。马丁从不知道莉亚的灵力究竟有多大的威力。如果她靠得足够近,就能阻止石头的持续燃烧。远在米尔伍德的大主教想尽可能知道更多的事情，然而此刻的他还不能脱身，弃教堂于不顾。

她绕到了石头上雕刻有她面孔的一侧，停下脚步，眼前看到的景象吓了她一跳。灵石依然活着，咻咻地喷着火。曾经刻着的她的面庞，已然面目全非，甚至毫无人迹可言，眼冒红光，面部因为严重烧焦，表情无从辨别。石头的整整一侧都在发出阵阵热浪。莉亚知道只要她召唤灵石出水，水柱就会即刻喷涌而出。

这整块大石头上都出现了坑坑洼洼的裂隙，就好似是在灵力的驱动下即将爆炸一般。

这是我的错吗？莉亚问自己。自从用那场火烧毁了阿尔马格和他的部下之后，她的灵力似乎就被禁锢了。那件事结束的时候，她感到轻飘飘的。是什么造成灵石变成现在这样？

马丁的声音透露出担忧。"莉亚，离那块石头远点。"

"我知道自己在做什么，马丁。"她相信自己的念力。那块巨石已经烧焦成黑色。莉亚闭上眼睛，试探性地向石头伸出手。在大教堂的时候，她就可以在洗衣房中召唤灵石喷水，甚至可以让水火交融，喷出温水。为何会有这样的效果，她自己也不知道其中的缘故，但她知道只要按照科尔文教她的那样，脑子专注想着一件事情，就会得到回应。

她默默地在脑中命令巨石停止燃烧，这样她就能触碰它了。

但她失败了。

恐惧在她心中蔓延开来。她的灵石知道她在这里，却违抗了她。

停止燃烧。她又在脑中命令道。

"莉亚，离远一点。"马丁喊道。骡子又一次嘶叫起来。

灵石再一次违抗了她的命令。一阵啜泣声传来。大批的蚀心邪灵被强大的召唤力吸向灵石处。它们吸食着从灵石身上散发出的恐惧。有些邪灵向莉亚飘来，发出了嘶嘶的声响。

听我的命令。她集中注意力，用更强大的念力对它说道。

石块发出了呻吟声。四周原本的啜泣声逐渐变为咆哮声。小树林中原本微风拂面，现在却突然狂风大作，暴风肆虐。莉亚的头发被大风吹得四散飞扬，重重地抽打在脸庞上。一旁蜿蜒曲折的藤蔓好似一条条蛇，匍匐在巨石周围。她更用力地注入了念力，但却感到一阵恶心，一阵头晕目眩，使她差点摔在那油腻腻的叶子丛中。

莉亚听到马丁在呼喊，然而大风的呼啸声盖过了他的声音，所以她并没有听清楚他在说什么。她集中注意力操纵念力，脑中看到石头上的热量正在逐渐消退。又一阵呼啸声响起，又一场凶猛的风暴即将来临。失去生命的橡树枝从树干上脱落下来，落在森林的地面上。她的脑中响起一个曾经听过的声音。

"这些雨使我们受尽折磨。它们会消散。立刻消散。"

大主教说过的这句话回响在莉亚的脑中，于是她开始模仿他运用念力。立刻停止，她用念力向灵石命令道：你要立刻停止燃烧。

灵石真的停止了燃烧，虽然很不情愿。火势逐渐减弱，但莉亚感觉到石头内部仍然残余着火焰。不过对她来说已经足够，因为石头表面已经冷却下来，能让她触摸了。

当她的手摸到石头的一刻，一幕景象浮入她的脑海中。战士们在这块石头附近扎营休整，他们的盔甲上血迹斑斑，他们瑟瑟发抖。那个治安官并不在其中。当时正值冬季，大雪覆盖了比尔敦荒原大部分的土地。一个男人无声地握着形似蜗牛的魔徽，他的手触碰着灵石，召唤火焰为他们取暖。显而易见他用意念在交流，因为他没有开口讲话。灵石告诉了这个男人上次触碰它的人是谁，接着莉亚的面孔就出现在了他的面前。莉亚即刻感到胃里翻江倒海，因为这个男人她认得，并且知道他的名字。

最早在人们心中发现的最强烈的性情,就是渴望得到其他人的瞩目、关心、尊敬、称赞、喜爱和欣赏。我对于新圣学徒的建议是,牢牢地把这种欲望压在心底,直到永远。这些欲望会将人们引向灭亡。

——高登·彭曼于米尔伍德大教堂

第三章
大灾难

在他们越过橡树林的最后一圈之后,莉亚简直要喜极而泣了。他们终于回到了米尔伍德。她被奇痒无比的疹子折磨了一路,脸上、手上、脚上全都布满了。虽然她已经把从叶子沾到手上的油全洗干净了,但这并不能减轻她丝毫的痛苦,也没能阻止毒液继续侵袭她身上的其他地方。当莉亚和马丁在危险的沼泽地中穿行时,钻心挠肺的痒已经如同燎原之势,燃烧至她的手上、脸上和其他部位。马丁快马加鞭,催促着她前行,几乎没有停下来休息过。尽管他屡次告诫她别再抓痒,但她根本做不到。这种刺痒感快要把人逼疯了,完全克服不了。他们比预计早一天抵达了大教堂。此时正值夕阳西下,晚霞为天空镀上了一层浓重的紫罗兰色,闪烁的星星逐渐浮现,映入人们的眼帘。

马丁咳嗽了两声,清一清他嘶哑的喉咙。他们当天准备的水早早就喝光了。"我去找人把骡子关到厩里。你赶紧去找大主教吧,姑娘。"

现在是春天,空气也暖洋洋的,大教堂中万物复苏,生机勃勃。

莉亚戴起兜帽，遮住脸上的疹子。她的指甲狠狠地掐入肋骨处，防止自己又忍不住乱抓。回廊附近不时传来学员们的欢笑声。莉亚埋着头快步走着，经过厨房也没有抬头，径直从后门走进了庄园。她甚至没有把靴子刷干净就走进去了，如果管家看到一定会很惊讶。但她现在并不在意这些，占据她脑海的是这些毒素会不会要她的命。

她来到大主教的书房，用力拉开了大门。

"是莉亚吗？"

大主教的声音从她背后传来。莉亚转过身，看到他沿着走廊逐渐走来。在他走近以后，终于看清了她的模样，惊愕地瞪大眼睛。"普雷斯特维奇！快去找希亚拉医师。"

三天以来，莉亚一直紧咬牙关，弄得下巴生疼。那种刺痒的感觉让她觉得仿佛全身上下都在不停地燃烧，让她想要放声大叫。大主教把她带入书房中，关上门。莉亚转身看向他。

"把帽子摘下来。"莉亚摘下了帽子，大主教仔仔细细打量着莉亚的脸，但没有伸手去摸，然后问道："已经遍布全身了，还是仅有一部分？"

莉亚咬着嘴唇以阻止自己大喊大叫。"特别痒，而且感觉身上像烧起来似的。手上和胳膊上都是，腿上也有，实际上，实际上是全身上下都又痒又痛。这都是因为一种植物上的毒液。马丁也不知道那是什么。痒得我实在受不了！我带了一些叶子回来……给您看。"莉亚在袋子里摸索了一阵之后，拿出来一个包裹。她用颤抖的手指费力地打开包裹，取出一小撮树叶。

大主教仔细地端详着树叶，没有触碰。"你在哪里发现的？"

"在比尔敦荒原那里，刻有我的面庞的怪眼灵石周围。它周围的树林都要被这种藤蔓勒死了。而灵石一直在喷火——从冬天开始就这样了。"

"喷火?"大主教的声音低沉而担忧,"附近没有人吗?"

"没有。但我通过意念看到,有人在冬天的时候触碰过了它。"

"石头上有没有斑点?它变色了吗?"

"是的。那块石头不大对劲。怪眼灵石的表面烧得面目全非,只留下两个裂缝,看出是眼睛。"

大主教露出震惊而担忧的神情,这让莉亚打了个冷战。他在担忧着什么。他在担忧一些和死亡相关的事情。

"我会死吗,大主教?"她问道。

"是大灾难的噩兆,"他低声说道,接着收敛了情绪,面向莉亚。"把那些野草拿到一边去,莉亚。跪下来,闭上眼睛。"

莉亚照着他的话做了,屈膝跪了下来。她感到大主教厚实的手放在了自己的头顶上。原本凶残的刺痒感让她颤抖不已,但大主教的手给她带来一丝镇定。她感受到他体内强大而深厚的灵力,就像湖水在拍打沿岸一样。他体内充满了能量。

"这种毒素并不致命,我已经帮你抑制住了。你可以安心了。不要乱动。"然而刺痒感变得更加猛烈,身上一阵阵的抽搐让莉亚喘息不已。她听到大主教更加坚定的声音。"安心吧,平静下来,我已经止住毒素,你不会再受折磨了。"在他说话的同时,更加汹涌的刺痒感向莉亚袭来。她感到皮肤像在燃烧。泪水滑过她的脸庞,莉亚忍不住发出呜咽声,身体还是不停地颤抖着。她又一次紧闭眼睛,咬紧牙关来克制自己。大主教的另一只手也抚上莉亚的头顶。"托伊渡米亚的福,安心吧,不要乱动。从这种痛苦中解脱出来。"

源源不断的灵力从他手中输出,流入莉亚的体内,这时她耳中充满了喧嚣的声响。痛苦和刺痒感逐渐散去,她宛若重获新生,如释重负地哭了起来。幸福、安全、舒心的感觉重新回到了她身边。她缓慢而颤抖地呼吸着，享受着不再痛苦而崭新的呼吸。

大主教从她身边走开，莉亚睁开眼，发现马丁站在门口，疑惑地睁大了眼睛。她尴尬地发现自己还在不停地流鼻涕，连忙用袖子遮住鼻子。

马丁的声音很激动，还带着浓重的口音。"我警告过你不要召唤，我也告诫过你这个举动很危险，老天保佑！"他的眼中燃烧着怒火。"她怎么样了？"

大主教缓缓地走向座位，精疲力竭地坐下来。经过一场折腾之后，他看起来疲惫很多。"那种毒素不会致命。她太爱冒险了，我们这样尽心训练她，会不会是不明智的做法呢？"他看向莉亚。"注意不要烧了这些叶子，"他的声音有些沙哑。"烟气会把植物上的油带到空气中。吸入那些气体对人体非常有害。叶子上没有根，所以可以在明天把它们埋入大教堂的地底下。记得不要碰它，它的茎也是有毒的。"

马丁关上门走进来。他伸出手想扶莉亚站起来，但是大主教拦住了他的手。

"别碰她，马丁。她的衣服上也沾到了毒液。如果洗衣房也洗不干净，你恐怕也得把她的衣服埋了。洗的话需要一些强力皂，你可以从浣衣女那边要点草木灰碱液，那应该比较有效。记得把所有地方都洗一遍，包括你自己。"

马丁在她旁边徘徊着。他的声音低沉而温柔。"我非常担心你，姑娘。比我之前说的还要担心。至于那种植物，大主教，我从来没见过那样的品种。我跨越过那么多树林，不管是在这里还是在普莱利，从来没见过那样的植物。"

大主教按摩着太阳穴，双眼紧闭。"对，你不会见过这种植物。

它不属于这片土地。"

莉亚低头看向自己的双手。疹子和水泡都还在,但是已经不痒了。

大主教像是猜透了她的心思,说道:"你的身体现在会愈合的。再过几天,残余的毒素就会消散。希亚拉医师会给你一种辅助水泡愈合的药膏。"

"这就是大灾难吗?"莉亚问道,"这棵植物?"

"不,大灾难并不就是一种植物,也不是疫病,但它会以这样或那样的形式出现。明天我们来谈一下这个问题。这一趟下来你们俩都累坏了吧?快去吃些好的,早点休息,明天天亮的时候来见我。在你们离开的这段时间,咱们这里来了些访客,在圣灵降临节前的这半个月,还会有更多的事情发生。王太后就要到米尔伍德来了。"

大主教和马丁互相交换了个眼神,他们眼中都充满了忧虑。

药膏的味道很难闻,让莉亚的鼻子受到不少刺激。她的身体颤抖着,看上去像是刚被一匹公马从身上踩过去似的。她心想还好自己离开约房的时候天已经完全黑了,真是谢天谢地。而现在她准备前往厨房,迫不及待吃块面包充饥,吃完之后她就回房间,不再露脸,好好休息一下。黏稠的白垩色药膏布满了她的手臂、腿脚和脸庞,莉亚把兜帽戴起来,遮住脸上仍未消退的那些白色斑点,免得几个还在闲逛的人看到。不管大主教那儿有什么新闻,她都想知道,更别说牵扯到王太后了——她的丈夫就是那个在温特鲁德被莉亚用一箭夺命的男人。

白色的蒸气从面包烤炉中飘散出来,飘入莉亚的鼻中,使她越发感到饥肠辘辘。时间已经晚了,所以布琳现在可能和索伊在一起,而不会在村庄后面的自己家里。莉亚挺喜欢布琳，因此当知道大主教把布琳安排到厨房来顶替自己的岗位，给帕斯卡打下手的时候，她感到很开心。通常来说，这个位置会留给更加年轻的贱民，让他们有机会学习东西，但大主教还是选了一个和她们差不多年纪的人。这也说明这时候帕斯卡可能已经睡下，她的门已上了栓。

莉亚挠了挠脖子，迫不及待想去洗澡。希亚拉给了她一些特制的浴盐，可以辅助伤口愈合。此时莉亚的脑中思绪万千。她想着明天有空的时候，一定要去找杜尔登问一问王太后的相关情况。她最近一直躲着杜尔登，因为他沉迷于灵力的学习之中，老是向她吹嘘自己学到了哪些东西。杜尔登并不知道，莉亚早就已经知道了那些他现在还在努力琢磨的基础知识——有人早就教过她了。但莉亚不能把这些告诉他，只能装作自己完全不懂，这让她感到有些不安。莉亚已经能以杜尔登想都想不到的各种方式运用灵力。

走近厨房的时候，莉亚看到楼上的灯还亮着，所以索伊和布琳应该还没睡。她已筋疲力尽，搭上扶手，结果轻轻一拉，门就开了。一进去就感觉自己被烘焙面包的香味包围了。有些面包叉在炉子上烤，上面撒了丁香和各种调料。传来一个男人的声音，他正在讲故事——莉亚立刻认出了这个声音——这让莉亚的心瞬间沉到了谷底。

这是埃德蒙的声音。在温特鲁德战役中，他们在科尔文的帐篷里见过。"……不，这是真的！不许笑。那真的是你所能想到的最固执的样子。想象一下这个画面——一边是国王的委员会，一边是面红耳赤、大声叫嚷的德蒙特……"他突然停住了，看向打开的门。

莉亚太过震惊，怔怔地站了好一会儿。埃德蒙，诺里斯·约克的伯爵，正在厨房里讲故事——在她的厨房里——还一副再正常不过的样子。帕斯卡在那里，一边咧嘴笑着，一边给他端去了一碗奶油水果。索伊和布琳全神贯注地倾听着他所讲的每句话,她们的眼睛在灯光下显得格外明亮。

接着,她听到了另一个声音。"莉亚?"只见他从阁楼下的阴影里慢慢走出来。

是科尔文。

这太意想不到了。现在所有人都看向站在门口的她。他们看得到阴影中她惨不忍睹的面孔吗?她感到十分崩溃。科尔文穿着王子般华贵的衣服,逐渐走近她。他的腰上挂着圣骑士剑。当他走过来的时候,莉亚看向他的脸庞,看到了他眉毛处的一个小伤口。然后她听到了自己体内血液沸腾的声音。不应该在今晚。不应该在这种情况下见面!她对自己现在浑身都是泥泞、疹子和药膏的模样感到羞耻。她感到自己无法吞咽也无法呼吸。她甚至都无法理智思考。

"莉亚,是你吗?"埃德蒙问道,接着挺直身子,笑了起来。"莉亚!你回来得挺早嘛!"

莉亚砰地关上门,迅速地离开,走着走着就跑了起来。但她太累了,所以跑了几步之后就又开始走。厨房的门开了,接着她听到身后靴子踩在草坪上的声音。她从未感到如此难为情。现在的情况比瑞奥姆再三嘲笑她和杜尔登还糟糕,也比格特明对自己的轻蔑和对索伊的谄媚更糟糕。她以最快的速度走着,但他在厨房的拐角处追上了她。这里月光正好照不到,莉亚满是疮痍的脸庞,恰恰可以隐入屋子的阴影中。

"莉亚,等一下!"

是他的声音。她曾经多么渴望再次听到他的声音啊。在这将近一年的时间里,她一直在翘首以待他回到米尔伍德,向她解释他的行为,向她道歉。在圣灵降临节之后的那几周里,她内心已经准备好了要和他理论的话。但是她现在一句话都说不出来。

笨蛋,笨蛋,笨蛋!莉亚暗自骂道。我是一个狩猎者!我本该注意到不对劲的地方,却因为疲惫而疏忽了。她蓦地止住脚步,在科尔文伸出手抓她斗篷的这一刻转过了身。

"不要碰我!"莉亚尖叫道,急忙把斗篷摔到身后。她的斗篷上还残留着那种植物的毒汁。她急忙后退了两步,艰难地吞咽着口水,想说些什么来缓解这难堪的局面。科尔文愕然地停住了脚步,眼中透露出震惊和受伤的神色。

"请你……请你不要碰我。"她一边说着,一边在心底埋怨起自己。

他坚定的声音传来。"给我看一下你的脸。"

她拼命地摇着头,又向后退了几步。"走吧,请你走吧。"

"你的脸怎么了?"

"我现在不能见你。不能以这个样子见你。"

"我不在乎你什么样子!你之前也见过我最糟糕的样子。"

她沉默了。

"明天我能见你吗?"

她僵硬地点了点头。

帕斯卡洪亮的声音从厨房门后传来,听起来非常焦急。"莉亚!孩子!你在哪儿?莉亚?"

"我们这次以客人的身份造访大教堂,"科尔文声明道。"我有太多话要跟你讲,也有太多事情要跟你解释。我很抱歉,莉亚。我真的很抱歉。我们明天再见。"

他在离开的时候犹豫了一下,他的手缓缓地攥紧,又缓缓地松开。和他在一起的那段时间内,莉亚看到过很多次这个动作。科尔文转过身，走回厨房，低声对帕斯卡说道。"她在拐角那里。埃德蒙，我们现在得走了。"

莉亚身子一软，靠在了厨房外面的墙壁上，炽热的眼泪终于忍不住哗哗地流了下来。她讨厌自己哭！她捧着脸流泪，同时尽力理清自己的情绪。虽然她感到尴尬、难堪，又因为疲惫和震惊而把事情搞得很糟糕，但科尔文终究还是回到了米尔伍德。他遵守诺言回来了。她没想到自己心中竟会如此释然。

毕竟他没有把她忘怀。

第四章
科尔文

在莉亚将自己蜷曲又潮湿的头发拧干后,她的朋友拿着梳子开始梳理她头发打结的地方。莉亚头发的颜色不像索伊那样时髦,她对此一直深表遗憾。每次将莉亚头发梳顺的过程都像是一次战斗。布琳带来了一盘食物,有面包、奶酪、坚果和一杯苹果汁。洗完澡后不久,莉亚的皮肤还有些潮湿,同时因为用了碱皂而感到有些疼痛,但是新换上的裙子温暖柔软,比起往常的猎人皮革装,让她感到更加自由舒适。现在她的猎人装束安放在篮子中,等待她明天一早拿去清洗。莉亚将念力注入炉子旁边的怪眼灵石,使火燃烧得更旺些,借以驱逐夜晚的寒凉。另外两个女孩只是淡淡地瞥了眼突然迸发出来的火焰,她们早就已经对莉亚这样的行为习以为常了。

莉亚显然已经饿了,狼吞虎咽地吃着。她抬头看向布琳,一边吃一边问道:"他们准备待多久?"

布琳灵活地向前跳了一步,接着转了一圈。"一年,或者可能更久。帕斯卡说,这两位客人待在这里的这段时间内,他们的饮食都归我们负责,他们不会去圣学徒的食堂吃饭。他们这段时间一直待在庄园里,所以我们得亲自准备食物,而且绝不能让任何陌生人进入厨房。"她停顿了一下,又转了一个圈。"战争已经胜利,老国王也死了,我们还要一直这样忧心忡忡下去吗?索伊告诉我,有一次那个治安官潜入这附近,企图伤害你。你觉得这种事情还会再发生吗?"

莉亚喝了一大口甜甜的苹果汁,回答道:"每天晚上你都要记得把门锁好,布琳。就算我还没有回来,我也可以睡到别的地方去,而且索伊总是睡得很沉。另外还要警惕的是,一些幸存的国王部下常在比尔敦荒原出没,并在那里务农为生。我和马丁发现过他们的踪迹,他们那儿离大教堂虽然有很大一段距离,但我们最好还是保持警惕。"她抹了抹嘴。"那么现在你可以跟我解释科尔文和埃德蒙怎么……"

"是弗什伯爵和诺里斯·约克伯爵,"索伊打断她的话,提醒道。"他们有爵位,莉亚。你应该用爵位来称呼他们。"

莉亚冷哼一声,继续说道:"昨天他们一声不吭地就过来了,而且听说他们会在大教堂待上一年?你之前说他们还带了两位年轻的女士一同前来?"

布琳点点头,又一次开始旋转。她最近一直在练习跳舞,为她第一年的圣灵降临节舞会做准备。她得保证自己把舞步牢牢地记住。"其中一位是弗什伯爵的妹妹。她是北边一座大教堂中的二年级的圣学徒。她不仅是科尔文——我是指弗什伯爵的妹妹,也是大主教的秘密客人的同伴——盖伦·德蒙特。两位伯爵是保护她的人,另一位和她的关系或许不止保护这么简单。"

莉亚抓了一把坚果咀嚼着,想着她接下来会说什么。头上的梳子忽然带来一阵疼痛,莉亚倒抽一口冷气。"哎哟,索伊!"

"我已经尽可能不用力了。"索伊说道,一边开始梳理莉亚头发上另一个打结的地方。

"不仅是保护的关系？"莉亚问道，"这话是什么意思？"

布琳又转了一圈，接着沿着石板的边缘走了起来。老实说，这个女孩根本无法安静地待在原地吧！"在洗衣房的时候，我听到浣衣女说那两个女孩分别被许配给了两位伯爵。诺里斯·约克伯爵会娶弗什伯爵的妹妹。这真是太复杂了。我讨厌说这些爵位头衔。而且他们说过我们不必用尊称称呼他们。埃德蒙要娶科尔文的妹妹马尔恰娜，而科尔文要娶艾洛温·德蒙特。"

这一瞬间，莉亚心中充斥着愤怒和质疑，但她努力克制住这些情绪。所以科尔文是因为在外面追求女孩儿才姗姗来迟的吗？

布琳显然没有看到莉亚快要燃烧起来的脸庞，继续说道："瑞奥姆说科尔文这个年纪应该要结婚或者至少订婚了。她觉得他在成为圣骑士之前就应该找一个妻子。你觉得他年纪很大了吗？他才十九岁。我爸妈结婚的时候，我爸已经二十五岁了，而我妈二十岁。"她转向莉亚继续说道："跟莉亚说一下那个女孩的事情，索伊。关于艾洛温的事情！"

索伊已经将她的头发梳好了，莉亚依然坐着不动。她有那么多问题想问，但只有科尔文能给出解答。

索伊声音轻柔地说道："她和我们一样，是个贱民。在她很小的时候，国王就把她安排进了大教堂，所以她不知道自己是谁。这两位伯爵把她带了出来。没什么人知道她的事情。大主教说我们不能向任何人提起她是以贱民的身份被抚养长大的。我们只能说她是盖伦·德蒙特的侄女，她会在这里待上一段时间。"

盖伦·德蒙特的侄女。层出不穷的问题就像一大群嗡嗡的苍蝇一样在莉亚的脑海中绕来绕去。她在温特鲁德之战中看到过盖伦·德蒙特。他很有风度地将这场战役的胜利归功于灵力的作用，也禁止任何人炫耀这场没有损耗他一兵一卒的胜利。这样的事情以前从来没有发生过。后来，他夺取了小国王的监护权，成为王国的摄政者。许多伯爵和男爵对这场变故表示抗议，拒绝效忠于在德蒙特掌控之下的小国王。也有许多人支持德蒙特，因此这个王国现在正处于和平与内战之间的多事之秋。有些人违抗德蒙特的统治，但也有其他人唾弃老国王和他的残暴行径。这就像一叠摇摇欲坠的盘子，不知何时就会倒塌，摔得粉碎。莉亚想起了大主教对她说过的一些事情。

"好了。"索伊咕哝着，将梳子放到一旁。

莉亚热切地向前挪了挪凳子。"大主教说，今晚王太后将抵达米尔伍德。你们……？"她停了下来，看到索伊和布琳都露出了惊讶的表情。"我猜你们还不知道这件事。她来参加圣灵降临节。"

索伊严肃地说道："老国王的遗孀？为什么？"

短短时间内发生了这么多事情。莉亚站起来，开始踱步。"当我离开的时候，这里的生活还是毫无变化，枯燥乏味的样子。而现在，看看这乱糟糟的一切。我不知道她站在哪一边，但我猜她应该支持她儿子那一方。科尔文会知道的，如果过了今晚，他还会找我谈话的话。"她小声咕哝着。她迫不及待地想找他说话，为自己在他面前大喊大叫而道歉。

索伊给了她一个拥抱，"莉亚，他们到了这里以后就说，立马想见到你。你听到这个应该会开心点吧。弗什伯爵——科尔文对我很好。他说他还欠我一个礼物。你记得吗，因为那时候我帮了他。虽然大多数事情是你做的，但是他记得自己许诺过什么。我怀疑……我怀疑他是不是特意为了某件事才千里迢迢来到这里。至少是因为她妹妹下一年要在这里读书吧。他自己已经不再是圣学徒，而是一名圣骑士了。"

莉亚看着索伊。

"呃……是不是因为他要亲自教你读书？"索伊接着暗示道。

莉亚感到心中的火焰在猛烈燃烧，即刻将令自己窒息。

第二天黎明，莉亚去往洗衣房清洗装束。从怪眼灵石口中涌出的水流十分滚烫，但莉亚专心致志地控制着热度，戴着手套用草木灰皂刷洗她的皮制用具。她首先清洗了沾染上毒汁的猎人用具——她的腰带、护腕、射击用的手套、箭筒、剑鞘——随后将它们安放在一旁，把潮湿的裙子捆起来。她依稀听到有说话声和脚步声逐渐靠近。突如其来的打扰让莉亚感到恼怒，但她也只能压抑着不爽，命令怪眼灵石停止运作。于是怪眼灵石上面的眼睛逐渐冷却下来，水流也逐渐消失了。

这是一个凉爽而潮湿的早晨，地面笼罩在一片雾气之中。马丁总在黎明之前起床，大主教也总是在早晨带来很多消息，莉亚并不想错过，于是开始匆忙地收拾东西，可惜并没有能够在浣衣女们进来之前离开。

瑞奥姆那双眼睛细细审视别人的模样总让人觉得自己丑陋不堪。她犀利的言语就像一把水果刀，能够快准狠地一刀切下。"看看你自己的脸，莉亚，"她露出一丝轻蔑的笑容。"你得了什么病？"她咂了咂嘴。"还正好在圣灵降临节之前。真是糟糕。"

莉亚提起了篮子，并不回应她，想要就这样离开，但是其他的浣衣女在她面前一字排开，形成一道人墙，阻拦了她的去路。她们都带着匕首，身前挎着柳条编织的篮子。

"让我过去，"莉亚不耐烦地说道。"大主教在等我过去。"

"你的脸怎么了？"瑞奥姆眯着眼问道，脸上厌恶与喜悦的神情交织在一起。

"这不关你的事。让我过去。"

"你真的是急着去见大主教吗？我对此感到怀疑。新来的客人们对于你来说肯定很有吸引力吧。特蕾莎说诺里斯·约克伯爵是这个百里区最英俊的男子。她向他提议可以帮他洗衣服，他也欣然同意了。另外那个比较忧郁的却拒绝了，他说他只信任你。"

"我？"莉亚吓了一跳。

"具体地说，也不是你。"瑞奥姆说道，莉亚知道她想从自己身上套话。"只不过是为大主教做事的女孩才有资格这么做。莉亚，你就效力于大主教。不是吗？"她脸上近乎邪笑的神情令人作呕。

莉亚的脸颊烧了起来，但她控制住了自己的情绪。瑞奥姆现在已经十八岁了。在圣灵降临节之后，她将会离开米尔伍德，要么嫁给当地的铁匠，要么去更大的城市找工作。她是一个漂亮的女孩，对她来说找一个男孩子结婚没有什么困难。但是，在米尔伍德，在她迄今为止的大部分生活中，她一直被公认为是男孩子最渴望追到的最美的女孩。直到去年的圣灵降临节，索伊出现了，而且没有向任何人说过一句刻薄的话，所以就不费吹灰之力地取代了她的地位。索伊原本非常自卑，但突然之间这么多人注意到她，男孩们都会紧张地搭讪她，只为了得到她的一句问候。当她发现这一点之后，她变得不再那样胆怯，逐渐自信起来。但是索伊不像瑞奥姆那样，会因为自己的优势而轻贱他人，或是利用自己的美貌让男孩们帮她做苦力，让其他女孩子帮她做事情。这对于瑞奥姆来说就像一个不断溃烂的伤口，莉亚能够看出这也在她的灵魂上落下了伤痕。

"让开。"莉亚警告她。

"我刚刚问了你一个问题。"

莉亚的耐心随着瑞奥姆的奚落而消耗殆尽。她咬了咬牙，将自己的篮子猛地推向瑞奥姆的篮子——不是很用力，但足以让瑞奥姆无法站稳。"我是大主教的女孩，"她坚定、自信地说道。而她却用大脑将这样的思想注入瑞奥姆的脑中：站到一边去，不然你会后悔的。让开，瑞奥姆，不然我会在这些女孩面前让你难堪。我是一个猎人。灵力的作用在她的身上也快速划过。

瑞奥姆一脸震惊地瞪着她，犹豫着接下来的举动。那一刻，莉亚正想兑现刚刚的威胁，但随后瑞奥姆就向后退了一步给她让路。浣衣女们形成的人墙就这样瓦解了。莉亚一只手提着篮子，一只手伸进另一个女孩的篮子里抓了一把薰衣草，准备在烘干皮衣的时候用上。"谢谢。"走过她们的时候，莉亚僵硬地说了一句，接着便向厨房走去，隐没在前方的雾气之中。

"我讨厌她，"莉亚听到身后传来一个低哑的声音，但并没有停下脚步。

在路上，莉亚意识到自己生气了，她的心怦怦作响，她甚至产生一丝邪念，想要返回那里将瑞奥姆推入水槽中。莉亚幻想着将瑞奥姆的脑袋摁入水中，感到无比爽快。如果她真的这样做了，其他女孩会有什么反应呢？

她意识到这些想法很危险，便控制住自己不再继续想下去。马丁训练过她格斗——怎样擒住对方的手腕，扭转一圈，绊倒他，以及怎样用匕首卸去对方的武器，怎样弄伤他们的脚而让他们感到害怕。她甚至知道许多种快速打伤或者打死对方的途径，虽然她还没有应用这些知识的机会。但她心中牢牢地记下了这些，就像是存放的硬币，不希望有花出去的一天。但是这些对瑞奥姆和其他浣衣女产生的恶意很危险。那些想法很可能就在她自控力不坚定的那一瞬间变成现实。

莉亚脚下的草地很柔软。鲜花和嫩草散发出的香气环绕在她的身边，一片片的喧闹声陆续传来，是圣学徒们起来上学了。几只大雁从她头顶飞过，伴着鸣叫声，划破周遭的静寂。莉亚走向厨房，想要让索伊或布琳帮她把皮衣放在火边烘干，这样她就能迅速去见大主教了。这时，她听到了另一阵从厨房对面传来的声响。她好奇地追随着声音的源头，绕过拐角，寻到了厨房的背面。那是一个几乎不会被人发现的地方。莉亚就像鸽子栖木那样，静悄悄地靠近。她从角落偷偷地看去，发现他在那里。

是科尔文。

莉亚静静地看着他。他背对着自己，正在挥剑练习。一连串动作错综复杂，就像他同时在与十个人打斗一样。每一击、每一闪都把握得十分精准。莉亚陷入了回忆之中。虽然已经过去了很久，但她还是记得每一个细节。这几个月以来，莉亚每晚睡前都要回想一遍那些日子，回想在那个暴雨天，受伤昏迷的科尔文被丢弃在了厨房，回想在某一天晚上，他拿着一把扫帚在练习剑术，但因为错估了桌子的位置，最后反而把扫帚把子响亮地磕到了桌子上。莉亚想到这里，不禁笑出了声。

科尔文听到了这笑声，猛地转过身来，脸上充满恼怒和敌意。莉亚曾看到过一百遍他露出这样的神情。在他不耐烦的时候、命令别人的时候、警戒的时候，或是生气的时候。但当他看到莉亚之后，脸上的不悦逐渐退去。他将圣骑士专用的剑收入鞘中，向她走来。

她紧紧地盯着他，手中攥着篮子。眼前雾蒙蒙的一片，让她感觉像在做梦，但又不像在做梦，因为此时的莉亚能看清每一处细节。他那挂着刀鞘的皮带上，镶嵌着的银光闪闪的星状铆钉；他暗色的皮衣，因为背带的约束而显得十分紧身；浅色的长袖和袖口搭配适宜；

他的脸庞，他的双手，他的那道疤。对，在他额角的那道疤。他离得那样近，她甚至能真切地看到伤疤上面细小的褶子，她记得自己曾经从那里抹去过血迹。

"你刚刚在嘲笑我吗？"没有多余的问候，他径直说道。声音却很温和。

过去的一年很漫长，对于莉亚来说，那是痛苦、焦虑而忧伤的一年。但这一切的情绪，在他用那特有的善意、钦佩的眼神看过来的一瞬间，就像一滴水落在煎锅上，只是嗞的一声就消失得无影无踪了。他很高兴看到她，并不紧张。她知道他想见她。她的世界因此而变得完全不同。

莉亚扔下篮子，紧紧地抱住科尔文，感受他真实存在的躯体。这也间接告诉他，她身上的毒液已经清理干净。她几乎和他一样高，她的头发能触碰到他的脸颊。他闻到了莉亚身上皮革与汗水夹杂在一起的味道，但他自己身上也是这个味道。莉亚已经忘记他身上的味道了。记忆就像烟雾一样难以抓住。

"对，你这个傻瓜。"她说道，最后用力地抱了一下，然后放开他，后知后觉为自己的举动感到有点尴尬。但她并不后悔。莉亚看向他的脸庞说道："我在嘲笑你以前做的某件事。你老是能逗我大笑，但也老让我哭泣。你没有遵守约定在去年的圣灵降临节到来，这让我非常沮丧。但是现在你还是出现在这里了，听说你还要在这里待上一阵子，所以我想我应该试着原谅你吧。"

他露出了思索的神情。被她拥抱之后，他的神情有些别扭，但并没有不快。"想出哪种最恰当的惩罚措施了吗，莉亚？我会接受你的惩罚的。但首先请允许我解释一下。"

"你当然可以解释，但现在不行。"她伸出手去捡篮子，但是他先于她拿了起来,她差点就碰到了他的手。他把篮子递给她。

"为什么不是现在?"他审视着她,问道。

"因为我必须要去聆听大主教的教诲,他讨厌重复讲述。我现在是一个猎人了,不是厨娘,所以我要履行自己的职责。"

"我今天什么时候可以再来见你?"他问道,从她的篮子里抓起一把薰衣草,嗅了嗅,然后将它们放回篮子中。

"当我有空的时候吧。"她生硬地回答道,低头看着篮子中的花。"我在哪儿能找到你?"

"我一直很想拜读马德罗的圣书,但一直没什么机会能明目张胆地做这件事,想来想去,只有趁圣学徒们都在上学的时候,我才能过去看个痛快。"

"啊,在禁区那边!作为一个猎人,我有资格禁止你去那里逛。但我的职责是禁止别人找到那个地方,所以我还是会允许你去那里。那么,下次见面的时候我带一个苹果过来?"莉亚提议道。"有斑点的苹果是最甜的。"

他凝视着她的脸,看清了她脸上的疹块。"我记得的。自从我走后,就一直渴望可以再次品尝到这样的苹果。我觉得这里和以前不一样了。"他看了看四周笼罩在迷雾中的树木。"但这里还没有大灾难的噩兆。"他轻声说道。"还不错。"

我们应该永远假装自己在公众的视线下生活和思考,就好像有人能够窥视到我们内心的一角。大灾难并不是毁灭我们居住的地方,而是我们自身的内心。我们聚在一起的时候,会比独自行动时更容易产生邪恶的想法。如果你被迫加入一群人中,那么你最好脱离开来。千万不要让任何人左右你的想法。就算他是一名圣骑士。

——高登·彭曼于米尔伍德大教堂

第五章
传播规模

莉亚抵达大主教书房的时候，他们已经开始讨论了好一会儿。马丁惬意地靠在窗户边，像往常一样双臂交叠在胸前，下巴凸出，一副心情不大好的姿态。普雷斯特维奇坐在桌边，正在整理几摞羊皮纸、印章和封蜡，永远耐心而一丝不苟的模样。不远处的一支大蜡烛上面有蜡油不断滴落下来。他头顶上露出的一点白发就像刚刚飘落下的雪。他是房间里年纪最大的人，并且一天天老态毕现。

大主教披着披风来回踱步，看到莉亚进来，瞥了她一眼，但并没有因此打断谈话的思路。他的嗓音温和而沙哑，但总有点喘不过气似的，"自从上个月已有三份通报了。仅仅两周前就来了第四份和第五份。它们都是从哪儿发来的，普雷斯特维奇？"

管家抬起头，用笔戳了下耳垂。"从凯恩兰和苏滕的大教堂发来的。最新的是弗什伯爵从毕勒贝克带来的。"

莉亚坐在马丁身边一张靠窗的座位上，紧张地听着他们的对话。

"大灾难的噩兆正在蔓延。"大主教说，接着摸了摸嘴唇。"这已经给德荷米亚、派斯、沿特兰德带来了很大的灾难。这些天没什么圣骑士敢独自在外行走。他们总是结伴而行,那两位伯爵也是如此。我还没听说过有哪一所大教堂因此沦陷,但这只是时间的问题。我们现在面对的威胁对于我来说是个重大而艰巨的任务。"

马丁站起来,近乎咆哮地说道:"当时是谁身上携带着噩兆感染了那些石头?是谁在传播这些邪恶?是蚀心邪灵吗?当初普莱利还没来得及呜咽一声就沦陷了,甚至都没用得上灵石喷火和毒液的传播就沦陷了。当时王子们被他们信任的人背叛了。而当信任破灭的时候,法律也破灭了。哪里不再有法律,哪里就会有战争和杀戮肆虐横生。"

"战争只是大灾难的噩兆之一,"大主教说道。"有时候它以瘟疫的形式吞噬人的性命。有时以旱灾的形式。有时候甚至,虽然是伊渡米亚禁止的,还会以水灾的形式显现。"他停顿了一下,看向莉亚。"我知道你一定感到很困惑。普雷斯特维奇明白这些事件的严重性。马丁也明白,因为他曾经经历过这些苦难,他亲眼看着他的国家因为大灾难的侵袭而沦陷。你还很年轻,莉亚。在你的生命中,还没有发生过如此糟糕的时节。这会是你的第一次经历,所以我会解释给你听。我们这些年纪大的人已经目睹过它一遍又一遍地发生,就像水轮在河中不停地搅动着。"

他转过身,回到桌前。"普雷斯特维奇,找一下来自浩特兰德的那份通报。就在那儿,上面有警察的封印。对,就是那份。谢谢。"他打开通报,眯起眼。"在这个案例之中,大灾难以一种带有毒液的植物的形式出现。它出现在怪眼灵石周围的树林里,很快地在森林中蔓延开来,每一个触碰到它的人都会受到感染,身上出现很痒的疹子。而烧了这种植物所产生的烟气会携带着毒素侵入人们体内。"他将羊皮纸递还给普雷斯特维奇。"很奇怪,不是吗?一种不是本地的植物,也不知道从哪里开始出现,可以如此迅速地毁坏各地。它是被什么带来的？又是什么时候开始的？"

当莉亚想到科尔文可能处于危险中的时候，她感到心痛如绞。"大主教，"她说道。"我知道是谁在树林中毁了怪眼灵石。"

他停顿了一下，猛地抬起头，难以置信地盯着她。"你怎么知道，孩子？"

"当我冷却那块石头的时候，我碰了它一下。在我这么做的时候，我在脑中看到了一些人。他们是来自温特鲁德的士兵——国王的人。当时是冬天，他们睡在石头旁边取暖。我可以看到他们身边的积雪。有个人过来触碰了石头，他就是那个让它开始燃烧的人。我认出他是因为他曾经捣过鬼。他曾将科尔文带到厨房，接着就去寻找那个治安官。"她停下来，深深地吸了口气。"当我从温特鲁德回来的时候，我和你说起过他，还记得吗？他叫斯卡塞特，戴着治安官的魔徽。他不能说话，但他知道我。他知道我曾去过怪眼灵石那里。他知道我在那里对治安官的随从们做了什么。"

大主教沉下脸，神情愤怒，"马丁，你必须找到他。他戴的魔徽很危险。他可能还不知道那块魔徽的力量，也不知道自己用它做了些什么。但是只要他找到一块怪眼灵石，就可以找到其他怪眼灵石，如果他击破了我设置的结界，那大教堂就会陷入危险之中。去找他，马丁。如果可以的话，把他带来见我。如果不能的话，就做你必须做的事情。我们必须阻止他。"

莉亚坚定地站起来。"我可以找到他，大主教。十字圣球会带我们沿着正确的方向找到他。"

他摇了摇头，坚定地说："不，莉亚。我不能让你们俩同时离开。我现在需要两名猎人。"他抬起手，阻止了她下一秒就要脱口而出的抗议，"安静点，孩子。照我说的去做。我的做法你不一定总能理解。

再对我信任久一点。我需要你和你的球都留在这里,因为米尔伍德这里有伯爵们带来的客人。她的名字叫艾洛温·德蒙特,加伦·德蒙特的外甥女以及普莱利的继承人,普莱利公主的女儿,在她出生后不久她母亲就因为难产而去世了。按照那片地方的习俗,女儿随她母亲姓。她母亲就死在梅思福,是塞弗林·德蒙特的唯一女儿,也就是加伦·德蒙特的妹妹。国王一家仍旧憎恶着德蒙特家族,这已经不是什么秘密了。这个孩子以贱民的身份在塞姆普林弗大教堂长大。温特鲁德之战后,有人发现了她的藏身之处。你要密切关注她,这很重要。对于普莱利人来说,她是他们国王的法定继承人。他们曾向德蒙特请愿让她回来,回到他们那里的大教堂上学。目前他还没有同意。我们很怕他们会劫持她。"

马丁冷哼一声,眼中闪烁着怒火,"劫持,大主教?您的意思是,将她带回她本该生活的地方叫劫持?她从小被人劫持,从普莱利带到别的地方去,她从没有得到她应有的权利,境遇还不如一个孤儿。再说别的就不妥了。"

大主教的表情严肃起来,"马丁,这点我不想争论。我自然是没有那么大的权力来决定她的去向。她将在米尔伍德住一段时间,然后我们就把她转移到另一所大教堂去。流言正在传播中,说她会在这儿逗留一年。这件事要严格保密,到她该转移的时候,我们要出力帮忙。不要让人知道她会在什么时候去哪里。我刚刚提过,国王一家憎恶德蒙特家族。按照计划,原本她的存在已经被大家遗忘,但现在公开了。国王的老朋友们可能会前来取她性命。这就是你一定要留在这里的原因,莉亚。我需要你保护大教堂,保护伯爵们,以及保护这个女孩。我相信马丁的能力。如果斯卡塞特仍旧潜伏在比尔敦荒原,马丁会找到他的。但我的直觉告诉我,你需要在米尔伍德附近找找。"

马丁向后靠去，双臂交叠，"你应该把那个女孩送去普莱利。这片土地太危险了。太多流血事件。她回到自己人身边会更安全。"

"谢谢你的建议，马丁。你知道我信任你，敬佩你的智慧。但现在还不是时候。"

马丁喃喃低语了几句，摇摇头，"这不对。以一个年纪这么小的人的性命作代价来玩这些游戏是不对的。"

"马丁。"大主教警告道，语气变得严厉。

"我听到了。会照着做的。但我不认同这样的做法。我不能。"他说着从窗边的座位上站了起来，"普莱利的人民曾经吃得像王子一般，但现在为了得到面包渣都要卑躬屈膝。是那个变态的国王毁了我们。他现在埋在冰冷的地下，没有人为他哀悼。这个女孩就是复兴普莱利的最后机会了，愿上天保佑。她是这个国家重生的关键呀。"

大主教用冰冷的目光凝视着他，没有吭声，只是等待马丁说完。

马丁叹了口气，回到窗边的座位，坐到莉亚旁边，"我说的是心里话，大主教。我有自己的想法你们都知道。但是我会像普雷斯特维奇那样遵守指令的。你可以相信我。"他向大主教挥挥手，"我打断了您讲话，您刚刚应该还有话想说。"

大主教向普雷斯特维奇走去。普雷斯特维奇刚看完另一份卷轴，声音厚重而文雅地说道："这封信上说，王太后今年会到米尔伍德参加圣灵降临节。她大约在两周之后抵达。她的随从们会跟她一起来。我们要自己出钱负责他们的起居。"

莉亚一惊，看向大主教，"她知道艾洛温在这里吗？"

"我不清楚。但我可以假设，而且必须假设她已经通过某种途径知道艾洛温就在这里。她的随从们可能想要劫持她，对她或者伯爵们下毒，或者根据我们的防守来决定他们能做些什么——来勘察我们对她的保护措施有多牢固。他们可能会试探我们的想法。这就是为什么伯爵要待在这里而不是待在村庄。这就是为什么他们只能食用我们厨房做的食物。这也是为什么我的猎人要在他们留在这里的时候负责他们的安全。如果出现什么威胁，你要逃到隧道里面去，用你的圣球为他们找一个安全的避难地。马丁，你去寻找目标的时间不长，因为你必须在节日前回来。王太后抵达的时候，你们都得守在这里。记住，她是已故国王的妻子。我能理解为什么她最近几个月造访了百里区周围的好几个城镇和大教堂。她是一个……狡猾的女人。你们要警惕她。"

马丁向前探了探身子说道："现在把那个女孩转移走比较安全，大主教。"

他摇摇头，"我宁愿她受到我们大教堂的保护，在它还足够坚固的时候。我们还有时间，马丁。还有时间。"

太多的思绪和疑惑让莉亚感到头昏脑涨。她双臂交叠，深深地低下了头，感到自己责任重大。

大主教的声音打断了她的思绪，"所以，莉亚，你瞧，毕竟我并没有把更艰巨的任务交给马丁。"

第六章
诺言

莉亚将那裹着食物的亚麻巾边角的褶皱细细抚平，小心地将其打包入马丁的行装中。她还放入了几袋马丁喜欢的香料，然后把包系上，递到了他的面前。马丁鲜有地对她露出微笑。他的弓已经上弦，两只箭筒里装满了带有羽毛的箭镞，一只手随意地搭在短剑柄上。莉亚有些为他担心。这一切都让她感到有些不舒服，这与死亡和战争打交道的工作也令她不适。温特鲁德一战依然是她的梦魇，挥之不去，却并不频繁。

莉亚上前给了马丁一个拥抱，马丁沉下脸，"嘘"地把莉亚推开，"你才需要安慰，姑娘。老天知道，穿梭在沼泽之间，拍死吸血小飞虫对于我来说是一种愉悦享受啊。你的工作才更加危险。"他眼神坚定地看向她。"如果你之前有花心思学习，那已经从我这里学到足够的本领了。猎人是耐心的，猎物是大意的。你是一个好姑娘。要记得保持警惕、谨慎。我会在两周之内回来。"他伸出手将她落在耳前的一缕头发捋到耳后。马丁做出这样温柔而满含欢喜的动作，却让莉亚感到有些手足无措。

"我会让帕斯卡给你留一块撒布卡帝奶酪蛋糕,"莉亚说道。"也可能会留一整盘。"

他摇摇头,重重地拍了下肚子,"我这里解决不了一整个,但是如果有一块留给我的话——那还是值得让我回来的。记得留心圣学徒那片地方。这一学年快要结束了,我想会有些新生开始蠢蠢欲动。要是有人在晚上出来晃荡,我不介意你把他们的头发染成蓝色。菘蓝会有所帮助。"

莉亚不禁大笑起来,又给了他一个拥抱,然后打开腰间的袋子,取出十字圣球。他直直地盯着她,眼神忽然凌厉起来,仿佛能穿透一切。他那浓密的花白胡子下,依然是下沉的嘴角。他做了个怪相,轻启唇齿,仿佛想要说什么,但终究没有说出口。

"告诉我斯卡塞特在哪里,"莉亚并没有因为他的注视而感到紧张,继续自顾自地对圣球说道。

圣球开始在她手中旋转,最后指向西北方向,那是比尔敦荒原所在的方向。马丁看了看圣球的指针,又看向圣球表面浮现出的文字,但他和莉亚一样,也看不懂那些文字。马丁向莉亚点点头,便转身离开,他戴上皮衣上的风帽,用以遮挡中午的大太阳。

在他从视线中消失之后,莉亚又低头看向圣球。**告诉我科尔文在哪儿**,她在脑中如是说道,圣球的指针再一次开始旋转,停下来的时候指向了苹果园,和莉亚料想的一样。她小心翼翼地把圣球装回袋子中,朝苹果园走去。无数思绪在脑海中碰撞,莉亚走着走着差点摔跤。对她来说,一下子理清这么多威胁和危险很有难度。圣骑士们的周围仍然杀机四伏;那位德蒙特女孩面临着一群敌人;而王太后马上就要抵达米尔伍德。她一个人怎么应对得了这么多的事情?几周以来,莉亚心里一方面畏惧圣灵降临节的到来,但是另一方面当她知晓科尔文的到来时，这种畏惧又转化成了兴奋。虽然她很开心能和他一起跳舞，但未免对他有些担忧。

"莉亚！"背后传来一个声音。她有些恼怒地转过身，看见阿斯特力德跑过来。他今年十一岁，长得很矮，头发像粘了一个个黑色的箭头似的，一撮撮地簇立着。

她停住脚步，有些沮丧。"是不是大主教要见我？"她问道。

他一边走近一边摇头，上气不接下气。"我以为你知道，"他说道，喘了几口气。"我偷听到格特明·史密斯对一些男孩说的话，但是他没有发现我。格特明警告他们不准邀请索伊在五月柱周围跳舞。他说……反正他威胁了他们，莉亚。他威胁说，除了他，如果任何人邀请索伊跳舞的话，他就会把那人痛揍一顿。"阿斯特力德的小脸蛋因厌恶而皱成一团。"他真的是一个花花公子。告诉索伊，莉亚。这不公平，凭什么只有他一个人才能和她跳舞。"

她皱起眉，点了点头，"谢谢你，阿斯特力德。我会告诉她的。"

"你的脸怎么了，莉亚？"

"没事，正在愈合中。谢谢你，阿斯特力德。"当他跑去办另一件事之后，莉亚便继续往前走。马上要和科尔文见面了，她的脸上却痕迹斑驳，一想到这一点莉亚就感到很困扰。她的皮肤现在正在脱皮，不时有小碎片脱落下来，特别是鼻子那边。但至少她已经不觉得痒了。

她从果园的南边进去，穿过平坦的小路，走向在下面守卫着这条路径的怪眼灵石。但是她在半路上就碰到了科尔文。周围是一大片苹果树，莉亚只能弯下腰，从张牙舞爪的树枝底下穿过去。

她试图小声地说话，不想显露自己因为见到他而变得兴奋的心情，"这次我没给你带什么食物。如果你饿了，那可是你自己的错。

高一点的树枝上可能会有苹果。"

于是科尔文伸出手,摘下两个苹果:"米尔伍德的苹果很合我的胃口。自从我离开这里之后,就没有吃过这样的苹果。其他地方的苹果要么红色,要么黄色,有些多汁,有些黏稠——但从来没有过这样的混合色,也没有这样特别的味道。"他扔了一个给她。莉亚接住以后便端详起来,她注意到根茎附近有些斑点和污渍。

莉亚先凑近苹果嗅了嗅,吸入那属于苹果的微妙的芬芳,然后留意到他看她的眼神。她看不透他的眼神。不是愤怒,也不是急躁。他看起来很平静,很自信。

她咬了口苹果,享受着迸射而出的芳香。"很遗憾,你没有在春天的时候来这里,"她说道,"那是我最喜欢的季节,那时果园里的果树都很茂盛。橡树正在萌芽,苹果树上掉落的花儿飘飘洒洒,就像下雪一般。我以前肯定告诉过你,"她一本正经地说道,一边津津有味地咀嚼着。"我们现在肯定在圣父圣母相遇的那个花园附近。可能是我们发现梅德罗斯的那个花园,你还记得吗?想象一下如果真的是那个花园,就太奇妙了。"

科尔文摇头。"你还是没变,仍旧对你不大了解的事物掉以轻心。"

莉亚露出甜美的笑容,问道:"又没人教我,我怎么可能了解全部呢?"她又咬了口苹果,"我们对古时候的事情了解得太少了,科尔文。如果我们的圣父圣母没有同时一起咬下苹果,那事情会变得怎么样呢?"

"虽然你说那是一个苹果,但是圣书中只提到是'水果'。他们吃的也可能是其他水果。"

"对,但至少我说的是苹果,那总比南瓜靠谱多了吧。如果他们没有同时吃那个水果会发生什么呢？如果圣父先吃了它会怎么样？"

"那惩罚依然会降临，"科尔文答道。"这是关键，莉亚，谁先吃了水果或者哪种水果并不重要。可能在另一个世界里，他咬了第一口，然后第一个受到惩罚。不过你直接过来这里并不是为了讨论知识之果这件事的意义的吧。来，坐到树桩上。我还没向你解释。你可能不相信，但我真的感到很抱歉。你可能在心里想，我真是一个不守信用的无赖吧，我敢肯定你是这么想的。请答应我，坐下来，让我们聊一聊。"

旁边有一块草坪看起来比树桩更吸引人，莉亚在那儿坐了下来，品尝着美味的苹果，等科尔文开始说。这是科尔文亲自爬上树摘到的苹果，莉亚感到几分窃喜。那天早晨大主教已经向她说明了很多情况，所以莉亚觉得大多数的事情自己已经了解了。

他站在一旁，端详着一根树枝上的葱葱绿叶，并没有和她一起坐在草坪上。"在我离开的那天，我跟大主教说过我可以支付你的学费，你就可以上学了，但是他拒绝了我。他那时已经知道我将被提拔为弗什伯爵，所以他拒绝并不是因为钱的问题。他说你已经足够引人注目，他不想让你再吸引更多的注意。温特鲁德之战过后，我原以为天下已经暂时太平了，但他说我想错了，其他伯爵会反抗德蒙特，集成反叛军起义造反。而在那不久之后，这些事情就真的发生了。他警告我不要对任何人透露你为我做的那些事情，包括德蒙特。这是为了保护你，也是为了保护米尔伍德。经过我的周旋之后，他答应我能对唯一一个人说出这件事，那就是我妹妹。她知道这件事。"

莉亚皱起眉头。"那他禁止我见你了吗？"

他低头看向她，摇摇头。"不，禁止已经解除。我现在是客人的身份，大主教个人的客人。他叫自己的猎人来陪伴我再正常不过。我平日的生活就是常常和同伴们一起去狩猎和出击。我很享受这一点。虽然不仅如此。当我们的小部队带着小国王回到科摩洛斯举行加冕仪式的时候，德蒙特交给我一项艰巨的任务。在温特鲁德之战中，我为他出了很多力，他也知道我的父亲曾经宣誓对他父亲效忠。所以他告诉了我他外甥女的存在——一个我从我父亲那里知道的秘密。我在小时候就知道了这件事。你知道吗，当老国王击毁普莱利之后，他想确保普莱利的王子没有一个活着，他觉得只要有王子活着，就有可能在将来召集众人造反。多年前，普莱利的王子殿下与德蒙特的妹妹成婚。当老国王开始侵略的时候，他们已经成为夫妻了。那时候她正怀孕，但他必须离开她，去保卫自己的国家。在战争期间，那个孩子出生了，是个女孩。不幸的是，女孩的母亲却因难产而死。"他严肃地看着她，莉亚心中莫名地紧张起来，停止了吃苹果。

莉亚的内心剧烈燃烧了起来。

科尔文温和地说道："我们不知道的事情太多了。那些幸存的人说王子殿下在他年轻的妻子去世之后非常颓丧，甚至失去了灵力的辅助。最后他落入老国王部下的陷阱，不幸身亡。他的人头被挂在一根长矛上，矗立在科摩洛斯城中。普莱利沦陷了。那个孩子被国王监禁起来，藏在一座大教堂中。她以贱民的身份长大。"他专注地看着她。"莉亚，我被德蒙特派去寻找这个孩子。我本来以为……我真的以为那就是你。你的年龄和她差不多。圣球听到你的指令时也浮现出了普莱利的语言。我不觉得他们会把孩子放到离普莱利那么近的米尔伍德，但是这一点并不能完全否定我的猜测。你的确和德蒙特家族有相似之处。不是头发，而是你的脸，你的表情——总让人觉得和他们家族很相似。"

莉亚的喉头动了动。"阿尔马格也这么认为。"她轻声说道。

"德蒙特对我说，我需要拿到毋容置疑的证据。他派我去了档案室。我没有和任何人说过我的使命，只是在那些档案中搜寻当年公主女儿的下落。我知道普莱利是在哪一年沦陷的。在翻看了很多档案之后，我找到了一份国王亲笔书写的案卷。当时国王将孩子带走之后，放到了塞姆普林弗大教堂去。"

和大主教所说的一样。 莉亚心想。

"那是一个很小的教堂，没什么值得注意的地方，在王国的东部沿海地区。德蒙特那时已经开始着手叛军的事情，所以他派埃德蒙和我去大教堂寻找这个女孩。她在那儿以另一个名字生活着。那里的大主教在她来之前就生活在那儿了，也知道她的真实身份，尽管他因为惧怕老国王，从来没有提过这件事。他把她交给了我们来监护，但是警告说，国王的部下曾经跟他说过永远不能让她逃出来，不然他的大教堂将会被烧得片瓦不存。国王的部下发誓他们会找到那个孩子，杀死她和她的后代。他把她的保护权转交给了我们，我们就接受了。普莱利人民自然希望她回去，她是唯一活下来的继承人。"

科尔文在莉亚身旁蹲下，他离她很近，近到她都能看到他眼中自己的影像。他脸上的神情看起来几近痛苦，"我本来以为那是你，莉亚。我原本希望的是，虽然我不能遵守和你的诺言，但我能为你带回更好的消息。我很抱歉我丢下了你。去年我一直在不同的大教堂之间来回奔波，艾洛温在大教堂学习读写我们的语言，普莱利语和达荷米亚语。三种语言，而不是一种。她的脑子快要炸开了！我妹妹，马尔恰娜，是她的陪读。这个转变对于艾洛温来说……很困难。她是塞姆普林弗的一名浣衣女。当我见到她的时候，她身上的味道就像你今早带着的那束花一样。那样的味道让我想起了你。"

他停顿了一下，深吸一口气，低头盯着草坪。"圣骑士们的生命处于危险之中,叛军在树林中暗暗滋生,枢密院面临着与其他三个国家的战争危机,而我……我不得不哄着一个学习糟糕、灵力匮乏、宁肯在水槽中洗衣服的女孩读书。"他看向她,语气中开始带上鄙夷。"最近一次她的生命受到威胁时,我们正在布勒贝克。我建议来米尔伍德。这是王国里最古老的大教堂。你的大主教充满智慧,也许能帮助她控制住她的恐惧之情。但最重要的是,我希望可以亲自告诉你为什么我没有早来,为忽视你而亲自道歉。大主教不会让你成为回廊的学徒。你必须继续工作,直到完成任务。但我对你的誓言依然没有失效。这是唯一让我心甘情愿的任务。我不能教你怎样读书和铭记,莉亚。但我可以和你分享我知道的东西,以及我在自己的圣书上面抄写的东西。"

莉亚深吸了一口气,尽力让自己保持淡定和冷静。在短短时间内发生了这么多事情。在所有的情绪当中,她被嫉妒之情苦苦地折磨着。她嫉妒他们找到的是另一个贱民女孩。那个女孩有权享有科尔文一年的陪伴,有权学习三种语言,还能光明正大地练习灵力。莉亚为什么没有得到这样的机会!这是一种很强烈的感受,莉亚在脑中将其消灭,不愿意让这种情绪滋生、扎根在她心中。

"那你的另一个诺言呢?"她问道,看向地面,手中捻着苹果茎,又把它拨了出来。

"另一个诺言?"

"你走之前在我耳边悄悄说的那句话?"她抬眼看向他。

他嘴角浮现出一丝了然的微笑。他站起来,踱了几步之后,靠在一棵树干上,双臂交叠,"呃,我可没有明确说在哪一个圣灵降临节我会邀请你跳舞。"

"所以你当时是邀请我跳舞吗?那是你的意图?"

"你之前说过那是你在五月柱周围跳舞的第一年。那也是能遇见你的一个机会。但是事情并没有按照我想的那样发展。不过耐心是智慧的好伙伴。这也是你需要修炼的一课，莉亚。"

"如果我没那么多耐心，"她说道，又狠狠地从苹果上咬下一块，"我就会在你昨晚吓到我的时候，直接让你的脚废了。"

"让我的脚废了？这是一个今年不和你跳舞的好理由。"

"几分钟之前我还觉得你变善良了，科尔文，"她说道，但心中对于他的嘲弄感到很愉快，"一年前，你几乎每讲十个词就要奚落我一番。本以为你变善良了，没想到没多久又打回原形。"

他自嘲地一笑，"这一年里很多事都变了，包括你。我在礼节问题上花了一番工夫。我妹妹负责帮助我提升礼节。她无疑需要你的帮助。她今晚想要见你。"

莉亚耸了耸肩。"这个追求可能没什么希望，但我们必须试一下。我其实没有改变很多。我依然像我们当初离开比尔敦荒原的时候一样邋遢。穿山越岭之后我的裙子变成了破布，所以我现在穿着这些衣服。我的皮肤就像患了麻风病那样，因为几天前我不小心沾到了一种危险的植物汁液。我的衣服因此也沾上了毒液，这也是我那天晚上朝你大叫的原因。我现在长高了一些，如果可能的话，也可以把这个称为一种提升。"她舔了舔嘴唇，试图配合他自嘲的笑容。"如果你觉得和我跳舞太羞耻的话，我可以理解。你现在是来自温特鲁德的圣骑士，可是一位伯爵。"

他的笑意有些黯淡，"其实现在我有三个伯爵爵位了。但我不在乎别人怎么想，莉亚。我从来没在意过那些事情。在我心中，我永远也不会觉得你丑。"

想象一下,人类所有的意念都能在一个天平上表示出来。一名拥有最大限度灵力的圣骑士的意念,可以用一枚金币来表示,显示在其中的一面。所有邪恶、难以控制的充满复仇欲望的意念毫无价值,显示在另一面,但可以让天平倾斜过来。这个世界上有许许多多病态的意念,足够压扁这个世界,葬送我们所有人的性命。但是如果我们有足够多的善的意念,那么就能达到平衡,来让我们坚定地守在正义的一方。想象你测量了一下整个王国的大小。跟那些毫无价值的东西相比,有多少金币呢?足够多——只是足够多。有足够多的重量和力量来让天平达到平衡。但是如果你开始一个一个拿走金币会怎么样呢?那么每一个邪恶的种子都会造成影响。每一个细小的种子都能让天平倾斜过来。只要天平是偏向圣骑士那一方的,那么灵力就会给每个人力量——包括正义和邪恶双方。但是如果邪恶那一方的重量超过了正义那一方的重量,就会触发大灾难来清除无价值的东西。这是来自灵力的告诫。紧接着灵力的诅咒就要降临了。

——高登·彭曼于米尔伍德大教堂

第七章
马尔恰娜·普莱斯

莉亚对科尔文的妹妹非常好奇。自从科尔文和莉亚说过，她在当值的那天晚上要在大主教的厨房与他妹妹见面之后，她一直想知道马尔恰娜长什么样子。这种好奇又让她有些担心。大多数圣学徒富有、娇纵，只有少数像杜尔登那样的圣学徒才会对贱民也表示尊重。每一年，只有十几个新生加入大教堂学习，能够完整地完成培训的圣学徒更少。能够取得圣骑士头衔的更是凤毛麟角。马尔恰娜会像瑞奥姆那样自私恶毒吗？她会像索伊那样腼腆吗？她会像莉亚一开始见到的科尔文那样吗？总是处于暴怒的边缘，对自己的轻蔑之意从来不加掩饰？她希望马尔恰娜不要像这样。但是她依然很彷徨。

当夜幕降临之后，尽管莉亚知道他们在厨房里等她，但她还是得完成巡逻的任务。自从马丁离开之后，她步步谨慎，保持耐心，搜寻任何一丝过客的痕迹。她检查了鱼池的岸边，绕开了苹果园，因为当时在见过科尔文之后她已经检查过了，然后在回到厨房之前，她去检查了一下大门是否锁好。在走向厨房的路上，莉亚的心中就像有一群蜜蜂在嗡嗡作响。科尔文在马尔恰娜和艾洛温那里说了她什么呢？

她在门槛前面停留片刻,深吸一口气,手握上门把手。接下来的这一幕留在了她的记忆之中。站在中间的是帕斯卡,她正在教大家做奶油醋栗泥。

"打得用力一些,像索伊那样。对,一下是一下的。对,加糖让它变甜。这样奶油就打发成功。像索伊那样动作更快一点。勺子在哪里?埃德蒙,把那些勺子拿过来。在那里。我们可以从碗里舀一些来吃。"

莉亚打开门,看到索伊和布琳穿着围裙在那里,手里拿着碗。布琳想要跟上索伊的节奏,但总是难免让奶油溅出来。其他两个衣着整洁的女孩们站在旁边,看着这派忙碌的景象。

"她在那里!"其中一个女孩说道,展露的笑容使她的脸庞熠熠生辉。向莉亚走近的这个女孩和索伊一样高挑、苗条,像高贵的天鹅。她一头金色的秀发在脑后盘起,身着的裙子质地看起来像是米尔伍德最好的那种,是一种深绿色——就像春天里勃勃生机的森林的色彩。她没有系腰带,而是穿了一件前襟坠有许多流苏的马甲式套衫。她的袖子宽大流畅,几乎覆盖了整条手臂,袖边细细缝缀着精美的图案。她没有戴任何的宝石配饰、戒指或是项链,只有一条挂坠,坠子里嵌有一块深蓝色的石头。她的手臂和手腕很瘦削,手指纤细。她很美丽,是那种由内而外从眼中闪耀出来的美。

她快步走来,拥抱了莉亚,就好像她们一直都认识彼此。莉亚比她略微高一些,因为刚刚巡逻完过来,有些蓬头垢面,莉亚在她面前感到自惭形秽,

"我是马尔恰娜,"她说道,握住莉亚的双手,仿佛对莉亚头发上的灰尘毫不在意。"科尔文跟我说了好多你的事情,就算你没穿猎人制服我也能认出你。请过来,你肯定很饿了吧!帕斯卡一直在教我们

做一道不大容易的甜点。我喜欢奶油醋栗泥。你找到勺子了吗，埃德蒙？"

"随时随刻为您效劳，恰娜。我一个人完全不会做奶油醋栗泥。这个百里区的水果可真不错。醋栗只有一点点酸。你可以少吃点儿。还有苹果！托伊渡米亚的福，它们真是美味！我来米尔伍德之前从来没尝过这里的苹果。你尝过吗，科尔文？"

莉亚看向科尔文，对于马尔恰娜的热情欢迎感到很有负担，科尔文这时朝她看过来。米尔伍德苹果是他们当初在比尔敦荒原时唯一的食物。

"它们是很不错。"他简单地回答道，他们目光中透露着只有彼此知道的秘密。但他没有多说什么。

另一个在科尔文旁边的女孩有着红棕色的头发，与马尔恰娜截然相反。一个在享有特权的家庭中长大、受到家人喜爱、美貌与魅力并存、总是引人注目的女孩有多么自信，马尔恰娜就有多么自信。另一个女孩，艾洛温，她的衣着每一处都像马尔恰娜那样华丽，但她看起来就像一个贱民。她的眼睛略微低垂，举止很腼腆，但没有索伊那样腼腆。看起来就好像她很想加入厨房中欢乐的大家，但是不相信自己可以做到。她站在科尔文的影子中，就好像他是一根绳子，可以阻止她陷入如海洋般无尽的往事。一年前，她还在大教堂服役。去年开始，她来到了科尔文身边。一丝晦暗的情绪在莉亚的内心缠绕着。

帕斯卡的声音很生硬，透露着不耐烦。"把那些勺子拿过来，埃德蒙，在那里！过来尝一尝。放些白糖和奶油，可以让浆果更甜。你也可以混一些黑莓进去。还有蛋糕。放一些蛋糕也很好。"她抓过他手中的勺子，就给他挖了一勺醋栗泥。

"这太棒了，帕斯卡！"他尝了一口之后，脸上闪烁着享受的光芒。"而且是那么新鲜。你们全都那么幸运,可以吃到这么新鲜的。你可以在节日上卖这些!"

布琳和索伊听到那句话之后忍俊不禁,他疑惑地转向她们。

"当然!"布琳说道,捂着嘴大笑。"每一年都卖。"

他有些懊恼地笑道:"我现在记住了。你之前告诉过我。科尔文,你必须尝一尝这个醋栗泥!"

科尔文和埃德蒙,他们太不像了,莉亚在一旁默默地观察。他们腰间都佩戴着圣骑士的匕首,还有表明来自温特鲁德的衣领。他们都穿着相同的短上衣和棉衬衫。埃德蒙看起来更加轻松——当你在他身边时会很开心,不会顾及他的身份是尊贵还是卑微。当莉亚观察他的时候,在他身上看到了和杜尔登一样的善良和同情心。再过几年,他的那些不经思考的言语能让所有女孩笑出声。但是科尔文不一样。他性格内敛,冷漠疏离,但总是很谨慎。比起埃德蒙,他更加持重而有戒心。

莉亚看见科尔文垂下头,在艾洛温耳边低语了什么,微微指了指碗和勺子。艾洛温开心地笑着,似乎她吃不吃甜点全听科尔文的意见。他为她服务。索伊和布琳也来帮忙,还有帕斯卡。

马尔恰娜挽住莉亚的手臂,好像一刻都不能离开她一样。她悄悄地将莉亚拉到一个离其他人比较远的地方。"所以这是你一直以来生活的地方,"她轻柔地说道。"我知道你肯定因为没有一个家庭而感到难过,莉亚。如果是我,我肯定会这样。但是米尔伍德是一个美丽的大教堂。我已经爱上这里了。可以来到这里我特别高兴,特别是最后知道我们能聚到一起。我不知道谁还能比我更好地赞美这里了。"她不再接着闲谈,眼睛看向莉亚。"你肯定知道我爱我的哥哥,我比任何人都在意他。你救了他的命,莉亚。就在这里,在这些石砖上面,你照料着他。在那里的阁楼上,把他藏了起来。他说必须在我取得你的同意之后,才能带我去梅德罗斯的小屋,因为那里对圣学徒是禁止开放的,而我是一名圣学徒。我知道在比尔敦荒原发生的一切。我没有告诉其他任何人,连艾洛温也没有告诉。我会保守你的秘密,就像在那个残暴的护卫四处寻找科尔文时,你也替他保守了秘密一样。我必须告诉你,我对你是多么感激。这件事让我欠了你一个很大的人情。"

"我本来很不确定见到你的时候我会是怎样的感受,"莉亚答道,情绪有些激动。她压低声音说道:"在那场战役之前,我本来想着我可能不得不找到你,告诉你关于你哥哥的死讯。那样的结识肯定不会让人开心。感谢灵力,才没有让这样的事情发生。"

"我同意!科尔文跟我说过你很擅长使用灵力。这也是我会保守的另一秘密。可怜的艾洛温——她是那么害怕灵力。在她劳动的那个洗衣房里有一块灵石。"她的眼中闪烁着一丝调皮的光芒。"每次我这么称呼,科尔文都会很不乐意,但是这么称呼可是比嘎咕怪石合适多了。为什么我们已经离开那个国家这么远,还要用达荷米亚那儿的用语呢?在她曾经生活的大教堂那里,一些圣学徒会在那些女孩洗衣服的时候,利用灵石喷出水来折磨她们。你知道,一旦心生恐惧,就会妨碍灵力的使用。我多么希望那个女孩是你,莉亚。那我会非常喜欢在你学习的时候陪着你,成为你的朋友。但艾洛温是一个好姑娘。你会喜欢她的。她就像索伊那样害羞。但你会帮我一起让她摆脱害羞的,是吧?"

"当然。你不害怕吗?对于那些与她家族有仇的人们?"

她的笑容很有感染力,"我不害怕,莉亚。害怕并不会有什么益处。首先,我哥哥是一个超级卓越的剑客。他每天都进行训练,从来不对自己满意。其次，米尔伍德有两名猎人，而不是一名。第三，我有一项神力是预警神力，在某个麻烦发生之前我都会有预感。这是真的。当我还小的时候，有一次我在花园里玩耍。有两个为我们家干活的牧羊男孩，他们心想如果用钩子把我绊倒是很有趣的事。在我脑中，我能听到他们的想法，能感觉到他们在悄悄接近我，虽然我不能看到他们。当我回头时，果然看到他们正在向我走来准备行动，于是我一边跑一边大喊哥哥。"

"他发脾气了吗？"莉亚问道，迫不及待想听事情后面的发展。**这很危险，她想道，马尔恰娜会告诉我科尔文童年的故事！**

"他那时候才十二岁，但他表现得像个二十一岁的人。他警告了那两个牧羊男孩。他总是会先警告别人。你喜欢听他的故事吗？太好了！有很多他不想让我告诉你的事情。你也必须跟我讲你的故事，莉亚。我想听你的故事。我想更加了解你。我嫉妒索伊，她是那么了解你，但她对你很忠诚，不愿意把你的趣事说出来。从帕斯卡说的话来看，你小时候很调皮。但是我觉得你和我很像。我希望我们可以成为朋友，你呢？"

"莉亚！都快完了！"帕斯卡说道。"你们两个姑娘动作快点，不然就吃不到了。"

"看我在这儿把你的注意力都引走了，但你可能饿了吧。过来吃吧。大主教已经答应我们可以和你待在一起了。"

莉亚加入了大家，埃德蒙殷勤地过来把勺子递给她。"有这么棒的厨师在这里，你住在厨房里肯定特别煎熬吧。她有没有把所有的秘方教给你？"

"我已经一年不在这里了，但我还没有全都忘记，"莉亚说道，尝了尝醋栗泥，很享受它的美味。这总是她的最爱。"你应该也尝尝她做的撒布卡帝奶酪蛋糕,埃德蒙。那会让你流口水的。"

"喊,姑娘。不要替我给他任何的承诺,"帕斯卡说道。"当圣灵降临节到来的时候,他会有机会好好尝一尝的,如果他有空停下来跳舞的话。"

埃德蒙搓了搓手,"我一定是个傻瓜,我一直很享受围成圈的舞蹈,就像他们在五月柱附近跳的那样。我从来不需要别人劝什么就会去尝试一二。你们会成为我非常可爱的舞伴,然后摆出来的甜点会诱惑我离开。"他对每个人都一一颔首,幅度很大,脸上的微笑宛若燃烧的烛光那样耀眼。"我希望你们都能留一支舞和我跳。你也是,帕斯卡。"

"我?在圣灵降临节跳舞?"她咆哮着,对这位英俊的年轻人眉开眼笑,"除非母猪会飞啊,小伙子。除非母猪会飞。但看在你嘴这么甜的份上,我会为你留一些撒布卡帝奶酪蛋糕的。"

他的殷勤举止让莉亚想起来早先阿斯特力德提醒她的那些话。"我很想看一看,当你去邀请索伊的时候格特明脸上是什么表情。"莉亚又吃了一勺,轻柔地说道。

"格特明是谁?"埃德蒙问道。

"他是铁匠铺的一个伙计,"布琳说道。"强壮得像头公牛,但他很没礼貌,而且嫉妒心强。除了莉亚和索伊,其他所有人都怕他。莉亚讨厌他⋯⋯呃,可能讨厌得太过了,但她不能忍受他在旁边,所有人都知道他很喜欢索伊。"

"是吗?"埃德蒙问道,再次用审视的目光看向索伊,"所以你觉得他和医用水蛭一样有礼貌吗?"

索伊咧开嘴笑了,其他人都大笑起来。

"所以他很讨人厌?"埃德蒙说道。"那么,如果和你跳舞会让他怨恨的话，我很乐意激发他的敌意。即使他强壮如牛。他可能也像牛一样臭气熏人吧。"

莉亚非常喜欢埃德蒙。他有着属于男孩的独特魅力，让人感到很亲切。"那肯定会打乱他的计划。你看，阿斯特力德今天告诉我，除了他自己，其他每个和索伊跳舞的人都会被他揍一顿。"

埃德蒙眼中闪现出怒意，"他这么说了？好吧，索伊这么美丽，他这么做也不让人意外，"他又向她鞠了一躬，"但自然只有一个无赖才会像这样剥夺其他伙伴们的机会。我该去哪里找这个没教养的人？我想我和科尔文可能不得不杀了他。或者至少把他一条胳膊或者腿削下来。这样他还能拖着残肢继续在铁匠铺工作吗，你们觉得呢？"他模仿着一个瘸子的模样，让所有人都捧腹大笑，除了科尔文。他只是克制地微笑着，没有说什么。艾洛温注意到他并没有大笑之后，也停止了她的笑。

"就我而言，并不会被他威胁到，"埃德蒙宣称道，凝视着索伊。"随他耀武扬威去，但他并不能剥夺我在圣灵降临节和你跳舞的机会。除非你不愿意和我跳舞。"他的目光变得更加严肃而专注，好像期待着她说点什么。

一丝微笑浮现在索伊的唇角。"我愿意。"她说道，紧接着就低头看向碗，脸颊刷地红了。

"有不少人能见证你答应我的邀请了。你能为我作证吧，恰娜？艾洛温？莉亚？布琳？真是个自私自利的蠢货，想把你占为己有？"

"帕斯卡，"马尔恰娜说道。"莉亚需要吃点东西。你替她留着的那盘食物在哪里？"

"我忘了，孩子。那盘东西已经被吃光了，在烤炉旁边。哦不，在另一个角落里。埃德蒙，别再对这个可怜的女孩说奉承的话来折磨她了,去阁楼上拿一袋面粉下来,你刚来的时候我就要求你这么做了。快一点,小伙子,已经晚了,过会儿我得护送你们回庄园。"

马尔恰娜扯了扯莉亚的手臂,把她带到烤炉那边,"你肯定饿了,但我不想浪费和你在一起的每一刻。你的食物就在那里。"在她们走向烤炉的时候,莉亚看到有一块灵石就在旁边,她感到了来自灵力的一丝颤动。灵石的眼睛发着红光,正在为烤炉提供热量。但这并不是她做的,于是她看向马尔恰娜。

"和你的能力比起来,这个不值一提。"她轻声说道,循着莉亚的目光看去。

莉亚啃着面包,目光穿过马尔恰娜的肩膀,投向索伊,接着投向科尔文,他正在轻声对艾洛温说话。"科尔文教了我太多东西,"她答道,回忆在她的脑中掠过。"你很幸运有这样一个哥哥。"

"而不是埃德蒙?"马尔恰娜有些嘲弄地问道。她给了莉亚一个了然的眼神。"他英俊,又对女生很殷勤,但是……我该怎么说才能巧妙地表达呢——他也非常肤浅。他的性情变化很快。科尔文一直很稳重。这是我羡慕他的一点。可怜的索伊,埃德蒙已经让她神魂颠倒了。在我们走之后,你要提醒她几句。他本性不坏,但他渴求别人的关注。只有每个人都因为他说的话而大笑,或者只有当漂亮的女孩们因为他的话而脸红头晕时,他才会感到舒服。他知道自己很英俊。可怜的家伙。一定要跟索伊提醒一下关于他的事情,莉亚。"

"提醒她?"莉亚说道,从盘子里拿了些水果。"他不会做出一些不光彩的事,不是吗?"

"他并不危险,也不邪恶,"马尔恰娜转动着眼珠说道,"就和普通的男人一样。他也不会羞辱她。我应该怎么说呢?就像科尔文一直跟我说的那样,如果我们相信的话,那么相信某个人是 个缓慢的过程，也会带来伤害。埃德蒙不会故意试图让索伊爱上自己，然后对她嗤之以鼻。他可能只是无意中这样做了。提醒她这件事。他表现出来的那些情感要比他心中所想的要夸张些。和他相处一年之后，我已经对他的殷勤不为所动了。索伊在体验过很多次以后可能也会像我现在一样。看看她刚刚的反应。不论她们答应或是拒绝，女孩子被邀请跳舞跳舞，总是会令她欣喜的。索伊刚才就很高兴。你应该和我一样从她的脸上看出来了。"

莉亚用探究的眼神看向马尔恰娜，"你很擅长观察别人。"

马尔恰娜挤出一丝笑容，"大多数人我并不关心，但我会对某些人特别关注。你不能苛责我，我生长在这样的家庭。我母亲在生我的时候难产过世了。艾洛温和我有相同的经历。我父亲没有再婚，他是如此深爱着我的母亲。这也是我所向往的爱情，也是我希望我哥哥能遇到的爱情。所以你看，我观察人的天赋，如果有那么一些的话，只是用在那些玩弄感情、打情骂俏、密谋妒忌、各种途径失足落入爱情中的人。在我留在这里的前两个晚上，我已经在索伊身上发现了一些微妙的苗头。提醒她，莉亚。他是一名圣骑士，是一位伯爵。但他也是一个容易对美色动心的男子。索伊是个美人。"

马尔恰娜盯着索伊看了一会儿，转向莉亚，看到她又咬了口面包。马尔恰娜接下来的话让她差点噎住。"所以你在意的这个男孩是谁？你答应在去年的圣灵降临节和他一起跳舞的那一个！当你还迷失在沼泽中的时候，科尔文跟我说，如果你错过了和这个男孩在五月柱周围跳舞的机会，你会感到很后悔。他的名字叫什么？他是圣学徒吗？你还喜欢他吗？"

第八章
嫉妒

莉亚生命中真正嫉妒过的就只有那些来米尔伍德学习读书和雕刻的人。而她的嫉妒之情在艾洛温·德蒙特身上也得到了体现。艾洛温就像在五月柱附近跳舞的那群人中对自己很不自信的人,总是看着别人、模仿别人,但总会有某一舞步或某一个转圈比别人慢一拍,她执著于舞步的正确与否,导致了她拖沓的舞步根本不能被称作舞蹈。莉亚这样想她很无情,但她也承认这一点。问题就在于她不能控制自己这样想。更深层次的问题就在于她很嫉妒艾洛温。问题的关键就是,科尔文一直将注意力放在她身上。

在科尔文受伤之后藏身于厨房的那段时间,他们曾经因为莉亚心直口快藏不住秘密而争执过。科尔文曾经对索伊的羞涩、矜持大加赞赏,认为她的这些品质令人钦佩。这段对话在她脑海中还历历在目。艾洛温就是那样的女孩。科尔文对这位姓德蒙特的女孩所给予的尊重和顺从有目共睹,他对她很温柔,并且——老实说——他对她的关怀是那么细致入微,令人恼火。每当她亲眼看到他的那些举动时,都会感到很不舒服。那种感觉是那样强烈,有时她怀疑自己是不是需要一些缬草茶来舒缓脾胃的不适。她明白那种感觉。那是嫉妒之情，令她饱受折磨。

比如说，当附近的威尔斯大教堂来了一个客人之后，大主教派莉亚去和艾尔萨厨师讨论一下他的用餐问题。路上她看到科尔文和艾洛温在洗衣房附近聊得很投入。科尔文看起来很活跃，边说话边比着手势。艾洛温则全神贯注地聆听着，将他说的每一个词都仔细地听进去，仿佛是甜蜜的情话一样。莉亚心中的感觉是那样强烈和痛苦，她转身往另一条路上走，怕自己会被科尔文发现，因为灵力可能会将她的想法透露给他。那将会多么丢人啊！

每晚在厨房里度过的时光对莉亚来说越来越像一种煎熬，于是她回来得越来越晚。大家都享受在谈笑风生之中，但对于莉亚，这就像有外人闯入她的私人地盘一样，让她不适。厨房不再是属于她的避风港，而是属于他们的了。每个晚上，马尔恰娜都会设法从莉亚那儿问到更多的消息。每个晚上，她都要尽力克制自己不要一直盯着科尔文看，以免让马尔恰娜怀疑她有些不对劲。索伊和布琳在这一年中变得更亲密了，让莉亚觉得她的地位也被霸占了。她的这些情绪浓厚而强烈，让她开始担心会不会因此而不能使用灵力。

马丁已经离开一周了。她想念马丁坚定的建议，以及他粗犷的举止。他总是很实际，总是主动推动事件的发展，从来不会躲在后面不去解决。他总是快刀斩乱麻。是什么在折磨她呢？真正让她感到困扰的是什么呢？她深深地思考着这个问题，眼前浮现出马丁紧锁的眉头和愤怒时鼓囊的下巴。是因为科尔文曾经对她发怒过，如今却对艾洛温如此尊敬？她在害怕他会与这个女孩厮守在一起吗？是这样吗？他们会结婚？这样惴惴不安的想法十分微妙，让她不能轻易控制住。她在因为无法知道科尔文的想法而困扰着。她是不是把他对艾洛温的顺从想得太过了？他对她的举动是不是仅仅出自于礼貌？在苹果园里，莉亚暗暗假设他内心是瞧不起那个女孩的。但他的举动并没有丝毫体现出这一点。她是多么希望灵力能再一次借助她看到他的想法啊！

"莉亚，等一等！"

她刚才思考得太过投入，因此没有看到杜尔登从野鸭池那边走过来。他一手拿着书，另一只手将他的皮包口袋撑开，好将那本书塞进去。他在这一年里长高了一些，但还是不能企及莉亚的鼻子。

"你好，杜尔登。"她放慢了脚步，让他能够追上她。

"我这两天一直在找你。"他拉起书包带子，背在肩膀上。"我看得出来你有急事。我会跟你一起走。我不想妨碍你完成任务。"

他想得真是周到，莉亚喜欢他这一点。"我在去马丁小屋的路上。你今天的课业已经学完了吗？"

"对。你介意我和你一起走吗？"

"不介意。"在他们开始往西边走后，莉亚察觉到他有些惴惴不安。"你今天从奥德普利克圣书那儿学了些什么？你还在圣书上雕刻吗？"

他兴奋地点点头，"我本来希望能在圣灵降临节之前雕刻完毕。为了能在晚上继续工作，我已经费了好几十根蜡烛。其他圣学徒觉得我很愚笨，但我想在这学年结束之前完成。"

"那上面有什么圣人说的话吗？"她开玩笑地问道，撞了他一下，让他站不稳。他趔趄了一下，然后咧嘴笑了，接着追上她。

"有几句。今天的内容里面——你可能会喜欢这句话。'处理得好的负担会变轻松。'还有一句也不错。'今天如果不准备充分，明天会更加糟糕。'每个圣学徒都被要求记住这句话。很明显。"他又开始变得焦躁不安。她可以猜到他内心在演练。"今天我最喜欢的是这句话——'允许我们做的事情常令我们心生不悦,但禁止我们做的事情却常常让我们心生渴望。'"

这句话中存在的真谛让她的嘴巴感到火辣辣的。这说得太对了。她对读书的渴望只是来源于大主教不允许她这么做。如果她能轻易得到读书的机会,她还能在其中体验到如此大的愉悦之情吗?她希望还是能够这样。"为什么,杜尔登,你今天一整天都在练习那句话吗?"

"我只是……我想你会喜欢那句话,莉亚。"他结结巴巴地说道,额头上沁出汗水。天气很凉快。她很疑惑他是不是没有和其他女孩分享过这句话。"你听说王太后要来米尔伍德了吗?你怎么看这件事?"

莉亚看着前方的树木,步伐保持不紧不慢的速度。"我知道她快来了,但我不太了解她,真的。事实上我一点都不了解她。我猜她年纪很大?"

"不,她很年轻,"杜尔登答道,"她今年十八岁,我想。"

莉亚停下脚步,紧紧地盯着他。"和瑞奥姆一样大?"

"我们还小的时候,老国王的第一任妻子就去世了。我想我那时候才八岁吧。我记得那时候有件事。她去世三年以后,他就娶了蒙特德龙国皇室的达荷米亚公主。她的名字用达荷米亚语来说是帕瑞吉斯。那就意味着小国王只比他的继母年轻一点点。她肯定会再婚的,因为她和老国王没有孩子。"

"真恶心。"莉亚答道,感到很厌恶。她继续往前走,他也跟着走了起来。"老国王娶她的时候多大岁数?"

杜尔登露出疑惑的神情,迅速思考起来。"将近六十岁,我想。她嫁给他的时候才十五岁——跟我们现在一样大。对,他被谋杀的时候年纪已经很大了。"

"谋杀"这种谴责的说法让莉亚感到良心不安。杜尔登每次对温特鲁德那件事情表示质疑的时候,她都会感到很生气。"他不是被谋杀致死的,杜尔登。他是战死的。"

"这和我听到的不一样,"他用质疑的语气说道,他们走入了一排树林中,他俯身从橡树枝底下穿过。"我不知道温特鲁德那里到底有没有真正发生过一场战役。"

这时她突然看到科尔文在橡树林的另一边。穿过这片树林,来到鸭子池的另一边,就到了猎人的小屋。在小屋的西边有一片薰衣草坪,浣衣女们用这些来熏染衣服或者制作药剂。她看到科尔文蹲坐在花丛中,手中拿着一根断了的花茎。他们没有闪避开,所以科尔文看到了她,然后抬起头,站了起来。他向他们走了过来,她心跳加快,同时又很惊讶。艾洛温不在他身边。

"那是科尔文·普莱斯,"杜尔登啜嚅着说道,语气中透露着敬畏。"他是伯爵,来自……"

莉亚打断他说道:"他是大主教的客人,曾经呆在温特鲁德。我想我可以去问问他那里是不是真的发生过战争,或者如果……"

"那样很冒昧,莉亚。他是一个严肃的人,可不会容忍傻瓜……"

科尔文把玩着手中的那根花茎,穿过那片杂乱的紫色花丛,朝他们走来。

"我要去问问他。"莉亚轻声说道。

"莉亚,别这样!"杜尔登也轻声地回应道。

"你好,莉亚。"科尔文说道。他看向杜尔登,然后一瞬间脸色阴沉下来。莉亚不知道为什么,但是她注意到了这一点。"我相信我们还没互相自我介绍过吧,"他对杜尔登说道。"我叫科尔文·普莱斯。你好。"

杜尔登愣愣地盯着他,仿佛刚刚耳边响过几声炸雷,现在什么也听不到了。

尽管场面很尴尬，科尔文仍旧耐心地等待他的回答。

"这是杜尔登·费斯特，"莉亚拉住他的手说道。"来自费司庭百里区。"他的手心冰冷又满是汗水。"他就是我跟你提过的那个朋友。"

科尔文一脸泰然自若，而杜尔登脸色却白得像鸡蛋壳。

"我们刚刚在谈话，"莉亚继续说道，怜悯地拍了拍杜尔登的手。"谈论有关温特鲁德的各种谣言。你那时候在场对不对，科尔文大人？在那场战役中？"

他有些戏谑地看向她，"是的。"

"刚刚杜尔登跟我说，有些人说那里并没有发生过战争。也就是说盖伦·德蒙特可能并没有击退国王的部队，不像传说中那样没有损耗一兵一卒，没有经历任何险境。据说老国王是被谋杀的。你听说过这些谣言吗？"

突然，杜尔登的说话功能又复苏了，"那不是我说的……我的意思是……那是别人说的，而不是我自己的想法。我毫无疑问相信灵力的力量，但是为了证据和立场，我不能为我没有亲眼见过的事情打包票，因为我在这里，你们知道的……学习。"他吸了口气。"我很抱歉打扰了你，普莱斯大人。这样的事情不会……再次……发生了。"他的脸色由白转绿。

科尔文眼中闪现出丝丝恼意，但语调还是很平稳，"如果我处于你的位置也会这么想。这件事情太不可思议了。但是就像莉亚说的那样，我当时在场。我亲眼见证了事情的发生。当时我们势单力薄，被重重包围，不得不负隅顽抗。很多骑士在那天得到了他们应有的嘉奖，我就是其中之一。那儿的确发生过一场战役，但是灵力与我们同在。那些事情也是真的——我们没有一兵一卒丢掉性命，但是我们人人都负了伤。我们当时在场的人……都不大愿意……提起这件事。那是我们生命中非凡的一刻。因此，外面流传着很多谣言。"

杜尔登的嘴唇颤抖着。"我恳求刚刚的话没有让您感到冒犯。"他含糊不清地说道。

"如果你是莉亚的朋友，你就不会冒犯到我，"他回答道。"告诉我，你比较喜欢什么学科？在抄写哪些古人的著作？"

"我看过很多，但其中维里伯德大主教的著作我学习得最细致。"

"奥德普利克圣书？"

"就是那本。"

"我觉得那本书冗长无聊。但的确也蕴藏了一些智慧。祝你们今天过得愉快。"

说完那句话之后，他优雅地颔一颔首，便走回大教堂。莉亚感到如释重负，想知道他看到他们之后心里是怎么想的。真是困难啊，要在其他人面前伪装成他们只是不熟的关系，不能泄露对彼此的分毫了解。几乎没有其他人知道科尔文曾经藏身于大主教的厨房中。他们不知道莉亚曾经偷了克鲁齐格十字圣球，在穿越比尔敦荒原的时候利用它找到通往战场的方向。他们不知道是她用乔恩·亨特的箭将国王从马上射下。只有大主教和梅德罗斯知道。

她看着科尔文从她面前走过，然后停下脚步，转过身说道："当你有空的时候，莉亚，你可以来找我，沙利文的著作中有一段话我觉得你可能会感兴趣。我读到那段话的时候想起了你。"

莉亚心中涌过一阵别样的情绪——感到温暖，又感到晕眩。她也看向他，看到他的手指又在心不在焉地绕着手中的薰衣草玩。

"我现在需要完成大主教的一个任务，要去朝圣者驿站那儿一趟。我回来的时候会去找你。"

他点点头,转身走进树林中。

杜尔登终于长长地吁出一口气。"他真是……令人畏惧。就像大主教那样。"

莉亚听到他的形容之后笑了起来。"他只是一个普通男人,杜尔登。你在大教堂完成学业之后也会变成那样。"

他摇摇头,略带妒意地说:"我不大相信,莉亚。我不大相信。我觉得我永远也长不到他那么高。"

就像台灯在灯芯和燃油干净的情况下能发出明亮的光,我们的脑子也一样。当一个人脑中充满邪念的时候,任何事情都可能让他堕落。在渴望赞美的人的耳边亲切地说上一句赞扬的话,就可能消除他破坏的意图。我们经常因为心血来潮而意气用事,招致祸端,仅仅因为我们想要贪图片刻的欢愉。在我们的愤怒即将爆发的时刻,只需要轻轻撩拨便可以燃烧起来,然后灼伤我们周围的所有人。但是当我们的意念十分纯净的时候,我们就变成了值得大家学习的明灯。

——高登·彭曼于米尔伍德大教堂

第九章
朝圣者驿站的灵石

莉亚发现科尔文在米尔伍德的出现让她经常难以集中注意力。她想知道，是不是每次遇见他，自己都会失魂落魄。刚刚和杜尔登在一起的时候，这样的事又发生了，莉亚很好奇这样的事情还会发生多少次。他们有很多话不能在人前说出来，因为他们不能表现出彼此熟稔的样子。他刚才说要和她分享一段话——其实是邀请她去找他。他想告诉她什么呢？思考着各种可能性让她备受折磨。

通常情况下，莉亚享受在大教堂底下的地道中穿梭的感觉。她提着一盏灯，四处查看秘密入口是否仍旧完好地隐藏在暗处，而没有被洪流或者塌方所破坏。她记得所有的通道，也记得地面上所有的标志。但是现在她不想履行职责，不想去朝圣者驿站客栈中寻找塞勒，发送大主教的讯息。她只想跟科尔文待在一起，钻研一本她看不懂的著作，从科尔文身上学到一些他的智慧。

她走到了地道中的一个交叉路口，迟疑了片刻，还是选择了走向通往朝圣者驿站的方向。这些纵横交错的通道像密密的网一般在地面下铺展开来，但却只通向四个出口。其中之一就是朝圣者驿站客栈。

还有一个则通往梅德罗斯的秘密洞穴。其他两个出口则离得比较远，在相反的方向，通往大教堂附近的树林。地道里面寒冷而潮湿，她不得不弯下腰，以免被横生的茎蔓划到头发。空气中弥漫着烧油和泥土的味道。

她在心里又默念了一遍讯息的内容，走向朝圣者驿站客栈的地下室，有一块灵石拦在了门口。她伸出手，放在石头上面，回想开门的咒语。只有大声地把咒语念出来，才能使灵石把门打开。

当她的手触碰到灵石的那一瞬间，有一股强大的灵力控制住了她。

在她的脑中，她清晰地看到了斯卡塞特，他是那样的鲜活——甚至能够闻到他呼出的带有洋葱气味的气息。他的手指抚摸着灵石，眼睛散发出银白色的光。**把门打开。**他用念力轻声说道。**你必须帮助我。把门打开！**

来自灵力的能量让她十分震慑。她不自觉地准备说出咒语，但在开口之前死死地咬住了牙齿，不让自己说话。她的手被不知名的力量牢牢地吸附在石头上面。灵力的重量正在压迫着她。

把咒语说出来！我必须和你讲话。我知道你能听到我在想什么，姑娘！这一年我都没有和别人讲过话。你可以帮助我！你会帮助我的！快说出来！

他的意念强硬地挤入了她的脑海中。她不敢开门。她害怕看到他、闻到他身上的气味。他的眼中有一种不顾一切、孤注一掷的神情。他会不择手段让自己可以再一次开口讲话。他在必要的时候会杀了她。一阵又一阵的恐惧和绝望吞没了她。如果她打开门，一切就会结束。她会死。

离我远点！她在脑中咆哮，以自己的意念回击过去。

她终于从控制中解脱，后退几步摔到了地上，手里提着的灯笼也掉落在地，火苗摇曳几下就熄灭了。突然间，一片漆黑，没有一丝光亮。她能感到周围的蚀心邪灵在嗅她身上的气味。灵石上的眼睛变成了红色，在黑暗中看上去像一条微小的裂口。有一股温热而潮湿的油状物质渗到她的手上，她赶紧大力地摇晃手腕将其甩掉。她站起来，盯着那个红色的小孔看了一会儿，然后离开灵石。灵力已经散去，但她仍旧能够感到有一部分仍在她身后呼嚎。她紧紧地攥着手中的剑柄，像狂风中的树叶一般瑟瑟发抖。她大口地喘着气，努力控制住自己的恐惧之情，以及控制住自己的眼泪。密道不是对付斯卡塞特的好地方。

马丁在哪里？她一边从灵石处匆匆离开，一边又开始为他感到担忧。

她在回廊上找到了大主教，他正歪着头与普雷斯特维奇交谈。他抬头看到她，便停住了脚步，眼神逐渐变暗："发生了什么？"

"斯卡塞特在朝圣者驿站的地下室里，现在。"她发现自己的声音比想象中的坚毅。"他戴着魔徽，刚才用它来对付的我。他想要强迫我打开入口。"

大主教的神情突然变得非常惊愕。他向大教堂的大门处看了一眼，然后看向她。

"马丁在哪里？"普莱斯特维奇的声音中充满怒气。

"我不知道，"莉亚说道。"我该做些什么？我感觉到他在灵石的另一头，但我没有打开它。他命令我……他想让我帮他打开。"

大主教的脸色从未如此阴沉过，"我觉得有些事情……不对劲……有一段时间了。我的意念一直被引向朝圣者驿站，所以我才让你去那儿发一条讯息。"他伸出手,握住她的肩膀。"你是我的猎人,莉亚。去朝圣者驿站把他带过来见我。我绝对不能……不能离开地面半步。一刻也不行。更别说去做这件事了。就像之前的治安官那样,他用赤隼链来吓唬你,用他扭曲的念力来破坏你。但是,莉亚,你的灵力比他强。"他目光灼灼地看着她。"你比大教堂的任何一个人都要强。相信我,这是真的。去那里把他带来见我。你得把圣球带在身上。它会保护你,提醒你。还有你的武器。如果他来不了……"他停顿了一下,皱纹印得更深。"那就把赤隼链带过来给我。别让他的脖子上依然套着它就逃走了。快去吧,莉亚。现在就去,赶在他逃走之前。"

"好的,大主教。"

普莱斯特维奇凝视着她。"派个人和她一起去吧。"他说道。

大主教摇摇头,"她一个人就够了。要快,孩子。在日落之前出发。"

莉亚快速地赶到厨房,心跳有力地撞击着胸膛。这一年来,她一直跟着马丁训练狩猎、设陷阱、追踪,更关键的是怎样杀人。她知道怎样猎杀别人,怎样设计他们,怎样躲避他们。但是这次来真的了。她感到喉咙很干,手心沁出了汗。唯一让她感到安慰的就是大主教看她的眼神。他很确定她会成功。那样的信心给了她勇气。莉亚推开厨房的门,冲向里面,惊讶地发现科尔文和埃德蒙都在那儿。埃德蒙又在讲述他的一个故事,让帕斯卡和其他女孩们十分沉迷于其中。他停顿了一下,微笑着向她示意,接着继续讲述他的故事。而她则去阁楼底下的箱子取来自己的弓套、装满的箭筒,还有射击手套。

"莉亚,你吃过东西了吗?"帕斯卡喊道。"已经晚了。你肯定很饿了吧。"

"等一会儿,帕斯卡。大主教让我赶紧去办事。"她戴上紧贴的射击手套,走到摆着各种桶、蜡烛、油桶的仓库的后面。她蹲下来,在别人看不到的地方,使劲取出墙上的一块砖头,砖头后面是一个皮制口袋,里面放着十字圣球。她将袋子系在腰间,然后将砖头塞回原处。

"你想吃点面包吗?"帕斯卡走过来说道。索伊和布琳正被埃德蒙说的某些话逗笑。她把一块小面包递给莉亚,莉亚感激地接过。"你还好吗,孩子?我还可以去拿点奶酪过来,如果你有时间的话。"

莉亚微微地笑了笑。"还有任务。我马上就回来。"她亲了亲帕斯卡的脸颊,便向外走去,把弓和套子挎上肩膀,接着将面包塞入她的包中。

科尔文跟着她走了出去。

她回头看了他一眼,往大门走去。"我不会离开很久。我没有忘记……"他脸上的神情让她停下了脚步。"怎么了?"

"我要跟你一起去。"

她摇摇头。"待在厨房里,科尔文。"

他眼中浮现出一丝恼意,"我并不是不能感受到灵力,莉亚。有事情不对劲。我从你的眼神中看了出来,我也感觉到你内心因此而波动。你要去做什么任务?"

她咬牙说道:"大主教说……"

"不要管他说了什么!"科尔文厉声说道。"你很害怕,却想装作若无其事。你就不能相信我,把秘密告诉我吗,莉亚?好像我在厨房里闲逛可以对谁有好处似的?"

"你很固执,"她不耐烦地说道。"我没时间和你争论这些。和我一起走吧。我会在路上告诉你。"

他轻而易举地跟上了莉亚急切的步子。

"我被派去发送一个讯息,从地道走去朝圣者驿站。那里有一块灵石……你能不要在我每次提到它的时候都这副表情吗!那只是块灵石!它阻拦在地道中,只有说出咒语才能打开它。当我触碰到那块石头的时候,我感觉到斯卡塞特在另一侧。对,我们的朋友。我从护卫那里抢来的魔徽在他那儿,他想用那块魔徽来强迫我开门。"

"老天爷,"科尔文咕哝着,脸上散发出怒意。"我当初应该杀了他。"

她从一旁睨了他一眼,"你现在有机会了。大主教让我把他带到大教堂来。我不知道为什么要这样。但是如果斯卡塞特不愿意来,我就必须把他的魔徽取下。我猜想他不会愿意交出来的,这时你就可以帮忙了。"

"所以他派你去?"科尔文不敢置信地说。"你一个人?"

"我是他的猎人,你这个傻瓜。他还能派谁去呢?我是唯一一个有武器的人。"

他看着她的眼神仿佛她是一个傻瓜。"在我看来,这里还有两个圣骑士,"他咬牙说道,然后示意了下自己的剑鞘。"我知道你一定接受过非常了不起的训练,但是莉亚,你以前杀过人吗?"

科尔文的话让莉亚顿时哑口无言。其实她杀过人,但她从来没有跟他说过。每当她想起这件事的时候,她仍旧会难以启齿,内心充满了罪恶感,尽管她知道自己只是按照灵力的意愿行事。她所造成的后果,只不过是使得本就尸横遍野的温特鲁德战场上再多了一具无名尸体罢了——一个国王。她很想告诉科尔文,但是现在不是吐露秘密的好时机。

"就像我刚刚说的那样,"他继续说道,明显将她的沉默视作默认。"他本可以派我和埃德蒙去。"

想到大主教将他们的安全交付给自己,莉亚面色凝重地看向科尔文,"但是我拥有雄厚的灵力,而你的灵力不如我。"

"我知道的,莉亚。"

当他们来到大门口的时候,大门已经为他们打开了。外面的街道上人来人往,车水马龙,大多都是做买卖的,莉亚很不喜欢。村庄上的居民们很粗鲁,并且愈发粗鲁,就像通常在黎明前的撒野那样。有几道视线朝莉亚这个方向看来,但莉亚对他们视而不见。有些人在他们背后窃窃私语,手指向科尔文。一阵阵风吹来,吹起了地上的灰尘,树上的叶子也不停摇晃着,莉亚抬头看向天空,发现有几朵云从北面快速地飘来。那通常意味着有一场海上风暴即将来临。

朝圣者驿站内闹哄哄的,旅客们大多灰头土脸,而伙计们基本满脸疲惫。她四处搜寻着有没有不对劲的迹象。塞勒正在和客人们交谈着,看到她之后朝她挥了挥手。一群孩子在前台与几个客人们玩耍。其中有一位老妇人,正在讨好他们。莉亚向塞勒走去。

"有什么不对劲的吗?"她问他。

他疑惑地看向她。"看上去像是有一场风暴即将来临。我刚刚已经让布兰特上去修固一下屋顶。你看见他了吗?他有没有用绳子?他每次忘了用绳子都会让我感到很讨厌。大主教有没有说什么?"

"莫德在厨房吗?"莉亚问道。

"是的,我想她应该在的吧。我刚刚去查看的时候她还在。至少我是那么想的。我不大确定。"

所以莉亚和科尔文来到了驿站的屋顶处,走进了厨房。莉亚在打开门之后,检测了一下空气,害怕会有蚀心邪灵。莫德一个人在那里,正在匆忙地准备菜肴和面包。他们进来的时候莫德看了他们一眼，接着端来一盘面包。

"莉亚！"她原本沉重的神情瞬间明亮起来。"我不久之前还想到了你，为你感到担忧。你还好吗？布琳和帕斯卡怎么样？"

莉亚环顾了一下厨房，试图找出任何不对劲的地方。"为什么孩子们在公共休息室玩耍？他们通常来这里玩的。"

莫德的脸色黯淡下来。"他们不想再在这里玩耍了。"

"出什么事了吗，莫德？"

她咬着下唇。"不，其实没有。只是……呃，我跟塞勒说我们应该把这件事告诉大主教，但他不想麻烦大主教。地下室的灵石有问题。它表现得……很奇怪。孩子们现在已经不敢下去了。你知道孩子们经常会胡思乱想。但是我也有点紧张，不敢独自下楼。可能，其实没什么事情。"

莉亚摇摇头，"这就是我来这儿的原因。去塞勒那边，别让任何人进来。等我们出来。不会太久的。"

莫德用毛巾擦干手之后，就冲出了厨房。莉亚看向科尔文，朝远处墙壁附近的暗门点头示意。在他回到米尔伍德之前，那扇暗门是他们最后一次见面的地方。他走过去，毫不费力地将挡在那儿的一个很重的铁铃挪走。莉亚走到另一边，手握上了剑柄。科尔文的下颌紧绷着——她从没见过他下巴如此紧张。他拔出了自己的剑。

"那个地下室不怎么大……"莉亚出声道。她没感觉到有人在下面。

"有多大？"科尔文问道。他看起来很紧张。

"不怎么大。里面基本都是架子和储藏物。灵石就在那一边。"她说道。"我先下去。"

但他已经走在她前面，从屋脊的入口跳下去，"砰"地落地。

她有些恼怒地沿着梯子爬下去，跟在他后面进去。预感告诉她有些不对劲。这种感觉来自于嵌入石门的那颗灵石，她从口袋里取出圣球，它散发出明亮的光芒，驱散了阴影。科尔文看向后面的几个桶，然后向她走近几步。他的下巴仍然紧绷着。

桶那边有一个地方被清理过。桶里面都是鸡骨头、面包碎屑，有些食物从桶上面的缺口中漏出来。地上都是靴子的脚印，以及被踩得到处都是的粮食。

"他不在这里，"科尔文说道。"他知道你要来了。"

"对，但他不知道我有这个，"莉亚举起圣球说道。她在脑海中聚精会神地回忆起他的脸庞和气味——胡子拉碴的下巴，布满血丝的眼睛，浑身散发着汗臭味和油腻味。圣球上面的指针开始旋转。

第十章
托尔山的暴风雨

远处传来暴风雨的咆哮声。一阵阵猛烈的冷风像刀一样刮过莉亚身上的斗篷,寒意渗入她的皮肤。零星的雨滴落到她的脸庞,暴风雨依旧势头不减,空中隆隆作响。她的斗篷被风吹得在身后飘动着,仿佛会被吹走,所以她紧紧地拢住斗篷,继续向前走去。科尔文皱着眉头,因为没有穿斗篷,所以将手臂交叠举在头顶挡雨,神情坚毅。

圣球的指向很明确。它指引他们走出城镇,莉亚在那儿找到了粘着泥土的靴子印,在路上出现了踩踏的几步之后,就消失在灌木丛中。指针和田埂上遗留的污垢都指向了托尔山,一座歪斜的山,从大教堂可以看到,是百里区的最高处。

"我有个问题要问你。"莉亚靠近了科尔文一些,那样她就不用提高音量。

"你总有问题。"他回答道。

"大主教把斯卡塞特的魔徽称为赤隼链。那是以一种猎鹰的名字命名的吗?"

"你说对了。"

"为什么?"

"赤隼在捕捉猎物的时候有什么特别的地方?"

莉亚低头看向圣球,看到指针并没有变动,想了片刻出声道:"我不知道它为什么要用一种鸟类的名字来命名。很明显它没法帮他飞起来啊。我能清楚地看到他的行踪了。"

"如果你曾经用过赤隼捕猎的话,特别是在像现在这样的大风天,你会发现它们盘旋在那里,等待它们的猎物。大多数猎鹰喜欢猛地冲上天,然后急速俯冲下来,但是赤隼体型更小,更加耐心,它们会盘旋着等待时机。当它们找到猎物的时候,就会猛然间急速俯冲下来。"他停顿了一下,用手挡着自己暴露在风中的脸庞,转身看向她。"那些用赤隼链来控制灵力的人一般都奸诈、狡猾——在攻击之前谨慎而警戒地寻找对方的弱点。他们很危险,因为他们能够影响到你的情绪。而这正是蚀心邪灵蒙蔽我们的方式。通过情绪。"

"斯卡塞特擅长蒙骗别人,"莉亚嘲讽道。"自从他一拳敲到厨房的门上开始,就一直在蒙骗我。他拿着你的圣骑士剑,让我根本没想到他是一个小偷。你还记得那个晚上吗?"

"记得。我在努力地回忆。那段过去是怎样萦绕着你。那晚我对你很残忍,你却只是想要帮我。"

一阵旋风将她猛地一推,撞到了科尔文身上。她站回原来的地方。"至少你现在承认了。我经常会好奇你那时候在想些什么。在那种情况下醒来肯定是很艰难的吧,在一个全是陌生人的地方,并且知道治安官在追杀你。而你有可能以叛国的名义被杀。"

"更糟糕的是我当时一直在忧虑能不能相信你。我必须快速地作出决定。你到底值不值得信任?我将愤怒作为自己的保护层。你看透了那种情形。你的大主教也领会到了。我试图故意冒犯你,看你会不会背叛我。当治安官的手下在大教堂中到处暗中搜寻我的时候,你救了我,并没有背叛我,而是救了我,于是我就知道我可以信任你。"

莉亚瞥了他一眼,"你在考验我?"

"我必须知道,莉亚。那是我能知道答案的唯一途径。"

另一阵刺骨的寒风汹涌而至,刮疼了他们的脸庞。在他们面前,拔地而起的托尔山与这里地势格格不入,显得很微妙,山顶一片荒芜。脚印还是往那个地方去的。他们没有走错。

"你能清楚地看到草地上的脚印吧,"莉亚说道,"他在我们前面不远处。我们必须在暴风雨来袭之前抓到他。我真希望在我们逃到比尔敦荒原的时候,我已经像现在这样知道很多事情了。那之后很多天晚上我都睡在户外。我很抱歉我那时候太没用了。"

"当时你在调整自己,让自己能够很好地审时度势。对于已经发生的事情,现在就算懊悔也无济于事。"

当他们开始爬上山坡时,天色已经逐渐暗了下来。过不了多久他们就能抵达山顶了。这座山的一面比另一面陡峭很多。北边的天空划来一道明亮的闪电,轰隆隆的雷声接踵而至。

"这将会是一场美好的暴风雨。"莉亚对此番震动十分赞赏。

"只有你才会说这么寒冷、潮湿、悲惨的一天美好。"科尔文咕哝道,整个人缩得更紧,雨水开始大片大片地落到他们的身上。雨势很急,让他们感到很惊讶。

"这就是我穿了斗篷的原因,科尔文,"她说道。"看看你能不能赶得上我。"

他们俩循着脚印继续向山上爬,山坡经过大雨的冲刷变得泥泞而危险。很快她的卷发就被打湿,凝成一团,倒是不会再被肆虐的大风吹得乱七八糟。走了不一会儿,她在潮湿的草地上一滑,失足跌倒,胳膊撑在了泥地上,下巴也重重地撞了一下子。她想出声咒骂,这时科尔文抓住她的手臂,帮助她站起来。他的温度让她感到很温暖。他本想憋住笑,但还是没能忍住。

尽管瓢泼大雨笼罩着他们,他们还是继续向上行进。她把圣球举起来,着迷地看着它,雨水已经布满了它的表面,但是它的指针还是指着山顶的方向。在圣球的下半部分浮现出一些文字。她将眼睛周围的雨水拭去,紧紧地盯着那些字,但是并不能看懂。

"它上面有一些字,"莉亚停下脚步。山顶就在他们前方,但还是不见斯卡塞特的踪影。一道光照亮傍晚的天空,在浮动的云朵之间形成一道明亮的条纹。轰隆的雷声在天上隐隐作响。

"我看不懂普莱利语,"科尔文双手叉腰说道。他挫败地皱起眉头。"这是在提醒什么吗?"

猎人耐心。猎物大意。

马丁的话在她脑中轻轻回响着。她低头看向圣球,然后转身背对着山顶。

"为什么他不掩盖自己的行踪呢?"莉亚问道。

"也许他认为这场暴风雨会把他的行踪冲刷干净。他怎么知道我们什么时候去跟踪他呢?"

"对,但他为什么来托尔山?"莉亚抹了把脸,继续盯着圣球看。她的内心忽然升腾起一种感觉。"这不是一个躲避的好地方,尤其还在暴风雨中。山顶上没有树,你在每个方向都能瞧见山上的好几里路。那里的确没有什么地方用来……藏……身。"

她停下来,紧紧地盯着科尔文。科尔文也看向她。

"我们现在已经在大教堂的保护之外了。"科尔文轻声说道。

莉亚低头看去,几道细小的光束从米尔伍德里面射出,划破黑暗的夜空。蒙骗——斯卡塞特的最大本事。

"这是一个陷阱,"她说道,同时意识到,现在才发现这点可能已经太晚了。

他们开始急忙往山下赶,努力挣扎着不让自己滑倒,莉亚怀疑他们俩是不是傻瓜。脚下湿滑,走在上面发出吧唧吧唧的声音,时刻让他们担心着,会不会一个不小心就摔倒,滚落到山下,扭伤脚踝或者伤得更惨。他们这样疯狂的举动理智吗?四周很安静,她只能听到他们的喘气声,天边新一轮的雷声,还有拍打在耳畔的重重的心跳声。暴风雨势头略微收敛,但并没有褪去,突然,一阵哒哒的马蹄声从他们身后的山顶上传来。

"我们现在离大教堂太远了!"科尔文恼怒地说道。

"到树林里去,"她答道。她拿起圣球在脑中命令道,**带我们去最近的隧道!** 圣球发出明亮的光芒,指针开始转动,最后指向右边。

"把圣球收起来,莉亚!他们会看到的!"

"我需要知道我们怎么走!那片树林中有一个隧道的入口。一棵古老的橡树和一块灵石守在入口处。我们进去以后就能穿回大教堂的地道。而且马匹在树林中不便行走,我们可以摆脱他。如果我们可以……"

这时,山坡骤然见陡,莉亚感到一只脚已踏空,震惊地喘着气。

科尔文一把抓住她的手臂,在她扭伤腿之前就把她拉了上来。"小心点,莉亚?"

她想对他吼回去,但还是没有这么做。她需要花时间将袖子里的弓箭取出,装上箭。对于逃亡的他们来说,现在每一刻都很珍贵。幽暗的天空中乌云密布,四周一片黑暗,对于他们躲避追击者来说倒是一件好事。他们到了山底之后，就开始拼命地向树林里奔跑。莉亚回头看向托尔山，看到有六七匹马正在飞驰而下。马上的那些人策马狂追，但这只会刺激莉亚和科尔文更加拼命地逃跑。

"快一点！"她喊道。她的心脏在胸膛内跳跃着，吐气之间似能喷出火来。

山边传来一声恐怖的动物的嚎叫声。她没有时间回头一看究竟，她猜是有一匹马绊倒之后摔下了山。他们跑的时候，周围长长的杂草在风中猛烈地摇曳着，天上的大雨突然之间倾盆而下。闪电在空中不停地跳跃，白光照亮了科尔文紧绷的下巴和沉重的表情。一排橡树伫立在远处，让人很容易以为那是躲避的好地方。没有人说话，他们此时能够做的就只是甩开双腿奔跑。

他们身后的马蹄声越来越近。没有人在说话——没有喊叫声，也没有威胁声。只有马蹄落在地上的重击声，马匹喷气和咀嚼的声音。追逐他们的人静默无声，让她更加害怕得颤抖起来。有人在追击他们。绝对是这样。

莉亚的脑中一时间冒出来很多想法。他们离树林越来越近了。现在，每一道闪电都让身处谷地的他们暴露出来。他们可能在地面上能得到较好的藏身，但也只能维持一段时间，他们在树林中能得到更好的遮蔽。之前她还在冷风中瑟瑟发抖，现在她都热出了汗，有多快跑多快。科尔文勉强才能跟上他。他的神色有些狼狈。

又有一匹马嘶鸣起来，叫声离他们很近，她想它八成也丢了命。最后一波大雨之后，他们终于到达了树林的边缘，而后飞奔入内。莉亚一把抓住科尔文湿透的衣衫，拉着他一起在树林中四处穿梭。她跑出来的路线弯弯绕绕，以此来掩盖他们的踪迹。密密麻麻的橡树枝丫在他们头顶结成一个屏障，只有零星的雨水滴落下来，让他们暂时得以躲避外面的暴风雨。在一片漆黑的环境下奔跑很危险,因此他们只能放慢了速度。她放开他的手臂,从肩膀上取下弓套,解开了锁扣,然后停下来。

"谢谢。"他轻声说道,僵直的脖子弯了下来,大口地喘着气。

莉亚的动作匆忙,呼吸急促而沉重。她将弓弦取出,绑在弓的一头,接着将弓固定在树根处,按压住它再将弓弦绑在另一头。在将空的弓套绑在腰带上之后,她试了试弦,对弦的张力很满意。

"继续走,尽量保持安静。"她对科尔文轻声说道,继续往前走,一边留意着那些追击的人们发出的响动。她脑中突然蹦出一个想法。如果追击者分头行动去抓他们,那么他们被抓到的几率就更大了,但是乐观地看,他们所要面对敌人的数量就减少了。如果追击者足够聪明,他们会网罗树林,每两个人都在彼此视线之内,或者至少可以相互隔空传话。

突然,他们左边的丛林中传来一阵响动,莉亚连忙取出一支箭,搭在弓弦上,身体转了一圈来查看有没有异动,接着再次改变他们的路线。有人看到他们了吗?或者其实是一个动物发出来的声音?天色昏暗,很难看清密密麻麻的树林里有什么,浓密的雾气掩盖住了所有的行踪。她能听到科尔文的靴子踩在地上轻微的声响,担心地咬住下唇。幸好这样的声音过会儿就没有了,那就不会暴露他们了。

他们在杂乱的树林中奔跑着,莉亚很快就失去了方向感。她从来没有在黑暗中特别记住某棵树的经历。她能听到不远处那些追击者们的声响。没有人在互相呼喊,只能听到连续不断、沉重压抑的大片马蹄声传来,那些人已经拖着马进树林里来搜寻他们了。

"我需要再次用到圣球,"莉亚轻声说道。"帮我遮挡一下光亮。"她紧紧地拢着披风,蹲到了地上,把弓箭放下来。科尔文在她前面跪下来，离她很近，她都能感觉到来自他脸上的热气。她的手呈杯状捧着圣球，脑中命令它带路。圣球发出亮光，指针转动的角度很微小，但她看到了。

在大教堂周围蔓延的橡树丛中，有一棵树比其他树高出很多。这棵橡树非常魁梧高大，树上较矮的枝干垂下来落到地上，仿佛这棵枝叶茂密的巨树因为饱经风霜而只能垂下枝丫。树茎的根部大约有五六人合抱那样粗。而上面的树杈蜿蜒曲折，长而巨大，在它的遮挡之下完全看不到其他的树。当初马丁给她看这棵树的时候，他曾说过这叫森蒂纳尔，是以另一个生物的名字命名的。那个生物在圣父圣母出生的时候诞生，在结有不朽之果的树前面守护着。马丁说这棵森蒂纳尔橡树大概有一千多岁了。这属于米尔伍德土地的一部分。除了大教堂的猎人，很少有人知道它的存在。

"往这里走，"莉亚说道，她将圣球放回袋子中，背上弓箭。她现在知道该怎么走了，于是尽量在树木环绕的地方向前进。

有几道亮光投射到空中，说明树林中有动静，身着黑色短衣、手拿锋利武器的男人们在树林中潜行。莉亚咬住嘴唇，心中很忐忑，不确定他们的行踪有没有被发现。蚀心邪灵开始在他们周围嗅着他们身上的气息，被他们的所思所想吸引过来。一声细微的哀号声传来，莉亚不知道这是风的呼啸声，还是在林间穿梭的幻影的声音。莉亚抓住科尔文的手臂，继续往前行进。

在森蒂纳尔的另一边，莉亚发现了她一直在寻找的标记。那里有一根残破的树桩，看起来很早就因为闪电和大火而遭到毁坏。那时候她在此处留下了通往一条小溪谷的标记，那里草木丛生，溪流欢腾。

"从那儿下去，"她轻声说道，把箭拿到身后，在溪谷边蹲下来。莉亚让科尔文暂且帮自己拿着弓，接着她跨入寒冷的溪水中，向前走去。这时候的溪水十分冰冷,也比平时更深。通常情况下,溪水只是刚好没过她的双脚。她向科尔文伸出手,于是科尔文将她的弓交还给她,紧接着也迈入水中。他没想到溪水会如此冰冷,倒吸了一口凉气。她小心翼翼地蹚水前进了一段距离之后,看到一块陆地上有一个被灌木丛簇拥的地道。

她可以感觉到里面有灵石,那块石头散发出警告的意味。尽管她曾经使用过它,尽管她知道它在那里,莉亚仍旧能感觉到它牵动着自己的思绪,絮絮低语着阴影中潜伏着的危险和邪恶。她拨开灌木丛,用弓探了探里面,感觉没有东西。这种感觉持续增强着。这里很危险。这是个充满着死亡气息的地方。她咬着牙,蹲下身,进入地道,陷入完全的黑暗之中。她浑身颤抖着,喘不过气来。这个地道中的灵石,在日光中还能令她忍受,但是到了晚上,就让她感到害怕了,尽管她知道是它在掌控她的情绪。

为了消除灵石发出的警告,她缓慢地爬进前方的小洞穴中,直到触摸到冰凉、粗糙的灵石。

"在这里。"她低声说道,然后转过身,发现科尔文并没有跟着她进来。

我不需要一言一行都要应和我的朋友，我的影子才会如此，而且还能应和得更好。你要知道如何聆听，那就算对方说得很糟糕，你也能从中获益。有时候在恰当的时机保持安静，也是一种智慧。此时无声胜有声。

——高登·彭曼于米尔伍德大教堂

第十一章
恐惧

"科尔文?"莉亚小声地问道。

但他并没有回应。

灵石散发出的灵力扰乱了她的思绪,莉亚便用意念阻断了它的干扰。灵石上面有着一双深陷的眼睛,表情非常扭曲,那双眼睛每眨一下,就会有蓝光闪烁一下。她走到边上,发现有一大群的蚀心邪灵在这周围徘徊。科尔文靠在溪谷边的墙上,手握圣剑,紧紧地盯着树林。

"我听到他们的动静了。"他轻声说道。

"这里就是门,"她说道,"他们不知道密语,所以没法通过这道门。快点跟我进来。"

他的呼吸急促起来:"我不行。"

"什么?"

他的身体颤抖起来,"我……我不能进去。"

"那只是一块灵石。我已经安抚它平静下来了。你感受到的恐惧不是真实的,而是它为了把人吓走而发出的警告。来吧,没问题的。"

他闭上眼,身体继续战栗着,"不是灵石的问题。"

他很害怕。她能感觉到恐惧像沸水的泡泡一般从他身上迸发出来。他因为那黑暗、那低处的洞穴而感到惊慌失措。上方的树林里传来枝丫折断的声音,还有人踩在树叶上嘎吱的声音。有十几个人正在朝他们走来。她又走进溪水中,抓住科尔文的手臂。她感到他浑身的肌肉块都在颤抖着。

她凑近他的耳边说道:"如果他们找到我们,一定会杀了我们。来吧,科尔文。穿过这些树就回到大教堂了。"她轻柔地拉着他的胳膊,轻声安慰道。又一声爆裂声传来,闪电又一次照亮了整个天空,在科尔文的脸上投下一片阴影。"往这里走。跟我来。"

就这样,她一遍遍地低声催促着他,他终于愿意走入那一片黑暗中。她盯着洞穴里面看了一会儿,觉得还有很长一段路要走,将科尔文护到自己身后,走了进去。她的手触摸上那块石头,紧紧地按压下去。"伊维莱斯伊渡米亚。"她轻声说道,感觉到科尔文在她说出这句圣骑士语言的时候瑟缩了一下。

灵石从她身前慢慢移开,空气中充满了发霉、油腻的气味。她一直将科尔文拉在身后,直到他们完全进入到这片黑暗中,才放开手。不远处传来水花飞溅的声音。莉亚将科尔文往前一推,自己回到了洞中。一个男人斜靠在洞中,眼中发出银光,手里拿着剑。她看不清他的脸,但能看到他眼中散发出凶狠的目光,这让她想起了阿尔马格。她将灵石关上,使它重新戒备起来,把自己的力量注入灵石之中。当门关上的时候,来自风暴和溪谷的嘈杂声逐渐褪去,徒留他们粗重的呼吸声。黑暗的恐惧侵入他们的骨髓之中。科尔文的牙齿不住地打着战。

她停顿了片刻,心中盘算着他们被抓住的概率有多大——或者结果会更糟糕。

莉亚卸下弓，解开袋子的细绳，拿出小球。小球开始发出光芒，照亮了整个狭窄的地道。它在黑暗中显得格外明亮，照亮了他们沾染尘泥的衣服，照亮了细枝、树叶和尘土。

她突然精疲力竭地坐了下来。尽管知道说话的声音并不会透过厚重的灵石传到地道外边，莉亚还是轻柔地对科尔文说道："你在幽闭的空间会感到害怕，来，科尔文，坐下来。我最近检测过这个地道。这里很安全。过来，我的面包可以分你一点。我差点忘了帕斯卡给我带了这个。"她打开了皮袋子，取出那块小面包，把面包对折、撕开，分了一部分给科尔文。

科尔文将剑收入鞘中，无精打采地靠在墙上。他看起来脸色苍白，脸上有汗水和雨水滑落的痕迹。他伸出手，接过面包咬了一口，接着又颤抖起来。

"至少你的眉毛没有流血。"她啃着面包说道。

四周很安静，他们都慢慢地啃着面包，享受着面包外层的甜味和内层的新鲜软糯。经过这场奔跑之后，莉亚感到饥肠辘辘，此刻她非常想泡一个热气腾腾的澡，穿上干净的裙子，如果在厨房，则会有一桌佳肴等着她。但是比起那些，她更愿意和科尔文单独困在一个地方。她等着他开口讲话，自顾自品尝着帕斯卡的面包，留给他调整情绪的时间。

他的声音像来自一个幽灵。"为什么几乎每次我难堪的时候，你都会在旁边。"他的声音很低沉，他兀自低头看着自己的膝盖，叹了口气，身体又颤抖起来。

"我想我才是那个唯一一个使自己难堪的人，"她回答道。"把你的手给我。"

"什么?"

"你都要冻僵了。把手给我。"

"我知道这里很冷。我们应该继续走了。"

"科尔文,你这样说很可笑。我想对你解释一些事情,所以把手给我。"

第三次,他终于屈服了。她摘下自己的射击手套,两只手握住他的。他的手是那样冰冷。她焐着他的手,在这狭窄的洞穴中向他靠得更近了些,来传递她身上的温暖。"你看,马丁教过我,当我们身体逐渐变冷的时候,我们的思维也会受到不好的影响。你知道这一点吗?如果你在不知所措的时候,身体潮湿而冰冷,那你的思维会受到阻碍。天呐,你的手真冷。把你的另一只手也给我,那样我就能把你的手都焐热了。"他并没有拒绝,这让她感到有些惊讶,于是她把他的两只手握在自己的双手之间,开始摩擦。她从来没有如此亲密地接触过他。他们俩挨得那么近,周围充斥着尘土的气息,莉亚感到轻飘飘、暖洋洋的。她向他的手上呵气,他好奇又戒备地盯着她。在她搓着他双手的时候,他的表情逐渐产生了变化。他露出了感激的神色,因为她并没有嘲笑他的短处,而是设法安慰他。科尔文温和的目光让莉亚不自觉地咽了口唾沫。

"所以你看,"她看向小球,说道:"寒冷加剧了你对密道的恐惧。只要身子暖和一点,你就能再次克服恐惧了。就像你跳入朝圣者驿站的地下室那次一样,尽管你感到害怕,但还是鼓起勇气去做了。"她已经把他的手焐热了,但是还不想放手,她继续握着,并把他的手放到了自己膝盖上。"你的这种恐惧有多久了?"

"承认这一点让我感到很羞耻。"他的嗓音很低沉。她可以听清他的每一声呼吸。他在平复自己的心情,身上散发出的慌张似乎开始逐渐消退。

"你可以信任我，跟我分享你的秘密，科尔文。我不会故意嘲笑你的。"她轻轻拍了拍他的手。

他又重新将头靠回后面的墙壁，深深地叹了口气，"我一直被自己的想象所困扰着。想象一些不存在、但我会害怕的小事。当这种感觉产生的时候，我完全控制不了。我很小的时候就会这样了。"他再次埋下头，"我母亲去世的时候，我还很小。我亲眼看着大主教将她的尸首放入墓穴之中。虽然我当时还是一个孩子，但我已经可以意识到她死了。但当他们开始把盖子合上的时候，我开始想象她可能只是睡着了，就是当他们埋葬她之后，她可能会复活。"他摇摇头，神情有些酸涩。"接下来一段时间我一直做噩梦，梦到她被困在墓穴里面，没法出来。做了那个梦的第一个晚上之后，我就求父亲去检查一下，他当时脸上的表情——他的悲痛之情现在还是历历在目。"他粗声喘着气。"从那以后，我就非常害怕被困在地下。我本来以为我已经克服了这种恐惧。直到今晚，我才发现并没有。"

他看向她，嘴角露出一抹微笑，"你还记得你第一次带我去梅德罗斯洞穴的时候吗？"

她爽快地点点头，他在和她谈心，也没有把手拿走，这让她感到很开心。他愿意让她安慰他。

"你说过你和索伊曾经在山脚下的墓穴附近玩耍。你不能想象我听到这件事之后的心情。一个小女孩曾经藏在一个墓穴里面……还是故意的。"

莉亚咧嘴笑了笑。"你刚刚说的那些事情我从未想过，"她说道。"你很擅长掩饰自己的想法和情绪，科尔文。我希望我也能这样。在大多数情况下，人们总是能通过我的表情看出我在想些什么。但是你总是会隐藏自己的情绪,除了生气的时候。我总是好奇地猜想,你到底正在想些什么?"

"为什么要猜呢?你明明可以问我的。我生气你都不怪我吗?那时我对你很粗鲁,因为我不知道你有多大。那时你看起来至少十六岁了,接近我当时的年龄。我并没有意识到你实际比我小。"

"到今年我的命名日那一天,我才十五岁。真奇怪,和你在一起的那些时光还是不久之前的记忆,但是给我的感觉像是过了几十年一样。"

"你说你有时候想知道我在想什么。比如呢?"他靠近她,眼中流露出好奇和兴趣。

现在轮到莉亚感到不自在了,"呃,我可能不应该问你,所以我没有问。"

"你可以问我任何事情,莉亚。"

他们的关系已经不是可以用语言描述的了。他们一起在比尔敦荒原和温特鲁德共同克服险关的经历,让他俩之间产生了一种有别于他人的纽带。

"我想问你关于艾洛温的事情,"她低下头说道。"你对她……有什么感觉。"

她抬头瞥了一眼科尔文,看到他脸上浮现出一丝慵懒的笑意。"你这话听起来很像恰娜。她是那么希望每个人都能收获幸福,所以她总是不停地提出她的观点和建议。"

"她希望你幸福,这有什么不对的吗?"

"非常对。奥弗迪尔斯大主教曾经针对人的心理和情感撰写了很多文章。他曾写道:'一个人如果声称自己过于陷入爱情,那他其实并没有产生爱情。'她引用了这句话来推断我要么冷酷无情,要么隐藏了自己的感情。"

"所以真相是？"她抬头看他，问道。

"当然是后者。作为一个圣骑士，我知道自己还无法发挥全部的潜能——我的家庭也不能发挥全部的潜能——直到我找到某人才可以。这是承诺，你明白的，灵力的知识必须传承给新的一代。这是我们作为圣骑士，所发出誓言的一部分。"

"为什么你不愿意告诉你妹妹，你很在意艾洛温？"莉亚问道，她感到心中压抑着的一丝渴望就要涌出来了。她渴望自己很强大，渴望自己能听到否定的回答。

他眉头皱了起来，"你为什么这么说，莉亚？为什么你觉得我很在意她？"

莉亚有些不自在地转身，但只能硬着头皮往下讲："我看到你和她在一起的样子。你对她很顺从、客气。我知道她很矜持害羞，这和你的性格很搭。你曾经跟我说你很欣赏索伊温顺的性格。你也很多次责备我口无遮拦……"

科尔文轻声笑了起来。

"你觉得你以前对我的奚落很好笑吗？"

"我笑是因为你注意到了我所有细微的举动，但是误解了我这么做的原因。我会告诉你一些除了我妹妹其他人不知道的事情，她甚至也没有相信我，尽管她知道我从来不撒谎。但是那是真的。"他身体靠前，凑近了莉亚，她甚至能感受到他的呼吸喷在她的脸颊上。"我以前跟你说过艾洛温，我一直知道她的事情。我爱上了……幻想中的她……好几年了。一个可怜的贱民，来自高贵的家族，默默无闻地生活在一个大教堂里面。她并不知道自己的身份。作为一个年轻的男人呢，我脑中有了一个想法，就是我会成为找到她的那个人，成为解救她的那个人。我知道你可能觉得这听起来很蠢,但是先让我说完。"

莉亚盯着他看,喉头动了动,心中很清楚他的双手还被自己握着放在膝盖上,"的确很蠢,科尔文。继续说。"

"当我最终见到她的时候,当我去塞姆普林弗解放她的时候,你可以想象我是那样急切地想要见到她。那一刻我期待了那么久。"他停顿了一下,仿佛在一瞬间沉浸到了回忆当中,"我找不到合适的词来描述当时的心情是怎样的失望。我对那个女孩毫无感觉,一丝也没有。就像你说的那样,她善良、谦恭、温顺。但她就像任何一个普通贱民那样,而不是能成为我妻子的人,不是我想要与之分享生活的人。她不是那个我所期待的,想要阅读圣书,想要尝试,想要提高,想要学习语言、想要游历各方,想要和我嬉笑和争论的人。我真切地感到了失望,莉亚。在过去的一年中,我目睹她一直苦苦挣扎于基础的母语学习之中。她不像你那样在大主教的厨房里长大。她的思维非常局限,并不会往深奥的方面去想,甚至从来不会超出浣衣房里那些寻常的工作。"

他摇了摇头,低头看向他们的手,依然握在一起搭在她的膝盖上,"如果说我在意这个女孩,那只是为她今后所要遭遇的事情感到遗憾罢了。她的余生都会成为政治斗争的牺牲品,成为人质,也可能因为她父母的身份而被谋杀。即使我想和她结婚,实际上还没这个想法,我们之间的结合还有着不可逾越的障碍。普莱利的人民想要她回去。但是她的身份、她父母的身份,会让她的性命成为人们竞相杀戮所要获取的邀功授奖的筹码。我想德蒙特之所以信任我,把他侄女的事情托付给我,就是因为知道我不会为了自己的利益而占有她。"

他抬起头,和莉亚的眼神交汇,"所以……你明白了吗?关于我们即将举行婚礼的谣言只是无稽之谈。我确定你已经知道了。"他轻柔地捏了下她的手,莉亚身子一震。他缓慢地抽出自己的手,"我们应该回去提醒大主教了。"

莉亚起身,将身上的污垢和树叶抖下来,"如果你以后再被困在一个墓穴里面,一定要记住把双手搓热,这样会有帮助的。"她停顿了一下,想要说些什么,但又不敢。"在厨房里的时候,所有人都围在埃德蒙的身边,因为他讲的故事而忍俊不禁……我们再像这样谈话……就比较困难了。"

"是的。"他缓缓地站起来,不得不弯腰来避免蹭到头顶的树根。在他们穿过密道回到大主教的庄园之前,她收拾了一下她的射击手套,又将她弓上的弦取下来。他们一路上需要弯着腰前进,虽然保持这样的姿势讲话有难度,但他们还是交谈着。她向科尔文分享了一些密道的历史,以及在大教堂建立之初密道是如何挖掘的细节,她的日常职责之一就是确认密道修复情况完好,能继续使用。

他们来到了通往地下室的梯子,她先爬上去,推开活板门。外面就是通往大主教书房的接待室。她爬出来以后,听到另外一个房间传来的声音。

一个她不认识的声音,一个女人的声音。

紧接着是大主教的声音,"是的,王太后。我完全了解您的意思了。"

第十二章
帕瑞吉斯

王太后的声音让莉亚感到有些熟悉，这种似曾相识的感觉让她有些困扰。倒不是她的口音或者果断的说话方式让莉亚觉得熟悉，而是她说话时带有的强硬态度。明明言语之中隐藏着憎恶之情，表面上却显得甜美而抚慰人心。

"我的意思，大主教？你觉得你知道我确切的意思了？如您所说，这里欢迎我，却不欢迎我的随从？没有我的，您怎么说的，我的战士？这是一个危机四伏的国家，大主教。我的夫君大人就丧生于这个百里区。您还要我相信自己能在这样无法无纪的国家得到很好的保护？当然，最近这段时间可以另行看待。您刚刚说，要谨慎。对，就是这个词，谨慎。大主教，如果您允许我的随从进入大教堂这片地方，那样才是谨慎的举动。"

大主教的声音中透着恼意，"请求您原谅我，我不能允许那样的事情发生。在上一次国王的随从们踏入这片土地之后，我对他们殷勤款待，我的善意却被他们狠狠地践踏。您很清楚这些地方不隶属于王地。您的前夫也明白这点。"

"那么为什么你们没有调查我丈夫是如何被谋杀的，去找出那些人来，使他们受到严厉的惩罚？那些人要有多坏才会去谋杀神圣的国王。正如您所言，您对此并不关心，但是对于我来说，这却是件非常重要的事情。"

大主教的声音变得不悦，道："只有门登豪尔的治安官才有权利调查这件事情。"

"什么门登豪尔的治安官？自从他来到这个大教堂之后就毫无音讯了！人们最后一次看见他就是在米尔伍德！"

"是的，太后。他最后一次被人看到的时候，正在路上骑马狂奔，企图加入战场上国王的军队。他十有八九没死，或许正和其他幸存者一起到处抢劫。年轻的国王当时还没有被指定为继承人，我又能做些什么呢？那次之后我就没见过护卫了。您话语中透露出来的意思，似乎是说他在这里遇害了，这简直荒谬可笑。祝您晚安，太后。今晚您的突然到访给我的厨子还有我的圣学徒们平添了困扰。我有一些命令和要求需要吩咐下去。"

"我不会因为您的不方便而感到不安。就像您说的那样，我这个客人现在来得不是时候。那是因为我们被风暴拦截在路上了。我们要去的是温特鲁德的村庄。而我带着我的战士们一起走，是因为这个百里区无法无纪——而你并没有针对这样的形势来采取任何的对策。"她的声音含有轻蔑之意。

"这是一个教堂，太后，不是一个军事驻地。我没有办法来处理这件事情，况且我也没有百里区的管辖权。"

"那您最好记住，大主教。您在这里也没有守备部队。那么您也同样会受到那些来自普莱利的、成群游荡的窃贼和雇佣兵的威胁。我还是不想听到您这片安宁的地方受到任何的滋扰的消息。"

他的回答听起来冰冷淡漠。"那么我们彼此了解了,太后。祝您晚安。普雷斯特维奇,带王太后去她的房间。"

只听见门关上之后,她的声音沿着大堂逐渐远去。莉亚轻轻推开了前厅的门,大主教坐在椅子上,脸上的皱纹沟壑清晰。

"进来吧,莉亚,"他低声说道,看到科尔文跟着她出来的时候,露出了惊奇的神情,"你们没有找到斯卡塞特。"他肯定地说。

莉亚摇摇头,"我们沿着他的踪迹追到托尔山,接着十字圣球提醒我们有危险。一些骑着马、穿着黑色短衣的男人在后面追我们,一直追到树林里。我们刚刚从地道里过来。"

"我就是担心会发生这种事,"他轻声说道,"朝圣者驿站有她很多随从。除了一个保镖和两个整理卧室的女士,其他人我都没放进来。我肯定是不敢让其他人进来的。"

"真是好理由,"莉亚说道。"有个人暗中跟踪我们一直到地道门口。他的眼睛会发光。"

大主教低声地说道:"她没有雇佣圣骑士。她丈夫也讨厌圣骑士。她的家族很强大,是达荷米亚那边的王室一系。虽然她很年轻,但是曾经接受过国家管理的训练。你要对她和她的随从保持警惕。他们可能会假装对你友好,试图了解更多关于大教堂的防卫信息,但我要你今晚警醒一些,莉亚。她可能会试图绑架……"

一阵急促的敲门声传来。

没有任何通报,王太后就打开门走了进来,普拉斯特维奇在她后面显得惊慌失措。

"大主教,我提醒过她——"

他抬了抬手:"又有什么事情,太后?"

她看向莉亚和科尔文,他们衣服上满是尘垢,"我是来为明天的行动要几匹马的。但是有人告诉我米尔伍德没有足够的马厩,是吗?这些客人是谁,大主教?也是经历了风暴之后跑来这里的吗?"

"您肯定认得弗什伯爵,"大主教回答道,她的突然闯入让他面露恼意。"另一位是大教堂的猎人。他们的确在路上遇到风暴了。"

王太后看向莉亚,她将莉亚从头到脚审视了一遍,从那凌乱潮湿的头发,到她沾染着泥泞的靴子。莉亚从来没有看到过这样的黑美人。一头乌黑发亮的长发在她背后倾泻而下,一袭绣着银边的黑色长裙端庄优雅,抹胸上面袒露出一大片皮肤,令人咂舌。她戴着钻石耳坠,颈上绕有一串宝石项链,上面印了一个象征家族徽章的巨型蜘蛛图案,与她的浅褐色皮肤形成鲜明对比。她看起来被莉亚的模样逗笑了,嘴角弯起很大的弧度,但眼神中却透露着轻蔑。

"女孩子想法要有多奇怪才会去当猎人,"王太后嘲弄地说道。"我听说应该是个老男人。"接着她看向科尔文,眼神中闪过一丝邪恶,"那么这位是普莱斯大人了。我差点没认出您。我很感谢能够赶上圣灵降临节——一个属于这个国家的古怪的节日。我期待能与您共舞。"

阳光透过团团乌云的间隙晒落下来,为天空披上了件橙色和金色的纱衣。预示着风暴的积云笼罩在托尔山上面,似乎又有一阵疾风暴雨即将来临,道路本就泥泞不堪,如果再来一场暴雨,那就彻底寸步难行了。莉亚和科尔文并排从门房出来走向厨房。

"谢谢你今晚陪我一起去那些地方,"莉亚说道,克制着打哈欠的冲动。"现在这个时候,帕斯卡和女孩们会起来为这些客人的膳食做准备了。帕斯卡肯定非常生气,因为他们来得太突然了。不过,这时烤箱会很热,那我就可以洗一个热腾腾的澡了。既然她已经起床了,而我还没有睡,那我就可以睡在庄园里她的床上,而不用再去阁楼上面。"说完,朝科尔文笑了笑。

"比起睡在一大堆桶后面,还得听帕斯卡怒气冲冲的怨言,当然还是睡在一张床上更好。我完全理解你。"

"你也休息会儿吧,科尔文。如果你把衣服放在普拉斯特维奇那儿,我会在下次把它们带去洗衣房洗干净。"

"你真是考虑周到。我可以跟你一起去那里洗衣服吗?"

她看向他,"洗衣服可不是一件有趣的事情。"

"但我喜欢和你在一起。我也想和你分享一些东西,如果你叫上我的话,最好等到天亮之后。"

他的这些话让莉亚感到很开心。"现在就说怎么样?"

他笑了,"我们现在都已经很累了。休息会儿再说吧,如何?"

"很好。我很想知道你要说什么。等你过段时间要去另一个大教堂的时候,肯定就会对我感到厌烦。我从来……没有遇到过这样能和我无话不谈的人。我喜欢和你在一起。"她脑中忽然闪现过一个问题,在仔细斟酌之前就已经脱口而出。"几天之前,我看到你和艾洛温一起在洗衣房附近。你们当时在谈论些什么?"

他想了一会儿,凝视着太阳升起的地方,"在谈论灵力。我试着以她能理解的方式解释灵力。灵力可以通过任何途径使用——比如从一旁的灵石可以召唤水,也可以召唤火焰来取暖。"他沾沾自喜地看向她。"所以我其实在把你教我的一些东西教给她。我想着把这些知识放入一些熟悉的情境之下来帮助她理解——水、擦洗、紫色的花,这样她会更好地接收这些知识。"

"真的有帮助吗?"莉亚问道,心中开始猜测科尔文的回答。

他摇摇头,"她还是很害怕灵力。如果你来教她,一定比我和我妹妹教得好。她的身体里已经有灵力存在,只是等待一个契机将它释放出来。但是大主教不允许让你来帮助她。他不想让其他任何人知道你的力量。"

科尔文愿意和她说这些话,这让莉亚感到很感激。虽然艾洛温无法用灵力召唤任何东西这一点让莉亚感到很惋惜,但是一想到她的那些优势——她高贵的血统,她在语言和圣书方面的训练——莉亚就感到没有那么同情她了。

进入庄园之后,他们就要往不同的方向走。科尔文走进住处后,莉亚向他挥挥手,继续向厨房走去。明明与科尔文分别没多久,莉亚就已经感到有些难过了。他们之间共同的回忆是其他人无法感受到的,甚至连索伊也不能,这就将他们俩紧紧地连在一起。他们经历过饥渴难耐、席地而睡的艰难时光;他们一起看着那块刻有莉亚脸庞的灵石,使得一片树林燃起烈火;他们一起将一个男人埋在石堆之下。他们甚至在血流遍地的战场上共同浴血奋战过。他们从来不需要对彼此勉强说出什么话,也不用担心下一句话要说什么。他有些东西想给她看,一些他写在自己圣书上的语句。她推开厨房的大门,迫不及待想将自己收拾干净之后去见他。

厨房里就如莉亚所想,已经是一片喧闹。食物的香味一下下地重击着莉亚的胃,她这才意识到自己有多么的饥肠辘辘了。

"再拿一个鸡蛋过来,布琳。在那里——不,在那儿!别浪费了。"帕斯卡揉搓着左肩,看起来忙得上气不接下气。她瞥到了莉亚站在门口,摇了摇头说道。"看看你的样子,孩子。大主教让你整晚都在外面应付暴雨了,是吗?我猜想又发生了一场水灾?我们这里在烘焙五百个面包,就像以前那样。"她笑了笑,又揉了揉肩膀。"我们很忙。但是索伊和布琳都是好姑娘,她们在找米之前就开始忙活了,我本来就来得很早了。我来帮你洗头吧。你的头发还是乱糟糟的一团。你一定不想以这个样子出现在科尔文和埃德蒙面前。我的姑娘可不能这样。"

莉亚差点就忍不住告诉帕斯卡,她整个晚上都和科尔文在一起,在大教堂附近一起面对暴风疾雨。他始终陪伴在她身边,就算在那些骑马的人侵入大教堂边界的时候,他也没有离开。她是那样筋疲力尽,因此接受了帕斯卡的帮助,有了帕斯卡帮自己洗头,她就可以早一点去睡觉了。帕斯卡去隔间从水壶中取些热水,莉亚趁着这空隙将十字圣球藏好,然后脱下她的猎人装束。

"你肯定已经从大主教那儿听说王太后了吧,"帕斯卡说道,"我昨晚仔细地观察了她。她这个人很危险,真的。她裙子的尺度真是羞耻,这可是在大教堂。这段时间她留在这儿,可怜的学徒们肯定会因为她而心神不宁。我来把你的头发抓起来,孩子。噢,真脏。就像你特意在荆棘丛中和泥地里面爬了一圈似的。"莉亚那头乱蓬蓬的头发浸在温暖的水中,水流携带着她发丝上沾染的尘泥,变成棕色的水珠从她的发尾滴落下来。帕斯卡足足用了一大块肥皂,使劲地替莉亚擦洗,才将莉亚的头发和脖子清洗干净。她同时跟莉亚谈论了到访者们,以及她们需要为他们提供的食物,她很好奇他们会待多久。而这时莉亚的注意力却被索伊和布琳聊天的内容所吸引。

她们的声音很轻,反而引起了莉亚的兴趣。她们不想让自己的聊天内容被其他人听到。

"我想他今天会早一点过来,"布琳的声音很轻。"会比昨天早一些。"

"今天一整天可能都会下雨。他只是觉得很无聊,而且喜欢讲故事。"

"你知道他不止是这样。他喜欢你,索伊。"

索伊沉默了片刻,"他是个好人,但他并不在乎我,布琳。他只是很友好。莉亚跟我说过。"

"这可能是恰娜说的,但是我看得出来!你也应该留意到了他看你的眼神。他不会用那种眼神来看我。也不会那样看帕斯卡。"她们的声音越来越轻,莉亚听起来更加费力,"埃德蒙和你聊得那么投入,科尔文离开后多久他才意识到的?他喜欢和你在一起,喜欢来这里见到你。"

"是喜欢和我们在一起,"索伊纠正道,"而且,他几乎已经学完了所有的圣骑士课程。他肯定觉得很无聊了。"

"我可不那么想。而且别假装你不在乎,索伊。我也看到了他讲话时你看他的眼神。"

"你这样很像个六岁的小孩。"索伊嘀咕道,引用了一句莉亚的口头禅。

"你这样也不像十五岁的大姑娘。索伊,今年开始那些年纪比较大的男孩子们开始注意我们了。不是那些我们的同龄男孩,而是大一些的,比如埃德蒙。"

"还有格特曼。"索伊小声地说道。

"我只是想说,你应该留意他一些举动背后的意思。仔细寻找那些蛛丝马迹。比起去回廊和恰娜、艾洛温待在一起,他更想待在厨房这里。那就说明了一些事情。你真应该看一看,当他把你逗笑的时候,他那双眼睛瞬间就发亮了。就像他一直都在盼望着这一刻。"

"你也被他的故事逗笑了呀!"

"我当然也笑了!我只是把我观察到的事情说出来罢了。他是不是来得一天比一天早了?他已经有多少次邀请你和他在圣灵降临节上跳舞了？我们——"

"他会和我跳一次舞。就像他说的那样，他会邀请我们所有人。"

布琳并没有因此被说服，"虽然你那么想，但是我相信自己看到的。要么你告诉我你并不在乎他。"

"我不在乎他……不是那种意义上的。他是伯爵，布琳。而我是贱民。我不爱他。我不爱任何人。"

莉亚想起了科尔文教她的那句话。**声称自己有多不爱的人其实已经爱上了。**

当温暖的水流沿着她的脸颊滑落时，莉亚想到了科尔文，然后她立马制止住自己想下去的念头。这真是荒唐。真是完全、极其的荒唐。她喜欢他陪在自己身边。他们一起经历了那么多，让他们之间的感情变得更加坚固，也让他们更加在乎彼此。但是当她听到布琳的那些话的时候，她开始怀疑自己是不是也被蒙蔽了双眼。科尔文是不是用眼神告诉了她那些他不敢说出来的话？有太多暗示了。他觉得艾洛温恬静的性情以贱民的身份看来很吸引人，但以妻子的身份却并不如此。他渴望有人陪伴在自己身边，有那么多女人可以，他却只想和莉亚待在一起。他想和她一起去洗衣房，给她看一些他圣书上所写的东西。只要想到这些事情，莉亚就感到胸口受到了冲击。她迫不及待想要今天下午快一点到来。

你可以从任何人身上学到东西,就算是你的敌人。

——高登·彭曼于米尔伍德大教堂

第十三章
狄埃尔伯爵

　　早晨晚些时候,雨才停了一会儿,不过浓密的乌云依然笼罩着大地,遮蔽了阳光。雷声隆隆,仿佛预示着什么不好的事情。客人和他们的随从们已经起来了,庄园里面人来人往,一片喧哗。多次被外面的吵闹声吵醒之后,莉亚虽然很疲倦,但还是很兴奋地起床了,前往洗衣房远离这片喧哗之地。到了洗衣房后,她惊讶地发现科尔文已经到了。他手里正把玩着一株薰衣草,一双眼睛认真地观察着它的颜色,又凑上去嗅了嗅气味。看到莉亚进来之后,他从长凳上站起身来。

　　"天气很糟糕,所有人几乎都待在屋子里,"他皱着眉头说道。"你睡着了吗?"

　　"睡得不大好,"她承认道。接着她通过灵石召唤来一股水流,将篮子接在下面。"我的睡眠总是很浅。轻微的声音也会把我吵醒。"

　　"有人把盘子打碎了,"科尔文说道。"那之后我就一直在床上翻身,实在睡不着,最后决定起床来这里听雨。"

　　莉亚将科尔文的衬衫浸入水槽里。她想起了上一次帮科尔文洗衬衫的事情，心口还是一阵钝痛，让她不自觉咽了咽口水。"看起来我们这儿的薰衣草把你迷住了。你昨天也在这一片草地里散步。"

"我正打算送一束到弗什庄园去。这边的品种和我住的百里区那边的品种不一样。苹果也是……米尔伍德有一些东西是独一无二的。"

莉亚将衬衫放在棱石上面用力搓洗着、拍打着，还用了一大块的香皂。"这里和你读书的地方——布勒贝克大教堂有很大不同吗？"

"和这里无法相提并论，"他走到她身后，说道。他用敬畏的眼神凝视着高大的教堂。"这是王国内最古老的大教堂。布勒贝克大教堂是在我祖父那时候才建成的。我们那里并没有深厚的历史底蕴。每一个国家都会有一所特有的大教堂。我很庆幸我们的大教堂很……简朴，不像达荷米亚的那样奢华。"

莉亚拧干衬衫，漂洗一遍之后，又将其拧干。她想听他说那些要告诉她的话，但还是决定岔开话题。"老实说，我甚至不知道达荷米亚在哪里。我只知道王太后来自那个地方。而且嘎咕怪石这个单词也是来自他们的语言。"

"你到现在还记得这个单词，这让我很自豪。在我们对岸还有很多国家：浩特兰德，派斯，摩恩。达荷米亚在南边，和我们这里隔了片海。我们两国已经交战好多年了，但是现在处于和平期，因为老国王和帕瑞吉斯联姻了。就像小国王会和她的侄女结婚，来扩大联盟的力量。这段联谊的相关事宜已经在进行中了，尽管她还很年轻。"

洗完这件衬衫之后，她又开始清洗自己的脏衣服。他和自己开始谈论婚姻问题了，"王太后嫁给老国王的时候真的只有十五岁吗？"

"一般女孩子不会在这个年纪结婚。"

的确如此，莉亚内心想道。她大声地说道："是的，也不会嫁给年纪这么大的。会有这种情况出现吗？我在米尔伍德这里似乎没有见过夫妻年龄差这么大的婚姻。"

"你见过大教堂的婚礼吗?"他疑惑地问道。她看不透他的神情,但也没有错过他神情中那一丝饶有兴致的意味。

"在大教堂里面?没有,从来没在里面见过。我唯一一次进入大教堂,还是在把你从朝圣者驿站那里救出来的途中。"

"但你没有资格进去……"

"很明显我不是通过允许之后才进去的,科尔文。我是被小球带到那里,然后通过地下通道过去的。这也是我找到你并且躲过了护卫手下的原因。有一个房间在下面,里面有一排长凳和一张石桌。那里的灵力非常强大。"

"别再多说了,"科尔文不自然地笑了一下,仿佛难以置信刚刚听到的话。"不是圣骑士的人是不允许进去的。至少也得是准圣骑士的人才能进。"

"所以你不能告诉我那意味着什么吗?那些长凳,那张桌子?"

"别问我这件事了。"

"这就是为什么那么多女孩不想成为圣骑士?因为她们在完成学业之前得结婚?"

科尔文交叠双臂,看向远处,"对,这种情况很常见。不过我妹妹发誓说她要在成为圣骑士之后再结婚。"

莉亚将湿衣服拧干,余光瞥了眼科尔文,又开始重新把衣服洗一遍,"她这样做是为了取悦你吗?"

"作为伯爵的妹妹,她和任何一个有地位的男人结婚都是有优势的。如果我出事了,她可以继承我的爵位。许多追求者都想方设法抓牢她,和我沾亲带故。但是她和我说过她会和一个圣骑士结婚,我也对她做出这样的决定感到自豪。"

莉亚微微笑了笑,"如果你妹妹和圣骑士结婚,那他应该没那么希望你死了。你有中意的妹夫人选吗?"

"你为什么这么想知道?"

"是埃德蒙吗?"

科尔文听到这句话的时候忍不住笑了。莉亚从他的眼神中看出,他心里完全不是这么想的。"你觉得她和他在一起是不会幸福的,对吗?"

"她把自己的人生大事交付给你了,科尔文。所以你到底会考虑怎样的人选?"

"她现在才二年级。我还不急着开始寻找人选。"

"我还想知道的是,你会找什么样的人?"

他沉默了一会儿,表情变得严肃起来,"莉亚,现在不是合适的时间或者……时节。国家正处于再次内战的边缘。任何一刻都有可能突然爆发战争。只要德蒙特影响力没有减退,那国家就能保持和平的局面。但是现在依然危机四伏。"

她继续洗着衣服,转头看了一眼科尔文,他眼中流露出忧虑的神情。"我还想知道更多的消息。"

"我不想把你吓到。"

"我不会被吓到,科尔文。这个世界那么大,这个国家也那么大。让我为你分担一些重负吧。是和大灾难的噩兆有关吗?所以现在不是合适的时节?"

他盯着她片刻,然后点点头。"这种疫情已经蔓延到各个国家中去了,并不只在我们国家。我们不知道它会以怎样的形式出现,但是大主教们都害怕它出现之后会极具破坏力。不久之前发生过前所未有的严重的大灾难。它通常是通过战争的假象发生,但这一次情况可能会有所不同。至少我的大主教是这么认为的。但是那些国家的统治者们都不听从大主教们的话。很多年以来,国家的掌权人都不是圣骑士的身份。甚至我们国家的现任国王也没有意愿、耐心或者谦逊的态度去学习,从而取得圣骑士的头衔。他只想成为一个骑士,而不是圣骑士。所以现在大灾难带来的威胁仍然急剧增长,但掌权者们却因为他们的出身,对这些情况视而不见。"

"我不懂。"

"灵石的力量开始逐渐衰退,它们所能提供的保护也越来越弱。布勒贝克的学生已经完全不能控制它们了。现在控制一块灵石需要更强大的力量。米尔伍德这儿没有发生这种事情。但是在其他大教堂,情况有所不同。这预示着会有麻烦即将来临,我们在未来会遭遇毁灭性的危险。许多掌权者并没有接受这个事实,仍然把注意力投放在权力、土地和金钱上面。最显著的一位就是卡斯珀的伯爵了。你听说过他吗?"

莉亚想了一会儿,"我曾经听大主教提起过他。我想他几年前来过这里。他是所有伯爵中最有钱的,是吗?"

"也是整个王国中最高傲、最贪婪、最有影响力的大人物。他并不缺土地、身份、财富或者继承权,但他反抗德蒙特,要求给他的土地提供更多的补助金,并且不接受协商。华瑞克和安德烈尔的伯爵也和他站在同一战线。我们听说他们正在组织一支部队来反抗德蒙特,以夺取对国王的监护权。"他的面部因为感到恶心而有些扭曲。"他们想控制国王,这样就能获得更多的地产和财产。他们痛恨权利掌握在一个尊贵的……男人之下。"

一个声音从外面的雨声中传来,打断了他们的谈话,"我的圣母啊,弗什,我简直不敢相信你在用长篇大论的政治感言来讨女孩的欢心。不要干预她的想法。你这是在误导她!"

说完之后,这个男人就从外面走了进来,头发和斗篷都被淋湿了。他和科尔文差不多大,只有下巴上有一圈胡子。他长得很英俊,但看起来很刻薄,仿佛他觉得这整个世界就是一个大笑话,然而只有他一个人能懂。他有着一头长发,束腰外衣上镶着闪耀的宝石。他的腰间系着刀,但是刀上没有圣骑士的标志。

在听到这个闯入者声音的一瞬间,科尔文身体变得僵直,他的眼神显示出他认识这个进来和他们一起躲雨的人,并且对他的到来感到震惊。

"姑娘,我为弗什伯爵的无礼向你道歉。你在这里用自己的双手谋生,他却在一旁胡说八道这些无稽之谈。弗什,你真的缺乏常识。女孩们喜欢听你赞美她们,而不是对她们说教。"

科尔文绷紧下巴,眼神一沉,莉亚意识到他此时很愤怒,并且在拼命地控制着愤怒,这种愤怒暗藏杀机。"你来米尔伍德干嘛,狄埃尔?"

"很明显,我跟着王太后来这里的,傻子。我随她骑马前来调查老国王被谋杀的事情。在这片目无法纪的土地上,我是她的护卫。"

"老国王死于一场战争,狄埃尔。他当时带领了一支具有压倒性优势的队伍。"

"你当时在场,所以你知道事情的来龙去脉。我们只能相信圣骑士从来不会说谎。"他轻轻地笑了,带有一丝嘲弄。"我不需要问你为什么现在在这里。照料德蒙特的小猫?或者你发现了几句在布勒贝克里面没有看到过的箴言,要赶紧抄在自己的圣书里?"他看向科尔文位置附近放着的圣书,又转头看向莉亚,"我和他一起在那里学习,姑娘。我们认识很久了,并且都无法容忍彼此。如果他让你感到无趣了,我为他向你道歉。"

莉亚用力地挤了挤衣服,再将其拧干。这一瞬间,她竟然不知道该说什么。科尔文有些慌张,又愤怒无比,他的手慢慢握成拳,仿佛下一秒就要拔出自己的剑。

她突然灵光一闪,想到了自己该说什么。"你这样打断我们谈话的举动很无礼。"莉亚直视着他说道。

他停顿了几秒才反应过来她说了什么,于是他很吃惊地看向她,继而大笑起来,"为什么这么说呢,我就是故意这样做的,姑娘。你很准确地理解了我的意图。"

"那你在这里逛是有什么事情吗?"莉亚再次将衣服拧干,将余下的水分挤出去,"冒着大雨?"

"其实我在寻找大主教的猎人,"他看向她,笑容中透着戏谑,"有人告诉我来洗衣房这里看看,但是那……"

"那的确是你能找到她的地方,"莉亚说完便站了起来。"有何贵干?"

他先是看起来十分震惊,随后露出了很愉快的神色,迸发出一阵大笑。"这就更有意思了,你竟然和弗什在谈论政治,而不是讨论你替他清洗……或者替他清洗衣服应该收多少钱。我完全想错了。我本来以为你在这儿追求一个浣衣女,弗什。"

科尔文的眼中满是厌恶之情。

"放轻松,弗什。我只是在开玩笑。"

"是吗?"科尔文轻声问道。

"要是我不是在开玩笑,你这样问倒是不错!说得好像你曾经追过女孩一样。好吧,姑娘——原谅我刚刚打扰了你。我听说猎人很矮，有络腮胡。但是很明显我得到的消息完全不对，你很高，而且事实上，你并没有胡子。"

他说话的方式让莉亚感到很有趣——比埃德蒙来这里以后说的所有话都要有趣。莉亚定了定神，忍住笑意。她顿了一下说道："如果你知道怎样可以变矮一些，我很乐意听你说。"

"这个回答很机智，"他恭维道。"你真让我感到惊讶。我在雨中的泥地里走了那么久，就是为了换一种方式来羞辱、激怒弗什伯爵，并且我几乎已经做到了这一点。我的第二个目的就是为了寻找大主教的猎人，并且告诉你王太后今天晚一些时候想在你管辖的这片地方打猎。外面的道路还很潮湿，没法骑马行走，而温特鲁德还在很远的地方，所以我们准备晚一天再离开。我要向她建议让你现在就来吗？或者在你帮这位伯爵清洗完毕之后？"他故意停顿了一下，再继续说道："我的意思是，他的衣服？"

"我必须先问一下大主教的意见。"莉亚站起身说道。

"那是肯定的。"他表示同意，露出了微笑。接着他转向科尔文说道："诺里斯·约克也在这里吗？很好。你有没有听说如果我站到卡斯珀的阵营里，他会给我一个伯爵爵位？"

科尔文摇摇头，脸色依然铁青，"他永远也不可能心甘情愿地放弃掉一个爵位，狄埃尔。他只有可能想方设法夺走你的爵位。"

"他没有继承人，你知道的。你和我也都没有。好吧，准确地说，是没有法定继承人。真有意思。呢，我要回到雨中了。我会告诉王太后你过会儿就到。老鹰们可不会像这雨一样，我们现在只需要一把坚韧的弓。"

"如果大主教允许的话。"莉亚向他点点头，回答道。

他的嘴角又勾出一抹微笑，"没人能违背王太后的意愿。他也不行。"

他转过身，回到外面的大雨中，匆匆忙忙地走远了。科尔文和莉亚站在屋檐下，听着雨滴一下一下敲打在潮湿的木板上面。

"他是狄埃尔伯爵，"科尔文轻声说道，内心却汹涌澎湃。他紧盯着双脚之前的杂乱的草地，说道："他是这个王国里最擅用剑的人，同样也是所有王国中最擅长用剑的人。"

第十四章
造箭者

莉亚先来到了大主教的书房找他,但是普雷斯特维奇跟她讲大主教现在在回廊那边,正和圣学徒们待在一起。她拖着疲惫的步伐回到雨中,行走在一片昏暗之中,将箭筒绑在腰间,手中紧紧地攥着她的弓。与狄埃尔伯爵见面之后,她脑中又产生了很多新的想法,大多数是和科尔文相关的。科尔文一向勤于练习剑法,莉亚对此印象十分深刻。他们还在比尔敦荒原的时候,有天晚上,他说自己这样勤奋地练习,是为了防止以后某一天遇到一个比他更厉害的剑客。**如果我想打败一个比我经受过更多训练、更多经验的人,那我就要比那个人更努力地练习、练习、再练习。**他指的那个人一定就是狄埃尔。

她想到另一次科尔文提及怪眼灵石和这个单词的真实含义。他说怪眼不是一种充满爱意的眼神,他曾看到过贱民和骑士彼此用灵石的这种眼神看对方。这又是在说狄埃尔和他在布勒贝克大教堂的其他敌人吗?狄埃尔没有佩戴任何一样有着圣骑士标记的东西。很显然,他没有通过考核。在狄埃尔出声惊扰他们的那一刻,莉亚能感到科尔文在那一瞬间变得紧绷起来。

抵达回廊之后，莉亚走到门房前面连续地叩门。看门人古尔涅出来说道：

"外面积水很严重，可能会起涝灾。天气这么冷，可以穿上靴子了，莉亚，"他缩了缩身子说道："你浑身都淋湿了。做个听话的孩子，先去厨房把身子烘干吧。"

"然后我顺便去那里帮你拿一个馅饼？"她咧嘴笑了笑，"你可真懒。告诉大主教，我有事要和他说。"

"好的。你可以进来避雨，但是不要坐在我的椅子上，不然会在座垫上留下印子。"他打开门让莉亚随他一起进去，取出一串钥匙。他锁上门房的门，将通往里间的两扇大门之一打开，进去之后又锁上了大门。回廊里面只对圣学徒和教师开放，因为他们使用的金铜非常珍贵。仅仅一本圣书的价值就相当于一撂沉甸甸的金子，因此这样珍贵的财富只有圣学徒们才能享用。大教堂的古籍贮藏在回廊的地下室内，守备森严，外面有好些人守着铁门，掌管着钥匙。莉亚凝视着位于回廊中央的花园，看着古尔涅穿行于这个方形花园四围的走廊中。在他走到对面之后，他打开一扇门，走了进去。

花园的中间有一个方形的喷泉，喷泉的中央矗立着一块灵石。这块石头雕刻的画面是七个少女向圣骑士下跪的情景。莉亚很好奇这有什么象征意义，决定回去以后问一问杜尔登，不过前提是她那时还记得这件事。片刻之后，古尔涅拖着步子回来了，摇摇头。他的头发已经花白，门牙缺了一颗。

他拿起钥匙开锁，一边摇头一边咕哝着："你真幸运，姑娘。大主教同意见你。"

"什么？"莉亚吃惊道。贱民是不允许踏入回廊内的。

"别发呆了，姑娘。我问了两遍来确认这件事。他是大主教。快点跟上来,我们可没有很多时间折腾。"

莉亚跟随他进入了回廊,内心的感受很复杂,既因为自己现在拥有特权进入,又因为现在浑身湿透了。她长这么大,每次经过回廊,都只能盯着没有窗户的墙壁看。有时她能听到花园里传来欢笑声,还有喷泉的水声,但她从来没有企图溜进去。大主教绝对不会允许的。

"最近真是奇怪,"古尔涅说道,"那个王太后——真是个美人,是吧?你见过她吗?"

"见过,"莉亚答道,"她昨天晚上到的。"

"的确。看看她闹出了多大的动静。所有人都在愣愣地盯着她看,尤其是那些圣学徒。她现在正和大主教在一起。"

莉亚觉得那场面肯定很有意思,很想去见识一下,"是吗?"

"就好像大教堂归她管一样。而且我也不喜欢她们国家的语言。那些达荷米亚人只有长相好看,人品一点也不可靠。金玉其外,败絮其中,这就是他们在我心中的印象。瑞奥姆也是这样。这让我想到了她。"

他们通过里面的门,走向回廊。古尔涅打开门,"你结束后我会让你出来的。天啊,又出什么事了,是天空烧着了吗?又有人在敲门。难道不会看外面正在下雨吗?真是麻烦。表现好一点,莉亚。"他为她打开门,在她进去之后,自己一个人拖着步子再原路走回去。

莉亚站在书房的门口,自己觉得有些不自在,看到她的人也都十分震惊。但她很快就将周围人的眼神抛到脑后,敬畏地看着眼前的这一切。回廊由很多方形房间互通而成,在花园的四周构成了一个更大的正方形。每个角落的石墙上都镶刻了一枚灵石,用以照明。周围的墙上、头顶的天花板上,都布满了浮雕和版画。每一面墙上都装有巨大的橡木书架,看上去高大而坚固,上面还装有梯子和挂钩,让人可以拿到高处的书。书架大约有八层高，金色的圣书布满书架，使得墙壁熠熠生辉。房间里遍布着橡木大桌子，像是被改造过一样，圣学徒就站在这些桌前研习圣书，并且撰写自己的心得。回廊这里有多少本圣书呢？莉亚心想。有几百本吗？

"你在这里干吗，莉亚？"马尔恰娜突然在她旁边出现，问道。莉亚只是一味地盯着面前的墙壁和版画，仿佛要把这些都用眼睛记录下来。单单从回廊外面走过，她就已经非常嫉妒里面的圣学徒了，现在得以进来见识内部的情形，她心中的那种感情更加强烈了，近乎于一种饥饿的感觉。这个房间所包含的价值之大、内涵之深令她大开眼界，非常震惊。

"我知道贱民不能进来，"莉亚轻声说道，"但是大主教同意我进来了。每个房间都和这儿一样吗？"她的视线穿过隔墙上的拱门，看向旁边一个房间。

马尔恰娜摇摇头，眼中流露出热切的神情，"这里的圣书比布勒贝克里面的多得多。我今天从奥弗迪尔斯里面摘抄了句子。这个译本和我去年读到的不同。虽然米尔伍德的藏书非常吸引科尔文，但是非常晦涩难懂，于是他选择了去别处学习。"她皱起眉。"大主教和王太后来了。我待会儿再和你说。我和艾洛温在那张桌子那边。"

莉亚依旧站在门口，不敢动弹半分，只是被房间里面数不尽的圣书和金铜散发的光芒晃得眼花缭乱。这个房间里充斥着无穷无尽的智慧。空中弥漫着深厚的灵力。几百年来，这里的藏书与日俱增。

"你在这儿啊，"大主教对莉亚说道，眼中满含恼怒。"我刚刚才跟王太后说，如果今天出去打猎，那将会是个愚蠢的决定。现在你正好从暴风雨中回来。在这样糟糕的天气出去打猎简直太疯狂了，太疯狂。"

王太后声音轻柔地说道:"您的猎人可不会对外面些许的潮湿感到害怕,大主教。这个百里区总是在下雨,不是吗?"帕瑞吉斯王太后依然穿着一袭黑色天鹅绒长裙,和她初来之时所穿的长裙又是不一样的款式,镶着一圈银边。她脖子上挂着一串珠宝,上身的领口依旧很低,令人替她感到羞耻。

莉亚明白大主教的想法,她能通过他的表情看出来他的想法。"尊敬的女士,我过来是为了将您的请求告诉大主教的。这是狄埃尔伯爵告诉我的。如果得到他的命令,我就会随你去打猎,但我觉得这种天气下,骑马会有危险。而且道路充满泥泞,我们不可能徒步走太远。"

"在达荷米亚,比这个更糟糕的天气下我们都出去骑过马。"她加重了语气说道。

"就像我刚刚说的那样,如果得到大主教的命令,我就随您去。但是我并不赞同这个提议。"

大主教眼神一亮,"我同意你说的,莉亚。我也不建议这样做。现在去那么远的地方并不安全。"

"安全?"王太后问道:"您这是什么意思?"

"我的猎人在之前告诉我,有一群骑兵正匍匐在大教堂后面的丛林中。他们可能还没有离开。显然他们不可能是您的人,王太后。他们是侵犯我权力的歹徒。您清楚的,我掌管的领土边界越过了墙外很大一片区域,一直延伸到比尔敦荒原那里。我相信这些歹徒会继续行进,但是为什么您要亲自涉险,引出那些歹徒呢?这代价未免也太昂贵。还是留在大教堂,等到雨停的时候再出去比较安全。"

大主教话语中隐藏的意思让莉亚差点笑出声来。她心里很清楚，大主教怀疑她和科尔文遇到的那队人马正是帕瑞吉斯的手下。但如果她承认他们是她派来的，就像他刚刚声明的那样，她就侵犯了他的权力，会被他驱逐出去。

她的鼻子因为愤怒而一开一合，那双精明的眼睛审视着大主教，斟酌着自己可能需要承担的责任，"您竟然放心把防御工作交到一个年轻女孩子的手上，这真让我感到惊讶，大主教。如果这些流窜的歹徒有更加过分的举动，那会发生什么呢？"

大主教露出一丝狠厉的笑容，"太后，您肯定没听说过关于大教堂防御的历史吧？附近有座山，就是用来提醒人们侵入这片土地会有什么样的下场。"

"我听说过那座山……还有相关的故事，"她的脸庞很动人，"但我不相信那些。"

"可能您只有自己亲身经历过才会相信。但是我不想拿您和您部下的生命去冒险，让你们去这片土地外面游玩。毕竟她还不知道怎么使用弓箭。"

"我本以为她的老师已经将她训练得很强了。"她的声音柔和却不怀好意。她转向莉亚说道："你的弓箭是用什么木材做的？"

"白蜡树。"莉亚答道。

"你自己装箭翎的吗？还是其他村民装的？"

"我们都是自己装的。"

帕瑞吉斯扬起眉，露出钦佩的神情，"可以让我见识一下吗？"

莉亚看向大主教，不确定要不要给她看。他不着痕迹地点点头。于是她缓慢地解开斗篷，取出一支箭给王太后。王太后把这支箭拿到眼前仔细端详着。

"装箭翎技术最好的当属普莱利人，"她说道，接着缓缓地旋转着箭轴，端详着箭翎。"他们就是用这种方式将羽毛线系在箭尾上的。你是普莱利人吗，姑娘？"

大主教在莉亚回答之前开口说道："教她的猎人是普莱利人。为什么这么问？"

王太后抬眼直视着大主教，嘴角浮现出一抹顽皮的笑容，"我的夫君大人就是被普莱利的箭射中而亡的。那支箭上箭翎的安装方法和这支很相像。"

"真的吗？那这个巧合真有意思了。在这片百里区里面有很多普莱利人，王太后。毕竟他们和我们只是隔了一条河。每天都有商贩来来往往。"

"您说那些叛徒？"她问道。

"商贩——那些做买卖的人。"

"啊，我懂了。所以大主教，您的意思是，我在这片百里区上能发现其他人也有类似的箭翎？"

大主教停顿了一下，目光锐利地盯着她，道："我本以为您不会把这个问题问出口。您是想暗示什么，夫人？"

她的声音压得更低了，说道："我认为您知道是谁杀了我的夫君大人。尽管您无法离开大教堂这片土地。但是很少有事情能逃过您的眼睛。您是大主教，大主教是不允许说谎的。但是您很有智慧，您知道如何能避过真相不谈。我就是在暗示这些。现在您的另一个猎人不在这里。您在知道我们要来这里之后，却把他派走了。这让我不得不怀疑您这么做是为了保护他。"

大主教看似神色如常，但莉亚能看到他眼中闪烁着愤怒。他用同样柔和的声音回答道："回廊这儿不适合谈论这么重要的事情。我们可以到我的书房中进一步谈。您的想法大错特错。"

莉亚听到门外有脚步声传来，紧接着就听到门锁打开的声音。她转过身，和刚好走进来的狄埃尔伯爵打了个照面。他的目光从所有人脸上掠过，嘴角浮现出一丝笑容，一副很享受别人争执的模样。"请告诉我，我们今天不用出去打猎了。我现在就像一只不慎落入沟渠中的小狗，简直不敢想象出去以后行走在泥泞中的悲惨画面。"

"大主教不准我们出去。"帕瑞吉斯紧跟着回答道。

"呃，我也是他的支持者之一。他德高望重，充满智慧。告诉我，大主教。我知道您这里有一本奥弗迪尔斯的复制本，或者甚至可能是原版。是真的吗？"

"当然并非原版。"大主教看起来就要怒气冲天了。

"我学习了这么多年，却还没读过这本书。允许我借来一阅吗，大主教？"他很优雅地鞠了一躬。

"我们是不是该继续谈下去了？"王太后问道，她的眼睛闪闪发亮。

他们俩都盯着大主教，等待他的回应。莉亚想说些什么，但又不知道该说什么。一切都发生得如此迅速。狄埃尔想留在回廊是有理由的，而且他不想大主教待在那里。他看向艾洛温那边的目光说明了一切。

突然有一个声音从她的脑海中一窜而过。她震惊地抬头，看向大主教。

保护好艾洛温。

这句话非常小声，近乎低语，只是在她脑海中短暂地掠过，便无影无踪了。她甚至不确定自己有没有听到这句话。大主教紧紧地盯着她，目光深切。在看到她缓缓地点头之后，他终于露出了轻松的神情。

古尔涅为阿德马斯顿和王太后打开门，在他们出去之后又把门重新锁上。狄埃尔从莉亚面前走过，向艾洛温·德蒙特所在书桌的方向走去。

哪里有危险,哪里就潜伏着机遇;哪里有机遇,哪里就暗藏着危险。这两者密不可分,总是相伴而来。

——高登·彭曼于米尔伍德大教堂

第十五章
布勒贝克之吻

　　身为一个女孩，以及目前米尔伍德唯一的猎人，如何去阻止王国内最优秀剑客的行动呢？ 莉亚一边暗自琢磨，一边跟随狄埃尔走进了书房。她努力回想着从马丁那儿学到的所有东西。她可以踩住他的脚，一把揪住他的皮带或者袖子将他撂倒，然后用手掐住他的喉咙或者刺向他的眼睛。她感觉自己的心脏跳得很快。但是想到自己会令他受伤，莉亚心头一阵恶心。或者这场斗争也可能以她摔个狗啃泥而告终。她集中注意力，压抑着内心巨大的恐惧。她经受过马丁的训练。一定没有问题。

　　马尔恰娜看着狄埃尔向她们这里慢慢走来，眼神中满是憎恶。她的两颊浮现出红晕，眼中的敌意像是刀刃一样向他发射过去。种种迹象都表明，他们俩互相认识。

　　"那是奥弗迪尔斯吗？"他嘲弄地问道，"人们都把这本书称为，关于爱情的著作？你总是在读这本书，难道就不觉得厌烦吗，恰娜？"

　　"你想知道关于爱情的什么方面，狄埃尔？"

　　"很多，我在布勒贝克向你说明过。"他转身向艾洛温行了个礼。

"那么,你就是德蒙特的侄女了?不如我想象中的贵族小姐那般美丽。人与人之间天生就是不平等的。我想一定是你身上普莱利的血统起了不好的影响。我只是在开玩笑,亲爱的。你要习惯我这样说话,我也就口舌方面能逞强了。"

"你好。"艾洛温说道。她感到十分羞耻,涨红了脸,眼睛只是盯着自己的手看。科尔文不在她身边,没有人能保护她了。

"我冒犯了你,让你感到尴尬了!"他轻快地说道。"原谅我,姑娘!马尔恰娜已经习惯我刻薄的讲话方式了。我们在布勒贝克就相识,她在那儿整天浪费时间在研究古籍上面,却不肯多了解一些外面的世界。"

"你来这里干吗?"马尔恰娜恶狠狠地问道。

"自然是又一次来冒犯你。我们都有自己的才能。这就是我的才能。而你热爱读书,我却一点也不喜欢。"

"在布勒贝克的时候,你从来不会找机会到回廊这里来。现在你却有兴趣跑来这里,真让人感到不解,不是吗?"

"你真是时时刻刻等待着机会来羞辱别人。"

"你现在是在谴责我吗?"

"这么一张美丽的嘴巴用来吵架真是太浪费了。是不是要我像上次在布勒贝克那样吻你,你才会安静?想一想,在我吻了你之后,大家一定都会非常震惊,然后一段风流韵事就此谣传开来。"他压低嗓音,一点一点向她靠近。

马尔恰娜的脸庞顿失血色。"那次我咬了你,"她轻蔑地说道。"你别再想偷吻我。"

一丝笑容浮现在狄埃尔的嘴畔,"不,我不会偷吻你的。下一次我一定会事先征求你的同意。但至少我现在有了一段宝贵的回忆。特别是我发现你还挺享受那个吻的。你哥哥的反应也很有趣。"他转身看向莉亚,"你是我的影子吗?为什么你还在这里?"

狄埃尔突如其来的挑衅让莉亚有些不解,她看向他,然后突然明白了。就好像她在片刻之内就看透了他整个人一样。她已经明白怎么对付他了。"是您跟着我来这里的,大人。"

他眯起双眼说道:"你身上又脏又湿。"

"您也是,大人。"她恭敬地回答道。"您为什么会来这里?"

"你是在质问我吗?"他挑起眉问道,脸上浮现出怒意。

"没错,"莉亚走向他的另一边,让他不得不扭过头来看着她。于是现在她比他离艾洛温更近了。"您来回廊是为了什么?除了惹圣学徒们生气之外?"

他看着她问道:"你多大了?"

莉亚感到心底又重新焕发了勇气,来应对他的挑衅,"如果您不回答我的问题,那我也不会回答您的。如果您毫无缘故逗留在此处,那我会好意劝您离开。"

他停顿了一下,目光敏锐地看着她。莉亚感到有些慌张,但是站站直,对视着他的目光。她在面对大主教的时候经常如此。

"花多少钱能让你为我效忠?"他低声问道,"像你这样的姑娘得花上五十大洋,甚至一百大洋。我知道你是贱民,你需要服劳役。但是当你服役结束之后,我会很乐意把你收入麾下。"

莉亚一瞬间感到非常吃惊,但是没有表露出来。她已经明白了他的说话方式,"如果您在这里没有事情的话,那么请您跟我一起去门口,守门人会为您开门。"

"你不会被分散注意力,对吗?"他咧嘴笑道。

"我是一个猎人。"她简短地回答道,昂起头,扬了扬眉。

"很好。以防你在这么多圣学徒面前羞辱我,揪着我的耳朵把我拉出去,我会告诉你我来这里的目的。"他向她摇了摇手指。"不要否认你对这个很感兴趣。我的目的是劝说这两位年轻女士离开米尔伍德。"

"劝说我们?"马尔恰娜话语中的厌恶之情不能更明显了,"还是劫持我们?"

"其实我更愿意把你像一只小猪一样捆起来,恰娜,这就是我来这里的原因。我已经告诉你我的目的了,猎人,所以你的眼睛别再这样怒视着我,让我详细解释一下缘由,再问几个重要的问题。"他转头看向艾洛温,"你的舅舅德蒙特,是不是想让你与小国王成婚?"

艾洛温不禁目瞪口呆。莉亚捂着脸叹了口气。

"姑娘,试着控制一下你的表情。如果在法庭上,这样可不行,完全行不通。你的惊讶全都摆在了脸上,那我猜可能是没有。那他接下来是不是准备把你交到普莱利的手上?然后让那些期待你的疯狗像追逐桌子上的残羹剩饭一般地追着你跑?"

当听到他喊普莱利"疯狗"的时候,莉亚浑身的血液仿佛要沸腾起来,但她没有流露在脸上。

"我的……我的舅舅……"

马尔恰娜抓住她的手臂说道:"你不用理他,亲爱的。他只会暗中讽刺别人。"

"我发誓,你要是嘴巴再这么厉害,不管你的牙齿有多么尖利,我都会再一次吻你,羞辱你,"他咆哮道,"最近你哥哥有没有在练习剑术?在这样无趣的天气下很适合好好比试一场。毕竟这里是大教堂。我敢肯定他们有地方来为他设立墓穴。"

"你激将不了我,狄埃尔,"她努力保持镇定的神情,"为什么你这么想知道德蒙特的计划？你自己去问他啊！"

"我问过，但他现在就像处于河流中游，正囿于湍急的水流之中，完全看不清前方的道路。"他看向艾洛温，"如果你足够聪明的话，你应该考虑一下你和小国王的事情。"

"他们是表兄妹。"马尔恰娜提醒他道。

他哼了一声。"我们之中有多少人不是面临二选一的艰难抉择呢？只要有足够的钱，你就完全可以从阿维尼奥买来一部法令。考虑一下，艾洛温。你是普莱利的第一继承人。你是与生俱来的公主，这是你父亲赐予你的权力。而小国王是普莱利名义上的君主——竟然把这个地区交到一个小孩的手上管理。老天弄人，他也是在普莱利出生的！如果你不考虑一下这件事，那真是太愚蠢了。那不仅会扩大他的统治领域，也会加深你的影响力。所以你不应该留在这里，不该去布勒贝克，也不该去王国内的其他优秀的大教堂。国王的子女们都在达荷米亚的德豪特大教堂上学，无所谓你从哪个国家来。你的母亲不能在那里上学，因为她是叛徒的女儿，但是她的母亲——也就是你的外婆——曾在那儿上学，因为她是国王的女儿。你也同样如此，艾洛温。德蒙特也会按着帕瑞吉斯的意愿，将小国王送去那里上学。她不会让步的。小国王不应该被禁锢在德蒙特那一派，对他唯命是从。应该让他做一个真正的国王！"

马尔恰娜的眼睛半闭，让人看不真切，"她是王太后，但并不是国王的母亲。她无法干预国王的命运。"

狄埃尔笑道："她一定会说到做到的。我敢保证。我已经说完我要说的话了。就只是让你们不要在米尔伍德逗留了。你们所有人都不要。"

"为什么？"马尔恰娜出声问道，声音中有一种不顾一切的意味。

"我会告诉你的,但现在大主教的猎人离我们太近了。"他低沉的嗓音听起来很危险,"今晚来我的房间见我,然后我就告诉你。为了等你,我不会锁门。"

"不必麻烦了,我不会去的。"

"你这话听起来很坚决,恰娜。"

"我很坚决,狄埃尔。回去找你的情妇吧。"

"太多了,你指哪一个?"他更夸张的笑了起来,问道,接着就慢吞吞地站了起来,看向莉亚,"你愿意送我去门房那儿吗?在暴风雨中也比在这里暖和。"他优雅地向马尔恰娜和艾洛温鞠了一躬之后,便向门口走去。在莉亚敲铃之后,古尔涅便过来开门。

外面的大雨倾盆而下,雨水连续不断地落入喷泉中的水池中,水池中的水几乎要溢了出来。雨滴噼噼啪啪地洒落在喷泉上面,留下了一个个潮湿又斑驳的印记。

在古尔涅拖着步子走回门房的时候,狄埃尔抓住莉亚的手臂,让她不得不停下脚步。

"我也给你提个醒,"他低声说道,"帕瑞吉斯所带来的随从中,有一个克辛。"

"什么?"莉亚问道。

他低下头笑了。他的这个笑容令莉亚感到有些反感,"一个克辛。去问大主教那是什么吧。保持警戒。他就在这片地方。我已经看到过他了。在我们离开之后,他会继续留在这里。"

说完之后,他没有再看莉亚一眼,就去追赶走在前面的古尔涅。她依然站在原地,抱着手臂,控制着自己不要颤抖。

大主教的厨房里面很温暖,弥漫着汤汁和烤面包的香味。客人们已经用过餐，大多数都回到庄园里享用苹果汁了，只有科尔文、马尔恰娜、埃德蒙和艾洛温还留在这里，看着莉亚和帕斯卡在厨房忙活。其他两个女孩给这些客人端来了他们的食物。莉亚小口地吃着奶酪，一边在脑中回想着今天接触到的那个新词汇。马尔恰娜在来回踱步，一副陷入沉思的模样，不时向她哥哥那儿看去。莉亚从长凳上站起来，走到她身边。

"我知道你在想什么。"莉亚柔声说道。科尔文和艾洛温坐在另一张桌前，她注意到科尔文一直在看着她们。

"我在沉思。"马尔恰娜叹了口气说道。

"让我来梳理一下你刚才的种种表现。你没有碰你的餐勺，你没有告诉你哥哥你碰到了他的敌人了，你一直往门口那边看去，就好像你每时每刻都盼着狄埃尔进来。"

马尔恰娜轻笑道："你是个优秀的猎人，莉亚。大主教没有选错人。"

莉亚耸了耸肩说道："你在犹豫今晚要不要去见他，要不要去打探他知道的秘密。"

马尔恰娜低头看着地上，脸色暗淡下来。"你把我看穿了。"

"你并不担心自己的安危，而是担心你哥哥。如果你能得到对他有利的消息，你就会去做。但是那也意味着你把自己置入危险的境地。你不该去。科尔文一定不想你这样。"

"如果他知道了狄埃尔所说的话肯定会很生气的。"

"还有。狄埃尔为什么说那些话。"莉亚特意点明这一点。

"这是什么意思？"

莉亚停顿了一下，疑惑地摇摇头。"就好像他以某种方式在使用灵力，某种扭曲的方式。我一开始在洗衣房见到他的时候，还没有意识到这一点。他的灵力很强，和你学到的那种方式又有所不同。"

马尔恰娜睁大了眼。"你觉得他会有赤隼链吗？"

莉亚摇摇头，皱眉答道："没有。一个人在使用赤隼链之后，眼睛会变成银色。我的意思是他似乎借助灵力将自己的想法强加于你身上。他故意说某些话来激怒你，就像在你身上撒下种子，之后会像他预期的那样发芽长大。科尔文教了我很多关于灵力的知识，包括布勒贝克的大主教是怎样将灵力传输给他的。狄埃尔也用了相同的方法，只不过他出于自己的私利。那也是他今晚让你去的原因。他把一个念头植入你的脑中，那个念头会不断地放大，再放大，直到你拔掉这个念头，或者照着这个念头去做。"她抓紧马尔恰娜的手臂，"科尔文藏身的那段时间，我也遭遇过这样的事情。那个治安官将一个念头放入我脑中，来影响我的思维。那个念头暗示我，我是德蒙特家族的人，以及他知道我父亲是谁。他说的话都是我渴望听到的，但并不是对的。狄埃尔也在用这种方法对付你。别被他骗了。"

马尔恰娜看着莉亚，又沉思了一会儿。莉亚看得出她脑中在挣扎着，"你说得对，莉亚。他在用某种方式操纵着灵力。他一直很自私。他在想要表现自己的时候就释放魅力，在挫败的时候就发怒，变成一个嫉妒心作祟的卑鄙小人。他从来就不想成为圣骑士，从刚来的时候就看不起圣骑士。他不会成为圣骑士，但我只会和圣骑士结婚。我曾经相信过……狄埃尔爱着我。他表现得很殷勤。一开始我并没有在意科尔文对我的提醒。但是科尔文是对的，你也是。你们俩很像。你们看问题都很透彻。"

莉亚有些脸红，看向科尔文，他正紧紧地盯着她们。她朝他眨了眨眼，表示自己发现了他一直在关注她们的谈话。

"你觉得他真的想让艾洛温和小国王结婚吗？"马尔恰娜问道。

"我不能确定他的动机,我只知道他想达到自己的目的。他试图说服艾洛温考虑一件本不会被考虑的事情。他让你觉得米尔伍德并不安全,而待在达荷米亚——王太后的国家,会更安全。我在某种程度上对他说的话很怀疑。"

"呃,达荷米亚的确是一所有名的大教堂,这一点他没有骗人。德豪特就是达荷米亚的米尔伍德。每个王国的王子公主都在那里上学。被邀请去那里上学是极高的荣耀。据说伊渡米亚是那里的建造者,大教堂后面的灵石可以完成很多奇迹般的事情。"

莉亚好奇地问道:"比如说?"

"你可以具体问问科尔文。是他告诉我这些的。我都不确定自己是不是相信这些传说。"

"给我举个例子。"莉亚坚持道。

"他说,在那里上学的国王圣骑士会拥有非常强大的灵力,他们……他们能以伊渡米亚的名义命令一切,就连大树都听从他们的指挥,比如说可以结出不合时宜的果子。山峦、海洋也听从他们的命令。他们的力量就是如此的巨大……"

马尔恰娜的话语给莉亚带来了很多想法,她感到有些晕眩,甚至不能理解那些想法。这样的情况之前在她身上也发生过,在科尔文向她解释灵力力量的时候。那些想法和念头是如此恢弘巨大,充满了无限的可能性,莉亚甚至感到脑袋沉甸甸的。

马尔恰娜继续说道:"我们这个时代可能没有许多国王圣骑士。大多数国王坚持不到培训结束,因为他们有自己的责任要承担。他们背后的摄政王一般都自私自利,不愿交出手中的权力。很久以前,国家之间是互相援助的。但现在他们在土地、权力、荣誉、货币和贸易方面纠缠不休。"

"我还要问你一个问题,马尔恰娜。可能你能为我解答。克辛是什么?你知道这个名字吗?"

从马尔恰娜听到这个词后的表情中,莉亚立马明白她知道这个词。她露出愁容,面色阴沉。"他们很危险,莉亚。克辛是潜伏的杀手。他们拿钱杀人,誓死捍卫秘密。不管怎么看,他们都站在圣骑士的对立面上。多谢伊渡米亚没有让这种人出现在这个王国里面。"

"谢谢你,"莉亚突然面露忧虑地看向门口,"我现在要去见一下大主教了。"

第十六章
通语神力

　　大主教瘫坐在椅子上,眉头紧蹙。沉重的呼吸声伴随着痛苦从他的口中传出。他坐直了身子,向普雷斯特维奇示意离开。普雷斯特维奇担心地看着他。大主教说道:"我要和莉亚单独谈谈,你在外面等着。我不想有人再来打扰我们。谢谢你,我的朋友。"

　　"您依然为病痛所折磨吗?"普雷斯特维奇拧着眉,轻声问道。

　　"在晚上的时候感觉会更加强烈。别担心。到了早上一切就好了。谢谢。"

　　这位头发雪白的老管家显然没有相信他的话,但依然遵照大主教的指示走了出去,轻轻地关上了门。夜色静谧,只听到一阵沉郁的呼气声幽幽地吐出。桌上的台灯是这夜晚中唯一的光亮。莉亚坐在靠窗的位置,马丁总是喜欢坐在这里。她端详着大主教,他的脸上充满了疲惫和遮掩不住的痛苦。

　　"我很抱歉,又给您平添了负担。"莉亚轻声说道。

　　"你做了你应该做的事情。谢谢你,莉亚。"他目光郑重地看向她。"你还没有意识到我有多么需要你、信任你。现在我来梳理一下已经发生的所有事情。如果漏了哪一点，你一定要告诉我。王太后现在想要把她丈夫的死怪罪给米尔伍德，具体地说，应该是怪罪给我。"

莉亚感到血脉贲张，愤怒地说道："她怎么能这样把罪名安在您的身上？明明是我干的。"

大主教举手示意她停下，继续说道："在我们分析她的动机之前，先来了解一下现在的形势。她放出消息要来米尔伍德，实际上却比消息中所提到的时间更早到达。次日她便带着随从，启程前往温特鲁德，但是她说还会回到这里参加下周的圣灵降临节。马丁还没回来。你在追踪斯卡塞特的时候，在托尔山遭到了骑兵的伏击。那些骑兵很可能是王太后的手下，他们现在可能还在丛林里面搜寻马丁，或者等待你再一次进入丛林中。很明显，他们来之前已经打探过我的猎人长什么样了。狄埃尔伯爵随王太后一同前来，他警告艾洛温·德蒙特离开米尔伍德，暗示这里很危险。他透露给你说，王太后的随从中有一个克辛，而你现在已经知道了他们实际就是雇佣杀手。"他看着面前的桌子。"我有没有遗漏哪件事？"

莉亚突然从窗边的座位上跳了起来。"您为什么还能这么平静地坐在这里？"她开始来回地踱步。"我脑袋好胀！我们现在面临着如此多的威胁，我不知道应该怎么思考，也不知道怎么做。我现在很迷茫，大主教。我是不是应该带着艾洛温冒着暴雨逃跑？有没有什么安全的地方可以庇护她？"

他摇摇头，又轻轻地举起手，示意她平静一下，"还没到时候，莉亚，但是快了。我在认真考虑这件事。我感觉我们应该等一下。"

"等什么？"

"等什么呢？等恰当的时机。到了该行动的时候，灵力会告诉我们的。"

莉亚抱着手臂说道："狄埃尔的那些话让我感到很害怕，害怕米尔伍德会遭遇灭顶之灾。"只要想到有这样的可能性，就让她无比的愤怒。这是她的大教堂，她的家园。

大主教露出一丝嘲弄的笑容，"那就是他说这些话的原因。别相信他，就像我提醒过你，别相信阿尔马格是一样的道理。他准确地告诉了你关于杀手的信息，因为他想让你戒备、担忧。这也是他来这里的原因。"

"我难道不应该担忧吗，大主教？"莉亚又开始来回踱步。"我有什么资格去对抗王国内最优秀的剑客，去对抗一个杀手？我才十五岁。"

"你一直保持着自己的本色。我昨天告诉过你了，你是大教堂之中灵力最强的人。你有着强大的力量、洞察力、智慧和防御力，而这些是你的敌人们所没有的。我和大教堂都会庇护你。不只是我们这所大教堂，所有王国内的大教堂都会遵守誓言和协定。大灾难还没有蔓延到我们这里。所以记住，孩子，我们人数比他们多，我们甚至还有一些你看不到的主人。"

"如果大教堂出了什么事……或者您出了什么事……"莉亚喃喃低语道，感到内心升腾起一阵保护欲。

他眯起双眼，"我的命运取决于灵力的意愿，莉亚。不是取决于杀手，也不是取决于王太后，尽管她自己这么认为。要牢牢记住这些。"

"您想让我做什么？"她尊敬地望着他，问道。他总是变现得很坚毅，她很少听到他讲话如此温柔。

"随时准备好行动，很快就会出现合适的时机，灵力会在那时指引我们，帮助我们做出更加明智的决定。因为外面还在下雨，王太后应该会晚一些离开。她的大多数随从只会说达荷米亚语，平时也用这种语言进行交谈，但是这样的话，我们的帮手就听不懂他们在说什么了。我们得改变一下这种情况。"

莉亚走上前，"怎么改变？"

"过来，孩子。在我面前跪下，那样我就不需要站起来了。我要赐予你神力。"

她感到内心一阵激动，热切地走到大主教身前，跪了下来。她能感受到他身上源源不断发出的灵力。他的双眼因为疲劳而充满血丝，但又因为满腹的情感动容且坚定。莉亚低下头，闭上眼睛，这样就看不到他所划的圣符了。他厚重的手掌抚在她的头上，她感到体内一阵颤动。

"厨娘莉亚，"他的声音深沉而沙哑。"伊渡米亚在上，我赐予你能听懂各种语言、用各种语言说话的能力，这样你就能自如地和别人交谈，不会产生语言不通的问题。我将通语神力赐予你。希望它能助你完成生命的目标。另外，我赐予你和平与守护的力量，那样你就能感应灵力的召唤，完成使命。"

在他说话的同时，灵力源源不断地涌入她的体内。她觉得那股力量在她的血液中欢声雀跃，充斥着体内的每一个角落。泪水从她的眼中滑落，那种紧张的感觉令她感到很熟悉。现在，她身上背负着维护米尔伍德和平的使命。结束赐福之后，他把手从她的头顶拿开。

她小心翼翼地站起来，看着大主教，心中一阵剧痛，说道："谢谢您，大主教！我有一种感觉……我们马上就要分别了。"

他微笑道："我也这么觉得。为了这一刻，你应该已经准备很久了。"他的声音仿佛蕴含着无穷的感伤。他低下头，清了清嗓子，"但愿你能原谅我，我刚刚拒绝了另一个买回你自由的人。我这样做很自私。我应该给你自己选择的机会,所以我现在来问一下你。"

她停顿了一下,坚定地看着他,"我永远也不会为狄埃尔伯爵效劳的。"

"不。我不是和你商量这个。费斯特一家将会来庆祝圣灵降临节,他们希望能让你自由,这样就可以和他们儿子结婚了。显然因为去年的那支舞,你给他们留下了深刻的印象。他们会在周末抵达。"

莉亚的双眼惊恐地睁大,"杜尔登?"

大主教点点头,"决定权在你手上,莉亚。我只有一个要求,那时候你要把艾洛温·德蒙特护送到一个安全的地方。我不会阻止你追求幸福。他是一个不错的年轻人,他会成为一名优秀的圣骑士。你可能还远远比不过他。"

"谢谢您,大主教,"莉亚说完便离开了,因为震惊而不住地颤抖着。

索伊和布琳已经睡着了,厨房的门牢牢地锁上了,所以莉亚只能睡在帕斯卡卧室中的草席垫子上。但是帕斯卡的呼噜声让莉亚整晚都睡不着。她的脑海中思绪纷飞,夹杂着满腔怒火。杜尔登想要和她结婚?他们以前从来没有谈论过这件事。他也没有暗示过他有这样的意愿。

于是在黎明到来之际,莉亚便收拾收拾起床了。她端来一盆水洗脸,洗完之后便开始将打结的头发梳顺。庄园里面的喧闹声比以往开始得更早,莉亚整理完之后也向庄园走去。王太后并没有因为外面下雨而延迟出发,她吩咐随从们准备启程。日出之际,她的随从已经在门外集合完毕。王太后披着件黑色天鹅绒的骑行斗篷,跨在一匹白色的大马上面,马具上布满了银色的星星。她看着大教堂,眼神中满是厌恶之情。莉亚想去吓唬吓唬王太后的马,让受惊的马儿像离弦的箭一样冲出去。主人和她的仆人们都在用达荷米亚语大声地聊着天,莉亚在他们之间穿梭行走。

"雨下得这么大,大教堂还能被我们烧了吗?"一个男人粗鲁地咕哝道,整张脸狰狞而怒气冲冲。

"安静点,笨蛋。"另一个人呵斥道,瞥了眼走过他们旁边的莉亚。

"她是个贱民,"那个男人嘲讽道。"她才听不懂我们在说什么。"

狄埃尔伯爵不在这些骑兵之中,于是莉亚找到普雷斯特维奇询问:"狄埃尔在哪里?"

"还躺在床上呻吟着。希亚拉已经在给他看病了,但是他说肚子太痛,没法骑马出行。他不停地指责大主教给他下了毒。"

莉亚了然地笑道:"这是借口。狄埃尔另有目的,所以不想随王太后一起离开。告诉大主教,我听到有人窃窃私语,说他们要烧了大教堂。"

"他们试试看,我倒要看看他们敢不敢。"普雷斯特维奇声音冷冽地回答道,耳朵因为愤怒而涨得通红。

时间一到,王太后就带领着她的随从离开了米尔伍德,出发去托尔山。莉亚猜想他们会在那里和其他那些人碰面,可能还会有那个杀手。如果狄埃尔说的是真的,那么他会在那些随从们离开以后抵达米尔伍德。她很好奇他是什么模样。接下来的大半天,她都在米尔伍德里面巡逻着,仔细留意有没有狄埃尔或者其他留下来的随从的踪迹。她没有吃午餐,之后便来到了厨房。帕斯卡已经煎好了一些脆饼,仍在煎锅里面,热气腾腾又香气扑鼻。

"昨天你去哪里了?"布琳在旁边转着圈,问道,"雨下得太大了,我们没什么事情做,只能待在室内。埃德蒙和我们一起跳舞了。"

莉亚对着她们俩扬起眉,"是吗?"

布琳露出了灿烂的笑容,"他说他想确定自己知道这个百里区所跳的五月柱舞蹈。他问索伊愿不愿意教他,索伊就答应了。我和帕斯卡也先后和他跳了舞。他跳舞跳得很好,莉亚。当时他说他希望你也在这里,那样他也可以和你一起跳了。"

"他这个小滑头,"帕斯卡手里拿着一杯苹果汁,坐在凳子上,"他故意和我们所有人都跳舞,来隐藏他的真实目的,他只想和索伊跳舞。他迷上你了,姑娘。这就像正午的烈日那样显眼。"

索伊羞红了脸,但是脸上依然维持着镇定的表情,"他是个好人,总是喜欢讲笑话。我觉得你说得太夸张了,他没那么喜欢我。"她用毛巾擦了擦手,"杜尔登去找你了吗,莉亚?"

听到她的话之后,莉亚就差点被脆饼呛到。"他在找我吗?"她结结巴巴地说道。

"对,他前几天放学之后来过厨房。他看起来……很内疚。他做错什么事了吗?"

"这要看情况了,"她感到有些别扭,"埃德蒙也和他跳舞了吗?"

布琳咯咯地笑了起来,帕斯卡哈哈大笑着,索伊只是抿着嘴微微笑了下,"你知道为什么杜尔登会来找你吗?他以前从来没有到厨房来找过你。"

"他就像一般的圣学徒一样有礼貌,"帕斯卡说道,"我本来想拿把扫帚把他赶走,想了想之后还是没这么做。"

"我想我知道他为什么来找我,"莉亚把另一块脆饼拿在手中捻弄,"大主教跟我说,他的父母想来买走我的自由。"

厨房中瞬间一片寂静。索伊和布琳互相对视了一眼之后,再看向

The Blight of Muirwood

她。帕斯卡正要把杯子拿起来喝苹果汁,闻言停止了动作,整个人呆若木鸡。

"你的意思是……"布琳试探性地问道。

"莉亚?"索伊走过来,问道。

"大主教说,杜尔登想和我结婚。"莉亚突然说道。

厨房里再一次一片寂静,气氛有点尴尬。

"他问过你了吗?"索伊轻轻地走到莉亚坐着的长椅边上,问道。

"没有,我好几天没见过他了。"自从那次她碰到科尔文,让杜尔登丢脸之后,他们就再也没有见过。想到他们这么多天没见的原因,莉亚脸部就不自然起来。他一直在努力攒勇气来询问她的意见、告诉她他的想法吗?她从来没有考虑过这个问题。

莉亚感到很荒谬,不禁笑了起来,"我没说我会和他结婚,只不过他想来问我的意见罢了。他的父母去征求大主教的意思,大主教便同意了。"

"他……他同意了?"帕斯卡的表情看起来有些困惑。

索伊和布琳对视了一眼,她们的表情说明她们有事瞒着莉亚。

"怎么了?"莉亚捏了捏索伊的腿,问道。

"你不能和他结婚。"布琳坚定地说道。

"为什么?"莉亚问道。帕斯卡此刻的脸色比牛奶还要苍白。

"这是秘密,"索伊承认有事瞒着莉亚,"是埃德蒙告诉我的。"

莉亚站了起来,感到心脏跳得越来越快,越来越快。杜尔登在找她,这是索伊要告诉她的一件事。但是索伊的眼神明显说明,她还有另一件重要得多的事情没有告诉莉亚。"到底是什么事情?你知道什么就说出来吧!"

索伊咬着下唇,"几天前的晚上,帕斯卡已经睡了,科尔文出去送马尔恰娜和艾洛温回她们的房间。埃德蒙说他不应该知道这件事,但是当时他不小心听到了科尔文和马尔恰娜在谈论这件事。科尔文说他不久之后就会来询问你的意见。"

莉亚死死地盯着索伊,"他们在说什么?"

最终还是帕斯卡开口了:"科尔文想和你结婚,莉亚。这也是他和他妹妹来米尔伍德的原因。"

新的想法总是很脆弱。它可能因为一个嘲笑或是一个哈欠而毁灭；它可能因为一句讥讽而毁灭，也可能因为一个正义之人紧蹙的眉头而消散。

——高登·彭曼于米尔伍德大教堂

第十七章
意图

莉亚想要好好思索一下这件事，但是她的心在胸膛内怦怦怦怦跳得飞快，让她根本冷静不下来。思索？她应该思索些什么呢？她又怎么能控制自己不去想这件事？她从大主教的厨房出来以后，便陷入了贯穿于整个米尔伍德的暴风雨之中。湿漉漉的草地上一片泥泞，但是莉亚顾不得这些。她戴上风帽，想要找一个地方单独待一会儿。那个地方必须远离庄园和旧墓地，因为科尔文可能会去那两个地方。她也不能去洗衣房，因为瑞奥姆可能在那里，看到她以后决计会羞辱她一番。她需要独自整理一下心中繁杂的思绪，需要控制住自己的表情和声音。科尔文想要和她结婚？和她？她很想不顾一切地相信这件事情，但是又怕心中燃起的希望有朝一日会被狠狠地击碎。科尔文专程来米尔伍德询问她的意见。科尔文·普莱斯——弗什伯爵，要和她——来自米尔伍德的贱民结婚？

她回头向长廊看去，艾洛温此刻应该正在那里挣扎在学习中，在讨厌着这一刻，讨厌着每一次的学习，而这样的时刻却恰恰是莉亚求之不得的。艾洛温有资格上学，拥有她自己的圣书。还不仅仅是这些,艾洛温还能和科尔文待在一起,和他一起学习,彼此分享心中的所思所想,彼此坦诚相待。一想到这些,想到这其中的美妙,莉亚就要有些失控。泪水浸湿了眼眶,刺痛了她的眼睛。他曾经的举动有没有表现出对她的在意和珍惜?有没有表现出他对她的存在而感到欣慰?

她的靴子在泥潭里一步一步踩出水花,她意识到自己正向苹果园走去。那是一个躲避暴风雨的好地方。在那里,她可以藏匿在巨大的树枝底下,思考一下心中的那些疑虑,想一想接下来应该怎么做,以及如果他来询问自己的时候,要怎么回答他。从四面八方涌来的瓢泼大雨快要将她吞没了,她不住地战栗着,却并不感到寒冷。她无法控制住自己的感情。

莉亚想起那时在洞穴中,她握住了科尔文的双手,但他并没有把她的手甩开,没有按他的一贯作风推开她。她咬着下唇,不由自主地又陷入无边的思绪中去。不然还会是什么情况呢?埃德蒙亲口对索伊和布琳说了这些,他可是科尔文的好朋友——就像兄弟那样亲近。她此时的心情已经无法用言语来形容了。她只能感到心脏在扑通乱跳,体内仿佛冰火两重天,让她不住地颤抖着。

苹果园在前方隐约出现,离她越来越近。她悄悄地走进去,任由大雨和浓雾包围着自己,来浇灭她内心炽热的情感。她整个人都湿透了,浑身淌着泥水,但她并不在意。她只想在见到科尔文之前独自待一会儿。要是她知道这件事之后还能平静如初该多好。她还有比他更在意的人吗?他们所共同拥有的秘密,使得他们俩之间形成了一种美妙的联系。

她来到一棵坚实的苹果树下,靠在树干上喘着气。刚刚走得太快了。她将头靠在坚固的树木上,摘下风帽,想要听一听雨声。**想一想**

吧，莉亚。想一想。一个贱民可以嫁入大家族。这种事情以前也发生过，不是吗？灵力曾如此强大到让这样的事情发生过的。

她摘下风帽之后，才听到有人在喊她的名字。一开始她感到很害怕，以为是杜尔登，但后来她认出了这个声音，身体随之战栗起来。太快了。她还没有大哭一场，还没有晕厥过去，怎么能现在就要面对科尔文呢？一切来得太快了。太快了。她还没有准备好。

"莉亚！"他再一次喊道，她听到他一步一步艰难地从泥潭上走过来。

她赶紧站起来，走了几步便走到他面前。雨水从他的脸庞冲刷而下。他的头发已经湿得一塌糊涂，水珠不停地从他的发尾落下。他喘着粗气，明显因为追赶她而花了不少力气。

"你走得……太快了……我一直在后面喊你……"

她摇摇头，试着让自己开口讲话："我没听到你在喊我。雨太大了。我听到之后就立马转身了。"

"我很高兴你最后站住了。你为什么在这里？"

"大主教……呃，他说……呃，没什么要紧的事情。你先去厨房了吗？"

"没有，我看到你在外面走过。"

"厨房里会更暖和。"她觉得自己像个傻子。她的大脑已经无法运转。

"厨房里当然会更暖和。你为什么要冒雨来到这里？出了什么事吗？"

"没有。没什么事情。我可以过会儿再去完成任务。你是不是……你是不是有事要我帮忙？通常你不会像这样四处找我。"她看了看四周，确认他们俩是不是单独在这里。她的心脏跳得那么快，她觉得自己不能呼吸了。她非常想去抓住他的手。

"莉亚,我想和你说些事情。我一直想要和你说,但是一直被打断。我想和你分享一些我在圣书里看到的东西,现在那本圣书在我的房间里。我不得不在我们离开米尔伍德之前告诉你。"他低头看向一片泥泞的草地。"我来这里之后就想告诉你了,但是之前我一直没有说出口。直到现在。"

"告诉我什么?"她问道,身体开始战栗。她完全控制不住自己的身体而瑟瑟发抖。

"你看起来很冷。"

"我还好。"

"我应该带你回去。"

"告诉我吧,科尔文。"她用恳求的眼光看着他。

"过来,别在雨中。"他带着她,走到大树底下躲雨。"我和我妹妹谈过了。事实上,在我跟她聊起你之后,是她提出了这个想法。"

莉亚觉得自己快要晕倒了。她咽了口口水,脑中像是烧起来似的。她无法开口讲话,只能靠在苹果树的树干上,凝视着科尔文的脸庞,看着他的嘴一张一合。莉亚将手指紧紧地掐着树皮,屏住呼吸等他说下去。

科尔文低下头,然后看向她的眼睛。雨水从他的脸颊上淌落下来。"大主教有一种力量——一种只有他们能够使用的力量。他们可以通过灵力将你加入一个大家族,让你变得仿佛一开始就出生于这个家族那样。他们不常做这件事,但是的确做过。"他咽了口口水,让自己的声音更加平稳。"莉亚,我和我妹妹……我们希望你成为我们家族的一分子,成为普莱斯,和我们分享家族的名字。"

莉亚一时片刻没有反应过来。她的思绪炸裂开来,就像滚落的石头一样,将她层层围住。"你想要……你想让我成为你的……你的妹妹?"她难以置信地低声问道。

科尔文困惑地看着她,"是的。灵力可以促成这件事。我就是想把圣书中涉及这方面的说明拿给你看。莉亚,怎么了?你看起来很不舒服。"

"没什么。"她撒谎道,眼睛直直地盯着地上。事情的真相狠狠地刺痛了她,就好像她一把抓住了玫瑰花茎,却不知道上面会有那么多刺。

"我以为你会……我们以为你会很开心。如果你加入了大家族,你就可以在大教堂上学。最终你可以成为一个圣学徒。"他的声音听起来很担心。"我以为这是你想要的。"他走到她面前,很明显因为她的反应而感到迷惑不解。"你期待的不是这件事。"

莉亚摇摇头,无法直视他的眼睛,无法让自己从强烈的屈辱感中挣脱出去。泪水又一次出卖了她的心,她死死地抓住树干,弄痛了自己的手指。眼泪不由自主地流了下来,她赶紧把脸转过去。

"你……你知道我这是给你提供了什么吗?"他喃喃地问道。她听出他的声音里透着一丝怒意,并且这丝怒意开始逐渐膨胀起来。"莉亚?你是不是期待从我这里听到别的事情?你以为我会……会怎么样?告诉我你在想什么!"

她咬住下唇,羞愧得一言不发。她泪汪汪地看着他,看到他脸上复杂的表情:困惑、愤怒、担心……种种情绪交织在一起。

他盯着她,双手逐渐握紧。"你本来以为会从我这里听到别的许诺。你以为……我会和你结婚?"

他终究还是说出来了。他一把揪出莉亚内心最深处的恐惧,把她推入了无边的黑暗之中。他说得很大声。已经没有回头路可以走了。

他们不可能当作这场对话没有发生过。她也不可能掩饰住自己对他的心意。

"你本来就在想这个,是吗,莉亚?"他冷淡地问道。

她绝望地看向他,恳求他让自己静一静。

"是不是?"接着,他厉声问道,眼中涌现出两团怒火。

她虚弱地点了点头。她只能承认,不然她说的话也会出卖她。她曾不顾一切想要相信这件事。现在,马尔恰娜说过的话萦绕在她的耳边:**我们总是不敢轻易相信那些有可能会伤害我们感情的事情。**

又一轮新的暴风雨开始了。雷声隆隆,响彻米尔伍德。科尔文转过身去,背对着莉亚,眼中充满了震怒。一阵刺骨的寒风刮过小树林,科尔文转身看向她,第一次开始剖析这件事情,"我实在是难以置信。你觉得如果我和一个贱民结婚了会发生什么事情?我来自一个血统高贵的家族,我的母亲也来自一个血统高贵的家族。我肩负着责任,我为此发过誓。这几百年来,就是因为完成了这个义务和契约,我的家族才得以拥有灵力。我的职责让我必须要和来自同样高贵的家族的人结婚。我知道你有很强的灵力,莉亚,但我不能给你许下那样的承诺。我永远也不能给你。"他摇了摇头,厉声说道:"我是弗什的伯爵。你知不知道如果我和你这样地位的人结婚,会造成什么样的后果?我要抛弃身上所肩负的责任,抛弃我的祖先,抛弃我自己所许下的诺言。你知不知道那样会给我和我的家族带来怎么样的嘲弄、奚落和鄙夷?"他怒不可遏地说着,嘴唇颤颤发抖。

莉亚快要窒息了。科尔文的每一句话、每一个眼神都像一把匕首,冷冷地刺入她的心房,"我很抱歉,科尔文。我很抱歉我……我只是想……我希望……"

"我会失去我的爵位。"他继续说道。"我会失去所有的土地,可能只能留下一个小屋，或是一片不动产。这就是你想要的结果吗？婚姻必须是在双方地位平等的前提下进行的，莉亚。你的灵力比我强。我知道这一点，也坦然接受。但你的地位并不和我对等。你是一个贱民——你都不知道你的祖先是谁。你现在想要抓住的是你无法得到的东西！"

莉亚哽咽着说道："你是这么想我的？"泪水朦胧了她的双眼，羞愧也快要将她吞噬殆尽，一阵猝不及防的怒意接踵而来。"你觉得我在给你设陷阱？我在诱骗你上当？"

科尔文的脸因为怒意而扭曲着，"我从没有想过我和你之间会发生什么事情。"

"我也没有！"

"那你怎么会认为我要和你结婚？你了解我的，莉亚！你比任何人都要了解我得多。保护德蒙特的侄女是我的职责，而不是我的愿望。让我的家族之名继续荣耀下去也是我的职责。职责比愿望重要得多。那是驱使我的动力，会激励我前进。"他的声音低落下去，但是脸上的表情透露出他心中依然激荡的愤怒。此刻他的眼神也透漏着鄙夷和厌恶，"我必须要走了。不能被别人看到我们这个样子。"

"求你！"莉亚抓住他的手臂说道，但他奋力甩开了她。"求求你，科尔文。我很抱歉。是我误解了。"

"你是怎么误解的？"科尔文几乎大喊道，"因为我在隧道里没有推开你？以前我似乎误解了你的每一个举动，但是现在我明白了。"

"不，我只是误解了。我错了。"

"你觉得我会为了你这种人背弃我的地位、我的妹妹和我的职责？作为我的妹妹，你将不会再被别人冷嘲热讽，你的世界将会开拓不少，而我的世界也不会减少分毫。你可以去我们以前谈论过的国家游玩,可以学到更多的东西。作为我的妹妹,你可以做这些。但是这一切都不会有了。不会再有这种事了。"

他的话就像毒药一样令人心痛。他的神情摧毁了莉亚。她必须要让他明白自己的心意。"你是我亲爱的朋友,科尔文。我们一起经历过很多,在比尔敦荒原……还有在温特鲁德的那个夜晚。我无法向任何人诉说我们的友谊对于我的意义,包括我自己。在我内心……你变成了……对我来说更加亲近的关系,不仅仅是哥哥。"

他眼睛看向别处,咬着牙说道:"我不能再待在这里了。"

"求你不要像这样离开。"

他炽烈的目光牢牢地盯着她,"恐怕我真的要离开了。如果我们接下来还一直待在一起,我们之中必会有一个人感到很受伤。我本应该发现你的心意的。我从来没想过伤害你,莉亚。你的友情对我来说也很珍贵。你救过我,但我不能给你你想要的。我不能用这种方式来背弃我的家族。考虑到你的心情,现在再让你加入我的家族的话,就有点不大适合,也有点鲁莽了。现在不行了,莉亚。"

"我知道自己的身份,科尔文,"她啜泣着说道,"我对贱民的身份无可奈何。这不是我能选择的。但是如果我……如果我是艾洛温·德蒙特呢?你会不会……"

他的眼神让她倒吸了一口冷气。

"但,你不是。"科尔文说完,便疾步离去。

第十八章
包围

　　莉亚在一排排的苹果树之间奔跑着,穿梭于纵横交错的枝丫之间。潮湿的雨水不断地鞭打在她身上,污浊的泥水随着她的脚步而四射飞溅。直到身体疲惫不堪,累到难以呼吸,莉亚才停下脚步。科尔文说的几番话使莉亚如芒在背,对自己充满了厌恶。她觉得她快要因此而窒息了。她很快便离开了树林,沿着一个小山坡向下跑去。她跑得越来越快,似乎想要与风速一决高下,也想以此驱赶走心底的阴霾。她都做了些什么!为什么她要把科尔文与她的一切友谊都销毁殆尽?地面湿滑,满是泥泞,尽管没有人推她,莉亚还是一不小心,面朝下摔了下去,跌落到了坡底。她趴在一个脏乱的土堆上面,终于抽噎着哭了出来。
　　一想到她从此失去了他,她就感到心如刀割——不,不能说失去他,毕竟她从来没有拥有过他。她一直以来隐藏的真心就这样暴露了。她埋在内心最深处的秘密,现在就如同一个裸露的贝壳——一个空壳,让人一览无遗。她竟然会觉得弗什伯爵能够忽略她贱民的身份,能够因为她这个人而爱上她、接纳她。他一直向她伸出援助之手,但仅限于友情,没有更多的意思。而她毁了这一切。她该怎么再次面对他?她该怎么在心痛得无法思考、无法言语的情况下看着他?就算当时她在比尔敦荒原中害怕自己再也回不到米尔伍德的时候,内心也没有像现在这般悲凉。

寒风呼啸,莉亚整个人都被暴风雨包围着。这倒让她的心中轻松了一些。是啊,在这种天气就是会被男人毫不留情地拒绝。寒风冷雨是那样肆虐,却也比不过她内心的悲痛,快要将她吞噬殆尽。她坐了起来,紧紧地握着拳头,放声恸哭起来,为自己出身的不公而感到痛苦万分。她从来没有因为贱民的身份而感到内心如此刺痛。

她怎么会这么离谱地误解了他呢?莉亚并不对科尔文的冷嘲热讽感到生气。她只是气自己竟然会相信,他会像自己对他那样地关心自己。真相就如同一个裹着洋葱的空壳,逐渐地飘散出来。自从她救了他以后,这个秘密就开始在她心中生根发芽。但直到现在她才意识到,这一直被她忽视的念头,如今已经发展到了怎样可怕的地步。他答应过她要教她读书,而现在已经不可能了。但最让她感到伤心的,还是他许下的那个在圣灵降临节与她共舞的约定,现在也已经破灭了。天知道她幻想过多少次牵着他的手,随着音乐而翩翩起舞。天知道她回想过多少次在大教堂地下的隧道中牵着他的手,只有他们两个人,没有别人来打扰,而她那时终究抑制不住心中那份不应该产生的情感,还是去安慰他、靠近他、给他温暖。那时他并没有推开她,她心里其实很担心会发生这种事。这就给了她勇气,让她相信他的感情是与她心有灵犀的,只是被隐藏在面具底下而已。而现在,面具拿走了,底下只有对莉亚蔑视的目光。

莉亚睁开了红肿的双眼,低头看向满身泥泞的自己。只见她从头到脚、包括指甲缝里都沾满了泥土和杂草。她的胸膛激烈地起伏着。

又一阵悲痛涌上心头,让她忍不住抽泣起来。她还怎么能回到大教堂?她还怎么能不在脸红成猪肝的情况下直视他?

"莉亚,你这个傻子,"她呜咽道,"你太蠢了,愚蠢的傻瓜。"她太讨厌自己了!

马尔恰娜会对她说什么呢?在莉亚印象中,她永远身着典雅的长袍,一头长发齐整地挽到脑后,梳成精致的发髻,娇嫩的双手上面毫无茧子。莉亚对自己感到恶心。猎人的生活注定会让她身上总是沾满泥尘。而浣衣女们身上总是干干净净的,总是散发着薰衣草的芳香。但莉亚并不是这样。她咬紧牙关,强忍着牙齿的打战,双臂抱紧自己。马尔恰娜毫不保留地向她呈现了自己的友好、和善。她对自己总能发现别人爱情的迹象而感到自豪。一旦她知道莉亚骗了她,她绝对会非常生气。埃德蒙的消息很明显是错的,尽管他自己对此深信不疑。

还有大主教。她如何能对他瞒得住自己的感情?他会怜悯她吗?或者他会明令禁止莉亚再去见科尔文吗?一想到再也见不到科尔文,莉亚倍感折磨。科尔文离开这里是最好的。她知道这样的话,自己还是能挺过去的。但是这种痛楚,她怎样才能继续承受。她是多么的痛心,是自己彻底摧毁了他们之间的友谊啊。

她爱科尔文。她生命中没有其他任何一个事物能让她如此热爱。尽管这份爱让她受伤,尽管他的拒绝让她心中的幻想破灭,但是她还是无法改变内心对他的感情。他有缺点,但有更多的优点让她倾慕。他强大的自制力、他渴望控制灵力的意念、他对妹妹的关心,还有他战胜恐惧、想要取得胜利的钢铁般的决心。他的努力不是出于对金钱的欲望,也不是出于对荣誉的追求,而是出于责任心。她很倾慕他这一点。

莉亚抬起脸,面向天空,任由雨水将她脸上的泥渍冲刷干净。她可以承受住这个结果。从某种程度上来说,她可以的。但是她要怎么做呢?

这需要从意念开始。

这种方法还是科尔文教她的,想到此,莉亚再次感到煎熬备至。她知道自己可以做到这一点。如果她将注意力集中在某件事上面,并且倾注于自己全部的意念和努力,那么她将会在这件事上面取得非凡的成就。她只是需要一点意念,需要激励她前进、给予她力量的想法。

一阵马蹄声传来,莉亚可以听到它们越过了泥潭,离自己越来越近。

莉亚睁开眼,看到三匹马从树林的掩映下走出来。每一匹马上面都坐着一个骑手,穿着黑色的束腰外衣,银线镶边。莉亚想起自己看到过这种衣服的样式——他们是王太后的部下。她站了起来,看着他们驾着马缓步靠近。

"她动了!我还以为她摔下山以后,会扭到脚踝,"其中一名骑手对另一个说道。

"嘘!她能听到我们讲话!"

"但她不懂达荷米亚语。她是大教堂的人。"

第三名骑手示意他们噤声,"她就是狄埃尔提到的那个猎人,他警告过我们要小心她。真是个愚蠢的姑娘,一个人晃到这么远的地方来。看,她的姿势是想要逃走。稳住她,雷纳德,我们另外两个人盯住她别让她逃走。"

中间的骑手是个很英俊的男子,他轻轻地拍了下马背,走近莉亚。"你还好吗?"他用她的母语问道,但是所用的语法与王太后的相同。"我们看到你摔下来了。你是大教堂的人,对吗?"

莉亚的脑中警铃大作。她看到其他两匹马慢慢地停下,然后开始往她身旁两侧围过来。他们将她围堵于山坡之下,使她的退路只有后面的那座山坡,而他们的马匹在山坡上绝对比她跑得快。如果她跑向了苹果园,主动权就掌握在她的手中了。但是现在马匹离得太近了,她也没有可能甩开它们。

她没有说话,只是在脑中飞快地思考着自己有哪些选择。她现在手头没有弓箭,只有短剑和匕首。而他们每个人腰间都系有武器,其中一个人的马鞍头上面还拴着一把石弓。

"不要害怕,"骑手露出友善的笑容,想要消除她内心的敌意。"你摔下来之后有没有伤到腿?"

莉亚试着往后迈了一步,离他们远一些,但紧接着她就因为疼痛而抽搐地瑟缩了一下。这是她的计谋,故意让他们以为她受伤了,无法逃跑。

"她的腿瘸了,"另一个人露出邪恶的笑容说道。"杀手需要一件用来伪装的衣服。我们就把她的衣服带过去吧。"

"那个伯爵说不要伤害她。"又一个人提醒道。他们分别从三个方向逐渐逼近莉亚。

"谁管他怎么想的!"那个人怒吼道。"她是我们的猎物。杀手只想要衣服。他不会在意我们对她做了什么。"

"把你的手给我,"第一个骑手说道,身体向她前倾。他们簇拥着她,她甚至能够感受到坐骑喷出的气息。"我能带你回大教堂。那里离这儿很远。"他脸上虽然带着笑容,眼睛中却毫无笑意。这样的目光和伪饰让莉亚厌恶地想吐。她很明白他们想要对她做什么。

"谢谢你。"莉亚低声说道,依旧抽搐着,一瘸一拐地向前跨了一步。

"你为什么要跑……"在他询问的时候,莉亚向他猛地扑了过去,没有抓住他的手,而是一把抓住了他的手腕。她用另一只手擒住他的衣袖,蹲下身用力往下拽。他直直地从马匹上面摔了下来,闷哼一声栽倒在泥泞的地上。他愣怔了片刻,晃了晃头,仿佛还没有明白自己怎么会从马上摔下来的。莉亚趁此机会抽出短剑,挑起马鞍向他的后脑勺甩去,马丁跟她说过这个致命的部位。于是他没有再起来。

他的马长啸起来,四肢乱蹬,吸引了另外几个人的注意。莉亚趁机走向旁边那个带着石弓的男人,一个回旋绕到马匹的侧面,切断了系着石弓的绳子,于是石弓"砰"地一声掉在了地上。

"抓住她!抓住她!"另一个人喊道,用马刺抽打马前进。

莉亚一个滑步绕到马匹侧面,割断了马鞍的带子,紧接着一剑切入马腹。骏马因为疼痛儿直立起来,马鞍便从男人的背后滑落下去。但他仍然牢牢地抓住缰绳,想要将他的马拉回原地。那匹马扭转着身子,一个腾跃,然后带着男人一起跌入了泥潭中,把他的腿压在身下。他痛苦地嚎叫着,用达荷米亚语咒骂起来。莉亚立刻一脚踩在他脸上,不让他发出声音。

一阵利剑出鞘的金属碰撞声传来,她抬起头,看到最后一个骑手翻身下马,拔剑出鞘。他的脸上一片怒容。

"现在你是我一个人的了!"他达荷米亚语低声说道,逐渐靠近她。"嗯?你觉得用区区一把剑就可以对付得了我?"

他的剑忽上忽下,动作流畅优雅。但莉亚并不在他的攻击范围之内,因此没有动身反击。她在心中默数着他的步子,努力抑制住自己的恐惧。她伸出左手,抽出了短刃。

"现在你不过也就有一把短刀!你想要用短刀来刺伤我!"他动作

利落地冲向她，缩小了他们之间的距离，手中的剑瞄准了她的肩膀，而不是心脏。她知道他不想杀了她，那会毁了他本来想做的事情。莉亚扭过身，用短剑挡过刺来的剑锋。她一把挑起对方的剑，快步向前，然后紧紧地握住了他们俩的剑柄。他比她高大强壮，如果比力气的话，一定是他赢。

很快，他就摆脱了莉亚的控制，抽回了自己的剑，还用另一只手一把抓住了莉亚的斗篷，猛地一抖，想把莉亚包裹进去。莉亚反方向跳走，一脚踩到了那人的脚上。那人的脸因为痛苦而扭曲起来，但是并没有松手。莉亚料到如此，便压低身子，顺手一推，把短剑刺到了那人的腹股沟里。

"我要阉了你！"她用标准的达荷米亚语警告道。"放下你的武器！马上！"

这一刺，让他疼得眦欲裂。她比他矮，做出了要深刺进去的示意动作。看此情形，他立马松开手指，手中的剑掉在了泥地上。

"我的脚，"他发出哀号声，身体战栗着。"我的脚断了。我没法……站起来了！"

莉亚挥起短剑，用剑锋抵住了他的喉咙。"跪下！"她命令道，他在她的注视下最终照着做了。然后她绕到了他的身后，剑锋一直抵着他的皮肤。

"我的脚！"他哀号道，脸上抽搐着。

"如果你敢动一下你的剑，"她警告道，"我就割断你的喉咙。树林里还有多少帕瑞吉斯的人？回答我！"

"你怎么会说达荷米亚语？"

莉亚手中的剑更紧地抵住了他的皮肤，"如果你不回答我的问题，我留着你也没用。"

他恼火地咒骂了一句，便回答道："我们大约有二十几个人，都是她的私人骑士。其他人都是来自她丈夫牺牲的那场战役中的幸存者。有三百个人，像一张大网分布在大教堂的地盘周围。"

莉亚咽了下口水。三百个？"她是怎么管理他们的？那么多人，她是怎么做到的？"

"你不了解帕瑞吉斯。"

"你又变得毫无用处了。"她犀利地说道。

"骑士们管理那些暴民，还有那些身上有文身的哑巴们。但是只有克辛获准进入这片地方，因为他行动的时候别人看不到他。"

莉亚知道她没有多少时间来盘问了。如果这三个人目睹了她摔下去的过程，那么其他隐藏在树林中的人可能已经跑去求援了。"你们为什么在这里？"她问道。

他又抽搐了一下，面部因为疼痛而扭曲着，"一旦大主教违抗她的命令，我们就要将大教堂夷为平地。你可以把这个告诉你的大主教，姑娘。"

"我会考虑你的提议的。她想要什么？"

"我不知道。她只跟狄埃尔伯爵透露了她的计划。我们只需要一直待在树林里面，直到行动的信号出现。因为你肯定会问我这个，我就直接说了。当嘎咕怪石烧起来的时候，我们进去就比较安全，然后再将大教堂夷为平地。"

"是那个哑巴去引燃吗？"莉亚问道。

"是的。"

然后莉亚感到有些东西在她的腿边嗅着、低泣着。蚀心邪灵围绕着他们，在此刻寂静的暴风雨中长啸。一阵强烈的反感在她心中滋生出来。这怎么可能？她不知道。她在这片地区上从来没有遇到过蚀心邪灵,从来没有在边境以内感受过。她看向这些骑手出现的那片丛林。

"那个哑巴,"这个受伤的骑士热切地低语道:"你听到他讲话了吗?在你的脑中?"

莉亚把剑锋从他喉头移开,"告诉他离米尔伍德远一点。我会一直盯着他。"

"不,孩子。他在盯着你。他也会为克辛杀手敞开边境的大门。"

没有圣骑士能够以昂贵的价钱买到美德，因为这是唯一一种价值会随着付出的提升而提升的东西。我们的气节从来没有如此珍贵，直到我们要牺牲一切才能保住它。遗憾的是，许多人因为微不足道的小事就将其丢弃。

——高登·彭曼于米尔伍德大教堂

第十九章
永生咒

这七年多来，莉亚的心底一直存放着这样一段回忆：那天，乔恩·亨特从外面的暴风雨中归来，浑身浸透着雨水和污泥，匆匆地去见大主教，为他带去一个糟糕的消息。她觉得生活真的很奇妙，有些相同的事情总会重复发生，故事的内容不变，只不过主角换了人。长廊那边的人告诉她大主教现在正在厨房，于是她再向厨房匆忙赶去。她知道科尔文可能在那里，也做好了心理准备面对他。经过与帕瑞吉斯的骑士一战，她获得了前所未有的底气和力量。之前的训练终于发挥了作用。她只靠自己一个人便解决了三个敌人，每一个都是比她强壮许多的男人。并且她还从其中一个人口中盘问出了不少有用的信息。她把一个男人活生生地从马上拽了下来，最后他只能一瘸一拐地搭着事先安排好的小船逃跑，真是过瘾呢。她甚至能想象出马丁对此的反应，一定是咧着嘴大笑，目光中流露着对她的认可。

在一步步走向厨房的时候，她想象着自己现在的模样有多么狼狈，浑身沾满黑黄的泥土，背后乱糟糟的头发上结着土块。她的思绪又不停地飞转着，想着今天下午发生的一系列事件，就好像许许多多的蝴蝶,在丛林之中漫天飞舞,她无法捕捉到任何一只。科尔文拒绝她时眼中那轻蔑的目光一直在她脑中挥之不去。那个达荷米亚骑士故意讨好她的画面也出现在她脑海中。当莉亚又回想起瑞奥姆在洗衣房拦住自己的场景时,她仿佛感到内心有什么东西迸发出来,然后她看到自己冲向那个女孩,一脚踩住她,把她的头按在水池里面。阿尔马格治安官也徘徊在她的脑中。他的眼中散发出银色的光芒,他轻声告诉她关于她父母的事情,说他们战死于梅思福战役。她多么希望她那时候就已经学会了身为猎人的一切本领。

大教堂的上空雷声隆隆,有关乔恩·亨特的回忆又一次刺痛了她的心,她此刻只想放声大哭。他是在比尔敦荒原的时候去世的,那时候大主教派他去保护莉亚。每一个踩在泥泞草地上的脚印都让她想起那段痛苦的回忆。她抬头望向天空,暮霭沉沉,乌云压山,又一轮暴风雨即将来临。她看到杜尔登靠在厨房外的墙边战栗着,浑身被雨水淋得湿透。

"噢,不。"她低语道。但他已经听到了她的动静,猛然抬起头,看向她。他看起来很紧张,脸色变得苍白。

"莉亚?"他走向她,声音有些发抖。

"我得和大主教谈一谈。"她直截了当地说道。"我现在没法和你讲话,杜尔登。"

他看起来有些沮丧,"我……我明白了。那我们下次再说,等你有空的时候。"他叹了口气,便转身离开,向长廊的方向走回去。她看着他萎靡的背影,内心涌起一阵懊悔和同情,但是她不能……现在还不能听他说那些话,她的内心还在滴血。

"莉亚?"过了一会儿之后,他又喊道。莉亚这时正准备打开厨房的大门。她转过头看向他,内心感到很惊讶。她已经友善地警告过他了,他竟然还敢叫住她。他抿着下垂的嘴角,眉头紧蹙,露出关切的神情。"你还好吗?我能帮你什么吗?"

她站在原地静默片刻,对他的敏感感到很意外。此时她内心有一种强烈的冲动,想要跑去亲吻他的脸颊,对他表示感谢,但她知道如果这样做,可能会让他误会自己这个举动的初衷。

"是的,杜尔登,发生了一些事情,但这是要让大主教解决的问题。"她本能说出更多的实情,但她又一次选择了隐瞒。有三个男人被我丢在了这片土地的边界处。其中有一个人可能已经死了,因为我下手太重。弗什伯爵,那个我爱着的男人,他在了解我的心意之后对我表示了极度的厌恶。而我现在浑身湿透,疲惫异常。在今天这个好日子里你过得如何呢?

"我不会强留你。"他咬着嘴唇说道,抹去眼中的雨水,便开始继续往长廊走去。

莉亚推开厨房的门,走了进去。帕斯卡正在揉搓着她酸痛的肩膀,大主教在她旁边靠在椅子上,低声说着些什么。希亚拉医师也在那里捣药。索伊和布琳正忙着做晚餐,看到莉亚的模样之后都停下了动作,愣在那边。埃德蒙本来懒洋洋地坐在一个木桶上面,看到她进来以后也站了起来。

"莉亚,发生了什么?"埃德蒙的脸庞因为震惊而有些扭曲。

大主教转了过来,额头因身体的疼痛而皱起来,此时他的眉头也拧起,露出关切的神情。他没有说话,只是静静地等着她开口,等她说出那些关系到大教堂生死存亡的消息。

"是达荷米亚的士兵,"莉亚走近他,低声说道。"王太后留了一些骑士在树林中。他们召集了老国王残余的部下,那些人现在正潜伏在这片地区周围。我觉得他们在攻击我们之前会派斯卡塞特点燃灵石。我在走出苹果园之后，遭到了三个人的攻击。我为了自保只能与他们交战，最终我可能杀了一个人。他们说克辛正在往这里赶。"

她停下来喘了口气，然后看向大主教。

"我们必须带着艾洛温逃走！"埃德蒙走近说道。"我们可以立刻备好马匹上路！"

大主教摇摇头，"那只会落入他们的圈套之中，无辜地送掉你们的性命。你是个勇敢的小伙子，埃德蒙，但是先让我想一想。"他停顿了一下，眼神迷离，似乎在掩盖正在忍受的疼痛。"王太后正在采取一些措施动摇那些不相信灵力的人们，以此来增加她的胜算。那样其实对我们有利。她低估了我们的能力，也不相信灵力的防御作用。这整个下午，我都感受到一种负担感。你带来的消息证明了这一点。他们会在王太后回来以前试图绑架那个女孩。如果他们把她抢到手了，那么他们所占的优势就更大了。我们必须保护好她的安全。埃德蒙，赶紧去长廊那边，把她和她的伙伴带到我的庄园来。你和弗什伯爵在白天守着她，莉亚在晚上守着她。她必须一直被人守护。我深切地感受到这一切的重担都压在我身上，就好像虽然我们不能透过浓密的云看到月亮，但我知道它总会升起一样。莉亚，你是她的主要守护人。你要一直待在她身边。"

莉亚皱起眉说道："我可以今晚就带她逃走。就算不骑马也可以。如果我们进入比尔敦荒原，他们想要跟踪我们就有困难了。"

"她还没准备好，现在还不是时候。在这支与帕瑞吉斯共舞的死亡之舞中，我们必须始终留意着脚步，不能绊倒。我们所有人的智慧加在一起，要比王太后和狄埃尔的诡计来得强大。去吧，莉亚。去吧，埃德蒙。把她安全地送到我的庄园去。这个王国的未来就系于艾洛温·德蒙特的安危之上了。"

夜色笼罩着米尔伍德，乌压压的一片，树叶沙沙作响。沉甸甸的雨水积在一片片的叶子里，压弯了大教堂附近那些高大橡树的枝丫。马尔恰娜此时正在庄园里，站在休息室的门口看守着。"谢谢您，大主教。祝您有一个愉快的夜晚。告诉我哥哥我之后会向他解释一切。他会明白的。再次感谢您。"她缓慢地关上厚重的橡木门，将门闩上。

她转过身，面色沉重地看向莉亚。在莉亚与科尔文在苹果园的那次谈话之后，这还是她与马尔恰娜第一次单独在一起。"亲爱的，"她只是这么说道，叹了口气，摇摇头，一头浓密的秀发随之摆动，"我必须老实交代我的第一反应。当科尔文把你们交谈内容还原给我听的时候，我感到很惊讶。但是我怎么能责备你呢？我本身也十分尊敬他。我们可以在恰当的时候再进一步谈论这个话题。但是莉亚，我们得先把你收拾妥当。我想你要洗个澡，那会让你精神倍增。"

莉亚震惊地看着她，"你不生气吗？"

她带着一抹淘气的笑容回答道："我为你感到遗憾。但我不生气。艾洛温，你介意我今晚先照料莉亚吗？"

那个害羞的女孩微笑道："我很乐意帮忙。我可以……我可以在她洗完澡之后帮忙洗衣服。毕竟现在已经晚了，浣衣女们要睡觉了。"

"你们真好，"莉亚现在仍旧心如刀割，感到十分泄气。但一想到可以美美地洗个澡，她又感到很开心。"但是不用等我。我可以一个人洗澡，也能自己洗衣服。"

马尔恰娜笑道："当然你可以自己做到这些事情，莉亚。但是今天之后的每个晚上，你都要在这里守卫我们的安全，来为我们服务。请让我们也为你提供一些微不足道的服务来报答你。在有人帮助之下，这个过程可以进行得更快。你让帕斯卡和索伊来帮助你，为什么我们就不行呢?"

"因为你们都是贵族。"

马尔恰娜摇摇头,"这次是例外,莉亚。拜托。"

莉亚只能尴尬地点点头,然后走向对面墙角的浴盆。屏风在她身后展开,莉亚感受到了灵力的低吟浅语,然后灵石开始显露生机,咕咕不断地向浴盆喷着水。马尔恰娜更加凝聚心神,一会儿之后便有一片薄雾般的蒸汽飘来。她回头看向莉亚,眨了眨眼,"现在够暖和了吗?"

莉亚几乎没有参观过宅邸里面客人住的厢房。这个地方在厨房的对面,离大教堂的主门最近。大多数房间里面的窗户都很高,嵌在石质的墙壁上,但是这个房间里没有窗户。唯一能够让人来往的途径就是穿过那层坚实的橡木门。房间里的家具都很精致。北面的墙边有一块鼓鼓囊囊的床垫,那就是两位女士睡觉的地方,四周有床柱支撑着锦缎和丝绒做的床帐,金色的流苏从边上垂下。屋子里还有其他摆设:几张长沙发、可折叠的屏风、桌子、坐垫还有一个衣柜。墙上挂着的壁毯为其增光添彩,地上每日更换的苇席绿油油的,泛着清香。她用手指在水流中轻轻滑过,然后点了点头。

马尔恰娜再向浴盆中加入了一些精油和肥皂,让浴盆中充满泡沫,看起来更加诱人。她看起来对洗浴用的瓶瓶罐罐了如指掌,对石质的浴盆也甚为熟悉,因此莉亚觉得,她应该没有像很多贵族那样差使仆人来侍奉自己洗澡。

"我来帮你脱掉那些脏衣服,"马尔恰娜说道。莉亚解开她沾着污泥、黏乎乎的皮制护腕和腰带之后,突然想起来自己没有带干净的衣服换洗。"怎么了?"

"我要换上的裙子还在厨房里,"她柔声说道。"我可以让阿斯特力德去……"

马尔恰娜拍了拍她的手臂,"我这里有你可以穿的衣服。别担心。你可以把外衣挂在这边屏风后面。"

莉亚进入了温暖的水中,身体微微发抖。这个浴盆很宽敞,比她在厨房一直用的那个浴盆大得多。用灵石流出的水来沐浴真是享受,这样就不用再像以前那样提着一桶桶的水去烤炉面前加热了。这个地方是专门用来生火的,旁边有一个烟囱,还有供应热水的灵石。但是马尔恰娜独特的小技巧让这个过程省了不少时间,这是莉亚之前从科尔文那里听说的。她用一块软软的海绵擦洗着自己的手臂和手指,而马尔恰娜则用一盆水为莉亚洗头发,索伊以前总是这么帮她干。很快,清水就变成了暗褐色。

"你的头发很可爱,莉亚。"马尔恰娜抓起莉亚湿漉漉的头发替她拧干。她拿起一把刻有雕花的木梳,梳理莉亚打结的发丝。

"我的头发就算被梳顺也只是一时的,总会继续打结,"莉亚惆怅地说道。"并不像你和索伊的头发那样柔顺又美丽。"

"你的头发美得很独特,比我的发色黑,但又比索伊的发色浅,而且鬈曲的发丝中透着一丝红棕色。这里,还有这里。"她屈膝跪在浴盆旁边,撩到肘部上方的袖管还是有些沾湿。莉亚不知道时间过去了多久。她只尽情享受着这奢靡的一刻,身子又回到了清清爽爽的状态,已经好几个月没有这种感觉了。

"水有点冷了。我现在能去炉火边上烤干身子吗?"

"先穿上衣服。"马尔恰娜站起身,从一个抽屉中取出一件白色的花边睡裙。莉亚从小到大都没有穿过睡裙。睡裙贴在她的皮肤上,温暖而舒适,就像有温暖的呼吸轻拂过她的肌肤一样。睡裙的肩部比较宽松,马尔恰娜帮她把前面的系带绑紧。这条裙子很合身,但是因为莉亚比一般女孩要高一些,所以裙摆没有到她的脚踝处。

"接下来我们去炉火边吧?"马尔恰娜和她一起坐到了炉火边,看着跳动的火苗,还有一旁灵石的眼睛。手腕处萦绕着的香皂的气味,洗过之后头发上飘散的清香,还有睡裙上面因为曾用紫薄荷包裹着防蛀而沾染上的香气,都提醒着莉亚她和她们的地位不一样。她甚至开始好奇像这两位一样过着贵族的生活是什么样的感觉。大概会有两条以上的换洗长裙。这条睡裙的材质比她穿过的所有衣服都柔软。

艾洛温默默地将脏衣服拿到浴盆中清洗。

"你很漂亮,莉亚,"马尔恰娜说道,"你不用费尽心思去寻找爱人,时机到了自然会有的。但是那个人不会是科尔文。"她惋惜而同情地摇摇头,轻柔地抚摸着莉亚的手臂。"我要跟你解释一些原因。"

莉亚盯着火苗看,心里很感激马尔恰娜放低了自己的声音。她知道艾洛温还是能听到她们讲话,但是至少艾洛温目前可以装作没听到的样子,继续用肥皂水刷洗着手中的皮制腰带。"他已经跟我说清楚为什么我们不可能在一起了。我不是傻子。"

"不,你还没听到全部。他当时意气用事,有些原因还没有跟你说清楚。但是这些很重要,莉亚。你听说过永生咒吗?"

莉亚转过身,扬了扬眉。"没听说过。"

"这个魔咒很久之前就流传于圣骑士群体之中。因为你认识很多圣骑士,所以我想你可能听说过这件事情。这是一个古老的魔咒,它的形成要追溯到圣父圣母那个时候。这个魔咒是伴随终生的,一旦你得到了那种力量,就可以一直拥有,直到永远。只有大主教能发起这个魔咒,并且只能在大教堂最核心的房间里实施。这个用魔咒赐予人能力的习俗已经历经数代圣骑士,一路流传至今。特别是在两个圣骑士家庭联姻之后,他们下一代就能拥有更强大的灵力。这就是为什么圣骑士家族一般都内部联姻，不愿和外部的家族结亲。比如说，对于狄埃尔伯爵来说，婚姻可以是一个令他更加富有的机会，尽管他已经富裕得令人发指了。但是如果一个圣骑士的家族先辈向来秉持这个习俗，那么对他来说，就往往会去寻找同等地位的人结婚。因为这一点，下一代人总能拥有更加强大的灵力。"她瞟了一眼莉亚。"我说得明白吗？"

莉亚低头看向自己的手，"你想告诉我，你们的父母是遵守这样的习俗结婚的，并且这样的做法可能已经持续了很多代。"

"事实上持续了六代。很多圣骑士家族有专门的圣书，用来记录他们血脉的溯源。"她露出忧伤的微笑，摸了摸莉亚的手臂，"我知道科尔文喜欢你。他欣赏你，也敬佩你。就算他对你有更深的感情，他也能够很好地克制住，把那些感情藏在心底，甚至也不会被我发现。但是他要娶的女孩，必须本身是圣骑士，并且父母也因为魔咒而成婚。他在为以后的子孙考虑，并不能只顾自己的感情，或是你的感情。"

莉亚从来没有听说过永生咒。贱民没必要知道这些，因此没有人会告诉他们。但是莉亚还是心痛得不能自已。和科尔文永远地捆绑在一起？这种念头让她羞红了脸。

"我是贱民，但这并不是我的错。"莉亚喃喃低语着。

"我知道，莉亚。所以我感到很遗憾。我只想让你知道这一切。科尔文今天下午的反应很糟糕，他没有预料到你的回答会是那样。同样来说，你的父亲灵力很强大，但他可能与一个学徒身份的姑娘相爱了。他们没有克制住自己的感情，造成的后果就是你现在的境遇。并不是因为他们不爱你，也不是因为他们不相爱。留下来成为圣骑士的人太少了，能够耐心等到永生咒实现的圣骑士更加稀少。科尔文可以获得此咒，我们的父母赐予了他这个资格。他也早就下定决心要延续这个习俗。"

　　莉亚的心底泛起一阵苦涩之情，"他非常执著。"

　　就像是回应她似的，一阵坚决的敲门声响起。她知道是他来了。马尔恰娜的眼中露出警觉的目光，莉亚站起身走向门口。"是谁？"她紧紧地握住门闩，问道。

　　"我要和我的妹妹谈一谈。"他的声音冷漠而生硬，不给人留一丝一毫的余地。

　　是科尔文。

第二十章
希乐尔·娜梵德

莉亚收拾掉自怜自哀的情绪，鼓起勇气走到门边，打开门闩，推开厚重的橡木门。外面的大厅中灯光寥寥，晦暗不明，科尔文提着吊灯站在门口，看向莉亚的目光闪烁不明。在看清莉亚正穿着自己妹妹的睡裙之后，科尔文眼中眸光一闪。那一刻，他的神情中透露出某种说不清道不明的感觉，仿佛他所有的冷漠疏离就要冰消瓦解，有什么东西要从他心底破茧而出。

"什么事情？"莉亚冷淡地问道。

科尔文定了定神答道："狄埃尔现在在我的房间里。马尔恰娜，我需要你随我一起去见他，听听他要说些什么。"

马尔恰娜从炉火边站起来，一脸疑惑地走过来，"发生什么事了，科尔文？"

"路上跟你讲。他一定要你和我一起过去，不然什么也不肯说。"

"那艾洛温怎么办？"莉亚出声提醒道。

科尔文向她点了下头，看起来有些不耐烦，"大主教不是说了吗，你留在这里保护她。"

莉亚刚刚还以为科尔文想带艾洛温一起出去，她在想他们是不是今晚想从大教堂偷偷逃走，可能还会找自己帮忙。看来是她想多了。

马尔恰娜吻了下莉亚的脸颊，说道："我回来的时候会敲门的，但是如果你困了的话可以先睡。床铺很柔软。"

莉亚回了她一个鬼脸，"我今晚要守夜的，你忘了吗？你回来的时候，我一定也是醒着的。"她转头看向科尔文，一切都回到了原点，他又一次将真实的自己冰封于心底，带上了拒人于千里之外的假面具。他微微低下头避开她的目光，带着马尔恰娜走出去，和她低声说着关于狄埃尔的事情。莉亚注视着他的背影渐行渐远，不由悲从中来，一条无形的沟壑，就此横亘在他们之间。

莉亚重新将门闩上，转过身，看到艾洛温仍在搓洗着衣服，嘴里还哼着小曲。这还是第一次她们单独相处。莉亚甚至想不起来自己有没有和艾洛温说过话，她对这个女孩唯一的感觉就是嫉妒，无休止的嫉妒。但现在看到她哼着曲为自己洗衣服的样子，莉亚内心第一次对这个单纯的女孩产生了感谢之情，还有略微的喜欢。

莉亚走近艾洛温，有点尴尬，不知道该不该开口搭话。但还没等她抬起头，耳边就响起了艾洛温腼腆而矜持的声音。

"我的父母也被施加了永生咒而结婚，有两位大主教为他们举行了订婚仪式。我的父亲来自普莱利公国，母亲来自达荷米亚公国，那时她还在流放中。他们彼此是那样相爱，你知道他们这么做冒了多大的风险吗？如果在他们成婚之前，有一方发生意外了，那么另一方将会永远不能再和别人结婚。我想，这才是真正的爱情吧。是我的叔叔告诉了我这件事。"她偷偷地瞟了一眼莉亚，换上自嘲的口吻继续说道："但是科尔文并不爱我，不管怎么看都毫无迹象。他很绅士，总是思虑周到，也很耐心。但是每次他轻拍我的头的时候，总让我感到他在轻抚一只小鸡，一只刚刚破壳而出、获得自由的小鸡。"她用余光瞥了眼莉亚，然后叹了口气。

莉亚走到盆边，看到自己的衬衣和腰带挂在屏风的挂钩上面。艾洛温正在用力搓洗着她的护腕，"如果我有钱的话，狄埃尔伯爵应该会想和我结婚。他是那样英俊。但是我没有钱，也没有美貌。尽管如此，普莱利人民还是希望我回到那里。尽管有些古老家族所说的语言我并不能听懂，但这个国家王位的继承人是我，我能为他们重振王室的荣耀。"她加大力气搓着衣服上一块特别顽固的污渍。"我对他们来说只不过就是一个容器，就像你用来洗头发的那个装着清水的盆子。"

莉亚用一种别样的眼神看向艾洛温，似乎有些惊讶，"你似乎对这段新生活感到忿忿不平。"

"忿忿不平？不……我只是很害怕，莉亚。自从我离开塞姆普林弗大教堂之后，我所能感到的只有无尽的恐惧。我太想念塞姆普林弗了。"她眯起眼看着皮护腕上面的一块污迹，便用指甲开始刮除。"试想你被人从你的家乡解救出去，然后辗转各地，从一个大教堂转移到另一个大教堂。不断有人告诉你，你要学什么，要怎么说话，要怎么用餐。不断有人纠正你，不要这么笑。你这么做是不对的。我们昨天已经学过这个词了，你现在还没记住？为什么你要花那么长时间？"几片愁云飘上她的脸颊。"我没有一刻能做自己，没有一刻能说出自己真实的想法。我总是盼望能有机会说出心里话，就像现在一样。"

"我和你并不熟。"莉亚没有正面回应她，而是婉转地说道。

"我不在乎。如果再继续憋着不说的话，我就要爆炸了。我以前在大教堂就像现在这样，和同伴们一起工作、窃窃私语。我们会聊哪些男孩喜欢我们，哪些男孩让我们讨厌。我也很怀念那样的时光。马尔恰娜和科尔文都不能理解我，但是你可以理解。我是多么嫉妒你和索伊之间的关系啊。"她继续洗着衣服,手上的动作更加拼命而用力。"好了,现在看起来干净多了。我甚至愿意暂时用干净的衣服向你换来这些脏衣服。我不属于他们的世界。灵石总是不听我的指令,真的。我也总是召唤不来灵力,怎么努力都不行。就算我父母这方面都很强,我还是不行,因为我太害怕了。每一天我都惶惶不安,生怕有人来把我带走,逼我做不想做的事,和不认识的人结婚,说不定那个人还有孩子。我想我不会反抗他们。他们要我做什么,我就会做什么,但这并不是出于我个人的意愿,而只是我应尽的责任。"她不安地咬着大拇指,然后换了一个护腕继续开始搓洗。她余光瞥向莉亚说道:"所以……你也爱他吗?"

她这句话中包含着双重意味。"你很在乎他吗,艾洛温?"她问道。

艾洛温露出一抹忧伤的笑容,搓洗的力度不减反增,"我怎么能不在乎呢,莉亚?他是那么与众不同。他从来不会夸大其辞。他总是思虑周到,有着超乎同龄人的智慧。他从来不会做出无礼的举动,也不会刚愎自用。我还记得他和埃德蒙第一次来到塞姆普林弗的时候,在我们洗衣房引起了不小的轰动,你没看到真是可惜了。大多数女孩子都觉得埃德蒙是她们见过的最英俊的男孩,但是他并没有引起我的兴趣。反而是弗什伯爵抓住了我的视线,他是那样坚毅刚直,沉着冷静。一种令人敬畏的魅力。他什么也不怕,有他在身边我总觉得很安心。"

莉亚坐在盆边,倾听着艾洛温对科尔文的描述。科尔文并不是什么都不怕,她知道他害怕什么。她知道那么多他的秘密,她了解他内心的不安。

"在他和大教主一起走过来的时候……我就跟现在一样……手臂

上沾满了肥皂泡沫。我当时的名字叫希乐尔·娜梵德,你知道这个名字吗?科尔文和大主教一起站在那边,看向我们这里。女孩们都屏息凝神,十分紧张。当时四周非常安静,只有窸窸窣窣的低语声。而在大主教喊我的名字之前,他就已经看向了我,眉头习惯性地微微皱着。他的眼睛——该怎么说呢,就像一片雾蒙蒙的天空,但是看向我的时候目光如炬,就好像他知道我是谁一样。接着大主教就喊了我的名字,叫我过去。我随他们一起离开的时候,其他女孩嫉妒的神情和窃窃私语的样子你一定可以想象出来。在我们来到大主教的书房之后,科尔文告诉了我,我真正的名字,是艾洛温,而不是希乐尔。大主教跟我说,老国王说过,如果我的身份暴露了,大教堂就会被烧光。所以如果我离开大教堂,可能会带来很多危险。"她瞥了眼莉亚,继续说道:"我身上背负的,是罪恶和恐惧。如果他们真的因为我而烧了大教堂,我该怎么办?科尔文发过誓他会保护我,以及我舅舅的骑士们会保护大教堂的安全。他说他会用自己的生命来守护我的安全。我发誓,就是他说这些话的时候我爱上了他。"

莉亚心里暗暗说道,你想得没错,他并不爱你。她很想把这些话说出来,但是她还是开不了口。

"虽然我很害怕,但是他在我身边的时候,我就会冷静下来。他总是尽力帮我学会怎样召唤灵力,但是老实讲,每次他在我身边的时候我都会分心,所以更加召唤不来灵力了。我总是盯着他的嘴巴,他的手,他的眼睛。他是那么热情地教我,我也真的很想成功召唤灵力,来让他开心。不过,他从来没有说过一句真正在乎我的话。他会问我渴不渴,累不累,或者肚子有没有不舒服。但是他并不信赖我,他对我并不像对恰娜和你那样。"她的最后一句话透露出些许苦涩。"我真希望能和你一样开朗,莉亚。你从来不会把真实的感情藏在心里，不会害怕把它们讲出来。这样多好。而我总是不敢多说话，怕自己会被人误解。"

"但现在没有。"莉亚挤出一丝笑容说道："自从你来了以后，你在我面前说过的话大概不超过五句。我之前没有发现你有这么强的洞察力，也没有发现你内心有这么多的忧虑。"

艾洛温脸刷地红了，有些羞愧地笑着，"我可以和索伊、布琳还有你讲话。因为我总觉得自己是一个贱民，尽管我知道自己出身高贵。但你虽然是贱民，看起来却像是贵族女孩。这是为什么呢？"

莉亚低下头，思索了片刻，"大概是因为我的性格吧。我不喜欢让自己变得很忧伤，所以我总是设法让自己不忧伤。我尽力不去想自己没有得到哪些东西，而是享受着灵力赐予我的东西。我很感激自己拥有很多东西。我拥有大主教的信任，有索伊和布琳这样的朋友，有帕斯卡和马丁那样的好老师。科尔文的友情让我痛并快乐着，但今天就是由于你所羡慕的开朗，毁了这段感情。我现在只能在心中不停地嘲笑自己是个蠢蛋，不然我一定会看起来很凄惨。我怎么可能知道有永生咒这种东西呢？"

艾洛温将最后一件衣服拧干净，然后放到一边，"这个事情如果别人不告诉你，你是不会知道的。我之前也不知道我的父母是那样成婚的。现在他们已经不在人世了，但我相信他们还在一起，在血肉之躯以外的地方。你觉得我们在未来的某一天能重新见到那些已经去世的人们吗？"

莉亚努着嘴想了一会儿，说道："马丁觉得可以。他说在下一世中有一个美好的国度，在那里没有暴徒，没有无赖。我想狄埃尔伯爵肯定去不了那边。"她说到最后一句话时带着顽皮的口吻。

艾洛温笑道："你觉得他会跟他们说什么呢？"

"我觉得只有等他们回来，我们才会知道。"门外响起一阵轻轻的敲门声。莉亚和艾洛温彼此惊讶地对视了一眼。"看来他们谈得很匆忙，"莉亚站起来走向门边。"是马尔恰娜吗？"她透过门缝问道。

"我是阿斯特力德，"外面的人说道，"大主教有消……消息托我来传给你们。"

莉亚移开门闩，有点心疼这个男孩，这么晚还要跑过来传信。打开门之后，首先映入她眼帘的是他一双充满恐惧的眼睛。

"怎么了？"莉亚问道。阿斯特力德浑身发抖，双脚发软地跑进房间里。他跑过她身边，然后转过身，脸色惨白地看着她。

"莉亚，小心身后！"艾洛温尖叫着提醒她。

她听到身后传来一阵轻盈的脚步声，就像枕头在地上划过的声音。紧接着一条结实的胳膊绕上她的脖颈，狠狠地扼住她的咽喉。莉亚感到自己快窒息了，克辛杀手竟然已经找到了他们。

最早在圣骑士心中发现的最强烈的性情，就是渴望得到他人的瞩目、关心、尊敬、称赞、爱戴和欣赏。这些欲望都必须得到自我克制。在古老的伊渡米亚的表演场上，观众的掌声对于杂技演员来说比他们自我的认可重要许多。但是在人生这个浮华的舞台上，只要心中认可自己，为自己鼓掌，任由这个世界的其他人一片嘘声去吧。

——高登·彭曼于米尔伍德大教堂

第二十一章
米尔伍德的觉醒

对一个人来说,夺去他的呼吸是最致命的。马丁带着莉亚模拟过很多次这样的情境,也强调过很多次保证呼吸通畅对生命的重要性。只不过当时的她,没有想过一年后自己竟不得不去拼命思考怎样才能逃离敌人的钳制,而现在已经没有多少时间留给她思考了。莉亚心跳如雷,脑中一片空白。

莉亚伸出手,紧紧拽住杀手的胳膊往下拉,然后一个转身,飞速地绕到他的腿后。这样她就将全身的重量都压在了他的胳膊上面,杀手便不得不稍稍松开点手。扑面而来的新鲜空气又重新回到她的鼻腔中。莉亚来回扭动,挣扎着逃离了对方的钳制,然后猛地踢向他的膝盖后方。他的小腿肌肉坚实有力,但在她的攻击之下还是不由地弯下膝盖。如果她动作足够快,她就可以抓住他的手腕用力一拧,以此来制服他。然而还没等她出手,电光火石之间,他的手肘已经扫向她的脸庞,重重地撞上她的颧骨。

她的眼前一片模糊,剧烈的疼痛向她袭来。他的动作是那样迅速而充满爆发力,根本不让她有躲闪的机会。艾洛温又发出了尖叫声。

莉亚迅速地向后退去,瞪大眼睛想要看清眼前的一切。她踉踉跄跄地退到墙边,发现自己已经无路可退。

等到莉亚视野清晰的时候,杀手又一次伸手抓向她的咽喉处。莉亚连忙弯下腰闪避,随之"砰"地一声,他那一击顺势打到了墙壁上,震得墙壁不住发颤。莉亚惊魂未定,心中更是忙乱。她伸出手向他的眼睛抓去,他偏过头,脸颊上留下一道抓痕。眼见没有得手,莉亚立马一个飞踢,但是他又一次敏捷地躲开了,紧接着一把抓住莉亚的手,将她整个人重重地摔在了地上。

她这才意识到自己根本无法与这个杀手匹敌。他是个训练有素的猎人,已经将方方面面的技能掌握得炉火纯青,出手甚为毒辣而致命。他甚至比马丁更为强大,经验也比莉亚丰富太多。莉亚抬头看向他,第一次看清了他的模样,不觉有些愕然。他的外形和他强大的力量一点也不符合。他比莉亚还要矮一些,十分精瘦,就像一个不起眼的小书童,一旦湮没在人群中,根本不会引起别人的注意。但他的眼睛非常令人在意。那双眼睛宛如一潭死水,没有任何光亮和激情,只有一片浓厚的棕黄色,就像贫瘠的土地般了无生机。当你看向他的眼睛,就仿佛看到了他的内心,不禁毛骨悚然。难以计数的生命曾经死在他毫不留情的利刃之下,所以他根本不会因为莉亚是个女孩而手下留情。他的眼中只有猎物,必须杀掉的猎物。

莉亚用余光瞟见阿斯特力德跑到了门口。他眼见自己快要逃出去了,如释重负地松了一口气。莉亚心想,如果她能把杀手拖住一阵子,就能等到科尔文和埃德蒙、甚至大主教过来了。想到这里,莉亚便一脚踹向杀手,但还是被他眼疾手快地擒住了脚。杀手的臂肘撞向她的膝盖内侧,抓住她的脚踝,毫不费力地一拧,莉亚腿一软,摔倒在地。而门口那边,阿斯特力德已经扶上了门把手,把门推开。

莉亚并不知道杀手是何时拿出匕首的，等她注意到的时候，他却已经将匕首飞向了门口，狠狠地扎入阿斯特力德的背后。她眼睁睁看着阿斯特力德整个人顿住，身子瘫软下来，最后倒在了地上。杀手将莉亚丢到一边，站起身，走过去关上门，将门闩牢牢地闩上。阿斯特力德身体扭曲着倒在地上，痛苦地呻吟着。艾洛温倒抽一口冷气，恐惧地缩到墙角，噤若寒蝉。

莉亚环顾四周，发现在浴盆旁边的石砖地上，静静地躺着她那把刚刚擦拭干净的剑鞘，里面是她的短剑。这个房间并不大，但她觉得自己似乎要落入一个深渊之中。她艰难地站起来，此刻她心里多么希望身上穿的不是这件薄纱似的睡裙，而是她自己那件猎人装皮衣啊，那样至少还能为她抵掉敌人攻击的部分力量。

杀手一言不发地重新走向她，眼中没有丝毫的怯懦。他知道这一切会以什么样的结局告终——莉亚倒地身亡，而艾洛温被他带走，或者也被他杀掉。莉亚看向他死灰般的眼睛，继续努力寻找着他身上的其他破绽。他头发很短，没法让人一把揪住。紧抿的嘴巴上方是一抹短小的胡子。他看上去面黄肌瘦，憔悴得有些显老，但不会比乔恩·亨特去世时的年龄大。莉亚心想，如果此刻自己手中有一把弓箭该多好啊，但是没有如果。当他一步步向她走来的时候，莉亚向艾洛温的反方向走去，将杀手引开。她慢慢地挪向大床那边，表面上不露分毫内心的想法。莉亚突然从床顶上拿下一个篮子，然后重重地砸向他，但他身子一偏，篮子便落到了地上。他嘴角浮现出一抹怪异的笑容，比起笑容却更像是一阵抽动，仿佛有一个鱼钩牵动着他的嘴角。

"莉亚。"艾洛温咬着自己的手，抽泣着喊道。她已经害怕到无以复加的地步了。

杀手快步向莉亚逼近，将她一步一步地逼向后面的浴盆。莉亚的两颊和膝盖依旧隐隐作痛，但她并不感到害怕。当她看到背后插着匕首的阿斯特力德倒在地上时，只感到无尽的愤怒。她不断对自己默念，猎人是耐心的，猎物是大意的。莉亚突然瞥见浴盆中微微晃动的水，心中一动。她记起自己的剑就在不远处的地方。她知道自己已经退无可退，身后就是坚硬的墙壁。她一直紧紧地盯着杀手的眼睛。

阿斯特力德躺在地上，痛苦地呻吟着。莉亚似乎能在心底听到阿斯特力德痛苦的呐喊声，尽管事实上房间里只有艾洛温低低的抽泣声。她知道他死了。

一阵剧烈的仇恨，夹杂着苦涩，充斥着莉亚的心房。她飞快地扭头，在杀手朝她扑过来之前，朝地上的剑扑过去。她已经来不及将剑从鞘中拨出，直接将整个剑鞘挥向杀手的头部。对方敏捷地躲过这一击，从莉亚的侧面向她攻来。莉亚跑向另一侧，努力拉开他们之间的距离，让自己更加靠近艾洛温。她拔剑出鞘，将空剑鞘砸向他，但他只微微向后退了一步，于是剑鞘只是划过他的耳侧。莉亚知道，现在是她唯一的机会了。

她将剑锋于空中挥舞着，形成对自己的一个保护圈，然后猛地向杀手刺去。对方盯着剑锋向自己快速地逼近，在即将刺到自己的那一刻，才向后一退。莉亚想把他逼入角落，以此限制他的行动。

但事实证明，她这个想法实在是大错特错了。

在莉亚的剑锋又一次袭来的那一刻，杀手突然向前，准确无误地抓住了她的手腕。事态瞬息万变，杀手快得不可思议。他用力地捏着她的手腕，一把拧向反方向。莉亚痛得抽气，不得不松开了握着武器的手，于是她的剑便落到了一边的灯芯草地毯上。然而还没等莉亚缓过神来，一阵汹涌的水流便向自己涌来。杀手擒着她的脖子，将她的头死死地按在水中。她的手臂扭曲着，肩膀忍受着剧痛。汩汩的水流钻入她的耳中,她感到头晕目眩,痛苦难熬。她从来没有想过自己会溺水而亡。她依然奋力踹向杀手,试图摆脱他的桎梏,这是她现在唯一可以做的事情了。莉亚拼命地憋着气,尽管快要忍不住了。但她知道一旦她吸入水流,那她一定会死。一切就都结束了。

她将会辜负大主教和科尔文,辜负大教堂。

米尔伍德。

她脑中突然灵光一闪。在浴盆的上方有一块灵石,可以通过这块石头来召唤水流。于是莉亚集中自己所有的意念召唤水流,并召唤了火将水加热成蒸气。灵力在她体内翻滚着、咆哮着,她感到灵石突然觉醒了,愤怒而热烈地回应着她的意念。一股滚烫的蒸汽向他们袭来,紧接着杀手发出一阵尖叫。

但他并没有减轻手上的力道,反而加重了对莉亚的钳制。

莉亚想要呼吸空气的意愿越来越强烈,越来越迫切,她将这种意愿全部倾注到灵石中,很快,又一阵热浪从灵石中迸发而出,就像一阵暴风雨来势汹汹。杀手终于松开了手,跟跟跄跄地向后退去。莉亚费劲地站起来,大口地呼吸着新鲜空气,不住地喘着气。当艾洛温看到杀手那张被蒸汽烧烂的脸时,她的脸色立刻变得惨白,害怕得瑟瑟发抖。被灼伤后的杀手此刻体无完肤,身上都是大大小小的水泡。他的眼睛周围红肿得高高突起,他甚至已经无法再睁开眼睛。排山倒海的灵力从莉亚身上宣泄而出,房间里的每一块木石都为之颤动。火炉边的灵石幽幽地散发着白色的热气。

杀手踉跄着跑到柜子旁,身子贴着柜子慢慢地瘫软下去。他的身体痛苦地扭曲着,嘴里发出沉重而短促的呻吟声。杀手缓慢地爬起来,步伐不稳地走向门口,对炉火发出的光芒避之不及,仿佛只要经过那滚滚热浪附近就会受伤一样。

莉亚眼中挤出几滴泪水,她张开嘴巴,听到灵力对她低语道:

挽救大教堂。

这时,杀手突然转身,恍若他也听到了这个声音。他面朝着熊熊燃烧的火焰,双手握拳,表情痛苦而警戒。

莉亚紧紧地盯着灵石上面的眼睛,唤来了一股热焰,足以将杀手整个人都吞噬殆尽。热焰的光芒是那么刺眼,艾洛温忍不住捂住了眼睛,跪下来向后挪去,一边低声哭泣着。整个房间都亮如白昼,仿佛到处都燃烧着火焰。

只听到一阵急促的呼啸声,一阵短暂的狂风之后,烈焰总算停息了。此时的杀手却只剩下了一片骨灰。

看到普雷斯特维奇痛楚的模样,莉亚眼中也不觉沁出泪花来。他的脸庞因疼痛而扭曲着,一头白发随着抽泣而微微晃动。莉亚第一次看到他露出那样沉痛的表情,感到仿佛在为自己的孩子哀悼。阿斯特力德静静地躺在客房的床上,而莉亚坐在柜子的边上,身上的睡裙上血迹斑斑,沾满了自己的血。她又穿上了猎人皮衣,手中紧紧地攥着剑柄,仿佛那是唯一的依靠。

大主教正站在门口与希亚拉医师交谈,他对她说道:"请给我一些蓍草药膏。"

"我能看一下那个孩子吗?"希亚拉恳求道。"他在睡觉吗?但是他看起来好像没在呼吸。"

"去拿些蓍草膏来,会有用的。一会儿再拿一些缬草茶给艾洛温。他现在和弗什、诺里斯·约克,还有马尔恰娜在一起。谢谢你。"

"应该让我来照顾他,大主教。拜托了,他的脸色看起来非常苍白。地上全都是……"

大主教坚决地说道："请你按照我说的去做。"说完之后，他便关上了门，然后闩上门闩，以防他们被别人打搅。

普雷斯特维奇从这个男孩的身边走开，默默地抽泣着，肩膀不住地耸动着。

大主教缓缓地走向床边，仿佛每走一步都要承受很大的痛苦一般。他握住普雷斯特维奇的肩膀问道："你相信吗，老伙计？"

莉亚不知道大主教这句话是什么意思。

"我……我爱这个孩子。他……他总是很听话。"他抽噎着说道。"我应该替他死的。他还年轻，而我已经这么老了。"

"你还相信吗？"

普雷斯特维奇看向大主教："是的，我一直都相信。尽管我见过太多人质疑您。"

大主教忧伤地笑了，拍了拍普雷斯特维奇的后背，然后转身面向床边。阿斯特力德的身体已经僵硬了，静静地躺在那里，身上盖着沾满灰尘的毯子。

大主教走近阿斯特力德那边，说道："莉亚，闭上眼睛。"

莉亚感到很惊讶，但还是闭上了眼睛，低下头。她听到大主教一边喘着气，一边将手伸向男孩的头部。

"阿斯特力德·佩奇，"他忍着痛说道。在这句话之后，他便没有继续说下去了。莉亚感到深厚的灵力充斥着整个房间。她紧紧地闭着眼睛，坚信灵力可以将他起死回生。他对于她来说就像一个弟弟。莉亚感到灵力出了点问题，它仿佛停在了某处，没有继续进行下去。

"阿斯特力德·佩奇，"大主教又一次说道，他喉咙沙哑，仿佛含着一口痰。

莉亚也将自己意念附加上去。让这个男孩活过来吧！她整个人缩成一团,因为睡眠不足和一整天糟糕的境遇而感到筋疲力尽,头晕目眩。她从来没有过这样虚脱的感觉。但是她收起绝望和扫兴的情绪,继续挖掘出她体内蕴藏的力量。

大主教的声音打断了她的思绪,"莉亚?"

她睁开双眼,看到大主教正看着她,脸上露出怪异的神情。他的右手正放在阿斯特力德的头发上,另一只手指向天空,仿佛指向离伊渡米亚最近的那些星星。

"把你的手放在我的上面,"他嗓音嘶哑而低沉。"必须这么做。"

莉亚顺从地点点头,走向床的另一侧。她好奇地看向大主教,然后也把手放到阿斯特力德的头上去。莉亚的手覆在大主教的手背上,她能清晰地感到他的手骨节分明,十分温暖,他手背上凸起的血管就像一条条古老的蠕虫。"划圣符。"他说道,于是莉亚模仿他的动作划了圣符。

在她划完圣符之后,灵力宛如滔滔江水,从她和大主教的两只手那里倾泻而出。她觉得自己好像停止了呼吸,灵力就仿佛在他们周围燃烧一样。刺眼的亮光环绕在他们周围,令莉亚晃了眼。她感到一阵温暖而安全的感觉。

"阿斯特力德·佩奇,我赐予你生命。活过来吧,直到你完成自己的使命。伊渡米亚保佑,复活吧。"

床上传来一阵颤动。莉亚低头看向男孩,发现他慢慢地睁开了双眼。大主教放下手,在耗费了一番精力之后,他此刻面如土灰,脸色憔悴,似乎马上就要昏倒了。在这一生中,莉亚从未像现在一样感到了力量。她觉得她可以立马一口气跑上托尔山,再一口气跑回来。阿斯特力德看向他们,眼中逐渐恢复清明。

"我……我本来已经死了,"他嗓音低哑地说道,"我刚才看到你们围绕在床边。然后有一道光芒从天而降,我就觉得自己又获得了生命。"他说完便坐起了身。莉亚朝他背后的伤口处看去。

但她却惊讶地发现,在他衬衫破裂的那一处,伤口已经奇迹般地愈合了。

她的眼神穿过阿斯特力德乱蓬蓬的头发,与大主教的眼神交汇。

"是时候了,莉亚,"他喃喃道。"你必须去参加圣骑士考核。"

莉亚震惊地看着他说道:"可是我不……不认字啊。"

"但你还是得去参加。"

第二十二章
圣灵降临节

关于杀手闯入大主教的屋子突袭的事情，大主教下令禁止任何人再提起，因此大家都对这起事件噤若寒蝉。大教堂中四处传播着风言风语，大家都说一场大火席卷了艾洛温和马尔恰娜居住的客房，而幸亏莉亚反应灵敏，才阻止了这场大火酿成灾祸。阿斯特力德一天天缓慢地恢复健康，他也按照大主教命令的那样，对这件事守口如瓶。只有少数人知道事实真相，包括狄埃尔伯爵。在第二天遇见莉亚的时候，他便用警戒又敬佩的眼神看着她。暴风雨结束之后的那几天，太阳终于出来了，天气异常湿热。

接下来的几天，莉亚一直没有和科尔文讲过话，他没有主动找过她，也没有刻意避开她。他还是一如既往地面无表情，似乎因为即将到来的圣灵降临节而苦恼着什么。莉亚问过马尔恰娜那天狄埃尔到底和她说了什么，但是马尔恰娜回答得很含糊，只说狄埃尔想说服他们与王太后结盟，他说王太后一定会在这场力量的博弈中胜出。

而自从那次莉亚在厨房门口碰到杜尔登以后，他们就再也没有见过，杜尔登也没有再来找过她。她想杜尔登可能会在圣灵降临节的时候来找她。

自从杀手那件事之后,就再也没有其他人来袭击艾洛温和马尔恰娜了。每晚守夜时,到处静悄悄的,她总难免要打个盹儿。圣灵降临节终于到来,天一亮,莉亚就离开艾洛温和恰娜,独自疲惫地奔向教堂的厨房,想在休息前吃点早餐。推开门后,她欣喜地发现帕斯卡正在做这些天研发出来的"新产品"。只见帕斯卡前前后后地揉搓着面团,往上面浇了一勺糖浆,然后喊阁楼上的女孩们下来。她们此时正目不转睛地盯着窗外的热闹景象。

"每年的今天都一样,"帕斯卡嚷嚷道。她瞥了眼莉亚,然后皱着眉揉了揉自己的肩膀。"这是你第二年参加圣灵降临节的舞会。还是同样的五月柱,同样的彩带。早安,莉亚。我为你准备了一碗燕麦粥和一些奶酪,就在面包烤炉旁边。你肯定饿坏了。"

莉亚面带倦容,微微地笑了笑,走到烤炉边,往燕麦粥里面加了一大勺糖浆。她舀起一勺粥送入口中,觉得这粥异常美味而温暖,在她的舌尖慢慢融化。"谢谢你,帕斯卡。"

"一天一天就这么过去,你也在这儿待了好多年了,"帕斯卡拍打着面粉,逐渐搓出面包的形状。她的手上沾满了面粉。"这么快又一年过去了。你想念在厨房的日子吗,莉亚?"

莉亚急切地点点头,"厨房里有我喜欢的香味,这段时间香味更加明显。有上百种不同的味道——桂皮、豆蔻、大蒜、洋葱、鼠尾草,还有南瓜。这里是我的家,帕斯卡。我会永远将这里视若珍宝。"

帕斯卡笑了,然后狠狠地抱住莉亚,让她快要不能呼吸了。帕斯卡松开手臂,紧紧地看着莉亚,关切地问道:"他不要你吗?"帕斯卡的声音很小,这样其他女孩就听不到了。

莉亚扬了扬眉,貌似疑惑地歪了下头。

"你知道我在说谁,"帕斯卡拍了下莉亚的手臂,神情紧绷地看着她,嘴角遗憾地抽动了一下。"我不是在说那个小冒失鬼杜尔登。他是个挺可爱的男孩子,但是比起他,科尔文更有男人味。我敢向伊渡米亚旁的星星起誓,他心里一定有你。"

听到这话之后,莉亚心中更觉悲伤,但她尽力维持着表面上的平静,说道:"他只把我当作妹妹,没有其他更多的感情了。埃德蒙听错了。"

帕斯卡转了转眼珠子说道:"那倒的确很有可能,他当时说得很轻巧。这家伙只有和索伊在一起的时候才会带上半个脑子,平时甚至连半个都没有。索伊是个美丽的姑娘,他要是错过她那真是太蠢了。"

莉亚不由地心想,到底谁更蠢,但她只是默默地把燕麦粥喝完了,然后去阁楼上找索伊和布琳。

"今天有人拿东西把五月柱上的老头砸下来吗?"莉亚调皮地问道。

布琳答道:"还没,但是已经有人砸了。这是我参加舞会的第一年,他们最好不要把他砸下来。"

索伊动作轻柔地抚上窗玻璃,说道:"今年外面有好多人,比以往更多。大家一定都觉得很兴奋。莉亚,你看起来很疲惫。"

"我的确很累,"莉亚回答道。其他两个女孩都坐在那里,而莉亚在她们周围来回踱着步,看向窗外人来人往的村落。索伊的头发刚刚梳洗过,莉亚闻到了薰衣草的香味。这一年,索伊成长得更加迷人。莉亚现在也能体会到她的羞涩和温柔是多么的令人心驰神往。大教堂里面的其他贱民们都喜欢她,除了那些浣衣女。

突然,一群骑兵涌入了人群之中,马的标致充分表明了他们是王太后的手下。他们从人群中穿过,径直走向大教堂的大门。莉亚看到这形势，不由地身体一僵。

"看看这些马，"布琳畏惧地说道。莉亚转身往外走去，此刻她已经了无睡意，心中满是恐惧，心跳怦怦作响。她拿起弓箭，匆匆忙忙地往大门处赶去。

王太后帕瑞吉斯骑在她那头雪白的马上，还是披着那件黑丝绒长袍，戴着黑色的发饰，以及为了遮阳的面纱。姗姗来迟的春天将大地已然染成了一片嫩绿。王太后一身黑衣和她雪白的马匹形成了鲜明对比，看上去说不出的诡异。她的骑士们骑着马，簇拥着她。他们都把手搭在剑柄或是杖顶上面，仿佛随时准备开战。莉亚跟着大主教走向大门，留意着四处的动静。前面站着的大部分是大教堂的帮工和老师，科尔文、埃德蒙和狄埃尔伯爵也在那里。莉亚是这群人中唯一的女孩。

等到他们离得足够近了，王太后勒紧缰绳，怒气冲天地呵斥道："您的守门人竟然不让我进去，大主教！几天之前您还将我奉为上宾，我走之前也告诉过您，我很快会回来，但是您现在竟然不让我进来！"

大主教站在门口，似乎正在经受着痛苦的折磨，但又极力掩饰着。莉亚早先就注意到了这一点。他的双眼浮现出怒气，"您本可以去任何一座大教堂庆祝圣灵降临节，王太后。但是您违背了我们这里的规则，因此我们这里不再欢迎您。村落里面有很多不错的驿站，您大可以去那边歇脚。"

"把门打开。"帕瑞吉斯命令道，与此同时莉亚感到一阵强烈的灵力席卷而来。

大主教紧紧地盯着她，扬起眉头。莉亚看向她身边的士兵们，其中一个人直立在毒辣的阳光之下，眼睛中闪烁着银色的光芒。那是斯卡塞特。他穿着王太后的护卫服装,一只手抓着心脏附近的一个东西。莉亚知道他手里握着的是赤隼链。她感到体内的灵力翻滚得更加强烈。

"我拒绝。"大主教回答道。

王太后骑的那匹白色的骏马作腾跃状,接着绕着圈走了几步。王太后骑在马上,依然傲慢地看着他们,说道:"把门打开,大主教。我刚刚从温特鲁德回来。您想让我当众宣布您的罪行吗?"

王太后的这句话满是讥讽的意味,暗含着无限恶意。莉亚抓紧了手中的弓。

"如果这就是您的目的,我为什么要去阻拦?想说什么就说吧。"

莉亚看到王太后张开嘴,露出洁白的牙齿。她挺直后背,戴着白手套的手径直指向大主教,说道:"我宣布要以叛国罪逮捕您,高登·彭曼,身为米尔伍德大教堂的大主教,您却犯下了不可饶恕的罪行,蓄意谋杀了我的夫君陛下——科摩洛斯的上一任国王。您蓄意挑唆国王所要裁决的部分人员进行潜逃,甚至包括了弗什伯爵和诺里斯·约克伯爵。您还派出自己的心腹剑客——乔恩·亨特,把他们安全地从这片百里区带出去,并且暗中谋划将我的夫君谋杀于温特鲁德。就是您的手下乔恩·亨特,用这支箭将国王射死的!"她逐渐拔高音量,最后将那支血淋淋的箭抛向空中,让所有人都能看到。

"因此我以谋杀我夫君的罪名逮捕您——高登·彭曼。您将会遭受叛徒应有的惩罚。我以高级叛国罪的罪名逮捕弗什。并且我赦免诺里斯·约克伯爵的罪名,因他没有参与到那次的谋杀中去。现在,我以小国王的名义,命令你们立刻打开大门!"

又一股强大的灵力排山倒海而来,势不可当,莉亚向后退了一步,才勉强站定。大主教弯下脖子,似乎正在一场扑面而来的无形的暴风雨中苦苦支撑着。他绷紧了身子，但是不久之后又抬起了头。莉亚看到大主教的双腿在颤抖着，向前跨了一步之后站定。他的双眼燃烧着熊熊怒火，用警告的眼神看向王太后。

他面向王太后，简短地说道："您没有权利来定我的罪名，您也知道这一点。"

"在达荷米亚公国，叛徒不论身份，一律按规定处理。"她厉声说道。

"但是我们现在不在达荷米亚公国，我们也没有用达荷米亚语进行交谈。"

"你们当中有些人说得很好呢。"王太后冷笑道。

"这个国家里很多人都说得很好。您可能忘了一项规定。作为大主教，我只接受阿维尼翁先知的审判。您在法律上对我或是大教堂都没有监禁的权利。回廊的图书馆中珍藏着刻有法律章程的文件。国王和您在这里都没有审判的权利。您现在过来彰显夸大自己的权力，只是为了想让我屈服于您。我拒绝为您提供食宿。我只会听从先知的判决。"

王太后那张美丽的脸庞因为极度的愤怒而扭曲在一起，"我没有忘了规定，大主教。我带的骑兵就是来自阿维尼翁的人。"

"这项条款已经不作数了，殿下。您那说惯了达荷米亚语的舌头似乎老是打结。我并不会对您捏造出来的罪证有所畏惧。我的手下乔恩·亨特是在比尔敦荒原被门登豪尔的治安官谋杀致死，我可以带来他的白骨证明这一点。您当时也一起埋葬了他，是吗，弗什伯爵大人？"

科尔文坚如磐石，岿然不动地屹立着，"我亲手把他埋葬了，大主教。他带着我走出了比尔敦荒园。就像大主教说的那样，他是被那个治安官所杀的。因此他在那场战役之前就死了。"

"有人看到你们了!"帕瑞吉斯尖声喊道。"在那场战役之后,有人看到了你和那个猎人在一起!我这边有十二个目击者可以证明这一点。"

"那就把你所说的目击人带上来,"科尔文厉声说道。"那场战役之后,有很多劫掠者会偷走尸体身上的衣服,穿在自己身上。而另一方面,他们可能只是按照您的意愿说话。我要求和那些人对质。我并不是叛徒,而是国王内阁中的一员。您的控告简直荒唐。"

"您不是大主教,"帕瑞吉斯怒不可遏地说道。"您是王国的伯爵。您必须面临审判,因此我以……"

"他现在受米尔伍德大教堂的庇护,"大主教打断她,说道:"这片土地会守卫他的安全,因为他是圣骑士中的一员。您无法在这里逮捕他,这与王国的法律相悖。我不会再与您周旋了。走吧。"他转过身,蹒跚着准备离开,神情严肃,眼睛因为所承受的痛苦,抽搐了一下。

"您不能这样对我置之不理!"她命令道。"这是对您最后的警告。立刻打开大门!我不可能一直让我的手下在外面等着。"

大主教停住脚步,回头看向她,仿佛看着一只嗡嗡乱叫的蝇虫,"我并不在意自己的安全,或者大教堂的安全,帕瑞吉斯。您根本不了解情况,不要看轻别人。"

"并不是这样,大主教,"她低声说道。"不了解情况的是您。这些门闩并不能阻拦我们。那些相信您会保护他们的人们,到头来只会发现您的许诺只是一场空,他们会畏惧地退缩,会痛哭流涕地哀号。毕竟石头做的城墙也能烧起来。"

愤怒就像是易化的冰块,随着时间自会消逝。因此,对待愤怒最好的应对措施就是拖延。

——高登·彭曼于米尔伍德大教堂

第二十三章
帕瑞吉斯的条款

大主教步伐坚定地往回走去,后面跟着莉亚、普雷斯特维奇、还有一群圣骑士们。狄埃尔伯爵骑着马追上了他们,话语中充满了怒火。

"把大门砸开也用不了多久的,"狄埃尔威胁道。"您应该尽您的能力善待她。她是仁慈的,已经从绞刑架下解救了很多的人。"

"那也是为了让他们为她服务。"大主教巧妙地回答道。

"我实在是不敢相信您完全不在意,违背她之后会引起什么样的后果。您还关心那些村民们的生命吗?"

科尔文冰冷而愤怒的声音响起:"你的意思是她的刽子手会将矛头对准我们国家的人民?"他的手握紧了剑柄。

"我不是这个意思,弗什。我只是不相信大主教会把他们置于险地。她并不简单,她向来睚眦必报。您应该主动和她谈判。"

"我不会再让她踏上这片土地了。"大主教严肃地回答道。

"但您之前就让她进来了。"

大主教停顿了一下,而向狄埃尔说道:"我不会和她谈判的。"

"为什么不试试呢?"

莉亚鲜少看到大主教如此动怒。他一脸鄙夷地看向狄埃尔说道:"您是否没有意识到自己太小瞧我了,大人。您只是一个没几年阅历的小伙子。而我在您出生之前就已经经历过这些王公贵族、还有大主教之间的腥风血雨。您以为我傻吗?您以为我不知道您来这里不是为了帮助王太后的?注意点,狄埃尔,这里不是国王的管辖范围,而是我的领地。"

狄埃尔的眼中闪着着熊熊怒火,"你是在威胁我吗,老头?"他的手扶上剑柄。科尔文和莉亚见此情形,都不约而同地走上去挡在大主教身前。

狄埃尔冷嘲热讽地说道:"拜托,弗什。不要自取其辱。"

"你们哪一个都不能拔出武器,"大主教说道,"这片土地上不能再有更多人受伤了。大教堂会惩罚那些拔剑相向失去理智的人。"

狄埃尔冷哼一声说道:"我才不信。"

"您信不信并不重要,"大主教回答道,"现在我已经警告过您了。"

狄埃尔依旧紧紧地握着剑柄,仿佛为了证明他不相信大主教说的那些话一样。他用厌恶的眼光看着他们,说道:"几百年来,有好多像你这样胡子花白的老头喜欢警告别人,如果不服从你们的命令会遭遇怎样的厄运。但这全都是精心编织的谎言。这个大教堂已经不受灵力的庇护了,就像我的小手指一样,毫无屏障。一个谎言如果长时间没有被人们识破,那就会变得像真的一样。我老实说吧,现在大教堂已经被重重包围了,危险得很。你们没有足够坚固的城墙能够抵御她的进攻,更没有堡垒用以抵抗。除非德蒙特能听到你们的呼救,派来援军。如果帕瑞吉斯攻进来了,那么成千上万的镇民都会死无葬身之地,而你只能在一旁眼睁睁地看着,大主教。你总是欺骗自己会有圣骑士掌控的某种神奇的力量,来解救你和这座大教堂。如果你继续阻碍她,那她会烧了大门之后闯进来,并且不会放过这里的任何一个人。她会抓住一些执意相信灵力的人,将他们当众烧死,以此杀鸡儆猴。你可以忍受这样的情况发生吗,老头?你能够眼睁睁地看着你伟大的大教堂被生生烧毁?"

"您不是圣骑士,"他说道。"所以您并没有意识到自己正被她玩弄于股掌之间。"

"我才不会盲目地听从那些亡魂的指令。我也不相信你所相信的那些喃喃低语。这都是骗人的。"

大主教思索片刻,问道:"她提出了什么条款?"

狄埃尔扬起眉说道:"你得亲自去问她……"

"别以为我不知道您和她是同一伙的。我不会答应您的,这样的交换毫无价值。她提出了什么条款?"

"把艾洛温·德蒙特交给她。"

"然后杀了她?"

狄埃尔似乎对大主教的这个想法感到很吃惊,"天哪,这怎么可能!"仿佛这个想法是多么荒谬可笑一样。"我们需要她活着,要用她去和德蒙特谈判呢!"

大主教微微一笑:"她是这么和您说的?"

莉亚看到狄埃尔脸上露出不适的表情。他说道:"你似乎设法想让我对她起戒心,大主教。"

"我有吗?"

狄埃尔生硬地转换话题,继续说道:"德蒙特现在把国王控制在手中,然后他就能从这个王国中得到很大的财富和权力。人人小小的机构都听从他的命令。弗什和诺里斯·约克一定也从中受惠不少。"

"但您却没有。"大主教直接说出了他的言下之意。

"权力不能一个人独占,要与别人共享。德蒙特现在独占权力,就是因为他是一名圣骑士。"他几乎是厉声说出这个词,"他认为自己的动机不应该得到质疑。但是我很抱歉,我已经看穿圣骑士们虚伪的真面目了。就算曾经在大教堂的暗室中言之凿凿自己将会履行怎样的职责,他们终究有一天还是会打破许下的誓言,就比如塞弗林·德蒙特,也一度在背后操控国王,可是他最后为此付出了生命的代价。灵力弃他而去,他的儿子在后来也遭遇了相同的经历,因为灵力只会回应最渴望它的人、最强大的意念。如果你们把这个女孩交给我们,大教堂中就不会血流成河。我们会以此和敌方谈判。考虑一下吧,大主教,这能挽救多少人的性命啊。"

大主教停顿了一下,问道:"我们什么时候必须交出女孩?"

"最晚到明天,"狄埃尔回答道。"我并不在意德蒙特麾下有多少人马。他现在已经被卡斯珀伯爵引到北边去了。就算你向他发出求救的信号,他也不可能及时赶到这里。你必须承认,现在占上风的是帕瑞吉斯。如果你执意相信大教堂可以保护你,那你操纵灵力的意念就比她强,那就违抗她吧。在黎明破晓之际,大教堂就会沦陷,这些村民们都会被赶尽杀绝。而你本可以保护他们。放了那个女孩吧,别做蠢事。"

大主教一脸警戒地看着他,说道:"我提出一个条件。"

"什么?"狄埃尔的脸上露出得意的笑容。

"那些自愿离开大教堂的人,你们将会保证他们的安全。不管是圣学徒,还是贱民。如果王太后非要找几个人杀鸡儆猴,那么请她找那些违背她意愿的人。如果我没想错,大教堂会一直守护我们,就像杀手来袭的那次一样。就算我们之中留下来的人屈指可数，那也能向您证明灵力与我们同在。"

狄埃尔伯爵耸了耸肩说道："我会亲自保护他们的生命安全，以我的名誉保证。大教堂的大门是用钢铁所造，而城墙是用石头堆砌而成，非常美观而气派。但是这些东西并不像传说那样神圣、可以抵御一切攻击。这只是代代相传的谎言罢了。我已经告诉过你原因了。"

"非常好。请将我的条件直接转达给王太后。任何人一旦离开大教堂，就不再受到我的保护了。但是我相信您个人，您会让他们安全的。"

"你真是傻，大主教。你们几个人就能保得住？我想你只是在虚张声势而已。我们等着瞧，明天黎明，胜负便见分晓。"

"没错，我们等着瞧。现在让我的猎人送您到后门吧。"

莉亚和狄埃尔一路相对无言，默默地走到了门口。后门是一扇小铁门，距离大门有好一段距离，是少数几个出口之一。

"如果真的如我所料，是你杀了那个克辛杀手，那我真的对你的足智多谋感到很惊喜。"他敬佩地向她点了点头。"我向你发出的邀请仍然成立，尽管现在你脸上的淤青还没有完全消退。"他的手指轻柔地抚了抚她脸颊上的淤青。"跟我来吧，你会有大把施展才华的机会。"

莉亚向门卫点点头，示意他开门，然后回答狄埃尔道："我们之前已经谈过这个话题了。"

"非常好，那么帮我向马尔恰娜传句话吧。"

莉亚呼吸沉重地说道："您该走了，大人。"

"你真是个不解风情的娘们，但是我喜欢。"他目光犀利地看向她。"告诉她,她今晚还欠我一支在五月柱下的舞蹈。我会等她。如果她来了,那她的哥哥就能保住性命,但如果她不来,我就不能保证了。我这么做是为她着想,不关她哥哥的事。你也能看出来我瞧不起他。把我的这些话告诉她。"他从腰间的小袋子中取出一把金光闪闪的硬币给莉亚。这让莉亚想起来很久以前,一个男人也曾经想用一把硬币来换取她的帮助。

她没有接受狄埃尔的那些钱,只是说道:"再见,大人。"

他警惕地看向她,嘴角露出一抹困惑的笑容,然后耸了耸肩,随着门卫离开。走了几步之后,他突然停住脚步,没有回头,对莉亚说道:"我们已经知道了大教堂下面的地道。"说完便离开了,大门在他身后缓慢地合上。

此时正值风和日丽,鸟语花香,但是莉亚的内心却是一片灰暗。她一边走回屋子,一边紧紧地抓住脖子间悬挂的戒指,直到指尖处传来疼痛的感觉才缓慢地放开手。王太后和狄埃尔所说的每一句话都充满了赤裸裸的质疑和威胁,让莉亚感到心慌意乱。但她还是相信灵力的力量的,毕竟已经见证了这么多次它强大的威力。不过狄埃尔那些话还是在她的心中投下了怀疑的种子,虽然她很想甩掉这些念头,但它们还是顽固地不肯离去,刺痛着她的心。

当科尔文和艾洛温过来的时候,大主教告诉莉亚,让她用十字圣球为艾洛温他们寻找一个安全的地方。莉亚知道他们必须得趁着夜色,赶在今晚离开,这样才能不被帕瑞吉斯的手下发现。这是她想到的唯一办法。但是万一狄埃尔说得没错呢?万一帕瑞吉斯他们会设法在米尔伍德释放大灾难呢?那么这片土地是不是就会失去自卫的能力?捉摸不透的事情实在是太多了,仿佛都是一个个的谜团,让莉亚心烦意乱。她边走,边环顾四周,看到一些贱民和学徒正在疯狂地奔跑。很多人在大门口听到了大主教和帕瑞吉斯的对话，各式各样的流言传遍了大教堂的每个角落，越来越多的人心生疑惑，惊慌失措。

莉亚走到屋子里，看到大主教正在大厅里和科尔文说话。"是的，已经为你们准备了这些天的食物。去找帕斯卡，她会把东西给你们。我还要另外叮嘱几句。如果你还需要其他的供给品，可以去找我的管家。眼下还有不少事情没做。"

大主教抓着科尔文的胳膊往外走，示意他离开。但是科尔文握住他的手，说道："您非常有智慧，就像莉亚一贯说的那样。我相信您对于这件事的决策，我也很感激您没有背叛我们。"

大主教焦急地点点头，"是的，是的，您可以走了。我现在得和莉亚说句话了。过来吧，孩子。"

科尔文看向她，眼神中流露着忧虑但又充满希望的神色，然后便离开了。

莉亚一脸愁容地走向大主教。

"狄埃尔离开了吗？"他轻声问道。

莉亚点点头，"他警告我……"

大主教对她比了个嘘声的手势，说道："他一定会那么做。别再说这个了。我本来以为狄埃尔会留在这里不走，那么我的计划就泡汤了。"

"您的计划？"莉亚有些茫然地问道。

"噢是的，莉亚。正因为灵力的确与我们同在，我就在今早得到了一个好消息。"

莉亚兴奋地问道："是盖伦·德蒙特要来了吗？"

大主教嘴角露出一丝奇特的笑容，"不，但是我把他要来的消息透露给了狄埃尔伯爵。于是他不再与帕瑞吉斯联盟，也不投靠任何一派。"

莉亚目瞪口呆:"但是我以为您要说……"

他再次示意她噤声,然后转身开门,让莉亚随他进去。"是的,王太后也听说了这件事,于是他们开始精心地设置陷阱。我欣赏他们的敏锐。但是就像我们在圣书中学到的那样,聪慧之心如蛇,但无害之心如鸽。他们虽然发现了我们的很多暗道,并且已经派人在一旁盯梢。但是还有一些他们没有发现。还有一些。"

他说完之后,便走向了窗边的那个座位。

只见马丁赫然坐在那里,双臂潇洒地抱在胸前,咧开嘴笑着,牙齿在浓密的络腮胡之间依稀可见,"老天保佑,姑娘。看见你没事我就放心了。"

第二十四章
来自普莱利公国的贱民

看到马丁安然无恙地出现在她的面前,莉亚长舒一口气,激动地哽咽着跑过去抱住了他。马丁的脸上满是泥泞,眼睛因为连续的熬夜而显得红肿,但依旧坚毅有神,胡子上还沾着帕斯卡所做面包的碎屑。他"嘘"地将她推开,似乎对她的亲密举动显得很不耐烦,但是看向她的眼神透露着柔和、温暖。

"够了,姑娘,你再这样要把我勒得断气了。你以为我会在途中意外身亡?但我才不是那样大意的人。我成功躲过了王太后布下的大网。昨天,我大部分时间都不得不猫着,等到晚上才行动,趁着天色暗,他们又浑身湿透,我才能不被发现。大主教说我不在的时候你表现得很好,那我想你还是从我这儿学到点东西的。"

莉亚握紧他脏兮兮的双手,"我所知道的一切都是从你这儿学到的。你去了哪里?"

"就在周围,"他回答道,"这一路很艰难。外面世界发生了很多事情,我已经全部和大主教说了。我们马上又要分别了,不过至少你现在已经对自己的力量有所了解。"

她回头看向大主教,他缓缓地点了点头。

"你应该已经注意到我刚刚和弗什伯爵在谈话,"大主教说道,"马丁带回来一个坏消息。过去的两周之内,已经有两座大教堂沦陷了,都是被火烧毁的。"

莉亚震惊地看着他。"哪两座?"她低声问道。

"一座在卡斯珀的地盘,叫作道森特大教堂。还有一座是东边的塞姆普林弗大教堂。"

"塞姆普林弗!"莉亚倒抽了一口冷气。"那是艾洛温的……"

"没错,"大主教说道,"盖伦·德蒙特如今正带兵北上,去对付卡斯珀伯爵,所以王太后才会在这里为所欲为。今晚马丁将会带着艾洛温他们去比尔敦荒原。那样在明早帕瑞吉斯来要人的时候,他们就占上风了。"

莉亚仍旧抓着马丁的手,困惑地看向大主教说道:"我想去。你说过让我带他们逃走的。"

他摇摇头说道:"这里需要你,孩子。"

"但是我有圣球,"她执著地说道,"马丁却没有,他知道要把他们带到哪里去吗?"

"他还没有告诉我,他也不用告诉我。他是唯一知道要去哪里的人,这也是最好的选择。这样当王太后问起的时候,我就可以老实说我不知道他们去了哪里。"

"这是最好的选择,姑娘,"马丁抽出自己的手,拍了拍莉亚。"大主教需要你在这里和他一起战斗。"

莉亚咬住下唇,感到绝望而难过。她不能亲自送科尔文离开米尔伍德了。她是多么希望在他离开之前再见他一面,这样不告而别实在太难过了。当然,更让莉亚感到折磨的是,自他们在苹果园不欢而散之后，就再也没有单独相处过，此次一别，不知何时再能相见。

她又一次看向大主教，他脸上流露出病痛折磨的痛苦神色，缓缓地坐到椅子上。莉亚发现大主教的病情似乎越来越严重了。"您病了。"她轻声说道。

大主教紧紧地闭上双眼，压抑着体内的病痛。"不是生病，莉亚。我正在慢慢死去，所以我才需要你留在这里。"

莉亚仿佛被人狠狠地扇了一巴掌，怔怔地说道："但是您不会死。"

"噢，我年纪已经大了，知道自己的生命还有多久结束。我可能不会马上就死去，但是一定会有这么一天。说不定就是明天。"他低声说道。

莉亚从马丁身边走向大主教，"到底是什么病在折磨着您？"

"我老了，莉亚，"他强忍着痛苦，憋出一个笑，"我知道这一刻终究会到来。我最大的愿望就是米尔伍德能安然无恙，回廊中的古籍都能完好无损，还有待在这里的每个人也都性命无忧。只要我还在大教堂的境内，就能维持大教堂的防御能力，但是这需要极强的愿力和念力。所以我需要……你的力量。尤其是在这种时候，王太后很可能在明天就要破门而入。你的力量和我的力量合在一起，就足够应对她了。万一出了意外，你就把其他人带到安全的地方去。你愿意帮我做这些事吗？"

泪水刺痛了莉亚的眼睛。

"不要哭，莉亚。我知道这一天会来临的，可能并不会来得那么快，但是心里有准备总是好一些。生活就像故事，重要的并不是有多长，而是有多精彩。"

滚烫的泪珠从她的脸颊上滑落下来。从刚出生开始，她就一直在大主教身边。但是直到那天早晨帕瑞吉斯提到大主教的真实姓名，莉亚才知道原来这是他的本名。他总是一袭灰色长袍，仿佛就是米尔伍德的化身——就像用石头堆砌而成，永垂不朽。尽管他参差不齐的胡子和稀稀落落的头发已然花白，但是他那双眼睛依旧乌黑而有神，仿佛充满无尽的力量和意念。此时此刻，他并没有抱怨病痛的折磨，而是默默地与之斗争，眼睛中流露出强烈的毅力和忍耐力，嘴角呈一个略微下垂的弧度，就像马丁一样。

"我能做些什么？"莉亚轻声问道。

他严肃地看向她，"首先你得通过圣骑士的考核，就在今晚。"

莉亚脑子里一片空白，就像被人重重地敲了一下。她震惊得几乎说不出话来，"为什么您觉得我能够通过考核？那些学徒比我学的多得多，但是他们很多都没有通过考核。"

大主教紧拧的眉头逐渐松开，露出一抹微笑："因为你的意念更加强大。我想你一直想知道你的祖先是谁吧。你的父系祖先和母系祖先中，至少有一系是普莱利人。我已经担任大主教很多年了，接待过很多到访者，他们来自不同的国家。有一次我接待了普莱利国当时的统治者，那时我们两国还在停战期间，而你还没出生。那位统治者不仅是国王，也是一名圣骑士。他来与我们国家的大人们谈判，半路上特地造访我们，令我们的大教堂蓬荜生辉。我问他，戴银丝软甲有多久了，他的回答让我感到很惊讶。他说这是他们家的传统，要在十五岁那年戴上银丝软甲。他的祖父就在十四岁那年通过了圣骑士的考核，是一位伟大的领袖，曾经统一了王国中的不同派别，成为普莱利的最高掌权者。他与生俱来拥有强大的灵力，而他的孙子，也就是我有幸遇到的那位国王，也在年纪很小的时候通过了考核。"

莉亚心中燃起了几丝希望，她迫切地问道："您遇见的那个国王和艾洛温有血缘关系吗？"

大主教点点头，脸色晦暗不清，"关系很大。在艾洛温的母亲被流放到达荷米亚国的时候，他遵守当初和塞弗林·德蒙特的停战协议，和她结了婚。尽管后来德蒙特被人谋杀身亡，他的土地被人夺走，他的遗体被残忍地分尸，那个国王还是一直遵守着这个协定。那些日子非常黑暗。德蒙特的女儿逐渐出落成亭亭玉立的女人，尽管她不能再给他带去任何财富和名誉，他还是按照约定娶了她。艾洛温就是他们的结晶。她的母亲最后难产而死，当时还是王子的艾洛温父亲像被夺去了魂似的，尽管他很爱他的孩子。"

莉亚曾经听人讲过这个故事。"那您觉得……"她停顿了一下，整理好自己的思路继续问道："您觉得我是不是也来自那个家族？"她简直迫不及待想要相信这件事情。

"有可能，"他说道，"在你逐渐长大的过程中，我一直很疑惑，你的祖先在你身上留下的天赋在哪里体现出来。直到去年，灵力以前所未有的姿态接纳你、欢迎你。那时候你离开米尔伍德之后，来到了温特鲁德。我强烈地感受到，这不是偶然的。那个老国王你还记得吗？就是他俘虏了普莱利国。"大主教又一次因为病痛而瑟缩了一下，到嘴边的词又咽了回去。缓了缓之后，他才继续说道："你现在在这里保护着普莱利的继承人，也并不是偶然的。"

她低头看向自己布满泥泞的鞋子，感到筋疲力尽，但又非常兴奋，"那个国王有近亲吗？他有什么兄弟姐妹吗？"

"有。他有一个弟弟，曾经救过他的性命。在他死后，他的弟弟继承了他的王位。但是他就像孩子一样叛逆。他没有成为圣骑士，所以灵力并没有辅助他。最后他被老国王抓住，判了死刑。"

"他有孩子吗？"莉亚问道。

"他风流成性,广为人知,留下了很多孩子,包括私生子。"

莉亚咬住下唇,压抑着内心的汹涌澎湃,"为什么您之前没有告诉我这些?"

"在阿尔马格第一次来的时候吗?"他问道。似乎又一轮病痛开始折磨大主教,他神情痛苦而坚忍,调整了一下坐姿继续说道:"你只有在灵力上特别有天赋,没有其他特别的才能表现出来。在你从比尔敦荒原回来以后,你告诉我说十字圣球显现出了普莱利语,那时才让我开始思考这种可能性。后来你帮助我一起救阿斯特力德,我清晰地听到灵力对我说,是时候让你参加考核了。"

莉亚木讷地点点头,内心却有些不知所措,实在想不起来自己究竟学过什么。

大主教目光闪亮地盯着她,说道:"我要告诉你一件奇特的事情,莉亚。普莱利是没有贱民的。"

莉亚目光陡然一亮,看向大主教,又紧接着看向马丁。马丁点了点头:"姑娘,大主教说得是真的。在普莱利,私生子也和正常的孩子一样,拥有相同的合法继承权。我们认为不能抛弃任何一个孩子,这太残忍了。"他说得有些激动,便咬紧牙关,脸上的肌肉抽搐了一下,继续说道:"就算有孩子被抛弃了,也总会有其他家庭愿意收养这个孩子。总是这样。就算那个孩子对于他们来说完全陌生。在普莱利,从来没有孩子被丢到过大教堂的水沟中。"

莉亚感到心中涌起一股强烈的感情,她严肃地看向大主教,"所以您说我这样的情况很少见,因为我是来自普莱利的贱民?"

他缓缓地点了点头,"没错,这很少见,但也不是完全没有可能。你在普莱利沦陷之际出生。当时统治者家庭中的不少孩子都被遣散了,艾洛温也是如此。现在去休息一会儿吧,莉亚。你今晚要参加考核，所以要休息一下，调整到清醒的状态。考核不会容易的。马丁会带着他们悄悄离开，我们就待在大教堂里面。在黎明之前，你就会成为一名圣骑士。"

莉亚有些忐忑不安，绞尽脑汁思考着自己到底学过什么，"您真的这么认为吗？"

大主教又一次露出被病痛折磨的神情，但他没有喘气或者瑟缩，他只是紧紧地抓着桌子，直到指关节泛白。"要想通过考核，那就必须要有出色的记忆力。你必须准备好牢牢地记住自己学过的东西。我会教你，但我无法帮你记住。一旦我们进去，你就不要再问任何问题了。我非常了解你，莉亚，你的记性总是非常好。"

她朝他笑了笑，然后向门口走去。在握上门把手的时候，她突然停顿住动作，回头向大主教看去，"大灾难是不是要来了，大主教？"

大主教神情庄重地说道："只有大教堂可以阻挡住它，孩子。"

"如果米尔伍德沦陷了，它是不是就会来了？"

他缓缓地点头，说道："在你成为圣骑士之后，你就会被人追捕。和王太后一类的人，都会想方设法对你围追堵截，来伤害你。"

她对他微笑道："我想，在您让我成为一个猎人之前，您就料到会发生这些事了吧。"

"你很聪慧，对于你这样的年纪来说很不容易。"他嗓音低沉而嘶哑。

莉亚同情地看了看大主教，说道："我很高兴可以在米尔伍德来接受这场考验。这是我的大教堂，我会守护它的。"

坚持不懈比暴力解决更有影响力。许多不能一下子解决的事情，可以分成几步，一点一点解决。许多暴君坐在了王位上，而那些不被人注意的人，却戴上了无冕之冠。

——高登·彭曼于米尔伍德大教堂

第二十五章
杜尔登的吻

莉亚睡得迷迷糊糊、断断续续，还做了好几个光怪陆离的梦。但是等到醒来以后，莉亚还是恢复了精力充沛的样子，终于摆脱了连续几天的疲惫不堪。在离开帕斯卡的卧室之后，她继续向屋子外面走去。空气中弥漫着一股轻薄的雾气，但是并不会影响人的视野。阳光穿过薄雾，以一个微小的弧度折射而下。雾气越来越浓重，空气变得更加潮湿，每一次呼吸似乎都要比以往更加沉重。大教堂赫然屹立在袅袅的雾气之中，威严而雄伟。有那么一瞬间，莉亚觉得它似乎拥有了自己的生命，在静静地注视着她，仿佛在召唤她探究自己蕴含的无穷奥秘。

当莉亚走到厨房附近的拐角处时，她发现杜尔登正满脸通红地在厨房门口徘徊。趁着杜尔登还没看到她，莉亚赶紧缩回去，准备从厨房的后门进去。但是快要走到后门的时候，她又听到一阵细碎的动静，于是她停住了脚步，在拐弯处探出头偷偷地张望。科尔文正在庇荫处舞剑。只见他的利刃速度极快地向下挥去，然后一个急转身，又是一剑，就仿佛他正与十几个骑士进行着生死之战。莉亚咬着下唇，心里很纠结，不知道现在是不是说话的时机。但是看到科尔文一脸冷酷和坚决的样子，她还是决定不去打扰了，便又缩回了拐角处，靠在墙壁上叹了口气。

两条路都被堵死了。

她怨愤不平地叨叨着，还是决定往前门走，去面对杜尔登。杜尔登看到莉亚走过来，脸颊瞬间变得通红。

"你会……去五月柱那里参加舞会吗？"杜尔登结巴着问道。

莉亚用荒唐的眼神看着他，回答道："我觉得今晚应该没有人会去跳舞了吧。"

"不！一些人跑出大门投奔王太后之后，又捎带她的话回来。王太后想要拘禁大主教和那两位伯爵。而大教堂的每个人投奔她之后，都能保证性命无虞，行动自由。她在中午宣布了这些话，然后向投奔她的人提供免费的苹果酒和面包。那些讨好她的骑士的人，都得到了酬劳。所以今晚圣灵降临节还是会照常举行。你刚刚去了哪里，莉亚？"

莉亚对杜尔登的一番话目瞪口呆。到底发生了什么？"我刚才在休息，杜尔登。大主教今晚给我安排了任务。"她怎么可能明明白白地告诉他自己今晚要参加圣骑士的考核？

"那你今晚肯定不会留在这里了。"他警示地说道。

"我肯定会留在这里，米尔伍德是我的家，"她回答道。"乔恩·亨特没有谋杀老国王，杜尔登！所以大主教与这件事情根本没有关系。"

杜尔登垂下头，有些沮丧，"其他贱民们都离开了。瑞奥姆，特蕾莎，还有其他人，现在都在广场里面喝着米尔伍德的苹果酒。留下来的就只有阿斯特力德、帕斯卡和索伊，他们现在还在厨房里，吃着点心。帕斯卡是不会离开的,也不会把她做的糕点送去王太后身边。"

"布琳也离开了吗?"

"我想是的……"

莉亚摇摇头,越过他走向厨房,但是杜尔登抓住了她的手臂。

"莉亚,你不能留在这里!"

莉亚回头直视着杜尔登的眼睛,严肃地说道:"你怎么可以背弃他,杜尔登?他可是我们的大主教。王太后只不过是一个来自达荷米亚的外乡人,她算什么?她什么时候有权统治这片百里区了?甚至还来威胁我们?你去投奔其他人好了,我是不会离开大主教的。"

杜尔登流露出烦恼而痛苦的神情,"我不想看到你受伤。我……我很在乎你。"

她凝视着他说道:"我知道你在乎我。大主教已经告诉我了。可是我们才十五岁,杜尔登。"

杜尔登脸色发白,绝望地看着莉亚,说道:"我的父母在十五岁就订婚了,但是当然并没有马上结婚。我不是在暗示你……我的意思是,我不是想让你考虑……你说得对,我们现在太年轻,但我想让你知道我对你的感情。"

莉亚的神情中夹杂着感动和恼怒,她看着他说道:"我也在乎你,杜尔登,但你是圣学徒,而我只是一个贱民,你不需要向我许诺什么。"

"我并不这么想,"他坚决地否认道,"我已经考虑了很久了,莉亚。"

"但是我们对很多事情的看法不一样。比如你想参加晚上的舞会,但是我想留在这里完成任务。"

"莉亚,我的父母都在外面,我怎么可能留在这儿呢?"

"你应该去找他们。请去找他们吧!我不值得你这么对我,杜尔登。而且我们年纪太小了。在你更加了解我这个人之后……你可能对我就不会有这种感情了。"

杜尔登看起来很痛苦,"我们已经认识两年了。我对你不是那种浅薄的喜欢。"

她摇摇头说道:"有些事情我不能告诉你。关于我自己的一些事情。我不会对你许下任何承诺。我必须要报答大主教的恩情。请你去找你的家人吧。你要保证他们的安全。"

杜尔登的内心似乎在艰难地挣扎着。他抓起莉亚的手,飞快地吻了一下。"我对你的感情是不会变的,莉亚。但是我会听你的话,永远如此。"他忧伤地看了莉亚一眼,便从厨房门口离开,向大门走去。

莉亚感到他嘴唇的温度似乎还残留在她的手背上,她发现自己甚至有点留恋这个感觉,于是窘迫地暗骂了自己几句。他的吻是如此温柔而真心,让莉亚有些不知所措。莉亚转过身,打开门走进厨房,然后在短短的几分钟内受到了又一次震撼。

厨房里,埃德蒙正站在索伊面前,握着她的手。他的脸庞和索伊的凑得很近,声音低沉而急促地说着什么。一旁的帕斯卡揉了揉眼睛,脸上神情复杂。

莉亚推门而入的时候,埃德蒙脸上抽搐了一下,似是被吓了一跳。但当他看清来人是莉亚的时候,他长吁一口气,"原来是莉亚!多谢主的庇佑。我还以为是大主教。"他转头继续看着索伊说道:"如果你迫不得已要逃离大教堂了,你可以去诺里斯·约克避险。我的侍卫叫作乔恩·奥查德。在我回来之前,他会给你安排食宿。你可以租一辆货车或者马车过去。给你。"他笨拙地从皮带上解下钱袋,抓出一把钱币,放入她的手心。"这些钱应该足够用来买衣服和支付住宿了。如果真的到了万不得已的地步，记得乔装自己。"他转头对莉亚说道："你也可以一起，但我想科尔文会为你提供避险的地方。"

索伊咬着下唇说道："你不需要为我做任何事情。帕斯卡和我都会好好的。万一大教堂沦陷了，莉亚也会保护我们。"

埃德蒙露出痛苦的神色，深情地望着她说道："我知道。但是狄埃尔那些威胁的言语一直让我很不安。如果他们强行破门而入，我希望你能赶紧逃跑。先找一个地方躲起来，然后到情势安全的时候再逃走。之后我会去我的土地上找你们。你们会这么做的吧，索伊？帕斯卡？"

索伊点点头，垂着头，不敢直视他恳求的双眼。

莉亚站在一旁静静地看着他们，看到埃德蒙的脸上流露出痛苦的神情。

"这可能是我走之前与你的最后一次告别，"埃德蒙说道，"大主教希望我们在日落之前抵达他的宅邸，这样他们就可以亲眼看着我们进去。"

"我知道，"索伊轻声说道，依旧不敢抬头看他。"那么再见吧。"她手里攥着那把钱币，不安地摆弄着，长长的睫毛上沁着悬而不落的泪珠。

昏暗的光线之下，索伊看起来是那么迷人。莉亚背靠在门上，以防任何人突然推门进来。她想了想，索性将门闩闩上。

"索伊。"他轻声地唤她的名字。

索伊终于抬头看向他，那双美丽的眼睛中夹杂着胆怯和期盼的目光。埃德蒙弯下腰，吻上她的唇。莉亚依旧站在门口静静地看着他们，被这个吻的纯净、温柔所深深打动。随之而来的还有深深的嫉妒，因为莉亚想到科尔文永远不会这样对她。

一吻之后,埃德蒙便握住索伊的肩膀,强迫她看着自己。"你要保证会好好照顾自己,那样我才能安心离开。"他又伸出手,握住索伊颤抖的双手,举到嘴边吻了一下,就像杜尔登对莉亚做的那样。"我希望这些钱币会在你离开的路上派上用场。要是你不用逃走,不需要用到它们,那就把它们当作你在米尔伍德为我带来的愉悦的回馈吧。或者你也可以把它们当作刚才那个吻的回赠。"他的手来回抚摸着索伊下颌的曲线。"请你原谅我,刚刚那么做。"

她默默地点点头,过了好一会儿,才艰难地启唇道:"我原谅你。"

埃德蒙将她拥进怀里,下巴摩挲着她的发丝,温存了一阵之后便放开她,走向门口。

莉亚突然感到门外有人想要推门进来,她立马紧紧地抓住门闩,对埃德蒙咳嗽了几声提醒他。然后她转身开门,发现科尔文站在外面,额头上沁着汗珠,手里握着剑鞘。他看到莉亚似乎很惊讶,但是很快又恢复成毫无波动的样子。

"埃德蒙。"他唤道。而埃德蒙已经向他走来。科尔文看向索伊,发现她像一片脆弱的叶子正不停地颤抖着。直到他们离开厨房,她也没说一句话。

"你刚刚做了什么?"科尔文问道,准备转身离开。自他来之后,他还没有对莉亚说一句话。

"对那个女孩道别。"埃德蒙声音紧绷地小声说道。

"看她那个样子,你可不止做了这件事啊。"科尔文说道。

埃德蒙不觉提高音量,不悦地说道:"不,我是让你对那个女孩道别!莉亚!不要直接从她身边走掉。"

科尔文抓了抓脖子,说道:"我之后会自己来道别的……"

"之后是什么时候?"埃德蒙气不打一处来。"不是我说,你真是铁石心肠。你马上就要离开了。真是让人受不了……"

听到科尔文说之后还会找她道别之后,莉亚感到有些窃喜。于是她关上门,不想再听到他们之间的谈话。但是几秒钟之后,她身后又传来一阵敲门声。莉亚转过身打开门,看到科尔文站在门外。他先把目光投向厨房里面的索伊和帕斯卡,然后才看向莉亚。他紧绷着下颌,一脸不悦。莉亚对他这个模样却很熟悉,只是对他扬了扬眉,没有说话。

"我能跟你说句话吗?"他问道。

莉亚耸了耸肩,跟着科尔文走出厨房,缓缓地关上门。她觉得自己的心跳得飞快,但她没有表露出来,而是尽量保持平静和自信的样子。自从他们在苹果园闹了别扭之后,就再也没有真正意义上讲过话。夕阳在大教堂灰色的墙壁镀上一层金色,看起来富丽堂皇。她又一次感到它正在喊她的名字、在召唤她。

"跟我走。"科尔文往宅邸走去,"就算我不能告诉你我们要去哪里,我想你还是可以找出我们的去向。"

莉亚没有吭声。科尔文知道不管他去了哪里,她都能利用十字圣球找出他的位置。

"马尔恰娜今天下午跟我说,她希望你跟我们一起走,而不是马丁。他对于她来说只是个陌生人,但是我知道你很信任他。你从他那儿学到了所有的技能。他把你训练得很好。"

"谢谢。"她回答道,心里思考着他接下来会说什么。

但他在接下来一段路上都没有再说话。他们来到了宅邸的后门,科尔文站在门口,似乎在纠结要不要打开门。"我不像埃德蒙那样担心你的安危。他还是需要好好修炼一下,控制自己的情绪。我相信你的灵力足够强大。只要顺着灵力去做，你就能做得很好。"他转过身看向她。"我们会在今晚离开米尔伍德。我不会再回来了。"

莉亚尽力维持着平静，虽然内心已经心如刀绞，"不管你去了哪里，我都会牵挂着你。"

他闭上眼平复了一下心情，然后看向她说道："现在这个时候，这里已经有足够多的事情让你牵挂了。我得走了。"

在他就要进去的时候，莉亚出声拦住了他，"有个问题我从来没有问过你。"

他停住脚步，又绷紧了下颌，但是很快就敛去多余的表情，问道："什么？"

莉亚舔了舔嘴唇说道："你当时参加圣骑士考核的时候感到害怕吗？考核中有没有什么可怕的东西？"

科尔文的眼神闪烁了一下，眸色逐渐暗淡下来，就像太阳在遥远的山头逐渐落下。他沉默了一阵子，似乎在琢磨着回答。半响之后，他说道："从某种意义上来说，圣骑士考核的确有令人畏惧的地方。这场考核蕴含着无穷的深意，也暗含着很多危险，不仅仅是像埃德蒙的哥哥那样丧失生命。"

莉亚定定地看着他问道："有丧生的危险？"

科尔文微微点头，神情凝重，"有些人的遭遇比丧生更加可怕。"

莉亚拧起眉头说道："我完全无法想象是什么样。"

"圣书上面写得很清楚，"他继续说道，"那些没有战胜蚀心邪灵折磨的人，可能会落得和它们一样的下场。"

莉亚不禁打了个寒战。她从来没有想过会这样的事情发生，内心涌起一阵恶寒。"你的意思是说，蚀心邪灵是死者的灵魂吗？"

科尔文直视着莉亚的眼睛说道："不。蚀心邪灵有很多别称，有一个名字就叫作未生之人。它们的灵魂因为太邪恶，所以无法出生，也无法拥有自己的肉身。"

在夕阳的余晖下，莉亚却感受不到温暖，不由自主地颤抖着。

"蚀心邪灵无处不在，莉亚。它们可能就在我们呼吸的这片空气中，用它们的邪念来困扰我们、阻挠我们。它们善于蒙骗和引诱，如果很多人听信了蚀心邪灵的蛊惑之言，那么大教堂就很可能沦陷。有时候伊渡米亚为了不让我们被蚀心邪灵控制，会特意让大灾难降临于大教堂。就算死去也比生活在一个未生之人统治的世界要好。"说到这里，他闭上了嘴，而后又说道："我可能说了很多本不该说的话。这些东西本应是圣骑士所要肩负的重担。如果我的话让你感到困扰了，那我感到非常抱歉。你为什么问起这个？"

莉亚看着他的脸庞，想要将他的模样深深地印刻在她的心中。她可能再也见不到他了。她没有正面回答他的问题，而是说道："我总是有很多问题，你知道的，一路顺风。"她转过身走向厨房，不想让他感到自己眼中此刻夺眶而出的眼泪。一想到她可能永远都见不到他了，她就心如刀绞。

第二十六章
艾塞奥司

莉亚曾经来过朝圣者驿站。那时她为了寻找科尔文,做出了与贱民身份非常相称的举动,偷偷溜进了米尔伍德深处,来到了这个地方。那时,她惊讶地发现这里的花草树木不需要阳光的普照,只需要依靠灵石的能量也能健康生长。如今莉亚受邀来此,终于可以正大光明地走进来了。这次她不再穿贱民的衣服和斗篷,而是换上了梦寐以求的圣学徒的长袍,戴着面纱,以防被人认出身份。普雷斯特维奇带着她从大主教的宅邸来到了大教堂的门口,告诉她大主教已经在里面等着了。随着离门口越来越近,莉亚的心跳得越来越快。

普雷斯特维奇在快要到门口的时候停下了脚步。他的脸庞因为激动而涨得通红。他年纪和大主教一样大,已经为大主教效力很多年了。"接下来你得一个人走了,"他说道,"大主教吩咐过,所有的门都必须关上。在他从地下走出来之前,不能允许任何人进出这片地方。祝你好运,莉亚。"

"谢谢,"莉亚说完转身继续向门口走去,迈向最后的几步台阶。她离得越来越近,与此同时,她能感到拱形门内的灵石对她发出强烈的警示气息，企图将犹疑和惊惧的感情注入她的心中。但是莉亚早就料到了这一点，因此表现得很平静，轻而易举地平息了它们在她脑中的低语。莉亚扶上厚重的门把手，推开青灰色的大门。从此刻开始，莉亚就暂时离开了黄昏笼罩的外面的世界，进入了大教堂里面这如日中天般明亮的新世界。

莉亚按照普雷斯特维奇事先叮嘱的那样，在门槛前脱下鞋子，换上了丝绒拖鞋。她缓缓地撩起面纱，好奇地端详着周围的陈设。大堂里一片明亮，熠熠生辉。每一块灵石看到她似乎都很高兴，散发出温暖愉悦的气息迎接她，将外面的世界带给莉亚的那些阴霾都驱逐殆尽。她现在正处于米尔伍德的要塞之地，想到这一点就心潮澎湃，难以平静。莉亚在原地等了片刻，便看到大主教从大教堂的深处向这里走来。他没有穿以往的那件灰色长袍，而是换上了一件金丝修边的黄油色长袍。大主教步伐沉稳有力，丝毫不见病痛的痕迹，仿佛大教堂把足够的力量给予他，让他足以完成这次任务。大主教示意莉亚跟上，然后带着她沿着走廊走了一小段路，来到台阶处，一起抬阶向下走去，来到了主室。莉亚曾经就是在这里发现了通往朝圣者驿站的地道。

这个主室的墙壁和地面分别由大理石和瓷砖修砌而成，房间里还摆着几排抛光甚佳的长凳。大主教示意她坐到长凳上，自己走到前方一张巨大的石桌前。空气中弥漫着浓厚的灵力，让莉亚有些喘不过气。灵力低吟着从四面八方涌入她的体内，填满了每一处空隙。面对着这突如其来的浪潮，泪水不禁夺眶而出。在莉亚的记忆中，她曾看见过这张石桌。有一种熟悉的感觉扑面而来。莉亚的直觉告诉她，自己的父母曾经都是圣骑士。她期望如此，也坚信如此。

大主教站在石桌后面，目光温暖而慈爱地看着她，问道："你拥有哪些神力?"

莉亚不知道自己该说什么,这时灵力却在她耳边轻轻地告诉了她答案。于是莉亚点点头,照着答道:"我拥有通语神力和勇气神力。我想我还拥有智慧神力。"

大主教为她感到自豪,点点头说道:"你实际上还拥有其他神力,只是不知道它们的名字罢了。你还有御火神力和记忆神力,力量都很强大。如果你通过圣骑士考核,还可以得到更多的神力。付出多少就能得到多少。你是否愿意获得圣骑士的权利?"

莉亚本想回答得详尽一些,但是她最终还是按照灵力的指示,简单答道:"是的。"

"在你进行圣骑士考验之前,我会赐予你知识神力。这会帮助你更好地理解测试,因为接下来的路程需要你独自面对,没有人会陪在你身边。这里是大教堂的地下室,代表着我们居住的世界,而不是我们来自的世界。当你走到大教堂的深处,会发现一块网格状镂空的十字屏风,过了屏风你看到的就是穿越圣幕了。圣幕后的那个房间代表了伊渡米亚的世界。你必须按照要求完成任务,在那之后才能进入穿越圣幕,进而通过圣骑士考核。在走过十字屏风之前,你都有机会可以离开。但是一旦你选择放弃,你就再也没有机会成为圣骑士了。而如果你没能通过这次考验,一年之后还有第二次机会重新来过。如果你通过了,那你会得到一件银丝软甲衬衣,和另一项神力。"

莉亚耐心地听着。

"来吧,我将赐予你知识神力。我只会说一次。你不能在过程中提问,但是在通过十字屏风之后,你有时间用来消化之前听到的内容。竖起耳朵仔细听。灵力会将我述说的内容转化为画面注入你的脑海之中。我要说的这些知识都是真实存在的事实,但是没有被刻录在圣书上面。你必须牢牢地将它们记在心里、记在脑中。"

莉亚逐字逐句地认真聆听着,她料想大主教即将教给自己的应该都是自己不知道的。事实上,有些是自己已经知道的,但是大多数对她而言还是新奇的、闻所未闻的。在大主教娓娓道来的时候,一股强有力的灵力涌入莉亚的脑海中,在她脑中铺展出一幕幕的画面。莉亚知道大主教正站在她面前,但是他在她脑中开启了一个她永远也无法想象的新世界。她可以在脑中看到他所描述的那些事件,不只是文字,还有丰富多彩的画面。

这些画面让莉亚感到头晕心颤。

在莉亚有生以来,听说过有些人把伊渡米亚称为一个世界,有些人将其称为一个圣人,还有的人认为那是一种存在于以太空间的善意,通过灵力庇佑人间所有生灵。现在莉亚明白了,伊渡米亚是一个地方,而不是一个人。那个地方居住着一个种族,叫艾塞奥司。他们美丽而高贵,精致而充满力量。莉亚现在就仿佛身处于他们之中,看着他们在她身边走来走去。他们之中有男人也有女人,只不过比她见过的所有人都要更加高贵、美丽。他们的肌肤上散发出灵力的光芒,因为灵力臣服于他们,为他们所用。

莉亚看到他们生活在美丽的城市里,充满欢乐和奇妙。在莉亚心中,大教堂本是世界上最美的地方,但是伊渡米亚的城市花园比大教堂还要美丽一千倍、辽阔一万倍。他们所具有的博大是其他地方无法比拟的。莉亚意识到精心修建的米尔伍德,其实也只不过是想要模仿伊渡米亚的胜景,而收效甚微的结果。艾塞奥司智慧而有力量,并且长生不老。他们生活在伊渡米亚世界中,但又通过千丝万缕的联系,成为千百万个其他世界的圣骑士国王和圣骑士王后,而这样的玄妙远远超出莉亚的理解和想象。千百万个渺小的世界,在无限的空间中延伸着,而她所生存的世界也是其中之一。艾塞奥司用灵力创造世界,掌控冰火、海洋和风暴的力量来驯服那些野性的生物。莉亚看着看着,突然很渴望成为他们之中的一分子,能够像他们一样拥有强大的力量操纵灵力。她意识到自己某一天会加入他们,成为他们中的一分子,意识到是他们创造了她所存在的这个世界,创造了她。

莉亚从没有想过自己是来自伊渡米亚的,为此感到非常惊奇。那里是她的家,是她前世所生存过的地方。曾经很多人把她现在的生活称为她的"第二世",因为她现在是以贱民的身份存活。但这并不是一切的源头。最开始,她也与艾塞奥司一起生活在这里。她该怎么描述前世的自己呢?一个火花?一粒飞扬的灰烬?或是像张无形的蜘蛛网存活在艾塞奥司之中,是那样的精巧单薄。是一种智慧。是包裹在物质外表下的意识,像影子一样的微妙。

要成为艾塞奥司真正的一员,她不得不离开伊渡米亚,坠落到另一个世界去,并且失去了上一世所有的记忆。在这一点上,人人都是平等的,没有人可以记得自己上一世在伊渡米亚的生活。所有人。包括莉亚,都曾被许诺过,如果他们平静内心,仔细聆听,就可以听到来自灵力的低语声,那可以指引他们再度回归。如果他们倾听灵力的指令,那么灵力会辅助他们。想要让灵力臣服于自己,首先要先对灵力表示臣服。如果他们遵循灵力的指令,他们就能知道如何用石头修砌成一座连接伊渡米亚的建筑,帮助他们回归。

这个概念实在是太庞大深远了,让莉亚一时间难以接受。原来米尔伍德,和其他大教堂一样,都是指引他们回到伊渡米亚的通道。这些通道不但能通向伊渡米亚,也能通向其他不计其数的世界,那里有足够的圣骑士在修建它们。圣骑士家族拥有的灵力一代比一代雄厚,到最后新的一代会拥有足够强大的灵力而长生不死。当两位被施加永生咒的圣骑士夫妇之间的纽带足够强大的时候，他们就可以让所有的祖先都起死回生，使祖先们重生为艾塞奥司，然后一起越过通道，回到伊渡米亚，加入那些曾经这么做过的人们之中。莉亚突然意识到，这种事情在米尔伍德曾经发生过。石棺很干净，看起来像是清洗过，里面放置着寿衣和一对婚戒。艾塞奥司对金银首饰和亚麻礼服都毫不在乎，也对这个落后的世界毫无留恋。他们隐身潜入大教堂，通过穿越圣幕，回到他们真正的家园。

莉亚知道，这就是她族人的命运，将圣骑士之间的纽带不断延续、加强，直到自己和家人都能战胜死亡，而这也是科尔文的职责。莉亚知道这样的纽带也存在于她的血脉之中。有没有可能她的父母也是因为永生咒而结合的呢？或者有没有可能至少她的父亲或是母亲的祖先被施加过永生咒？

莉亚深深地感到，这些知识已经超出了她的理解范畴。各种各样不可思议的可能性向她铺天盖地地涌来，她感到快要窒息了。但是她又感到很开心，期待着她所听到的一切都能实现。但是大主教还没有讲完，还有更多她闻所未闻的历史知识需要讲给她听。

心中充满了渴望，莉亚聚精会神地听着，但是故事瞬间就转向了黑暗的色调。没错，伊渡米亚是一个美丽而强大的地方。但是偶尔，非常鲜见，但的确存在着一种自我的影子，像上一世的她一样，急不可待地想要成为艾塞奥司，但却希望不劳而获。这样的生灵，他们没有遵从灵力的意愿，而是强迫灵力按照他们的意愿行事。在遥远的天空中，有不计其数的星星在闪烁着，不计其数的世界在运转着。但是一切都是平衡的，有光明的地方就有黑暗。有相同数量的充满死亡气息的东西存在着，它们拒绝前进，拒绝成长，不愿进入重生的缚茧而发生改变。他们抹杀体内的每一处光明，尽管那并不会对他们的生命造成威胁。由于他们不愿以婴儿的形式降临人间,便被驱逐到这些伊渡米亚后裔降生的世界中,并且由于自身的邪恶无情而遭到永久的诅咒,而且永世不得回归伊渡米亚。

莉亚现在理解科尔文的那些话了。蚀心邪灵并不是死去的灵魂。它们根本没有出生过。它们也许是火花,也许是纤细的线,也许是潜伏在黑暗中的力量——但是充满了邪恶、自私与狂野,它们无法成为真正意义上的生命,没有人能驯服它们。而且它们还有个女王。

莉亚恐惧地看着这些画面。是的,蚀心邪灵永远也没有机会出生,但它们阴险狡诈,善于蒙骗别人,总是喜欢歪曲事实来达到自己的目的。一个叫艾利什姬迦勒的女人是他们的王,她极度憎恶艾塞奥司放逐了他们,并发誓将摧毁所有的大教堂,阻碍所有人回归伊渡米亚。任何一人都不行。艾塞奥司创建了圣骑士,让他们修建大教堂,带领人们回到伊渡米亚。而邪恶女王为了进一步达到自己的目的,也创建了一支队伍,叫作赫达拉妖姬,队伍中的成员只能是女人。她们的任务就是憎恶圣骑士,谋杀圣骑士,摧毁大教堂。赫达拉妖姬往往是隐藏在国王和皇帝背后的潜伏势力,她们操纵掌权者来达到自己的目的。她们存在于每一块土地、每一个王国——有些潜伏在暗处,而有些则光明正大地生活着。赫达拉妖姬锻造出赤隼链,注入灵力,用它们来蛊惑人们的心神,以此达到艾利什姬迦勒的目的。

莉亚立马意识到帕瑞吉斯王太后就是一名赫达拉妖姬,并且就是她蛊惑老国王杀害圣骑士。赫达拉妖姬拥有着和圣骑士同样强大的灵力。这真是骇人听闻。只有艾塞奥司这一族的灵力才比她们更强大。

莉亚意识到了面前的风险。如果她决定成为圣骑士,那她最终可能会成为艾塞奥司的一员,也有可能因为圣骑士的身份而被杀害。

尽管大主教没有说出最终的结论,但莉亚还是意识到了自己正面对怎样的风险。如果她继续向十字屏风行进,那她就有机会参加圣骑士考核。如果她半路折返,那她这辈子都只能将今天所学到的知识都烂进肚子里,对世人只字不提,自己余生却要惶惶不安,不停地质问自己当时是否做出了错误的决定。

"你是否愿意获得圣骑士的权利?"大主教柔声问道。

莉亚想起她第一次见到科尔文的时候,他受了伤,倒在厨房的瓷砖地上。那时她还不知道他身着的那件银丝软甲就是给他生命带来威胁的根源。但是他在这样的恐惧中顽强地活了下来。自己难道就做不到吗?

于是莉亚坚定地回答道:"我愿意。"

十字屏风是用橡木精心雕刻而成,颜色就像暗沉的血色。高大的木板自下而上,顶端连接成一个精巧的弧形,上面的装饰带有圣骑士的标记,雕有八角星的方格。木板上的每一处棱纹、连接处和边角,都雕刻得十分精致美丽,抛光细腻。在木板之间悬挂着白纱遮蔽物,让人看不清楚前方有些什么。但是莉亚觉得前方有一块灵石灯,因此这柔软的白纱上面才会散发出光亮。莉亚犹豫地看向大主教。

"接下来你必须独自前行,"他轻声说道,"我会在这里等你回来。"

莉亚低下头,微微地点了几下,心中好奇着前方会有什么在等着自己。她会面临怎样的考验呢?那又会意味着什么?她现在的脑中已经承载了太多,不知道还能够容纳多少。

在十字屏风的中间是一处宽敞的门道。莉亚按照大主教的指示,轻手轻脚地走向那块轻薄的布料。在抵达门口之后,她双手颤抖地撩起门帘,走了进去。一股强大的灵力扑面而来,让莉亚差点站不稳。

她的膝盖不住地颤抖着，泪水不由自主地夺眶而出。这个房间是用石头修砌而成，十分美丽，整个房间成环形，里面有七根石柱，每一根都被雕成了灵石的模样。莉亚正对面的那块灵石牢牢地吸引了她的眼球，那上面是一个留着络腮胡的男人，但吸引莉亚的不是那张男人的脸，而是他的肢体动作。他身穿长袍，一条手臂举起来指向遥远的天空。莉亚目不转睛地盯着这个动作，非常好奇这有什么含义。接着她想起来，大主教在挽救阿斯特力德生命的时候，曾经做过这样的圣符。

旁边还有其他灵石：一头雄狮，一只羊，还有一条蛇。莉亚继续将目光移向其他灵石。其中一块是发光的太阳。还有一块灵石是根蜿蜒曲折的茎蔓，点缀着花朵和叶子。最后一块灵石，是一头带角的公牛。每一块灵石都雕刻得极为细致，在每一处细节上都极尽所能。每两根柱子之间是大理石修砌而成的墙壁，上面镶嵌着白色的石头。这些石头闪闪发光，照亮了这里的一切。但并非每两根柱子之间的空隙都仅仅是大理石墙壁。在她身后就还悬挂有亚麻帷幔。还有两块这样的帷幔挂在更远些的墙上，一块是在络腮胡男人和狮子中间，还有一块在这个男人和绵羊之间。

脚下的地板仿佛就是一块巨大的马赛克，让莉亚眼花缭乱。她看到中间的地面有凹陷，露出一块盖子和石棺的上半沿。石棺的盖子被打开了，随便放在一边。在凹陷处的前方有一个很大的石碗，石碗前面则是一捆白色亚麻布料。

莉亚不知道接下来该做什么，但是那个石棺吸引了她的眼球，于是她小心翼翼地向那边走去。石棺很长，但并不深，里面有一块厚石板——棺材板。莉亚身前最近的是那捆亚麻布料，后面才是碗和石棺。莉亚感到灵石们都紧紧地盯着她，睁大眼睛看着她站在那里。

莉亚缓慢地向前走。空气中流动而膨胀的灵力令莉亚感到十分畏惧。莉亚从来没有感受过如此强大的力量。石棺里面并不深，但是看了叫人感到不安。把一个石棺放在大教堂的中间有什么作用？莉亚看向这捆白色的布料。它们是寿衣吗？她应该做些什么？

莉亚脑中突然掠过一个念头。这里的一切都是以特定的顺序安排好的。她知道墙那边的起伏的门帘是穿越圣幕。她的目标就是跨过那里。但是在那之前，她还有其他事情需要完成。摆在她面前的首先是这匹亚麻布料，因此莉亚猜测她需要穿上它。于是莉亚跪在一旁，将这叠衣服铺展开来。这里面有两件衣服。一件是美丽的白色长裙，肩部和褶边都有装饰花纹。花纹都是由银线勾勒而成，莉亚从没见过这么精美的设计。另一件衣服是一件蕾丝花边外衣，比裙子更长，似乎是一件外套。莉亚知道她得穿上这两件衣服。

莉亚环顾四周，发现只有灵石在盯着她看。于是她缓缓地脱掉圣学徒长袍，准备换上这两件衣服。莉亚相信自己的直觉，但她仍旧非常紧张。她用手指挑起裙子边缘，发现上面有她曾经见过的标记——在科尔文的银丝软甲上面见过。圣骑士的女性制服和男性制服不同吗？莉亚感到有些疑惑。

她迫不及待地换上了那条柔软的裙子。莉亚脖子上仍然挂着那枚戒指，那一晚在她脑海中留下了不可磨灭的血腥回忆。寿衣就在空石棺近前。莉亚站在那里，抚平衣服上的褶皱。裙子比较短，但是蕾丝花边的外衣很厚实修长，一直垂落到她的脚踝边，袖子也垂落至她的手腕处。莉亚惊讶地发现，这件衣服在她身上就像一件长袍。她将圣学徒的长袍折叠好，放在凹陷处的旁边。

莉亚端详着石碗，注意到有一块灵石镶嵌在碗的底端。她跪在碗前，看着那里雕刻出的一张脸。莉亚用意念召唤出它的力量，于是这只碗中很快盛满了干净、清凉的水。她在脑海中听到了一阵低语声——是一个女人的声音。她说道:"把你的手、手臂和脸洗干净。"

莉亚照着做了,掬起一捧清凉的水洗手,洗手臂,接着洗脸……但莉亚逐渐感到不对劲。这不是正确的做法。她又用手捧着碗的边缘,将脸浸入水中。

灵石的眼中闪出亮光,莉亚感到一阵平静安详的感觉。它发出一阵低语声:"躺在棺材板上。"

莉亚从碗中探出头来,水珠从她的脸颊滑落而下,她感到神清气爽,改头换面。莉亚伸出头向棺材中望去,心中不由得感到很害怕。石棺里面并不深,也没有危险,但就是有种莫名的因素让她感到畏惧。莉亚紧紧地盯着石碗的边缘,不知所措。在她躺进去之后,石棺的盖子会不会合上,将她困在这大教堂的地下?到底会发生什么呢?莉亚感到自己越来越无助和恐惧。但是一个声音在黑暗中向她默默传来,告知她身在何处。她的所有感觉都是灵石发出的。莉亚在周围墙壁的洞中发现了镶嵌着的灵石。恐惧、不安、陌生、期待——这些情感都是由灵石身上散发出来的,无一不是想吓退莉亚,让她回去。这些灵石都很强大,但莉亚曾经面对过更加强大的灵石。于是她用意念平息了它们,平静的感觉又重新回到她的心中。

莉亚走到石棺边上,好奇地往里面看去,然后在石板上面躺了下来。她双臂交叉抱在胸前,等待着接下来发生的事情。周围的灵石一片静寂。莉亚脑中突然闪过一个念头——这个石棺其实象征着死亡。之所以它会让人感到如此恐惧,就是因为人们不知道接下来会发生什么。他们栖栖惶惶地等待着,痛苦地思索着。但是现在,莉亚已经意识到这只是考核中的一个步骤,而且并不是最关键的步骤。莉亚躺在上面,思绪纷飞,突然她听到七根柱子上面的灵石缓缓苏醒,开始对她说话。它们同时开始向莉亚抛出问题，并且不断重复着说过的内容。尽管它们的声音各不相同，但当所有的声音混杂在一起时，就变得十分嘈杂了。它们将意念源源不断地注入莉亚的脑中，莉亚感到快要被这些堆叠的画面给淹没了，苦苦挣扎着。但是她并没有办法可以阻止它们涌入自己的脑中。

你是否会对艾塞奥司怀有虔诚之心？你是否会对所有人都秉持正义？你是否不会伤害任何人，除非灵力命令你这么做？你是否会永远憎恶和抵抗蚀心邪灵，永远站在正义的一边？你是否会永远保持纯洁之心，摒弃除了夫妻之乐之外的所有尘世欢愉？你是否会对所有圣骑士都保持忠诚，尤其是圣骑士之首的大主教？如果你成为圣骑士，你是否永远不会滥用权力、永远不会与其他圣骑士攀比？你是否永远会怀有博爱诚实之心，唾弃谎言与欺骗？你是否永远会远离盗窃与犯罪？你是否永远不会将这些信义透露给其他人，就算有人以你的生命安全相威胁？你是否会守护属于圣骑士的圣书？你是否会守护艾塞奥司和那些从伊渡米亚拜访你的人们的名誉？你是否永远不会落入艾利什姬迦勒的蛊惑之中，并且不断完善自身，直到可以回到伊渡米亚的世界中去？

一时间滔滔不绝的问题涌向莉亚，让她感到十分恐慌。但是当莉亚仔细聆听之后，她发现，原来是每一根柱子上的灵石分别问两个问题。尽管她的思绪还是被一大片混乱的意念侵占，但她还是逐渐分辨出了每根柱子的声音。莉亚知道如果想让它们安静下来，那她首先得回应那些问题。于是她先转向那个藤蔓状的灵石。

"是的。"她用意念回答道。于是那个灵石安静下来。

于是她一个接一个地分辨出灵石所提出的誓言，在她理解之后，用意念回应它们。在与六个灵石对话完之后，莉亚感到体内的灵力仿佛一团火焰在熊熊燃烧，仿佛变得更加强大了，使她信心倍增。最后莉亚转向最后一个络腮胡男人脸的灵石。

你是否会守护艾塞奥司和那些从伊渡米亚拜访你的人们的名誉？你是否永远不会落入艾利什姬迦勒的蛊惑之中，并且不断完善自身，直到可以回到伊渡米亚的世界中去？

这是充满信任意味的一句邀请。这些话在莉亚听来饱含着别样的感情。她要怎么描述呢？就仿佛是在请求她回到他们中间去一样，让她意识到蚀心邪灵的邪恶之处并且永远唾弃它们，扫除阻碍她回到伊渡米亚道路上的一切障碍。

是的！莉亚如是回答道。

最后一个灵石安静了下来，但轻声对莉亚说，**去摸摸白色的石头。**

莉亚坐在石棺中，看到穿越圣幕正在不断浮动着。那块白色的石头就像正午的太阳一般刺眼，照得她睁不开眼睛。莉亚走向一处墙壁，向石头伸出手去。那块石头散发着热腾腾的火光，但是莉亚并不感到害怕。她把石头捧在手心，紧紧地盯着它。

在石头散发出的火光正中间，一个词逐渐浮现出来。

但是莉亚并不认得。

世界上没有哪种愤怒能超越女人的愤怒。因为她的意念比大海还宽阔，她的策略比海洋还要高深莫测。

——高登·彭曼于米尔伍德大教堂

第二十七章
穿越圣幕

莉亚看着那个陌生的词，感到惊慌失措，不由自主地战栗起来。她不认字。所有的文字她都看不懂。为什么大主教会认为她能通过考核呢？她已经走到了这里，也发过了誓言，难道要输在这最后关头？她平息了那些灵石。脑海中全是要穿越那块白色圣幕的思绪。她怎么可能在快要成功的时候放弃？然而这块燃烧的石头散发出的一堆歪歪扭扭的线组成的字，就此阻碍了她的成功之路。莉亚紧紧地盯着那些词，惊奇而挫败。她已经做了这么多呀。

莉亚感到无比的愤怒和挫败。这不公平！她是一个贱民。她怎么可能通过需要识字的考验？莉亚又一次凝视着那些词，感到火光似乎变得更加刺眼了一些。她感到手心传来一阵刺痛感。石头的温度正在上升。

她知道是怎么回事了。灵力开始逐渐褪去，弃她而去。她的思绪逐渐集中不起来，灵力对她的保护也在逐渐减弱。莉亚迫使自己平静下来，开始思索。如果大主教知道她会失败，为什么还会送她过来参加呢？她太了解他了。如果没有胜算他是不会送她过来的。莉亚突然想到第一次拿起十字圣球的时候，一行文字浮现在它的表面。科尔文也看不懂，因为那是普莱利语，他并不认识普莱利语。而现在这块石头上的词的写法似乎与十字圣球上那些文字的写法不同。那么这到底是什么语言？

莉亚又想起了另一件事情。那时她和科尔文从治安官手底下溜出来，藏在大教堂地区以外的花园里，在那里遇到了梅德罗斯。梅德罗斯盯着球上的文字看，仿佛他能读懂一样，但是他并没有学过普莱利语。

不要惊慌，不要疑惑，我不认识普莱利语，现在大多数人都不认识这种语言。但是尽管我不认得这个词，我还是知道它的意思，小姑娘。灵力曾经告诉过我一些古老的语言的意思，现在它也会告诉我这个词的意思。

莉亚恍然大悟，仿佛天空中一道闪电骤然在她脑中划出一片清明来。这是最古老的语言——伊渡米亚语，是艾塞奥司的语言，就算是圣骑士也不认识这种文字。人们很容易在这轮考核中感到绝望而放弃。不管你读过多少本圣书，也从来不可能看到这种语言。这种语言只能依靠感觉，只有灵力才能告诉他们意思。

莉亚知道她接下来要怎么做了。她用意念说道："我想成为圣骑士，我要通过穿越圣幕。"她紧盯着手中的那块石头，发现它的温度逐渐冷却恢复正常。她耐心地等待着灵力告诉她这个文字到底是什么意思。灵力总会把各种各样的知识灌输给她。它曾告诉她比尔敦荒原内部一种带刺野草的名字，鞑靼肉饼的烹制秘方，还有挤牛奶和系箭翎的正确方法。莉亚的每一口呼吸都将灵力深深地吸入。她继续等待着，将自己的脑海敞开，随时迎接外来的意念。

然后一幅画面在她的脑海中浮现——一只米尔伍德的苹果。莉亚看到画面中的自己正拿着那只苹果，品尝着，回味着。每一只苹果中都有五粒种子，每一粒种子都渴望成长为一棵大树，而每一棵大树都渴望结出成千上万的苹果，由每一只苹果又能生长出很多的大树，如此循环往复，一代又一代。没有结束，也没有开始。

硕果累累。

灵力终于在她耳边轻声道出这组短小精悍、纯洁无瑕的名字。但是莉亚快要被这个宏大的意念所淹没。她现在已然是一粒种子了。她刚刚还身处石棺中，被埋在地下；而未来则有着一场蜕变在等着她。那种奇妙的可能性是莉亚不可能想象得到的。蚀心邪灵永远得不到这样的未来，因此它们非常嫉妒。它们是整个世界的阴暗面。突然，白色的石头猛烈地燃烧起来，散发出强烈的光芒，莉亚感到手心一阵刺痛，仿佛有一个冒着蒸汽的煤球烙印在她手心一样，于是她把那块石头放回了原地。莉亚揉着疼痛的手心，那里已经一片红印。再定睛一看，莉亚发现她的手心中央被烙上了一个粉色的标记。莉亚抬头看向石头，心中意识到这并不是一个意外。

飘荡起伏的幕帘在召唤莉亚过去。那里一共有两扇门，每扇门上都有一块印着络腮胡男人的灵石。她向左边的那扇门走去。

莉亚揉搓着手掌，站在门前等待着。薄纱之后隐约浮现出一个身影——有个人站在那里。

一个男人的声音响起："欢迎你的到来，小姑娘。你在这里追寻什么？"

莉亚立刻从那独特的口音认出了他是谁。是梅德罗斯。她曾经和科尔文在他那充满稀奇古怪的玩意的花园里遇见过他。他来这里多久了？在穿越圣幕下是不是有条秘密通道直通向他珍藏圣书的秘密大厅？是不是有一条她从来没见过的通道？

她舔了舔嘴唇，回答道："我在追寻着如何成为一名圣骑士。"

梅德罗斯的声音中透漏出一丝笑意，"你有什么渴望？"

莉亚疑惑了片刻，但是很快脑中就浮现出了答案。她想到大主教刚刚的教诲，心中便有了答案。"我渴望回到自己的家园，伊渡米亚。"

梅德罗斯的声音中饱含感情，道："你叫什么名字？"

莉亚知道，答案以自己现在所说的语言，应该就是硕果累累。但是当她说出来的那一刻，通语神力起了作用，让她用伊渡米亚语说了出来："艾普瑞伊米。"

莉亚屏住呼吸等待着。那个人影慢慢地走过来，一只手穿过薄纱向她伸来。她兴奋地抓住他的手。当他们的双手互相触碰到的时候，莉亚周围的世界突然开始翻天覆地地旋转，她感觉自己在不断下落，就像从一个悬崖上落入无底之渊。湍急的气流在她耳边呼啸着，涌入她的眼中，卷起她的头发，刮过她的嘴巴。莉亚觉得自己快要喘不过气来了。她已经丧失了思考的能力。眼前飞掠过的亮光比任何正午的烈日还要耀眼刺目。她紧紧地抓住梅德罗斯的手，害怕自己会就此迷失在这一片虚境中。

慢慢地，一切都平息了下来，她终于穿过了那层幕布。穿越过来的空间十分宽敞。其最高点由几根高大的石柱支撑，在上面形成一片偌大的穹顶。四面的墙壁上都有窗，上面挂着厚重的窗纱，透过窗纱仿佛是耀目的阳光，但荒谬的是现在正是夜晚。房间里放置着柔软的长沙发、桌子、花瓶、鲜花和几碗苹果。在长沙发周围是几张宽大的油漆过的桌子。在对面墙前的那张桌子上放着一本打开的圣书。在圣书上面是一件奇怪的工具——几把银色的弓，但是上面镶嵌着透明的石头。莉亚立刻意识到，这个工具可能是用来帮助人们阅读这本圣书的。

梅德罗斯站在她身旁，穿着一袭白衣，外面套着和科尔文一样的闪闪发光的银丝软甲。他那些稀奇古怪的玩意倒是一件都没有。一年不见，梅德罗斯的模样似乎没有任何改变，和他那时候在托尔山上为她指明前去温特鲁德道路时一模一样。

"做得好，姑娘，"他朝她微微笑道，"你现在是一名圣骑士了。"

"我已经是了？"

"为什么一定要让我重复一遍呢？你要仔细倾听，知道吗？你生来就是要成为圣骑士，或是赫达拉妖姬的。而你内心的抉择带你通过了穿越圣幕。这都是因为你的意念。"

莉亚羞涩地笑道："这个房间真漂亮。我从来没有感到过如此平静、祥和。"

梅德罗斯用奇怪的眼神看着她，说道："你以后也不会有这样的感觉，直到你最后去了伊渡米亚。"他仰起头看向巨大的穹顶，"这里并不是世界上最好或是最大的教堂。建立这所大教堂的初衷就是要把它建造成一个避难所。我本来想过把你带到浩特兰德，但是那样可能会让你感到困扰。"

莉亚震惊地望着他。

"噢没错，小妹妹。浩特兰德或是达荷米亚，或是王国内其他任何一座大教堂。圣幕是它们之间的传送门。等到你的力量变得更加强大，你就可以独自穿越。但是在你第一次穿越的时候，需要有人来帮助你。"

"我想问的问题实在太多了。"莉亚说道。

他笑着摇摇头，"但我大概不会回答你的这些问题。"

莉亚咬住下唇说道："不管怎么样，我还是想把问题说出来。王太后是一个赫达拉妖姬吗?"

梅德罗斯目光锐利,说道:"你是怎么想的呢,姑娘?"

"我认为她是赫达拉妖姬,但我并不确定。"

"你是怎么产生这样的怀疑的?"他扬起眉,问道。

"因为灵力。"

梅德罗斯靠近她,手指捏住她的下颌,晃了晃她的脑袋:"你觉得我会给出与灵力不同的回答?动动脑子,孩子!不要怀疑,也不要犹豫。不要因为不确定的未来而忧心忡忡。灵力说的永远是事实。什么是事实?嗯?什么是事实呢?"

莉亚看着他,感到被捏紧的下巴有些疼痛,说道:"事实就是事物真实存在的样子,而不是我们希望它们成为的样子。"

梅德罗斯松开她的下颌,拍了拍她的脸,"姑娘,就像你说的那样,事实就是描述事物真实存在的样子的知识,但是也并不局限于此。它可以是描述事物现在的样子,也可以是描述事物以前的样子。为什么老国王会在温特鲁德落马?你可以问很多人这个问题,然后你会得到不同的回答,他们会把他们以为的事实告诉你。但是你和我——我们俩知道真正的事实。事实也可以是事物未来的样子。比如说你以后的造化,你的命运。"

莉亚颤抖着身子。

"把你的手给我,孩子。"

莉亚迟疑片刻,内心有些害怕他会不会又下手太重,但最后还是把手伸给了他。梅德罗斯用双手握住莉亚的手。他的手心温暖,但是布满了老茧,就像石头一样粗糙。然后用锐利的眼神看着莉亚,说道:

"我赐予你窥见未来的神力。并不是将未来看得一清二楚,而是在时机到来的时候看清事实。这项神力其实你已经拥有了,孩子,只不过你并不知道它的名字而已。它就是先知神力。你的父亲拥有这项神力。你也曾经使用过,不知你是否还记得。在你的脑海中,你曾经看到过将要发生的事件,或是过去的某一时刻正在发生的事情。在温特鲁德之战的前一晚,你在脑海中看到,国王就在他的帐篷里。这就是先知神力。之前大主教在给你讲述伊渡米亚的时候,你看到了艾利什姬迦勒的过去和陨落。这也是因为这项神力在起作用。只有灵力才能给你带来这些。所以我现在正式赐予你窥见未来的神力,这样你的这项神力就完整了。你的这只手将会影响到数百万的生命与灵魂。你的名字将毁誉参半。但是对于那些知道真相的人来说,他们会因为这只手接下来要做的事情,而对你倍加尊崇。"

莉亚舔了舔嘴唇,并没有什么特别的感觉,"这是什么意思,梅德罗斯?"

他朝她咧嘴笑道:"时机到来的时候,你会明白的。"他拍了拍她的手继续说道:"接下来让我将部分智慧授予你吧。这是在第一世和第二世中都隐藏着的秘密。男人与女人是不同的,这一点你肯定知道。每个性别都有自己的优势和劣势,也必须既有优势又有劣势。因为缺失另一半,我们就不完整。这就是智慧,如果你愿意听的话。"他轻轻地捏了捏她的手,继续说道:"对于一个男人来说,他最强大的力量来源于取悦心仪女人的渴望之心。这个概念非常关键。生活中有那么多事情牵系于此。而男人这种与生俱来的渴望之心,让女人具有成就他或是毁灭他的力量。大多数男人永远都不会承认他们……极其容易……受他们所喜爱的女人的影响。妻子、爱人、母亲、女儿或是姐妹。很多男人都没有意识到这一点。然而这一点就是赫达拉妖姬力量的来源。这个力量非常强大,孩子。非常巧妙而强大。它能够而且切实地促使男人去杀害别人,或是背弃他们许诺过的誓言和肩负的职责。即使是圣骑士也不例外。这种力量能将大山崩裂成卵石,能打倒最强大的男人。你要记住这个教诲。如果你从中领悟到一些真谛,那会在未来对你大有裨益。"

莉亚打了一个冷战,道:"王太后的力量是不是比大主教更强大?"

"当然,"梅德罗斯说道,"因为他只是一个男人。她也比盖伦·德蒙特更加强大,因为他也只是个男人。同样的,她比你的朋友,那个**小骑士**,也要强大,因为他也是个男人。十几个圣骑士凝聚起来的坚定意志力加在一起,也比不过她。"

莉亚心中涌起深深的恐惧。

"但是,"梅德罗斯用手指指向她,"她的力量会比你更强大吗?这倒是个问题。是不是呢?"

"是吗?"莉亚问道。

"灵力是怎么回答你的?"梅德罗斯尖锐地问道。

但是莉亚脑中一片寂静,灵力没有出声。

第二十八章
米尔伍德的沦陷

大主教仔细端详着莉亚脸上的表情，皱起眉头，眼中流露出担忧，问道："没通过吗？"他嘶哑的声音继而变成了一阵刺耳的咳嗽。

莉亚这才意识到自己的神情让大主教担忧了，她缓缓地摇了摇头，回答道："我现在是一名圣骑士了。"

大主教闭上眼睛，如释重负，"刚刚我竟然怀疑你可能没通过，我不应该有这种想法的。有什么让你感到困扰的吗？"

莉亚露出痛苦的神情，她的脑海中充满了各种各样矛盾的想法："我没有意识到有那么严重的危险，大主教。大教堂现在处于极度的危险之中。表面上看似是王太后和德蒙特的战争，但事实并非如此，这只是障眼法。我以前就很困惑，但是现在明白了。她想毁灭的是大教堂，还有您。她的目的不是德蒙特，不是艾洛温，而是米尔伍德。她要杀了您。"

莉亚从大主教的神情中意识到自己并没有说错。他也知道王太后的真实目的。莉亚此刻只想捂着脸大哭一场。万一她没有那么强大，抵挡不了王太后呢？万一帕瑞吉斯，那个王太后冲破大教堂的守卫呢？那么他们都会被屠杀殆尽。

大主教伸出手，轻柔地抚摸着她的脸颊，"这是我所肩负的重任，你不用为此担忧。你的情感让我很感动，让我的内心感到很温暖，真的。"他抚着她的脸庞继续说道："你是不是会觉得很奇怪，为什么此时此刻在这里的人是你？在这个王国里面，我本以为会站在我这边的那些人之中，只有你没有背弃我——一名猎人圣骑士，一个来自普莱利的贱民。你在这里是有原因的，莉亚。我还记得第一次看到你的时候，你浑身裹着褴褛，被放在一个篮子中，身上盖着一条披巾，披巾下有一个十字圣球。"他的声音饱含深情，呼吸有些急促。"当时灵力告诉我，你将在日后米尔伍德的命运上起到相当重要的作用。你对我来说很特别，尽管你现在并不能理解。谢谢你在我最需要你的时刻陪在我的身边，莉亚。"

莉亚从来没有听大主教说过这么多温柔的话。她情不自禁地伸出手，紧紧地抱住了他。她从来没有这样拥抱过大主教，大主教显然因为她突如其来的动作而愣住了。这个坚如磐石的男人，这个呼风唤雨、凌厉的眼风一扫就令人丧胆的男人，现在却有些不知所措，只是僵直、尴尬地站在那里，用手温柔地抚摸着莉亚的头发。莉亚闭上眼，感受着这片刻的温情。在她的心底，他对她来说就像家人，像父亲一样，而这种感情她从来没有对其他人提起过。帕斯卡就像她的母亲，乔恩·亨特和阿斯特力德·佩奇就像她的兄弟，而老马丁就像一位暴脾气的叔叔。整个米尔伍德对她来说就像是一个大家庭一样。

突然，大教堂的门从外面被打开。莉亚双目噙泪，从老人家的怀抱中离开。普雷斯特维奇匆匆地走来，满脸愤怒。

"怎么了？"大主教问道。

"我知道您提醒过我不要来打搅您，"普雷斯特维奇声音中饱含着压抑不住的怒气,"但我必须要来告诉您。那个王太后……她在五月柱附近跳舞。她的那种姿态……她的跳舞方式……实在是令人瞠目结舌啊。有圣学徒想要和他们的家人一起回来。我们要同意吗?"

大主教的眼中闪烁着怒火,"不。他们之前就作出选择了。不要看她就行了,普雷斯特维奇。也提醒他们不要去看她。"他转向莉亚说道:"等会儿你再把衣服换回圣学徒长袍。你现在已经可以穿上银丝软甲了,它会帮助你抵御蚀心邪灵。只要你一直遵守许下的誓言,它就会一直保护你。王太后会在黎明的时候过来。"

大主教说得没错。她果然在黎明的时候过来了。

此时正值盛夏,却有一股不同寻常的迷雾笼罩着大地。这种季节本不应该出现这样的情况,但是这个清晨不普通。莉亚一夜未睡,一直守在门房处。她没有去大门那里观看外面的节日活动,只能看到不远处篝火照亮了整片天空。似乎篝火边跳的舞蹈越来越火辣。大家都在喝苹果酒,她能听到觥筹交错的声音。王太后在教女孩们新的舞蹈,这种舞蹈不需要搭档,女孩们独自便能起舞。她的一些手下在演奏奇怪的乐器。她从来没有听到过节奏如此强烈的音乐,这让她不禁想去门口探个究竟。为了抑制住内心的渴望,她开始回想起那些与科尔文、马尔恰娜和艾洛温一起在大教堂的日子。这些回忆让她逐渐不再专注于外面的庆典活动,但让她又掀开了心头的那一道伤疤。失去科尔文的心痛之情,仿佛就像扎在心上的一根锐利的刺,看似微不可察,但却永远都拨除不掉。

庆典终于结束了,整个大教堂又重回宁静。很快,黎明到来。原本莉亚身上披着的斗篷就足以保暖了,如今多了一件柔软的银丝软甲护身,让莉亚感到更加温暖。这会让她想起前不久在大教堂学到的所有知识。这些知识在她脑中翻腾、扭转，每一次思考似乎都为她呈现出了新的角度与诠释。此时浓雾依旧，黎明破晓，一阵激烈的马蹄声纷至沓来，由远及近，浩浩荡荡的声响在空旷的天空中回荡，仿佛一支整齐有序的军队正在逐渐逼近。

"去喊大主教过来。"莉亚对阿斯特力德轻声说道。他摇摇头，然后飞奔着跑走了，很快隐没在一片浓雾中，徒留一抹若隐若现的背影。

莉亚站在大门边上，不由地抓紧了手中的弓箭，将弓弦绷直，然后撩开斗篷，露出了背着的箭筒。她深呼一口气，试着让自己紧张的心情平复下来。

迷雾中，首先是王太后那匹白色的骏马映入眼帘，周围簇拥着一群黑衣骑兵。王太后这次没戴面纱，露出了美丽的面容。但她望向莉亚的眼神冰冷刺骨。她身披一件银色毛边的黑色大氅，脖颈处的带子并没有系上，一只手紧紧地抓着缰绳，另一只手轻柔地抚平裙子上的褶皱。

"把门打开。"帕瑞吉斯低声说道。她的声音轻柔低沉而性感。但是言语间，有一股强大的灵力击向莉亚。莉亚感到她的意念开始变弱，但她依旧咬着牙坚持着。

"我没有钥匙。"她确实是实话实说。

帕瑞吉斯沉下脸，美丽的脸庞上满是怒气和不甘。狄埃尔伯爵在一旁忍不住嗤笑出声，低声道："她看上去不怎么样，实际上还挺聪明。你派人去喊大主教了？"

莉亚点点头。

"做得好。啊，他来了。"于是帕瑞吉斯抬眼向莉亚身后看去。

帕瑞吉斯的手下至少有三十人，排在她身后仿佛一堵黑色的墙。

王太后的坐骑来回跺着马蹄子，不耐烦地哼哼着。莉亚朝她的手下们看去，在一群如出一辙阴沉的脸庞中看到了斯卡塞特。他冷漠地看着莉亚，眼中发出幽幽的银光。

　　大主教姗姗来迟，步履有些僵硬。她甚至能清晰地听到从他牙缝中传来的抑制不住的痛苦的吸气声。莉亚此刻脑中充满了怒意，不觉握紧了手中的弓箭。是这个女人让大主教这么痛苦，是她把忠实的人们从米尔伍德骗了出去。那时候在温特鲁德，要是死的不是她丈夫，而是她，该多好。她可以让这一切瞬间结束——这样的想法强烈地控制着莉亚的神经。只要一支利箭穿透大门，刺入王太后的胸膛中就好了。莉亚的一只手已经伸向了箭筒，但她立刻意识到这种想法并非出于本愿，于是立刻伸出另一只手制止住那只几乎要拿起箭翎的手。莉亚赶忙将憎恶之情抛在一边。这种杀人的欲望太强烈了，但并不是她自己的意愿。

　　帕瑞吉斯的声音冷酷无情，"您被背弃了，大主教。把门打开。"

　　"我想我并没有被背弃，"他严肃地回答道。"我不会邀请您进来的。"

　　一抹奇异的笑容浮现在王太后的嘴角："那就把那个女孩放了，您答应过的。让德蒙特的外甥女随我一起去科摩洛斯。"

　　"恐怕这是不可能了。"他简明地回答道。

　　她眯起眼说道："您以为您可以护住她？我来这里就是为了抓她的，我不可能空手离去。"

　　大主教严肃地说道："那您继续待在村庄里好好享乐吧，王太后。她并不在这里。伯爵他们确信我会把他们交给您，就在日落之时离开了，趁着舞蹈的混乱逃走了。"

　　帕瑞吉斯闻言立马沉下脸，嘴唇紧紧地抿着，"您把他们送到哪里去了?"

"您误解我了,我的太后。他们想去哪儿就去哪儿。我并不知道他们究竟去了哪里。"

"您竟然让他们从大门走了出去!"她厉声呵斥道,紧踩马镫从马鞍上微微升起身子。她的坐骑惊得后退了几步,哼哼着喷着气,尾巴猛烈地甩了几下。

"我并没有,"他回答道,"外面就是比尔敦荒原了。那里是一片危机四伏的荒郊野岭,时不时还会下雨。他们可能在里面迷路。我不知道他们现在在哪儿。"

"您竟敢对我撒谎!"她怒喝道。

"随便您怎么想。"他回答道。

"您是我的敌人,"她说道,"您应该为那场谋杀负责……"

大主教突然大发雷霆,厉声打断她,"能不能请您停止这场无聊的游戏了,殿下?您的这些话,您的这些谴责对我来说毫无用处。我只关心米尔伍德的圣学徒们和村民们的性命,并不在乎我自己的性命。那位伯爵承诺过会保证他们的安全,所以今早任何屠杀将会以他的双手沾满鲜血而告终,而不是我的。他们逃走了。两位伯爵如今遥遥领先,但是他们没有马匹,因为我们没有马可以提供了,尽管我很希望为他们出力。他们的命运现在掌握在他们自己手中了。我不在乎您到底是杀了我还是放了我。我不在乎!"

她脸色铁青,怒不可遏。她的脸庞是那么阴沉黑暗,但却仍旧美丽。"您会在乎的,大主教。"她故意用柔和的声音说道。"会有令您害怕的死亡出现的。当我下次见到您的时候,准备迎接我的复仇吧。"她直起身子,挺坐在马鞍上,喊道:"谁在日落之前把德蒙特的侄女给我带回来,谁就能得到一万马克!"

于是尘土飞扬间,几十匹骏马飞驰而去。一时间,马蹄声、喧闹声、叫喊声、马啸声交织在一起,回荡在空中。一场捕猎就此开始。

骑兵们全都不见了踪影,只有一位留了下来。狄埃尔伯爵盯着利亚,表情神秘莫测。大主教转过身,拖曳着步子慢慢离去,一边走一边呻吟着。莉亚看了狄埃尔一会儿之后,也转身跟上了大主教的步伐。

"等等。"他在后面喊道。

莉亚转过身,走到大门前。狄埃尔姿态优雅地从马鞍上下来,站在污泥地上。

"莉亚,不会是真的吧?"他问道。

她点点头,"你没和其他人一起走?"

"我不需要那一万马克,"他面如土色地回答道,手指紧紧地抓住大门上的铁闩。"所以这就是你们伟大的大教堂的防卫?我必须承认,比我原本设想的要更……奇妙。比如会把迷雾变成大火,或者把我们都撕成碎片。"他摆弄着铁闩,发出咯吱咯吱的声响,"或者至少有一场象鼻虫的大范围感染。"

"灵力并不总是以奇妙的形式出现,大人,"她回答道,"就算是最强大的灵力,也通常以近乎耳语的样子出现。"

"的确,"他低声回答道,表情严肃。"她走了吗?真的吗?"

"没错,艾洛温昨晚就走了。我没有亲眼看到她离开,但是我听说她……"

"我说的不是她,你这个白痴。我说的是恰娜。"他面露担忧。"弗什应该把她留在后面了吧。他把她藏在地道里面了?"他的声音透着恳求。

莉亚震惊地看向他,总算明白为什么他这么严肃了。梅德罗斯说得没错。男人们在遇到有关喜爱的女人的事情的时候，往往会丧失理智。"你以为他不会把她带在身边？"她惊讶地问道，"那你实在太不了解他了。"

他咬着牙，紧紧地抓住门闩。他和莉亚离得很近，莉亚甚至能看到他浓密睫毛投下的阴影。"我根本无所谓了不了解他！他就是让人无法忍受的杂碎。我讨厌那个男人。但我爱他的妹妹。"他用手撑着额头，继而望向天空，"我本来以为……我真的以为她昨晚会来找我的。但她没有。然后我又开始想，她这么相信大教堂会保护她，那么大教堂的力量可能真的比我想象中要强大？她是真的相信大教堂会保护她吗？看起来好像的确如此。现在我不知道该想些什么了。"他的声音中透露着苦涩。

"或者说，该相信什么。"莉亚补充道，心里对他有那么一星点儿的同情。

他猛地抬起头，目光炯炯地盯着莉亚，似乎自己被她看穿了一样。

她迎着他的目光说道："这就是您的问题了，大人。您的想法告诉您大教堂只不过是用石头和玻璃以及其他华丽装饰品堆砌而成的罢了。但是感觉告诉您，大教堂并非如此。它既然可以被烧，也同样意味着可以被拯救。当您把您的想法和感觉混在一起时，当然只会感到困扰了。"

他的嘴角露出一抹嘲讽的笑意，"你听起来都快像是大主教了。"

"我在米尔伍德的影子中长大，也因此学到了很多。您在同一个地方待的最长时间是多久？"

"在布勒贝克大教堂待过一年。"他不自然地回答道。

"那我为您感到遗憾。"她回答道，"您从来不知道家的感觉。"

"一个贱民为我感到遗憾！"他嘲讽道，"我真不知道自己该作何想法。"他的神情又转而变得严肃起来，"你会为我追踪他们吗？我不在乎那个德蒙特女孩。她掉在沼泽地里我都不在乎。帮我找到恰娜。"

莉亚摇摇头，"再见，大人。"然后便转过身，追上前方的大主教。

一个人越是恶劣,情感便越是淡漠。

——高登·彭曼于米尔伍德大教堂

第二十九章
悲伤

五月柱旁的一片篝火已经全然化为灰烬。在绿意盎然的村庄之间,这一片狼藉显得格外刺眼。存放苹果酒的小木桶裂成了碎片,五月柱上悬挂的彩带也被撕裂,花环掉在地上被压扁,地上各处还有被打破的杯子。迷雾终于褪散殆尽,将这一片狼藉清清楚楚地展示出来。莉亚在大门后面看着这里的景象。费斯特家族是第一个从庆典上逃回来的。接下来查尔德维克家族和比特纳家族也跟着逃了回来。在王太后的人马离去之后,他们是第一批重新返回大教堂的人。莉亚和普雷斯特维奇轮流护送他们到大教堂的厨房去,那里有帕斯卡、索伊、阿斯特力德,还有其他没有离开过的老师们。厨房里有很多食物,他们都津津有味地享用着美食。

杜尔登在重新回来之后,找到莉亚,把她拉到一旁讲话,手里拿着一个鞑靼肉饼。"你是对的。"他咬了一口食物,说道:"我真希望那晚我并没有抛下你。我实在甩不掉那天晚上的记忆。"

"什么记忆?"莉亚问道。

他怔了一会儿,然后开口说道:"在那里感觉……格格不入。五月柱的舞会一如既往地开始。后来王太后加入了舞会，并且延长了好几轮。她坚持我们要按照他们在达荷米亚的方式绕着五月柱跳舞。她们国家的习俗是，女孩们先用彩带把男孩们绑起来，直到他们不能动弹，然后她们就开始跑，男孩们等到挣脱束缚之后就开始追她们，如果女孩被男孩追上了，那么就得让他在她脸颊上吻一下。"

他又咬了一口嘴唇，继续说道："我没有加入他们。这样的游戏不适合我，虽然很多人乐意加入。狄埃尔伯爵也参与了被捆绑的过程。但是我心里觉得不舒服……我的意思是，就算你在那里，我也觉得这样做是不对的。就好像从女孩那边偷来她们本不愿意给予的东西。有些浣衣女被抓之后也不愿意献吻。之后的舞蹈变得越来越狂野火辣。大家都在喝苹果酒。味道有些奇怪，所以我并没有多喝。我的父母一直对眼前发生的情景目瞪口呆。如果他们去年没有来，那他们昨晚可能会问我五月柱舞蹈是不是一直这个样子。然后王太后就开始教女孩们跳一种新的舞蹈。一种……不需要搭档的舞蹈。为什么达荷米亚人要这么做呢，莉亚？她们的国家真是奇怪。"

莉亚看着他，听他说完，心里对于帕瑞吉斯的行事意图已经一片了然。莉亚明白这种微笑的诱惑对于孩子们的威力。比如圣学徒们开始戴宝石颈链的时候，贱民们就会模仿他们。所以如果圣学徒们开始模仿帕瑞吉斯穿低胸礼服，或者练习他们昨晚学到的新舞蹈，那莉亚也丝毫不会感到惊讶。这对于他们来说是前所未有、激动人心的体验，这和他们国家以往的做法大相径庭。好奇导致人们继续探索。这的确像是赫达拉妖姬会做的事情。她的影响力会导致她周围的所有事物都堕落败坏。莉亚知道这一切，但是因为许下誓言要守口如瓶，所以她不能告诉杜尔登。必须要等他自己参加圣骑士考核的时候，他才能知道真相。

"你觉得——"杜尔登出声问道,打断了她的思考,"你觉得她还会回来吗?"

莉亚若有所思地看向他,却不能把自己心中所想告诉他。"我想她会回来的,"她回答道,"但我希望她别回来。我不喜欢她。"

莉亚转身离开,让杜尔登继续享用鞑靼肉饼,自己则抓起一块华夫饼,准备开始进行下一项任务。但这时索伊抓住了她的手腕。

"你准备出去吗?"索伊腼腆地问道。

莉亚点点头。索伊看起来很痛苦。于是她说道:"跟我来吧。"

索伊感激地笑了笑,和莉亚一起从人声鼎沸的厨房走出来。莉亚从来没有看到索伊如此沮丧而低落。她看起来正沉浸在失落的情绪中,但莉亚却因为太忙碌,而没有时间再去为科尔文的离开而闷闷不乐。每次莉亚看到黑色的短发,都会潜意识地想到科尔文,但是看到头发主人的面容时,心里又会不由地觉得失望。

"那里实在太吵了,"索伊小声说道,"当食物被吃光以后,应该又会变得很安静。"

"我不大喜欢今年的食物,"莉亚说道。她像以往一样捏了捏索伊的手,说道:"你感到很悲伤,因为他离开了。"

索伊瑟缩了一下,说道:"只有一小部分是因为他离开了。他临走前在我耳边许下一个诺言,但是我有预感他不会遵守的。我知道他可能不会遵守诺言,所以我要让自己做好失望和受伤的准备。就像你承受的那些一样。"

莉亚眼神锐利地看向她,感到很惊讶。

"我不是瞎子,莉亚。我们难道不是在厨房一起长大的吗?你知道我所有的缺点,我也知道你的。我们的那些小习惯使我们与众不同。我总是睡得很沉,而你总是难以入睡。你最喜欢的就是蜜糖了,其他任何东西在你心中都比不上它。每次帕斯卡烘焙南瓜面包的时候，你总是偷偷地拿一片，再拿一片，再拿一片。伯爵……呃，科尔文……他离开了，你很希望他会再回来，但是你不确定你是否能承受得住那样的痛苦。

只是这样被说出来，莉亚已经感到很心痛了。她晃了晃索伊的胳膊，假装很开心的样子。"至少埃德蒙临走前吻了你一下。那不只是一个兄妹之间的亲吻吧。"

索伊涨红了脸，神情却更为愁苦，"我倒宁愿他没有这么做。"

莉亚故作惊讶地说道："什么——你宁愿被格特明亲吻吗？我想那样帕斯卡肯定会用扫帚把他赶走，但又会边赶边兴奋地大嚷大叫。"

索伊羞愧地说道："不！我当然不想吻格特明。一想到这个我就浑身发抖。想一想，莉亚。我会永远把这个吻存放在记忆之中。不管我的丈夫是谁，这个可怜人，都必须要被拿来和这段记忆相比。这段记忆不管从哪个角度看都太完美了。他已经偷走了我的心，但他是一位伯爵，莉亚。我实在不敢相信他会为了我回来。他总是不多加思索就把话轻易说出。他总是不计后果而做出令人意想不到的举动。他现在离开了。他对我的感情很快就会冷却下来。他会和某个伯爵的女儿，或者类似的贵族小姐结婚。他永远不会再回来了。"她抓住莉亚的胳膊。"怎么会有其他可能发生呢？科尔文可能冷言拒绝了你，但是他会遵守诺言。他说的话不多，但是你可以信赖他说过的话。埃德蒙的话太多了，我根本不知道应不应该相信他所说的全部。"

她们漫无目的地走着、聊着，等到莉亚反应过来的时候，她们已经走向了浣衣房。大主教让她去叫希亚拉医师，顺便将要来的草药浸泡在热腾腾的肉汤中带过去，但是她把这个任务完全抛在了脑后。莉亚刚拉起索伊准备往药馆那边走，突然看到在浣衣房的遮阳篷之下站着狄埃尔伯爵和瑞奥姆。看到他出现在这里,莉亚心中升腾起一丝警觉。大主教允许他进来了吗?

"往这儿走。"莉亚抓着索伊往前走,小声说道。

等到她们走近浣衣房,莉亚才隐约听清了他们的对话。狄埃尔看到她们俩走过来,脸色骤变。

"我昨晚喝太多苹果酒了,姑娘。你要原谅我,现在我脑中对于昨晚的记忆一片模糊。如果按你说的,我昨天答应每一年给你五马克,"他摩挲着额头,考虑着,"那你可以在我的宅邸……"他叹了口气,"在兰贝斯宅邸工作。对,那个地方不错。那里靠近科摩洛斯。既然你是贱民,那应该没有去过那里吧。我会提前支付你一些工资,让你当作路费。"他在钱包里掏出一些钱币,塞入她的手中。"我会和管家交代你要过去的。"

瑞奥姆的声音中却没有丝毫喜悦之情。事实上在莉亚听来有些惧怕的意味。"但是您说过……"

"兰贝斯,"他强调道,一只手熟练地抚上她的脸颊,仿佛做过很多遍。"我知道你很担心那个铁匠会说些什么。科摩洛斯有非常多的铁匠。他会跟着你走的。就算他靠做马钉鞋营生,也赚不到五马克的。"他压低声音说道,"你们俩得在王太后回来之前离开,这才是明智的选择。马上就离开。那里来了个好姑娘,啊,莉亚。我正想找你讲话呢。"

一听到莉亚的名字,瑞奥姆的身体就僵住了,脸上露出震惊而扭曲的神情。她的眼睛红通通的,像是刚刚哭过。双手握在一起,没有像平时那样揪着她那沾着尘泥的外衣,而是绞着自己的手指。她看向莉亚和索伊,眼神中夹杂着憎恶与羞耻,脸色变得惨白,向狄埃尔行了屈膝礼之后,就擦着眼泪飞快地逃走了。

狄埃尔并没有对她表示什么，见她终于离开，便从浣衣房大步走了出来。他殷勤地向两位女孩鞠了一躬。"我的姑娘，你真是美丽，"他对索伊说道，又一次向她鞠了一躬。"怪不得瑞奥姆这么讨厌你了。大主教居然没有把你从厨房里放出来？怎么回事，他是死了吗？"

莉亚瞪了他一眼，于是他举起手说道："开玩笑，只是玩笑罢了。我以前只在吃饭的时候见过这个美人一次。当时虽然我上去搭讪了，但是她没有理我。反而是另一个女孩，布琳，聒噪得很。但是索伊那双蔚蓝色的眼睛后面像是隐藏了无数秘密。啊，她脸红了！"

"您真是令人讨厌，"莉亚上前一步挡在索伊身前，"谁让您进来的？"

"你这样说就有失待客之道了，一点也不乖巧，"他回答道，"在我的百里区，要是仆人敢用这样的语气冒犯尊贵的客人，可是要被鞭打的。"

"但这里并不是您的百里区，"莉亚反驳道，"回答我的问题。"

"我骑着马进来的。"他双臂交叠，答道。

"从大门进来的？"

他摇摇头，"那几乎不可能。我骑着马到了那边一座山的山顶上——那边那座庞大的山。"他指向托尔山，"我在那边发现了一条小路，一直通向后墙。我可以坦白告诉你，我当时在树林里迷路了一阵子，但是后来又找到了方向。然后我现在就在这里了。你自然是不会把我关起来的吧？"

莉亚看着他，面露惊奇。

"你肯定想不通我是怎么走过那些灵石的。"他说道，"因为我没想伤害任何人，所以它们只不过对我摆了臭脸。毕竟它们只不过是上面刻了各种脸谱的石头。"他嘴角勾出一抹笑意。

"您已经违背了大主教的规定，"莉亚说道，"他会决定怎么处理您的。"

"我会遵守他的指令，听他的话。"狄埃尔回答道，"我并不是圣骑士，所以不能要求这里能够庇护我，但我现在同样需要庇护。"

莉亚不确定应不应该相信他。狄埃尔是真的弃暗投明了吗？他真的是出自真心的吗？"您得亲自去见大主教，向他请示。您也知道，他生病了，需要休息，所以可能要过一段时间才能见您。"

狄埃尔的嘴角又不觉勾出一抹笑意，"你会对我的耐心感到惊讶的。"

莉亚从他话中听出了另一种意味，不由地皱起眉头。听起来他真正想说的是"固执"，而不是"耐心"。"您为什么在和瑞奥姆·娜梵德讲话？"

"这和你有关系吗？"

"让我来评判一下。她刚刚都哭了。"

"女人们喜欢流眼泪，仿佛是受到了诅咒，大部分都这样。"

莉亚看着他，耐心地等他讲下去。此时无声胜有声。

"昨晚在五月柱旁边跳舞的时候发生了一个误会。当时，有当地的一个铁匠为这个女孩举着火把。你能看出来，他对她完全着迷了。于是当我赢得吻她的机会时，他就表现得不那么友好了。"他举起双手，"他本身占有欲就很强，喝了苹果酒之后就更加丧失了理智。你肯定看见了草地那边有一只摔碎的酒桶吧。昨晚那只酒桶后来套在了他的头上。他有两个朋友还想帮他，最后也和他一样，被酒桶套在头上。"他怪笑道，"那个家伙真是个笨蛋，他还以为她会放弃我给予的机会，而去接受他那毫无价值的给予。你可以问一下村民们事情经过。他们目睹了整个过程。"

The Blight of Muirwood

莉亚猜想还有很多内情他没有说出来。但是现在并不是谈论这件事的时候。"去宅邸找普雷斯特维奇吧。"

"那个秃顶、臭脾气的老头？"他嘲弄地问道。

莉亚咬牙说道："他会带您去见大主教的。"

"非常好。"于是他动身离开，走了几步又停住了脚步，回头看向莉亚，"这几天天气很好。今天我想用鹰打猎。请你帮我安排一下。猎鹰或是普通的鹰都可以。我可不喜欢用赤隼狩猎。"

他的这些话让莉亚心中一惊。他的眼神似乎包含了很多言语以外的意味。狄埃尔转身离开，快步向宅邸走去。

索伊缓慢地握住莉亚的手，轻声说道："他……他真是个危险的人。"

"科尔文说他是这个王国内最厉害的剑客，"她看着他离去的背影，回答道，"但是恐怕他本领再怎么高超，也没法为人所信服。可怜的恰娜。这个人太冷酷无情了。"

"我们回厨房去吧。那里让我感到安全。"索伊提议道。

"我得先去趟药馆。"莉亚想起来她的任务还没完成。

"我跟你一起去。"

她们一路上都没有再说话，默默地走到了药馆。突然，门打开了，格特明·史密斯抱着头从里面走出来。他双目血红，面庞痛苦地扭曲着。但是当他看到莉亚和索伊的一瞬间，他原本痛得抽搐的脸庞突然阴沉下来。

"索伊。"他双目骤然放光，轻声唤道。

第三十章
背叛

索伊猛地抓紧莉亚的手,把莉亚吓了一跳。格特明头顶缠着绷带,慢吞吞地从药馆门前的石阶处走下来。莉亚强烈怀疑他可能就是冒犯了狄埃尔的那些年轻人之一。

"你昨晚为什么没来?"格特明无视一旁的莉亚,径直问向索伊。

"我当时和帕斯卡在一起。"索伊含糊不清地小声回答道。

格特明显然没有听清,"什么?"

"她和帕斯卡在一起,"莉亚突然说道,"你看上去很糟糕,格特明。"

"我有和你讲话吗?"他向莉亚吼道,然后继续转向索伊,愤怒地说道:"你昨晚没有来五月柱跳舞。是因为阿斯特力德对不对?他告诉你了?我当时看到他从外面偷偷摸摸地走过去。他大概是偷听到我们讲话了。"

"我……"索伊颤抖着说道,"我……我昨晚不想走,不想离开大教堂。"

莉亚看到格特明露出苦涩而失望的神情。他看起来羞愧、愤怒而绝望。还有一年他就要离开米尔伍德了,他还指望在圣灵降临节上增进与索伊的感情,而现在他的美梦泡汤了。很明显他根本对索伊自己的感受视而不见。大多数男人都有这样的毛病。

"阿斯特力德。"他咬牙切齿地念叨着,怒火中烧地摇着头。

莉亚突然有些担心阿斯特力德,于是她抓住格特明的袖子,低声警告道:"你不要动他。"

但是格特明的反应出乎人意料的强烈。仿佛是开水烧滚之后的水壶突然被人拔了盖子,一阵急促的水流伴着"咝咝"的声音喷涌而出。他的脸庞扭曲着,怒不可遏地朝莉亚咆哮道:

"不要碰我!不然我发誓我也会把你揍一顿,管你是不是猎人!就算你老是拿着一把剑,背着一把弓在大教堂里面趾高气扬地巡逻,我也能一拳头就把你打趴下!一拳头!"他高高地举起拳头,愤怒地颤抖着,"你什么都不是,莉亚!你生下来就什么都不是,死的时候也会同样如此!我们都是这样!我们每个人!我讨厌这个地方。"他的拳头颤抖不停,"如果你再敢碰我一下,我发誓会把你揍得浑身淤青。你什么都不是。什么都不是!我们在这里都不算什么。我真是太讨厌这样了。"

莉亚感到心中燃起了一片熊熊怒火。格特明的眼神令人毛骨悚然。他愤怒、羞愧到了极点,像是要把每个人都狂骂一遍。她完全可以一下子就把他撂倒在地。他以为自己是谁,居然这么跟她讲话?他,只不过是一个混混。而她已经随着马丁训练了将近一年;她为了保护大教堂将王太后的手下制服,甚至还把一个男人从马上扔了下去;她和一个杀手面对面搏斗,虽然差点溺死,但最后还是反败为胜。这个破了脑袋的铁匠又算什么东西?

"莉亚。"索伊声音颤抖着叫了她一声,想要提醒她不要冲动。

莉亚此时此刻只想狠狠地羞辱格特明，为了手臂上那些他造成的淤青，为了那些被他折磨的贱民们。如果大家听到他被她，一个猎人，打倒在地上，会有什么反应？她才不是一无是处！她使用灵力比科尔文和埃德蒙还要厉害。那天早晨她用那样一种方式捍卫了大教堂，只不过格特明永远不会了解。她不仅仅是一个贱民，她还来自普莱利。而现在她是一名圣骑士了。但是圣骑士考核中，灵石问的问题在她脑中响起。

你是否会对所有人都秉持正义？你是否不会伤害任何人，除非灵力命令你这么做？

格特明话语中的鄙薄之情倾泻而出，"你可以随意穿得像个男孩一样。你可能还觉得很开心！但是你永远也做不到像乔恩·亨特那样。你永远也不可能像他那样优秀。为什么老头会选你当猎人？我一直想不明白。应该选我啊。我才应该被选中，而不是你。"

莉亚想起自己许下的誓言，只能拼命压抑着心中的怒火，艰难地咬牙警告道："别碰那个男孩。"

"不然呢？难道你会来阻止我？不，你只会向老头告状，你以前就只会把我做的事情告诉他。我知道他讨厌我。他可能会让我现在就走。反正我也不想在这个地方再待一年了。"

"你根本不知道自己在说什么，"莉亚努力让自己冷静下来，对索伊说道："我们走吧，索伊。"

莉亚抓住索伊的手，想要拉着她离开，格特明却突然一把揪住她肩膀处的衣服，想把她拉回来继续羞辱她。但是在抓住她外衣的时候，他也抓到了她的银丝软甲。

灵力开始在莉亚体内沸腾起来，一道冰与火之墙在莉亚周围浮现，莉亚没有想到这面墙会如此强烈与凶猛。她想，这可能对于格特明来说,就像抓到了一束闪电一般。他不可置信地瞪大了眼睛,手指感到一阵燃烧之后的麻意,仿佛被一阵强大的力量所击到了似的,连连后退了几步。他的手红肿起来,就像被熔炉的内壁烫过一样。击退他的是灵力,而不是莉亚。她根本没有召唤灵力去攻击他,甚至连这个念头都没有。她反而一直在平息怒火,控制自己想要教训他的强烈欲望。

格特明死死地瞪着她,半晌没有说话。

莉亚冷笑,对他警告道:"不要碰我。"

每一年圣灵降临节结束之后,圣学徒们都会和他们的家人一起回到自己家的宅邸和城堡之中。在这一年没有见过家人的老师,也可以离开大教堂一段时间,与家人相会。这段时间,回廊是被锁上的,不对外开放。贱民们还是得继续劳作,但是心情好的时候更多了,因为不用忍受圣学徒们的大惊小怪。自从王太后像一阵龙卷风席卷而去之后,这片土地又重归宁静。新的时节将要开始。每当临近这个季节结束,都是非常安宁的时候,因此莉亚总是很喜欢这段时间。

但是科尔文的离开让莉亚心中怅然若失。

在他来米尔伍德之前,莉亚经常会去那些和他一起待过的地方,回味与他在一起的时光。比如梅德罗斯的小屋所在的禁地,比如朝圣者驿站阁楼上的梯子。她经常会去那些地方,回想他当初的模样。但是自从他在米尔伍德待过一阵子之后,这里就到处都是他的足迹——草坪上,橡树旁,苹果园里。特别是苹果园,她现在每次去那里都会想起那时他冰冷愤怒的目光,便会不自觉感到心中一阵刺痛。那段经历虽然已经是好一阵子前的事情了,但莉亚记忆犹新,那种心痛的感觉也丝毫未减。

他离开了，永远也不会再回来。她真的相信他们再也见不到了吗？大主教近日依然被病痛折磨着，嘱咐莉亚在这片地方巡逻，以免王太后突然回来。她不知道他们是不是还在附近，不知道他们的敌人是不是还潜伏在树林中。她很想去那边看一看，但是碍于大主教的命令，还是没有行动。

狄埃尔每天至少会找莉亚一次。他和科尔文是截然不同的两个人。他经常说个不停，讲话风趣热情，然而很浅薄。她跟随他出去狩猎两次，他对她表现得很有礼貌，也很感激，但是总是会要求她走到更远的地方。但是莉亚觉得再走远就不安全了，于是总是拒绝他，但是他仍旧会不断地要求她。他很了解这项运动，也深谙此道。但是莉亚不信任他。出于某些原因，大主教还是让他留了下来。

在圣灵降临节结束后的第三天，一个黄昏，莉亚正在这片地区的边缘巡逻，仔细留意有没有人入侵的迹象。她来到比较远的鱼池边上，正准备走向苹果园。天色已晚，莉亚听到那片茂密的草丛中传来一阵脚步声。

莉亚僵住了身子，紧紧地盯着那片地方。她不自觉地拿出了匕首，逐渐走近脚步声发出的地方。那是一阵男人的脚步声，正飞快地沿着山坡走向苹果园。莉亚此时心中忐忑不安。脚步声越来越明显。

她停住脚步，握紧手中的匕首。接下来要怎么做？她可以直接去告诉大主教。但是他可能会跟着她过去。问她为什么要去苹果园？难道是来偷苹果吃的？

莉亚随着脚步声潜入苹果园中。枝叶在风中摇曳着，发出"沙沙"的声响。四周非常安静，没有枝叶折断的声音，也没有苹果从根茎上拧下来的声音。她尽可能放轻脚步往前走去，竖起耳朵仔细地听着地面的动静，希望能发现一些危险的信号。这个人是怎么通过灵石

的障碍的?她一步一步走入了苹果园深处,突然一个男人的声音从她左边的阴影处响起:

"你很快就发现了我。"

是科尔文。

莉亚一时没有回过神来,震惊地看着他。他从她附近的一棵树的树干处慢慢走过来。他的皮外套上面满是尘泥,手指上也沾满了泥土。他的衣服上沾到了大大小小的树皮和荨麻刺。他现在这个样子就像她以往在比尔敦荒原转了一圈回来时的样子一般。

"你在这里干什么?"她嗓音低哑地问道,"科尔文,出什么事了?你受伤了吗?"

"你看到我好像很惊讶。"他一脸怒容地回答道。

"我当然很惊讶。你怎么会在这里?"

"你真的不知道?"他不敢置信地问道。

"我从来不对你撒谎。你知道的,我没对你说过谎。马尔恰娜和艾洛温去哪儿了?她们也在这附近吗?我只听到了你的脚步声。"

"我本来以为你会亲口告诉我的,莉亚,"他僵硬地回答道,面容因极度的愤怒而扭曲不已,"大主教背叛了我们。马丁把我们引入了陷阱。"

他就像在她肚子上打了一拳。莉亚摇摇头,"不,不可能。"

"这种事情我会故意说谎吗?"他不耐烦地厉声说道,眼中夹杂着愠怒与绝望,"拜托了,我需要你的帮助。我不知道还有哪里可以去了。你可以帮我,莉亚。你是唯一可以帮我的人。"

莉亚摇摇头,还是对他现在站在她面前感到不可思议,"我不懂。大主教告诉我他不知道马丁会把你们带到哪里去。如果他真的这么做了,不就打破了圣骑士的诺言?发了假的誓言?"

他沉着脸说道："不要谈论自己不知道的事情。我相信他,但是会不会是马丁背叛了他?我本来一点都不怀疑他的忠心,但是他把我们引入了一个陷阱。但是你可以帮我,莉亚。如果你拿上十字圣球,就可以找到她们的方向。我必须要找到他们。"他的表情看上去更为绝望而悲伤,"我妹妹也在他们手里。"他有些哽咽。

"什么?"莉亚感到自己的大脑难以思考,"她们在王太后的手里?"

"不!"科尔文愤怒地说道,"在普莱利人手上!我们中了埋伏。他带着我们完全进入了埋伏的中央。马丁说他们要带着艾洛温回普莱利,回她真正的家。他们把我的妹妹当作人质一起带走了。"

"那埃德蒙去哪儿了?"莉亚感到百爪挠心。

科尔文摇摇头,"虽然他们警告我们不要跟着他们,我还是让埃德蒙跟着去了,以防他们中途放了我妹妹。离开那儿之后,我直接就来了这里,但是你知道,我不认识比尔敦荒原里面的路。王太后还有一些手下埋伏在树林里面,所以我只能等到黄昏以后再行动,这样不容易被发现。我知道你会在这个时间巡逻,我希望能遇到你,也希望你能抛下大主教来帮助我。"他用双手抓住莉亚的肩膀,莉亚不禁颤抖起来。"拜托了,莉亚。你必须帮我。帮我救我的妹妹,还有艾洛温。我发过誓要保护她,以我的生命起誓。我许诺过我会保护她的安全。拜托了,如果你愿意帮我履行誓言,你让我做什么都行。"

莉亚看向科尔文的双眼,看到他的眼中流露出恐慌。她完全可以想象到他回到米尔伍德的一路上是多么绝望。毫无疑问他记得当时对她是那么无情,记得他当时站在相同的苹果树下对她冷嘲热讽,记得他没有履行之前对她许下的诺言——教她读书或是与她共舞。他是一个骄傲的人。但他想要履行职责和保护妹妹的决心远远超出了他的自尊心，促使他跑回来寻求她的帮助。

他滚烫的手指牢牢地抓着莉亚的肩膀，仿佛一个将要溺死之人抓住最后一根稻草。他看上去已经筋疲力尽，可能已经好几晚没有睡觉了。他饿吗？他最后一次喝水是什么时候了？莉亚看着他脸上忧虑而无助的神情。

一阵柔情与怜悯涌上莉亚心头。就算他曾经冷言拒绝了她，她现在还是会选择帮忙。他当时的嘲讽仍然刺痛着她的心，她现在也无法做到给他一个拥抱来宽慰他，或是表示自己已经完全原谅了他。莉亚的脸庞抽搐了一下，不是因为他把她肩膀抓得生疼，而是因为内心矛盾的情感。选择帮助他意味着又可以在他身边，尽管和他靠近只会令她伤心。

"当然，我会帮你。"她轻声说道，把最后一个字的，你，说得尤其长。

没有任何一位圣骑士会在偶然的情况下突然变得有智慧。

——高登·彭曼于米尔伍德大教堂

第三十一章
追逐

大主教躺在床上,莉亚跪在一旁,紧紧地抓着他的手。大主教也出乎意料地用力抓着她,他脸颊泛红,额头上汗流不止,绷紧了下巴,神情中透露着极度的愤怒和无法忍受的痛苦。

"我要为您做什么?"莉亚迎上他的目光,问道,"科尔文现在正在厨房里拿取路上的食物,我们待会儿在马厩碰面,骑着他和埃德蒙的马出发。"

"当然应该如此,"他有些喘不过气来,"记得用圣球找到树林里那些侵略者的方位,避开他们行走。我确定……"他突然停住,艰难地喘着气,脸上满是被病痛折磨的痛苦神情。半响,他虚弱无力的声音又继续响起:"他们……已经……进入了普莱利的边境。或者他们至少……已经在桥堡码头附近,会从那边……摆渡过去。你必须……找到艾洛温。我们……有责任保护她。"

莉亚更加用力地抓紧了他的手,"他为什么要这样做,大主教?马丁为什么会这么做?"

他闭上眼睛,沉重地叹了口气:"他总是觉得……如果他没有把艾洛温带回去,就是背叛了普莱利。他非常热爱自己的同胞。大灾难已经给普莱利……带去了……极为严重的灾难。他不能住在那里……那儿就像有一场重病,一种癌症在肆虐。"

普雷斯特维奇将湿毛巾敷在大主教的额头上。大主教看起来非常煎熬。

"您会死吗?"莉亚轻声问道,"大教堂会怎么样?"

他吃力地摇摇头,"我的病痛……总是来了一阵之后,就会退去了。到时我的力量会重新回来。虽然我年纪已经很大了,但我还有工作没有完成。灵力已经跟我确认过这件事了。病痛会很快退去的。"

莉亚咬着下唇,同情地看着正经受着折磨的大主教,"万一王太后回来……?"

"嘘,"他打断她道,"你要这么快……就带来她……所能产生的恐惧吗?我可以告诉你的是……只有灵力才能掌控我的命运。去吧,孩子。帮着弗什伯爵找到他的妹妹,还有德蒙特的继承人。几天前……我就很确定……你很快要离开了。现在我终于知道了原因。普雷斯特维奇……我又要吐了。快去把盆拿来。去吧,莉亚……今晚就出发。"

她又一次抓紧了大主教的手,在他汗水涔涔的额头上吻了一下,便快步从房中离开。阿斯特力德在外面忐忑地来回踱着步。

"他会死吗,莉亚?"

莉亚摇摇头,"我不知道。我离开的这段时间,就由你来帮他了。每天晚上到边境巡逻一圈,看看有没有可疑的人。如果你看到有骑兵,记得告诉他。"她用力地握住他的肩膀,坚毅地看了他一眼,就匆忙赶去厨房了。帕斯卡和索伊忙碌着给他们准备着食物,打包到亚麻布里和皮袋子里。莉亚已经把十字圣球取出来,系在了腰间。科尔文将包袱背在身上,莉亚拿起她套好了的弓还有三支箭,准备出发。帕斯卡抽泣着,猛地抱住莉亚,作为对她的告别。索伊则温柔得多,只是轻声在她耳边说道:"帮我照顾好埃德蒙。"莉亚答应了她。

于是莉亚和科尔文便离开厨房,陷入外面的一片漆黑之中。他们徒步穿过大教堂的空地,大步流星奔向马厩。

"他怎么说?"科尔文径直问道,眼神在黑暗中晦暗难辨。

"大主教认为,马丁认定米尔伍德会沦陷,德蒙特也会失势。马丁经历过之前大教堂被摧毁、大灾难肆虐的时期,但是挺了过来。他对家乡一片赤胆忠心。可能他觉得,艾洛温的出身能使她解救正遭受大灾难荼毒的普莱利人民,所以才会想方设法把她带回去。"

"我本应该料到这一点的,"科尔文沉声说道,"留下一个对两方都效忠的人,总是有风险的。你做得不错,的确应该去和大主教商量下。我很高兴你这么做。"

莉亚在一片黑暗中默然地笑了笑,说道:"我很遗憾上次没有和你们一起离开。这些日子我收获了些许智慧。"她突然看到马厩那边有动静,"马厩里有灯还亮着。"

"是马夫吗?"

"不会的,他现在应该已经睡了。"她的手再一次摸上匕首。老天非得让她做每件事的时候都遇到困难吗?

"我来看看到底是谁。"科尔文加快步伐,想要率先走过去,但莉亚拉住了他。

"这是我的职责,科尔文。我们一起过去。"

莉亚没有故意放轻脚步,而是径直走向马厩,把门猛地推开。她看到科尔文和埃德蒙的马已经被装好了马鞍。有一人蹲在第三匹马旁边,正在装鞍配镫,看到门打开,便站起身来。

是狄埃尔。他显然因为刚才急匆匆地给三匹马装鞍配镫而耗费了些气力,此刻脸颊泛红地喘着气。"我们要去哪里?"他问道,同时为马系上马具,调节着缰绳。

科尔文看到他以后感到很惊讶,随即流露出厌恶的表情。

狄埃尔扭回头看向科尔文,在看到他的表情之后,轻轻哼了一声:"拜托了,弗什,不要误解,我要跟你们一块儿去的。你要么在这个女孩面前拿起你的剑来挑衅我,最终只会是你再次遭到羞辱;要么认可我的战斗力和马术都比你强。我也同样希望了解接下来会发生什么。我曾设想过,如果在后面跟踪,像赤隼般盯着这姑娘,那么在你们保持警戒,来回巡视躲避的过程中,我早晚能发现她,通过她来找到你。别激动,弗什!我不是在说那个魔链,说的是鸟儿!你们有两个人,而我只有一个人。现在的局面公平得很。不过我们为什么要浪费时间争论这些事情?我可以帮助你们躲过帕瑞吉斯的陷阱。"

"为什么你要帮我们?"莉亚走到埃德蒙的马旁,将她的物品塞入了鞍囊中。

"当然不是为了这一万马克,"他面带嘲讽地回答道,"你知道为什么的,莉亚。"眨动着他厚重的眼皮,看向科尔文,"你们现在在这里无外乎两个原因,要么就是原计划失败了,要么来取马也是计划的一个步骤。愿意告诉我怎么回事吗?"

"不是这么回事。"科尔文回答道,接着像莉亚一样,将食物放入鞍囊中。

"那让我来看看能不能帮到你,"狄埃尔加固完最后一根缰绳后,踩着马镫翻身上马,继续说道:"我们得到消息,普莱利的议会一直在密谋如何绑架那个德蒙特女孩。我们在这个百里区的几个线人发现你们的猎人……那个络腮胡的……和北边一些村庄中的密使私会。因此我们可以肯定他也参与了那场密谋。不知道你们有没有听说，他也参与了那次普莱利的战争。有人看到他在普莱利沦陷之后参与到几场屠杀之中。他不仅是一个丛林猎人，更是一名士兵。很多人都说他曾经在温特鲁德之战中为德蒙特战斗，也参与到了那场屠杀。你当初看到他了吗，弗什？"

科尔文面无表情地说道："我从没见过他。普莱利人民曾帮助德蒙特过海。这是事实真相，但战营中没有普莱利人。"

狄埃尔面露怀疑，"我听到的不是这样。他们当时的确在那儿，弗什。"

"我也在那儿，"科尔文辩道，"当时老国王在半夜派出假的圣骑士，想要将德蒙特杀死。"他说着，潇洒上马，挺拔地坐在了马鞍上，"带路吧，莉亚。"他对莉亚说道，但是目光并没有从狄埃尔脸上移开。

"我想相信你。"狄埃尔低声说道。

"我才不在乎你信不信。"科尔文生硬地回答道。

"老国王当时背上中了一箭，那支箭的上翎方法是来自普莱利的。这个女孩带着的箭也是用这种方法上翎的。如果这不是一场谋杀，又会是什么？"

科尔文身体前倾，面露厌恶地说道："埃德蒙的哥哥本来是诺里斯·约克伯爵，但后来因为他圣骑士的身份而遭到杀害。他本来可能也会以叛国罪被捕，可能会在他同僚的见证下参加法庭宣判，但他还是遭到了杀害，就因为他的剑上有圣骑士标记。如果你真的如此追求正义，为什么你还会和那个大肆宣扬法律、歪曲事实来达到目的的女人一同骑马前来？"

狄埃尔同样坐在马鞍上，身体前倾，"因为我知道她也想杀了你。"

但我知道你的妹妹不想你死。我一直都在试着提醒你,帮助你,赢得你的信任。好好想一想吧,弗什。你可以得到我的所有土地和财富,德蒙特也可以。我想要的只有你妹妹。"

科尔文绷紧下颌,"你觉得我会把她交给你这种人来换取好处?"

"别天真了,弗什。当然是这么回事。尽管你把什么灵力、命运,还有古老得生锈的圣书说得天花乱坠,但是我们毕竟是血肉之躯筑成的男子汉。你害怕让她自己做出选择吧,因为你知道她会选择和我在一起。我们干吗要在这里斗嘴呢,考虑一下我们联合起来会是多么强大。"

"我已经考虑过了。你也希望我死的。"科尔文回答道,"我见识过你是怎么对待其他女人的。我亲眼见识过,狄埃尔。我是不会让我的妹妹嫁给你的,这就像把她送上一条受尽折磨的道路。"

狄埃尔面对科尔文的一片指责只是笑笑,"说得好,弗什。说得好。你肯定练习过很多遍如何羞辱我了吧,我猜。"他手里把玩着缰绳,身下的骏马哼哼了几声。"你不相信我。我能理解。信任是要努力获取的,而我又不是圣骑士。我们都同意这一点。但是我们也都同意我能帮到你吧?很明显,我没有和帕瑞吉斯在一起,而是来到这里找你们。我是独立的,而不是她的家臣。她还在酝酿一些计划。我们还剩下一些时间可以阻止他们。"

马厩里只有一盏灯笼亮着,挂在墙上的铁环上。莉亚能清晰地看到那摇曳的火焰倒映在狄埃尔的眼眸中。他是那么迫不及待想要和他们一起出发。无论是想到他能在黑暗中潜行,还是想到他会背叛帕瑞吉斯,都让他感到刺激而兴奋。

莉亚不得不承认,她的确对这个最强剑客主动加入的请求有些动心,在他们追逐普莱利的过程中,他肯定能帮上不少忙。她系紧马镫，身体坐直。她身下的骏马不安地来回踱了几步，但她并不感到慌张，因为她和这匹马彼此认识。

"如果你就这样背叛了她，你也很可能会背叛我们。"科尔文犀利地指出这一点。

"反应真快。"

"你并没有保证你不会背叛我们。"

"那有用吗？就算我说了你会信吗？"他慢慢地直起身子，坐回马鞍上，"我会和你一起去，弗什。不管你愿不愿意。你可以利用我的优势，我也一样会利用你的好处。我有一种预感，这场狩猎将会让我们铭记终生。带路吧，女孩。"

她看向科尔文，他脸上浮现出明显的不情不愿。每一处表情都表示着他并不信任狄埃尔。她能够清晰地从他皱起的眉梢、撇下的唇角处感受到这一点。

"你不用这样看他来获得他的批准，亲爱的，"狄埃尔对她说道，"他内心已经决定好了，他会不计一切代价来救他的妹妹。我也是。你们需要我帮你们躲过一路上守夜人的障碍吧？我们现在骑着马，我想应该不会从地道走吧。"

狄埃尔说得没错。科尔文已经决定了，从他阴沉的表情中就能看出来。

"不，我想我们能很好地解决掉这个问题。"莉亚回答道。她要用十字圣球来找到艾洛温和马尔恰娜在哪里。圣球在一片漆黑中会散发出明亮的光芒，莉亚知道这无法瞒过狄埃尔。但一想到他会知道这个圣球，会知道莉亚能使用这个圣球，莉亚有些不悦。她现在只能少说话，说得越少越好。

她打开腰间的口袋，取出圣球。狄埃尔惊讶地看着她，面露疑惑。

"大主教给我的。"她回答道，某种意义上这么说也没错。她在脑海中构想出艾洛温的面庞，想象着她在面临普莱利人的扣押之时会是多么焦虑和恐惧，他们或许还会逼着她和语言不通的人结婚。莉亚看到了她恐惧的双眼、暗色的发丝，同时让自己陷入了需要找到她，需要找到一条安全的道路来帮助他们寻到她的意念中。

圣球呼应了莉亚，开始飞速旋转，然后清晰地指明了方向。莉亚向狄埃尔投去挑衅的目光，"试着跟上我们。"

第三十二章
幸运果

莉亚简直不敢相信自己有这么好的运气，能发现一大片结满浆果的灌木丛。他们已经逐渐深入比尔敦荒原，这里野草丛生，荆棘遍布，但有幸的是还有取之不竭的已然成熟的紫色浆果。此刻天色已晚，莉亚热得汗流浃背，筋疲力尽。科尔文和狄埃尔则在后面艰难地跟着她。科尔文已经连续几天没有合眼，再加上这一路在马背上的颠簸，他现在坐在马鞍上摇摇晃晃，就快要支撑不住了。而他们的坐骑浑身都沾满了泥泞和污秽，累得直吐白沫。

"让马儿休息一会儿吧。"莉亚提议道，靠近灌木丛停下马，接着从马上爬了下来。

"还没完全天黑，"狄埃尔提出异议，"继续走吧。"

"我们今天把这几匹马折腾得不轻，"莉亚说道，"我们之中也有人需要休息。"她在灌木丛边上蹲下来，从带刺的根茎上面摘下一串果子。这种果子圆嘟嘟的，看起来美味多汁，莉亚忍不住尝了一下，发现很甜，只是有那么一丁点儿的涩。这块地方的日照很好，所以得以开花结果，并且果子的味道也很不错。

狄埃尔的坐骑已经气喘吁吁,鼻孔喷气。他不是很开心地看着这片灌木丛,问道:"那些是什么东西?糙莓?"

"在这片百里区我们叫作簇莓,"她回答道,"小心点,不然会被茎蔓上的刺扎到手。果子很软,得赶快吃了。"她又将另一个果子塞入口中。每一个软软的果子中都有几粒坚硬的种子。"它们不能放,所以你们吃,就吃个够吧。"

科尔文从马鞍上滑下,走了过来,满脸憔悴,疲惫不堪。看到他双眉紧蹙,眼周围布满细细的皱纹,莉亚认出了这是他易怒的状态。他每次疲惫的时候都容易发火,因此莉亚并没有跟他说话。

"现在还早,我们这是在浪费时间。"狄埃尔又出声抱怨道。

莉亚觉得他这样讲很冒昧,回答道:"不,我们难得在路上遇到比蘑菇美味的食物,是你在浪费这样一个填饱肚子的机会。在野外,每当路上出现了上天赐予的礼物,比如兔子,或是小鹿,最明智的做法就是停下脚步,好好品尝野味。要随时准备着迎接上天的礼物,并且保持感恩的心。"

科尔文伸出的手不小心被刺扎到,飞快地缩了回去。莉亚摘了好多果子,盛满了手心,便分了几个给他。她的手指比科尔文更加灵活敏捷,摘果子的过程中就没有被刺扎到。科尔文接过她的果子,对她感谢地点了点头,接着狼吞虎咽地吃了起来。

莉亚一边吃着果子,一边又多摘了几个,审度着哪里的果子比较容易摘到,而不会被刺扎到。狄埃尔端详了她一会儿,沉着脸从马背上下来,加入了他们。他在摘果子的时候也被刺扎到了手,但他没有接受莉亚递过来的果子,坚持吃自己摘的。吃了几个之后,他的表情稍稍放松。

"你觉得他们现在离我们有多远?"他问道。

"我不知道,"她如实回答道,"我们和他们并不在同一条路上。"

"我所不明白的是,"他走回来,露出愠怒的表情,"我们并没有跟着他们走,但我们在朝着他们所在的地方行进。这让我完全想不通。一个金色的小球怎么会知道他们要去哪里?"

"我无法解释,因为我自己也不明白。但是的确管用。"

"但是它是怎么运作的呢?它可能会把我们带去随便任何一个地方,或者什么地方也到不了。你怎么知道它不是把我们带去达荷米亚?"

莉亚看向科尔文,发现他的嘴角露出了微笑。狄埃尔的声音中充满了狐疑和不信,圣球永远不可能听他的指令运作。

"达荷米亚在南边,"科尔文不耐烦地回答道,"我们正在往北走。"

狄埃尔看起来更加恼怒,说道:"我当然知道这一点,弗什。我的意思是,你们现在把所有的希望寄托在一个小东西上面。一个装饰物。你们甚至不知道它是如何运作的。"

科尔文抓起另一串果子塞入嘴里面,"我不需要知道它是怎么运作的,也还是相信它。你并不相信灵力的存在,所以任何解释都不会让你满意吧?随便你怎么想。"

"我并没有说我不相信,只是我从来没有足够的耐心去应付灵力。"

科尔文冷冷地看了他一眼,"你可以按自己的想法走,没人拦着你。"他回头看向莉亚,感谢地点了点头,然后僵硬地站起来。他把手中最后一个簇莓给了莉亚,说道:"我来喂马。"

她眼神锐利地看着他说:"你需要休息。"

他点了点头,并没有反驳,但还是说道:"让我先帮忙喂马。如果一切都没问题的话,我今天第三个守夜。"

"筋疲力尽了啊,弗什?"狄埃尔似笑非笑地问道。

"我已经三天三夜没合过眼了,一直在马背上奔波。"他搭上莉亚的肩膀,"莉亚,到我值夜的时候记得叫醒我。"

"我会的。"她答应道,心里希望狄埃尔别再对着他们阴阳怪气地笑了。

莉亚在午夜时分醒来,斗篷下的身子不禁瑟瑟发抖。没有人来叫醒她,四周非常安静,只有老橡树树枝粗粝的摩擦声,和树叶在风中的"沙沙"声。远处,一只青蛙呱呱地叫。她抬头看向夜空中星星的方位,发现早就已经过了轮到她放哨的时候了。狄埃尔会这么仁慈吗?她不大相信。她站起来看了看四周,发现狄埃尔的头枕在胳膊上,已经睡着了,甚至能听到他清晰的呼气声。莉亚此时真想过去踢他一脚,他竟敢在放哨的时候睡着了!

莉亚感到有点冷,搓了搓手臂,从帐篷旁边走过去,看到三匹马还被完好地拴在那里,松了一口气。马上就要黎明了,她准备喊科尔文起床。她躺回地上,靠在他身边,这样就能在黑暗中清晰地端详着他的眉眼。这次和他一起来比尔敦荒原,心境已和上次完全不同。那时候她还是个孩子,在黑暗中害怕地哭泣,也很容易因为他的暴躁和不耐而闷闷不乐。一旦她被心中的恐惧掌控,就无法操纵圣球运转,那对于科尔文来说也就派不上什么用处了。这些事情对她来说,都是埋在心中羞耻的记忆。而现在,他睡在她身边,浅浅地呼吸着。莉亚很想替他将额上的碎发捋平,但是不敢碰到。一种强烈的感情随着她这样的想法倾泻而出,她几乎控制不了自己伸出手去。

她紧紧地抓住自己的手,转过头不再看他,开始思考他们现在行走的路线。在将地形梳理过一遍之后,她得出结论,圣球正在把他们带向东北方向。她觉得他们百分之五十可能会被带往桥堡码头。那个城市距米尔伍德有两天骑行的路程,是连接达荷米亚和普莱利贸易交流的主要港口城市。她今年去过那里一次,因为大主教派她去采买供给品,而只有那个城市才有这种东西。但是如果他们要去桥堡码头,圣球是不是会为了躲避王太后的手下,把他们领到沼泽地去?那他们的速度就不得不放慢。但他们的猎物会不会考虑到主路都受到了监控,继而也选择一条通向普莱利的不同寻常之路呢?

猎人是耐心的,猎物是大意的。

莉亚心想,在他们追逐马丁的过程中一定要慎之又慎。马丁知道她有十字圣球。他可能猜到她正在追逐他,会保持警惕,慎重而行。莉亚的直觉告诉她,那次他并没有去追捕斯卡塞特,而是偷偷跑到了普莱利,和其他人密谋如何劫走艾洛温。或者在他带着她来到了如此接近普莱利的地方,忍不住把她掳回了普莱利,而对大主教的忠诚之情则被他抛之脑后。他在离开的时候已经作出决定了吗?她回想起那时他要离开去追捕斯卡塞特,莉亚伤感地抱住他,他看向莉亚的眼神就仿佛有许多难言之隐。那时他是否想起了自己将要背叛他们?

莉亚对于马丁的举动感到非常失望。大主教一向非常珍视、看重忠诚这个品质。可以肯定的是,马丁内心觉得自己的举动是正当的。如果米尔伍德真的要沦陷了,那么她要逃去其他哪一座大教堂才会安全呢?她倒是不如潜入普莱利和她的乡民们在一起,他们还会保护她,掩护她。想到这里,莉亚绷紧下颌,摇摇头。艾洛温现在可能就在附近的某一个地方,惊惶失措。她内心最深处的恐惧真的到来了。但马尔恰娜极有可能仍旧保持冷静和敏锐的洞察力,伺机逃跑。

莉亚从旁边的橡树上扯下一根细小的枝叶,绕在手指上玩。她不想伤害普莱利的人民，因为他们也是她的乡民。怎么样才能不用暴力的手段将这个女孩解救出来呢？她没有主意，这就和她当时去朝圣者驿站解救被阿尔马格劫持的科尔文的心境一样。她只知道她必须要试一试。莉亚现在最大的期望就是能够说服马丁自愿放了艾洛温，让他相信大教堂不会沦陷在王太后和她下属的手中。

科尔文的声音像是幽灵一样从她身边传来，"现在轮到我放哨了吗？"

莉亚转头看向他，轻轻地按住他的肩膀："狄埃尔睡着了，我刚醒不久，在黎明的时候我会叫你起来。"

科尔文冷哼一声："他睡着了？"

"他可能没有意识到自己有那么累。"

"不要为他说话，莉亚。"

莉亚戏谑地看了他一眼，"我可没帮他说话。以后就不让他放哨了。去睡吧。我敢肯定你还很累。"

科尔文缓慢地坐了起来，扭了扭身子，转向了莉亚，"我已经觉得好多了，而且他睡着的时候，我们讲话可以更自由。你知道我们现在在哪里吗？"

"我想我们现在应该还在比尔敦荒原。"她一本正经地说道。

"你不要开玩笑。"他在黑暗中喃喃道。

"打趣和玩笑还是有区别的。我们现在沿着比尔敦荒原的路径，前往桥堡码头。"

他屈起膝盖，双臂撑在膝盖上，将下巴枕在手臂上面。他和莉亚坐得很近，这样就算他小声说话，她也能够听到。"桥堡码头一直臣服于德蒙特。好多年前的内战中，当时塞弗林·德蒙特正在和普莱利谈判，老国王在那时候召集了一支队伍威胁要攻打他。德蒙特想要赶回自己的国家，但是大桥全被毁坏。桥堡码头就派出船把他渡回去，但是他们不幸被抓，最终被烧死了。不久之后，梅思福战役就爆发了。我怀疑那个城市的几位官员也参与了谋划这场战役，所以我相信他们是站在我们这边的。"

莉亚调整到一个舒服的坐姿，她的背轻轻地碰到了科尔文的，"他们会帮我们解救她吗？"

"我想会的。"

"那真是太好了。我们需要盟友。"说完她便不再吭声，不想打扰他的思绪，也不想逗他惹他不开心。她就静静地坐在那里，听着远处青蛙的叫声，一言不发。

科尔文温和的嗓音传来："你为什么会帮我？"

莉亚猜到他会问她这样的问题。她也一直在脑中思考，如果他问了这样的问题，她要怎么回答，演练了无数遍，就好像要决定怎样从一个还没熟的果壳中剥出果仁来。她不知道应该怎么回答才合适，于是只是简单地回答道："因为你需要我的帮助。"她用阴阳怪气的语气继续说道："你需要别人来好好照顾你，我的弗什伯爵大人，内阁的成员之一。"她用手肘轻轻地撞了下他的肩膀。

"没错。"他语带自嘲地说道，然后小声地清了清喉咙，"你想过从我这里得到什么吗？我答应过会奖励你。"

她没有说话，一下子又安静了下来。她无法把此时心中的所思所想说出来，也不能向科尔文要求她最想要的承诺，她也知道他永远不可能说出来。所以她只是在逐渐拉长的静默中等待着。此时无声胜有声。

很明显，这样的安静让他有些焦灼。

"莉亚？"

"嗯?"

"你有没有……听到我的问题?"

"嗯,"她简短地回答道。他还记得自己曾经责备过她太聒噪吗?"你不欠我什么,不需要教我读书或是铭刻,也不需要陪我在五月柱周围跳舞。我免除你答应过我的所有事情。我们第一次见面的时候,我还很孩子气。你当时倒在厨房前,身上血迹斑斑,呕吐不止。我当时没有把你当作一个人来看待,只是把你当做获取我想得到的东西的工具。"她深深地叹了一口气,"然后我逐渐意识到,我最想要的其实是你的友情。这就足够了。我本来以为我前几天失去了这样东西,但是当你回来寻求我的帮助的时候,我知道真正的友情是不会轻易破裂的。既然你愿意放下自尊来找我帮忙,那我也会放下自尊帮助你,不需要什么回报。你需要我的帮助,而且我也喜欢马尔恰娜和艾洛温。并且你没有足够的计谋能战胜马丁。我知道他是怎么思考的,可能可以帮上忙,当然也可能帮不上。"

这一次,科尔文沉默了。莉亚也没再说话,时间就像一汪甘甜的溪水,从他们之间静静流过。

这时,另一个声音打破了安静。"已经快要黎明了吗?"狄埃尔问道,"你们在那里窃窃私语的这段时间,本来可以去给马儿上好鞍,我们就能出发了。我发誓,你们俩是这个国家最大的两个蠢蛋。"他坐起身,瞪着他们,眼神像刀片一样犀利,"你们这样叽叽喳喳,别人怎么能睡得着?"

莉亚看向科尔文,看到他眼中冒出怒气。不知道狄埃尔偷听到多少他们之间的谈话。

"你才是应该被责备的那一个,"她站起身说道,"你在放哨的时候睡着了。如果你在战争中这样,一定会被鞭打。以作为惩戒,我会没收你的口粮。你只享受簇莓的美味吧，大人。当你有职责在身的时候，就必须尽全力完成它。或者你可以选择自己一个人继续前行。"

她语气严厉地说完，等着他问自己是不是真的要这么做，但内心却很担忧他到底偷听到了多少。

我们不用对大灾难感到害怕。这只是在世上为非作歹的那些意念的体现。当野草的种子播种下去之后，它便开始生长。我们聚在一起的时候，会比独自行动时更容易产生邪恶的想法。如果你被迫加入一群人中，那么你最好脱离开来。千万不要让任何人左右你的想法。

——高登·彭曼于米尔伍德大教堂

第三十三章
普莱利的复仇

他们来到一片泥沼地，附近没有其他的路，所以他们只能从这里跨越过去。马儿们艰难地在泥潭中前行，驼着人在一片散发着恶臭味的泥水中前进真是一点儿都不容易。一大群嗡嗡的小虫和蚊子纠缠着它们。莉亚听到狄埃尔和科尔文在低声争吵着什么。周围的橡树干瘦而萎靡，枝叶不是正常的棕褐色，而是病态的黑色。空气中弥漫着一股奇异的味道，像是一股浓厚的馊味，挥之不去，却又莫名的熟悉。他们越是往里面走，这股味道就越是明显而刺鼻。等到一片大海呈现在他们眼前时，他们终于知道了那股臭味的源头。

狄埃尔出声道："但你不只是圣骑士，你也是一个男人。但愿你某一天能意识到这一点。"

科尔文一言不发，只是突然策马快行，使得周遭泥点四溅。他很快赶上了莉亚，与她并驾齐驱。莉亚的目光盯着不远处，一片连绵起伏的小山丘上面，长满了密密麻麻的橡树。他们终于有望摆脱深陷的泥潭，走到那边的山丘上面。

科尔文压抑着怒火说道："如果我让你用弓箭射死他，你会答应吗？那个男人实在是让人难以忍受。"

莉亚回头看了他一眼，似笑非笑道："我们已经要到杀人的地步了吗？也许我可以射他的马。他又怎么烦你了？"

科尔文目光晦暗地说道："没什么。他就是觉得所有男人都应该像他一样，并且他有责任帮助他们都意识到这一点。他的良心肯定会很痛，如果他有良心的话。"

她点了点头，继续策马前行，"你闻到了吗？"

"我们现在已经接近普莱利和比尔敦荒原之间的那条河了。你觉得我们离桥堡码头还远吗？"

"我不知道，"莉亚回答道，"我希望我们走到前面的山丘上之后，能看到远处的景象。但是山丘上好像有很多树。我只知道我们在往东面走，而桥堡码头就在东面。"

"该死的臭虫子！"狄埃尔在后面咆哮道，"这里简直是这个国家最讨厌的地方。"

莉亚瞥了眼科尔文，摇了摇头，"这片荒原有它独特的美，我先前也没有意识到。直到马丁带我在这里训练之后，才有所领会。啊，这里的地面更加结实。"

当他们终于踏上坚实的地面，莉亚便从马上下来，让疲惫不堪的马儿歇一歇，牵着它往前走。她再一次启动圣球，指针旋转了几圈之后便缓缓停下。这时，她周围突然围绕过来很多的蚀心邪灵。他们满满地围在她身边，吸收着她的意念和圣球中的意念，接着在她身边低低地嗅着、低泣着。圣球上面有一道亮光一闪而过，那行总是困扰着莉亚的繁复文字便浮现在了它光滑的表面。莉亚身体一僵，心中惶惑不安。

"你感觉到了吗？"科尔文牵着马走在她的旁边，迎上她的目光。

她点点头,"它们很浓密。我不知道是圣球还是我们把它们吸引过来的。"

"把圣球收起来吧。"科尔文说道,然后开始安抚他那被蚀心邪灵搅得暴躁不安的坐骑。

莉亚将圣球收起来,拿出她的弓和箭。

"怎么了?"狄埃尔追赶上他们,眼神在树林中扫视了一圈,突然变得警惕起来。

"我得先去前面看一看情况。"莉亚把手中的缰绳递给科尔文。

"不,让我去吧。"他把缰绳递回去,但是莉亚摆了摆手。

"我比你更擅长这件事,"她说道,"你们俩动静都不小。"

科尔文皱了皱眉,犹豫了片刻之后,还是收回手,点了点头。于是莉亚便拿着弓箭继续爬上山坡。她惊讶地发现蚀心邪灵仍在她身边嗅着。它们来自不可见的国度,发出"嘶嘶"的声音纠缠着她,这让她感到有些肮脏。直到现在,她才突然意识到,身着银丝软甲让米尔伍德的安宁一直伴随着她。以前每次和马丁一起,或是独自来比尔敦荒原时,这片荒郊野岭都让她感到非常危险,难以掌控。但是在她成为一名圣骑士之后,一切都变得不一样了。不管她去哪里,米尔伍德的平静祥和都伴随着她。在蚀心邪灵纠缠她的那一刻,她才意识到这一点。

她周围的灌木从中布满了密密麻麻的橡树,橡树上面缠满了参差不齐的藤蔓,上面的叶子呈现出深红棕色。无数条蜿蜒曲折的藤蔓铺散开来,直至乔恩·亨特的墓穴附近。目光所及之处,皆是有毒的藤蔓缠绕着的橡树。她小心翼翼地不去触碰它们,但是藤蔓已经伸展到了地面,莉亚只能步步谨慎,来回转动着身子,以防踩到地上的藤蔓。走了一会儿之后,她突然感应到灵石的灵力,抬头一看,果然有一块燃烧的灵石赫然矗立在山顶上。

在山顶之上有这样一块巨石,但是表面已经有所磨损。灵石嵌在巨石的东面,但是表面已经烧焦得发黑、破裂,因此莉亚看不出来上面到底印着一张人脸还是怪兽。这块已经熔融的石头上面有两个凹痕,应该是灵石眼睛的所在之处。这双眼睛因为烈火的燃烧而散发出红色的光芒。灵石掩映在丛密的毒性叶子中,周边的每一棵树上也都缠绕着藤蔓。灵石将她逐渐吸引过去,轻声对她说话,让她触碰它。莉亚小心翼翼地靠近,仔细留意着附近有没有脚步声之类的动静。但周围只有一大片原始丛林。巨石散发出热意和光芒。

树林中一片寂静,只能听到灵石发出的轻声细语。蚀心邪灵还围绕在莉亚身边,低低地哼唱着。莉亚强忍住翻腾而出的恶心感,缓慢地走向这块火噬之后破败不堪的灵石。

想要触碰灵石的欲望达到了巅峰。

莉亚从那双炽热的眼睛中感受到了灵石经受到的是怎样的痛苦与折磨,那是她无法体会到的蚀骨之痛。灵石哀求着她熄灭火苗,结束这痛苦的一切。接着她回想起大主教赐予她的神力,驯火神力。

于是莉亚伸出手,按在灵石那残余的鼻子上面。她相信自己的手心并不会被灼烧到。果然,她只感到了热量和温度,但并没有灼烧的感觉。实际上,这么多年在大主教的厨房工作,她似乎没有一次烫到过自己。眼下这块石头的表面十分粗糙,伤痕累累。

"我解放你。"她轻声说道,召唤出灵力。

突然,她的脑海中浮现出了斯卡塞特的脸庞。她能清晰地看到他正躬身于一块守卫大教堂的灵石之前,正在直直地盯着她。他已经知道了她的所在,就像她也知道了他在哪里一样。这一瞬间,他们的思维联结在了一起,他的意念狠狠地冲击着她。

找到你了！

就算他们之间隔了这么远，他还是将灵石作为桥梁，联结起他和她的意念。他所有肮脏而沉重的意念注入莉亚的脑中，让她心中充斥着恐惧和无望。他想逼迫她按自己的意愿行事，但他没有料到，她已经是一名圣骑士了。

"我解放你。"她又一次低语道，更加专注于自己的意念，终于将灵石里面肆虐的火焰熄灭。

火焰摇曳着逐渐黯淡下去，皲裂而坑坑洼洼的石头也逐渐冷却了下来。这块灵石并没有负隅顽抗，也没有愤怒地挣扎。在一声清脆的爆裂声后，石头便四分五裂，散落成大大小小形状各异的碎石。斯卡塞特和她之间的联结也随之而去。她长舒一口气，庆幸这块灵石不像先前其他灵石那样顽固地抗拒她。她的手掌和手指上面都没有留下水泡。她转过身，看向山丘的另一面。树林似乎更加茂密，郁郁葱葱，大多是蕨类植物和猫薄荷。

她心中不禁泛起沉重的担忧。斯卡塞特还在米尔伍德之外的丛林中，而现在他已经知道了她在哪里。

在提醒狄埃尔和科尔文不要触碰有毒的植物液体之后，莉亚带着他们沿着山脊走向了山坡的另一面。这里和之前他们走过的地方完全相反，土地肥沃，树林茂密。她知道他们已经离开了比尔敦荒原。他们匆忙地策马前行，心知要在黎明前抵达城镇非常不容易。

圣球带着他们绕过密密麻麻的丛林，向着北边行进，而不是东边，这让莉亚感到有些意外。四周都是茂密的树枝，从上而下地勾卷着，挡住了他们的视线，因此他们无法看到远处的景象。这一路有很多隐蔽的沟壑，一不小心便会掉下去。不过圣球带着他们穿过好几条狭窄的道路和暂时搭建的小桥,这些都是当地的樵夫自己建造的。

树林深处突然传来一声女人的尖叫。

莉亚加快步伐向前走去。又有男人们的呵斥声传来,像是在厉声命令着什么。莉亚抬起手,示意科尔文和狄埃尔停下。她从马上跳下,取出一支箭搭在弓上。这是谁的声音?艾洛温的?马尔恰娜的?他们都无法判断,但是圣球的确指向声音发出的地方。

"我们要追上他们了吗?"狄埃尔似乎吃了一惊。

科尔文抓住她的胳膊问道:"是王太后的手下?还是普莱利人?"

"我要走近点才能判断,"她说道,"你们在这里等我。"

科尔文更加紧握住她的手臂,"这次不行,我们一起去,我们所有人一起。"在狄埃尔出声反对之前,科尔文还是加上了最后一句话。

莉亚叹了口气,"你们可以跟在我后面,但是我得走在你们前面,因为这很可能是一个陷阱。我们不知道他们有多少人。你们肯定不想在这场搏斗中的中途都失败吧。"

"的确如此。"狄埃尔邪魅地一笑,"我可以,让我走在前面吧。如果那些人是王太后的手下,正在找那个女孩的话,他们会听从我的指令。"

"所以我不会让你走在前面的,"科尔文果断地拒绝,"我发过誓要保护她。"

"那声尖叫很可能是你妹妹发出的,弗什。我不打算在这里跟你争执这些东西。我只在意恰娜的安全,艾洛温吊死也不关我的事。这一路上你就没信过我。这次我就证明给你看。"

"还是让莉亚先去。"科尔文发话道。

"非常好,但她不能独享所有的乐子。去吧,姑娘,留几个让我来解决。"从剑鞘中拔出了利剑。莉亚这时扭向他,看到他的脸上满是蚊虫叮咬的小包。

莉亚迅速地向前方奔去。科尔文和狄埃尔将马匹系到树枝上之后，也立刻跟在莉亚后面前行。莉亚弓着身，在枝叶的空隙间敏捷地穿梭着。四围蕨类植物的枝叶纷繁交错，层层叠叠形成一片天然的绿色屏障，外面的人根本无法看到莉亚的踪迹。莉亚拿着弓箭举在身前，以备不时之需。外面的喧哗声越来越近，莉亚从中听到了达荷米亚语。

"把整栋房子都好好搜一搜！房椽子上也别放过。那个女的，不许哭，不然我揍你！快去。继续到里面去搜。"

莉亚前方的树木渐趋稀疏，她看到有几个哨兵背对着她守在丛林的不远处。他们都穿着黑色的衣服，外面套了件银色的短外衣，一看就是王太后的手下。莉亚正前方的两个哨兵正在兴致勃勃地看好戏。顺着他们的眼光望去，前方有一小块空地，一间茅草屋就坐落于此。抹灰篱笆墙的四周有起码十几个士兵在巡逻。茅草屋上面只有一扇小门，并没有窗户。海水在阳光的照耀下显得波光粼粼，一旁郁郁葱葱的松树也倒映在水中，更是增添了一番意趣。

为了不引起哨兵的注意，莉亚绕开他们，向茅草屋的后门走去。那周围的树木更加茂密，适合莉亚藏身其中。微风拂动，漾起一股股绿浪，莉亚藏匿于其中，便更加不会引人注意。

莉亚听到左边传来一个孩子的啜泣声，似乎在努力地忍住，却又忍不住发出了轻微的声音。于是莉亚转向哭声传来的地方走去。她迅速地溜出蕨类树林，再穿入一小片榛树丛中。

有人温柔地"嘘"了一声。

"我听到他们的动静了。"又一个女孩低声说道，言语中是掩饰不住的焦虑。

"嘘,不会有事的,"又一个声音安慰道。莉亚立刻认出了那是马尔恰娜的声音。

她拨开眼前的榛树枝,看到马尔恰娜和三个孩子紧紧地依偎在一个角落。那些孩子说的是普莱利语。

看到有人走来,马尔恰娜先是惊恐地睁大了眼睛,在发现是莉亚之后,长舒一口气,"你找到我们了!"

"坏人!"一个小女孩抓住马尔恰娜的外衣,指向茅草屋。"那些坏人来了!"

莉亚向后看去,的确,有两个哨兵正在朝他们这里走过来。他们发现了这一路的草地有被踩踏过的痕迹。莉亚注意到屋顶上有一块地方没有茅草,像是有人待过。

"艾洛温去哪儿了?"莉亚紧紧地握住马尔恰娜的肩膀,低声问道:"在屋子里吗?"

马尔恰娜用力地摇摇头,"不,今天早上她乘船离开了。埃德蒙在屋子里!如果他们去椽子上搜,就会发现他。科尔文找到你了吗?"

莉亚欣慰地笑了笑,"他就在我后面。带着孩子逃到树林深处去。找个地方藏起来。我待会儿就来找你。"

"莉亚,我很感激……"

"快走!"莉亚打断她,催她离开。哨兵们正在逐渐逼近,莉亚不想让他们听到她们的讲话声,拉住马尔恰娜外衣的一角,拽着她离去。马尔恰娜抱着一个看起来两岁多的孩子,捂着他的嘴巴,生怕他闹出什么动静。另外两个是小女孩,一个五岁,另一个八岁。她们都用惊疑不定的眼神看着莉亚。

"你们会安全的。"莉亚用普莱利语对她们说道。于是女孩们咧开嘴笑了。

"他在这里！"屋子里传来一个声音，"在椽子上，躲在茅草里面！"

"把他抓下来！"另一个声音命令道，"把他带到屋子外面来。另一个女孩呢？你找到她了吗？"

这番动静引起了不少哨兵的注意，然而那两个走来的哨兵并没有停下脚步。他们走向蕨类树林，盯着地上那些被踩踏过的树叶看。莉亚看到他们的影子和脚步声都渐行渐近，脑中顿时掠过许多想法。科尔文和狄埃尔现在在哪里？他们快来了吗？他们有没有看到马尔恰娜往金雀花丛的深处逃去？

屋子里的动静更大了，莉亚听到一阵东西摔碎的声音传来。

"他有圣骑士剑！"一个人咆哮道，"他刺伤了肯顿！"

"他是圣骑士？"另一个人喊道，莉亚猜他是这群人的头头。他恶狠狠地说道："把他抓下来，然后杀了他！"

莉亚感到体内的血液瞬间冷却下来，紧接着一股灵力在她体内汹涌地翻腾起来。莉亚感到此刻充满了力量，但是又强迫自己冷静下来。

"在那里！"榛树丛前传来一阵喊叫，"我看到她了！带着孩子在跑！"

已经没有时间想太多了。只能开始行动。

莉亚直起身，举起弓箭。一个哨兵在离她五步距离的时候，被她一箭射中心脏。他闷哼一声，轰然倒地。莉亚将第二根箭搭于弦上。第二个哨兵惶恐地举起剑想要抵抗，但还是被莉亚一箭射中，同样瘫倒在地。

莉亚感到血液回流至耳畔，胸膛起起伏伏，一时间难以平静。她从箭筒中取出另一支箭杆后，便匆匆地朝空地那边赶去。

大多数人会在死亡的恐惧和生活的艰难之间飘摇沉浮；他们没有强烈的生存欲望，但是，也不知道该如何死去。那就不如先演练一遍如何死去。我说这些话是为了告诉圣骑士，他们应该演练一遍如何获得自由。一个人如果学会了如何死去，就不会成为恐惧的奴隶。在任何意义上，他都能超越任何政治权力的操控。

——高登·彭曼于米尔伍德大教堂

第三十四章
远岸

在神不知鬼不觉地干掉这两个骑士之后,莉亚听到屋内传来兵器交接的声音,便迅速穿过屋前的空地,循声赶去。埃德蒙寡不敌众,她知道他们会把他杀了,就因为他身上那把圣骑士宝剑,就像当初治安官的手下把他哥哥杀了一样。

"从树林里出来了一个弓箭手!是普莱利人!"有一个人发现了莉亚,便立刻大声提醒他的同伙。

莉亚绕着茅屋,混进了门旁聚集的士兵中,看了看屋内的情况。那个头发花白、络腮胡斑白的人应该就是他们的头头了。他一副久经杀戮的模样,泰然自若地准备处决埃德蒙。但下一瞬间,他就被莉亚一箭撂倒。

屋子里顿时一片混乱。

"把她抓起来!杀了她!"

"不行,她是大教堂的猎人!"

"小心她的弓箭!"

有两个士兵跌跌撞撞地逃了出去,其余人都高举着手中的刀向莉亚冲过来。又一个人倒在了莉亚的利箭之下。但是黑衣人毕竟人多势众，一时间刀光剑影，莉亚一个人抵挡不过那么多兵器的袭击。她不得不逃走。她刚刚到底在想什么？怎么会只身闯入这么多敌人之中呢？当时莉亚脑中只有一个想法，就是抢在敌人动刀之前赶紧把埃德蒙救出来。

突然，一阵重重的奔跑声从莉亚后方传来，她猛地转身，拿出弓箭准备迎击。就在脚步声离得足够近、莉亚将要扣动弓弦之际，科尔文和狄埃尔的身影出现在她的眼前。门口的两个哨兵四仰八叉地倒在他们身后。科尔文面色阴沉，眼神似能喷出火来，像一只发怒的狼，高举着手中的剑向人群中刺去。

"回到树林里去！"经过莉亚的时候，科尔文厉声对她说道。他挥着利剑，在人群中砍杀。紧接着到来的狄埃尔，脸上的神情也同样阴沉而凶猛，他也跃入人群中，与科尔文一同厮杀。莉亚从这混乱而血腥的厮杀中退了出来，在一旁恐惧而敬畏地看着科尔文和狄埃尔的身影。他们的动作是那样疯狂而激烈，利剑如风，招招致命，那些骑士们虽然人数很多，但明显不敌他俩，只能跟跟跄跄地逃走。有个人甚至溜出去，想骑马逃跑，被莉亚一箭放倒。

接着莉亚想起了埃德蒙。

科尔文和狄埃尔将那些人逐渐逼向屋外。见门口留出了空隙，莉亚赶紧走进去，不过差点被躺在门口的一具尸体绊倒。是那头头的尸体，已经被煤烟熏得面目全非。莉亚急切地向屋内看去，有一个人在地上缩成一团，捂着血流不止的手腕。埃德蒙趴在地上，有一个骑士正举着剑压在他身上。

莉亚举起弓箭，将他击倒。算上那个受伤的人，屋内还有三个人。她又一次把手伸向箭筒，却发现已经没有了箭。其余的都还在她的马鞍上。莉亚怒吼一声，拔出了匕首和短剑，向他们冲去。

压在埃德蒙身上的骑士举起剑朝他背上刺去，但埃德蒙及时挣脱了他的钳制，接着向另一个骑士的膝盖猛地踢去。那人痛苦地一声呼号。

屋子里面很小。莉亚弓身朝他们冲过去，她的短剑一下子刺入男人的腹部。紧接着她一个转身，手中的短剑随着她的动作从男人的腹部抽出，带着一阵血珠飞溅出来。埃德蒙和那个受伤的骑士扭打在一块儿，并抢走了他手中的武器。现在的局势是二对二。两个骑士朝莉亚和埃德蒙冲过来，但莉亚并不害怕，她感到灵力在体内流转，给予了她巨大的力量。莉亚挡住骑士凶猛的一击，向前一个猛踩，于是骑士的脚上便传来骨骼咔嚓断裂的声音。接着她用匕首刺向他的肚子，再用力地拔出，杀死了他。埃德蒙的剑锋锐利地划过，最后一个人便也倒在了地上，身首分离。

莉亚将短剑放入鞘中，然后这才注意到边上有一个人正悄悄地想要溜走。那个手腕受伤的骑士正向门口溜去。当他对上莉亚的目光时，不禁惊恐地颤抖起来，嘴里不停叨叨着达荷米亚语，向莉亚求饶。

莉亚再一次把剑举起，直直地对着他说："待在这里。要是你敢动一下，我就杀了你。"

埃德蒙抹去鼻血，如释重负地吁了口气，"莉亚！你竟然会说达荷米亚语！我简直难以置信！你来得……我刚刚差点放弃了……但我最后还是没有放弃。我知道灵力会保护我，就像在温特鲁德之战中那样。"

门口出现了一个身影，莉亚迅速地转过身，正准备挥剑砍去，却发现是科尔文。

"我听到你的喊声了。"他喘着气对莉亚说道,手扶着门框站稳,脸上混杂着敌人的血迹。他低头看向倒在地上瑟瑟发抖的骑士,眼中怒气冲冲。

"饶命啊!"那个人颤颤巍巍地叫道。

莉亚将短剑收入鞘中,拿起地上的弓箭。"看到你妹妹了吗?"她问科尔文,"她在树林里。"

科尔文摇摇头,"不,我只看到你冲向了他们。一个小姑娘冲向了一群达荷米亚骑士。莉亚,你到底怎么想的!"

埃德蒙走上前,喘着粗气说道:"如果她没冲过来,我现在就死了。"

"没错,如果那样的话,就真是损失惨重了。"狄埃尔在科尔文身后低声说道,脸上的神情一如既往的嘲讽,"幸亏这个女孩救了你的命啊,约克。"

埃德蒙惊讶地看向他,"你来这里干吗?"

"来追杀我的盟友。"他嘲弄地回答道,"别这么惊讶。我自然有我的理由,你可能也猜到了。啊,他们中有一个人还没死。我们要去审问他吗?还是直接把他赶走?"

"让他走吧,"科尔文直截了当地说道,"他对我们来说没什么用。"他眯起眼看向埃德蒙,"艾洛温在哪儿?"

埃德蒙闻言皱起眉,沮丧地说道:"今早那些普莱利人就把她带走了。这片树林的另一端还有一个码头。她现在已经被带去普莱利了。"

虽然这场搏斗已经结束了好一会儿,那些尸体也被处理掉了,但莉亚内心还是如同翻江倒海,久久不能平静。她斜靠在茅屋外的一棵树上，试图以深呼吸来调控自己的情绪。在温特鲁德之战结束后的一阵子，那些尸横遍野的画面经常会浮现在莉亚的脑中，挥之不去。但是那次和这次又有很大不同。那次她只杀了一个人，而且隔了相当一段距离。她也不用看到被她杀死之后逐渐黯淡无光的死人的眼睛。莉亚心中生出隐隐的刺痛，她擦了下眼睛和鼻子，克制着自己内心复杂的情绪。马丁曾经提醒过她，死亡会给人带来强烈的异样感觉。可能会有战斗遗留的刺激感，也可能会对呼吸声和声音更加敏感，还可能是学会如何更好地生存下来。她的记忆中从此留下了一段永生不可磨灭的画面和声音。就算是灵力帮助她把埃德蒙救出来，她还是对自己武力的强大和杀人的高效而感到震惊。她甚至有些许的享受这种感觉，但在意识到这一点之后，她又不禁生出羞愧之情，感到懊悔不安。

除了一匹马留下来，其余的马都被放回了比尔敦荒原。他们竟然在短短时间内就战胜了这么多人，莉亚不禁在心中暗暗咋舌。他们三个人竟杀掉了将近二十个人。有两个人在一开始就骑马溜走了。莉亚本想在那个受伤的骑士走之前帮他包扎伤口，但是他并没有接受，还是悄悄地溜走了。狄埃尔觉得那些地上的尸体不用收拾，但是科尔文坚持说他们应该把尸体处理掉。

不久之后，科尔文就在树林里找到了莉亚。他依旧面无表情，这场小小的战斗似乎丝毫没有对他造成任何影响。他让莉亚帮忙和孩子的母亲沟通，她一直用普莱利语对他们念叨着什么，而他们其余人根本听不懂。

于是莉亚擦干眼泪，跟着科尔文去见了那位母亲，从她那儿了解到他们家的很多情况。他们住在野外，她的丈夫每天就划着小船从这里和普莱利之间往返。他们一般是运货过去，偶尔会渡人，收入也还不错,足以支撑起一个家。原本所有运去桥堡码头的货物都要向国王交税,而她丈夫在这里偷渡便可以帮助逃掉不少的税。他们原来的住处距这里有一段距离,她的丈夫每天来回奔波非常辛苦,因此他决定搬家来到这个地方。这里是距普莱利直线距离最短的地方,这样他的负担就能减轻很多。他自己亲手建了这个茅草屋,搭建了码头来停靠自家的小船。他在今早载着马丁那群人,跨越中间那条狭窄的河流,向普莱利驶去了,大约会在夜幕降临之前回来。这个家庭并没有参与到绑架艾洛温的密谋当中,他们不知道她是谁,只知道是一位贵族小姐。他们一伙包括马丁在内共有八个人,小船正好满员。这样他们便不会经过桥堡码头,也不会被那边百里区的治安官发现了。

  这的确是马丁的风格,莉亚心想。他总是周密地计划好一切,知晓他需要多少帮手,也知晓如何避开那些可能存在圈套的地方。莉亚他们现在只能徒步前行,这大大减慢了进程。她甚至怀疑就算他们晚上不睡觉能不能追上马丁他们也是个问题。

  "那些士兵看到我们家烟囱中有烟冒出来,所以发现了我们。"那个女人向莉亚解释道。她紧紧地抱住孩子,很感激能在这一场搏杀中活了下来,而那些敌人的尸体此刻正倒在门口。她叫埃罗娜,两个女儿分别叫布洛蒂恩和迪莉丝,小宝宝叫科万。"他们一声不吭地闯了进来,我们只有一点时间可以把孩子们藏到阁楼上去。我当时吓坏了。埃德蒙本来准备帮我带着孩子们从橡子那边溜走,但是那群骑士闯了进来,看到了他。我当时是那么害怕孩子们会被他们伤害。我不怎么会说你那边的语言,但是你说我们这儿的语言说得非常好。你来自哪个部落?"

  莉亚没有回答她,而是向三位伯爵转述了她的话。夜幕降临,而埃罗娜的丈夫还没有归来,她显得有些焦急。

狄埃尔来回踱步，思考着这些事情。莉亚注意到马尔恰娜不时地偷看他。他们的马已经上鞍，以便他们即刻就可动身出发。埃德蒙在外面看着马。

狄埃尔低声说道："普莱利不是应该最不希望战争再发生吗，我想不通他们的做法。"

"可能只是不想和我们打仗，"科尔文同意他的说法，"但是他们的出发点可能和我们不一样。"

"这个国家的人真是鲁莽草率，没有信仰。他们没有借助德蒙特的帮助，就得到了想要的东西。普莱利的王位继承人回来了，这下这个国家内部会炸开锅了。"

"你为什么这么说？"埃德蒙在门口问道。他依然留意着树林处的动静。

"别犯傻了，约克。我知道对于你来说，理解我的话有难度，努力跟上我的思路吧。"

莉亚对他言语间的优越感感到不悦。科尔文耐心地向埃德蒙解释道："很多人都在争抢艾洛温。我敢保证他们带她回去之后会得到奖励。普莱利人甚至会因为这个足够丰厚的奖励而宁可背叛她。不管他们把她带到哪里，都会有人说出她的行踪，或者有些人会想杀了她。"他摇摇头，叹了口气。

莉亚替他感到难过，内心又下了另一个决定。"我们的优势就在于，"她静静地说道，"他们离我们并不远。"她站起身，双臂交叠，"我会把她带回来。我会说普莱利语。船夫回来休息好后，我明早就渡河去找到她。"

狄埃尔惊讶地看向她，"他们有八个人。我知道你很聪明，也很勇敢，但你仍旧只是一个女孩。如果我没记错的话，他们的领头人还是训练你的师傅。你会被他们抓住的。"

"我必须试一试。"莉亚说道。

科尔文抬头看向她,因为感到意外而睁大了眼睛,"你要走?"

莉亚迎上他的目光,点了点头。

"我没有打算要求你去,但是我自己已经决定要去了。"

"什么?"狄埃尔笑出声,"别逗了,弗什!"

"科尔文,不要!"马尔恰娜瞬间露出忧虑的神情,"那个国家太荒凉了。大灾难在那里滋生。我听说了很多事情。巨蛇还有其他有毒的东西。已经没有人可以拯救这片土地了。"

"恰娜说得对,"狄埃尔跟着说道,"没错,这样做很勇敢,但也实在是愚蠢至极。我们的国家征服了他们的国家。他们不会忘了这一点,你知道的。只要我们有任何一个骑士落入他们手中,他们就会不留情面地把他杀掉。他们憎恶我们,弗什。我不知道这个词能不能足够表现出他们那种强烈的情绪。就算你效忠德蒙特,在他们的国家,在他们的眼里也只会是猪狗不如。"

莉亚并不知道这种憎恶有多么强烈,但她同意狄埃尔说的话,"让我去吧。只要有机会我就把她带回来。现在去追赶他们找到艾洛温,总比往后拖要来得容易。我可以用圣球找到她。我一个人就能做到。"

科尔文看向她,"是的,你可以做到。我相信你,但我要和你一起去。"

莉亚摇摇头,"我不同意。"

狄埃尔紧紧地盯着他们,"他居然在考虑要去。我简直不敢相信!你太疯狂了!这里离普莱利太近了,如果没有一万骑兵支持我,我是万万不敢去的。"

科尔文站起身，面红耳赤地说道："我知道这对你来说不算什么，但是我发过誓要用自己的生命保护她。这是我的职责。否则我怎么有脸回去面对德蒙特？我必须尽我所能去救她，用尽一切办法。这是忠诚的含义，狄埃尔。忠诚之义拘束着我。我必须去找她。如果莉亚能找到她，我就能帮忙把她解救出来。"

"科尔文，"马尔恰娜乞求道，"我不想让你去。想想会有多么危险。我知道你觉得你有职责在身。但是拜托了，你是王国的伯爵，德蒙特还有事情要让你帮他做。他现在就很需要你。"

"听她的话，"狄埃尔交叉双臂说道，"你在普莱利绝对待不到两天，他们就会把你杀了。"话虽如此，但是狄埃尔脸上的表情看起来很想让科尔文离开。

"我必须试试，"科尔文看向马尔恰娜，"埃德蒙可以把你带到桥堡码头去。这一切结束之后我会去那里找你。那里是德蒙特的要塞。不管怎么说，他得知道他外甥女的状况。"他深深地叹了口气，"如果我们只能在那儿安全地待两天，那就会尽早离开，回到桥堡码头。"他面带希冀地看向莉亚，"你会带上我了吧？"

莉亚内心很挣扎。她应该坚持一个人离开吗？但是她知道科尔文有多固执。他已经下定了决心。她知道只有自己的圣球能保证他在普莱利的安全，之前她也这么做过。

"我们最好现在就歇息，"她回答道，"在那里，我们可就没有什么能歇息的机会了。"

第三十五章
普莱利的大灾难

那名船夫名叫潘意林。他体格健壮，但是不像莉亚想象中那样庞大而粗笨，身材倒与科尔文不相上下。他一边划着船，一边喋喋不休地跟他们讲话，莉亚没有想到自己也会有像索伊一样缄默无声的时候。船夫手臂肌肉紧绷，节奏有致地摇动着船桨，与他的妻子一起分享着生意往来和奇闻逸事。在得知达荷米亚骑士侵入他家之后，他二话不说便把妻儿一起带上了船。比起珍贵的家人，屋子里的家当便无足轻重了。他啐了一口，口中喃喃咒骂着王太后的名字和她不地道的行径。

小船划过水面，向普莱利的远岸行进。潘意林在这期间嘴巴就没合上过，莉亚和科尔文根本没有单独交流的机会。莉亚的帆布背包中装满了食物，还放了一个篮子。科尔文从船夫那儿买了几件衣服，乔装之后看起来便像个平民了。他这些天都没刮过胡子，下巴上络腮胡的雏形已经依稀可辨，不禁让莉亚回想起他们俩在温特鲁德那段艰苦的时光。她仔细地端详着他眉处的疤痕，心中痒痒的，想伸手碰一碰。她按捺住这个小心思，脸一红，赶紧移开目光。

潘意林转头,更加大声地说道起来。他在讲莉亚那边的语言时有外省口音,但还是讲得很好。"那边有一座小岛叫作尖岛。有的人以为那儿就是普莱利的岸了,压根不是。每次我觉得乏了,或遇到了大雨,就在那儿躲躲,等好了再走。只要我愿意,一天可以来回去普莱利两次。实际,倒也没那么累,反正我也挺壮的。当你持续而匀速地划桨时,它就会发出有节奏的声音,就像笛子一样。我真希望我能一边划船一边吹笛子呀,可惜不能。"

"爸爸,要是你吹笛子的话,谁来划桨呢?"他的大女儿布洛蒂恩问道。

"真是个好问题。不如你替我吹笛子吧,姑娘,我来划桨。有时候我的女儿们会跟我一起出去,如果她们妈妈不需要她们帮忙的话。我一般一天出去一趟。有人知道桥堡码头的路,也知道我在哪里。治安官时不时会喊我,但是他以为我在打鱼,虽然我的船上并没有渔网。不过我可以买一些渔网。不知道打鱼是不是会更好些呢?"

莉亚看向科尔文,他看起来因为船夫的喋喋不休而头疼不已。

"我们现在去哪儿?"莉亚问道,"那里有城镇吗?"

"我不能确定他们是往哪个方向去的。但是河对面有个小村庄,叫作厄纳斯。稍微大一点的一个村庄叫作卡戴沙,是连接与桥堡码头做生意的港口。那儿有一个驻扎堡垒,治安官就住在里边儿。他大多数时候都待在里面,总觉得待在外面不知何时就可能有一支箭插到了他的脖子上。普莱利时不时就会发生这种情况。或许他们会先去堡垒。那里离厄纳斯并不远。"

科尔文露出似笑非笑的神情。莉亚觉得马丁不会带着艾洛温去普莱利的一家属于国王的堡垒。潘意林又念叨了许多事情,关于笛子、羊毛贸易、征税者、治安官、米尔伍德的苹果酒价格、打鱼、暴风雨，以及他的家人。莉亚的脑中却一直浮现着他们今早分别的景象。那些鲜活的画面还历历在目。马尔恰娜紧紧地抱住科尔文，泪眼婆娑地道别。她也紧紧地抱着莉亚，莉亚差点喘不过气来。她在自己耳边轻声叮咛道："别让他出任何事！"埃德蒙也不像往日那般不正经。狄埃尔毒辣直白的言语像针一样扎在他的心里，让他无法再做到像往常一样笑容满面、和蔼可亲。他坚毅地站在岸边，向科尔文保证会把他妹妹安全送到桥堡码头。在他们离开之后，马尔恰娜靠在埃德蒙的肩膀上恸哭，狄埃尔就在一旁凝视着她，目光中夹杂着古怪的同情与赤裸的嫉妒。他向科尔文挥挥手，貌似好心地告诉科尔文如何在晚上保暖，然而说出来之后，让莉亚羞恼地涨红了脸，但想到狄埃尔一向这么油腔滑调，便也没跟他再计较。船桨没入河中，缓缓地推着船只开始前行，莉亚看着他们在岸边骑上马，对她和科尔文挥手。埃德蒙会把马尔恰娜安全送到桥堡码头之后，从那儿带一批人马过来，等待他们的归来。

科尔文碰了碰她的手，想要和她讲话，莉亚下意识地就想躲开他的触碰，但还好最后没有做出这么尴尬的举动。她看向科尔文，笑了笑。

"你怎么会说普莱利语和达荷米亚语的，莉亚？那是马丁教你的吗？"

她微微地摇头："其实是大主教赐予了我通语神力。我能理解任何语言，也能说出任何语言。这都是自然而然发生的，并不通过我的大脑。"

科尔文点点头，"这个神力很强大。"他回头看向船前的景象，"我想，这就是你的祖国了。你的父母已经不在世了，但我想他们是来自普莱利的。你在这里还是有优势的。我觉得我在这里还是少说话为妙。"

"这对你来说肯定有难度。"她揶揄道。

科尔文对此没有什么反应,继续说道:"有了圣球,我们就不需要四处问路,追寻他们的踪迹了。我只希望我们可以抓紧时间赶上他们。你有什么好主意可以胜过马丁吗?"

莉亚看向河对面,"我敢肯定他会提防我们跟上他。如果我们能赶到他们前面,他肯定会意想不到。我猜他们不会待在城镇里,而是露宿野外。他带着艾洛温,肯定不想被很多人看到。要是有人看到了,就会议论纷纷。他肯定会在晚上守夜,但是虽然如此,晚上还是解救艾洛温的最好时机。我也许可以让守卫先睡着。"

"就像你在朝圣者驿站做的那样。"

她点点头,"那是缬草茶。但我觉得它的作用不会这么快。我觉得应该是灵力的作用。如果它不起作用了,我可能就得试着和马丁谈判,跟他说明一下当前的情况。"

科尔文摇摇头,"事已既成,他心中有了决定,不会被你说服的。但是如果你可以把他从其他人身边骗走,我可以制服他。"

莉亚咬唇说道:"我没有冒犯之意,科尔文,但是我觉得不大可能。他……他很优秀。"然而科尔文的神情说明她已经冒犯到了他。她伸出手碰了碰他的腿,"我觉得狄埃尔形容他的一句话说得很对。他是个士兵。我想他也训练过其他士兵。他教了我很多杀人或是把对方致残的方法。但是我不想杀了他。"她皱起眉,"请不要杀他,科尔文。"

科尔文冷哼一声,"现在看起来反而他想杀了我吧。"

"我很抱歉伤害了你的感情。"

他耸了耸肩,摆摆手,"是他告诉你仅仅拿着一把短剑、背着一把弓箭就可以冲进一大群敌方骑士中的吗?"

莉亚顿了顿,然后用古怪的眼神看着他,"从某种程度上来说,是的。你在批评我吗?"

"啊,现在我冒犯你了。我很好奇是什么驱使你一个人冲向这么一大群人的?你没有跟我们沟通过。我看到你站起来,射倒了外面那两个倒霉蛋,接着就冲向了他们一大群人。我根本没料到你会这么做,简直把我吓坏了。你这么做倒是有两个好处,一个是出其不意,可以把他们的注意力引到你身上;第二个好处就是强迫狄埃尔在那时候站队。恐怕王太后并不会原谅他杀了自己的手下。所以你虽然无意如此,但也把他拉入了我们这边。你这么做很英勇,莉亚。但是请不要再这么做了。"

她好奇地看向他,"你担心我?"

"你应该多几个心眼。下次当心点。"

莉亚对他的关心感到很受用,接着说道:"马丁教会我一件事,就是要出其不意地打击敌人。你的做法要让他们预料不到。比如向他们眼睛上扔沙子、踩在他们的脚上。当你把一个人的大拇指砍下来之后,他就无法继续战斗了。出其不意是最好的武器。如果你能牵动他们让他们对你做出反应,而不是被他们牵着鼻子走,你就有更多的选择。老实说,我只有一个目标,就是不让他们杀人。所以我把他们的注意力从屋内引向了屋外。我知道你和狄埃尔会在我后面。我们只是做了不得已的事情。"

他的表情不再严峻,而是变得疑惑。"下次一定要预先提醒我一下,"他坚持道,"在你做任何草率的举动之前。"

当他们再一次回头看去,看到了不远处的陆地。

"啊,那是尖岛,"潘意林说道,"我们会在这里暂时歇脚。"

厄纳斯的村庄要比米尔伍德的小。里面大概只有十几个茅屋，路上满是泥泞，岸边的码头非常简陋，只有一些小渔船停靠。

"这个地方很荒凉，但是我们得在这里待一晚，我妹妹就住在不远处。"潘意林说道。他依次握了握他们的手，"大人，按照我们的约定，我会在岸的这边等你回来。你付了两天的费用，所以我们会在这里等上两天，不管是否损失，都会推掉其他的生意。如果那些达荷米亚的懦夫回来了，他们会发现我们的住处没有人。如果我们在这里再等下去，恐怕我们的牲口都要被抢光了。我们会从厄纳斯的牧牛者那里拿到牛奶和奶酪，我们不用担心这一点。当心点。这片土地上危机四伏。当心蛇和蝎子。"

莉亚对他的忠告表示感谢，然后他们俩就开始朝着圣球指引的方向前进。她把圣球捧在手中，在脑中构想出艾洛温满是恐惧的脸庞，然后命令圣球指引出一条能一路上安全找到他们并且远离普莱利人的道路。圣球在她的手中依然冰凉，指针开始旋转，停在了一个明确的方位。科尔文看起来如释重负，将帆布包牢系在肩膀上，宝剑悬挂在皮带上。他们循着圣球指引的方向走去，避开了一条泥泞的道路。

普莱利真是一个荒野的不毛之地。这里的树和比尔敦荒原中的树又有很大不同。这里的树更加高大茂密，并且更加古老。道路非常崎岖，布满了大大小小的石块。四周到处都是病怏怏的野草。潘意林的话很快就得到了应验，这里到处都是蟒蛇和田鼠。那些蟒蛇倒是在他们踏入灌木丛中之后便受惊地游走了，不过莉亚看到它们之后还是觉得很恶心。莉亚和科尔文穿过一片低洼的荒野山谷之后，看到另一边矗立着一座雄伟壮观的悬崖峭壁，上面都是巨大的树木。莉亚对这片土地有种挥之不去的熟悉感，就像一首自己曾经熟悉的歌，歌声的回音随着微风逐渐消散。

正午时分,他们偶然在山谷中发现了一间小屋。烟囱里面没有烟冒出来,屋子周围的篱笆也破烂不堪。他们万分谨慎地走近查看,却发现里面没有人住。整个花园已经面目全非,圈里面也没有任何家畜。所有的生命都不见踪影。在这间屋子之后,他们发现了其他相似的被遗弃的茅屋,却没有任何被焚烧或是毁坏的迹象,看起来像是主人自己留下屋子逃走了。

"真是奇怪,"科尔文低声说道,看向其他被遗弃的屋子,"连个人影儿都看不到。"

莉亚点点头。她寻找着其他迹象,想知道到底发生了什么事,但是这些屋子应该已经被遗弃了好几个月了。他们现在逐渐逼近峭壁,道路渐趋陡峭,路上的石块也越来越大,就像是山上的巨石裂开,滚落到山坡上的。随着道路渐趋陡峭,他们也走得越发艰难。天上万里无云,但并不像一般的大晴天一样能给人带来好心情。莉亚走在各种各样的巨石中,感到异常压抑。它们凹凸不平,但巨大的体积仿佛在嘲笑她的渺小。

眼前的景象开始逐渐变幻。四周的灌木丛越来越茂密而高大,比下面山谷里的树木更加繁茂。树木十分宏大,比城墙还要高,仿佛可以触及天空。山上都是巨大松树和红木树。大风愈加猛烈。这和爬托尔山的时候完全不同。这是一座山峰,而不是一座矮小的山丘。他们的每一步都举步维艰。时间逐渐流逝,他们一边走路一边进食,想在日落之前登到山顶。气温越来越冷,莉亚庆幸自己带了毛毯。

"你看到那边了吗?"科尔文问道,接着不可思议地感慨道:"我从来没有见过如此高大的树木。大概要十个人才能环抱住树干。"

莉亚看到了那棵树,惊诧于它的宏伟。这棵红木树非常巨大,伐木工可能要花上一年功夫才能把它砍倒。它的枝干都集中在顶部，下边很光滑没有任何横生的枝权，而头顶的每一个树枝就像通常的一棵树那样粗壮。这甚至比她家附近的哨兵橡树还要宏伟。他们走近，才发现不仅是这棵如此巨大，远处还有很多的树，甚至有些比这棵还要巨大。

"我从来没见过这样的树，"她满含敬畏地低语道。莉亚用手轻轻地摩挲着树皮，很好奇这棵树经历了多少岁月的洗礼。这片地方的蕨类植物愈加繁茂，其他植物与之相比都显得矮小许多。

随着他们爬得越来越高，眼前的树木也变得越来越高大。有一棵的树干甚至有三十人环抱那样粗。他们也看到有些残留的树干，像是被闪电劈中之后留下来的。她甚至可以想象出当时大树断裂成两段倒下的声音该是多么震耳欲聋，肯定都引起了地动山摇。树倒下后，树根翘起，蔓延遍地，也露出了黑黢黢的曾经埋着树根的大坑，现在里边则充满了烟灰和木炭。它发出的味道对莉亚来说很熟悉，这正是伴随她成长的味道。巨大的树根所撑起的空间，足以装下他们两人，甚至更多也没问题。最终，他们登上了山顶，脚下的土地展现出了下坡的路线。山顶两侧还有几个山峰，但是圣球指向了两座山峰夹杂的一个空旷的地方，那里倒着很多参天大树，周遭巨石遍布，还有一条小溪。接着圣球指引他们要下山。

他们到达那里，发现有一棵巨树在倒下后，露出的树根处很深，俨然就是一个洞穴。莉亚用圣球照明，走上前查明，这的确不是什么动物的巢穴。动物可能不敢在烧焦的大树里面筑巢，但是那里面的空间很大，足以让一个人直立于其中。

"马上就要入夜了，"莉亚摩挲着沾满木炭的树干内壁，说道，"如果我们继续拿着圣球赶路，圣球发出的光可能就会暴露我们。老实说,我已经很累了。我们今天走了很多路,而且大部分都是上坡。"这个洞穴看起来很舒服,莉亚很想在里面休息。

"我也累了。"科尔文放下帆布背包,盯着眼前一片杂乱的树干,露出好奇的表情,"这真是一个古老的地方。我从来没有见过这样的地方,以后大概也不会见到。"他看向她,"我从来没有在一棵死树里面睡过觉,希望会是个休息的好地方。"

莉亚表示同意,然后取出圣球,再次召唤它的力量。有的时候会有文字浮现在表面,对莉亚表示提醒。但是这一次没有文字出现。圣球并没有改变指向。"山里面的气候变化多端。就算现在是夏天,在山地也有可能下雪或是下雨。不过我们现在不用担心,起码有这么一个休息的地方。"

科尔文表示赞同,然后在树根里面搭起了一个帐篷。他们不想生火,以免引起注意,但是为了防止夜间气温骤降,他们还是找来了附近的干柴备用。在夜幕降临之前,他们抓紧时间搜集了引柴和原木。在这片树木中很容易便找到了。他们坐在树中,开始吃饭。夜里寒风冷冽,但是这棵大树中还留存着白天阳光的温热。

"他们可能会绕着山峰骑行,"莉亚敏锐地发现科尔文一直很安静,说道:"我不知道这片地方范围有多大,但是如果他们的确在绕着这里行走,我们明天就可以抓住他们。我很好奇他们今晚在哪里扎营。或者他们也有可能栖息在小酒店里。"

科尔文没有吭声,仿佛已经睡着了。在普莱利的感觉很奇怪,和科尔文一起在这里的感觉更奇怪。这片地方比她想象中还要荒野。不像比尔敦荒原那样蛮荒,而是更加严峻而异样。这里有很多她不认识的植物,空气中也弥漫着不一般的气味。这种来自红木的香气,与她一直闻到的橡树发出的味道也截然不同。她坐在毛毯上,披上斗篷,靠在树干内的树脊上，心里对她的这个故乡的感情五味杂陈。她对这里并不熟悉，但这里就是她生命中的一部分。她是这片土地的女儿，就算她对这里没有丝毫的记忆。她低头看向科尔文的影子，心想既然科尔文睡着了，那就让她第一个值夜吧。外面的风把树叶吹得沙沙作响，那些参天古树的枝丫一边摇摆着，一边发出了嘎吱嘎吱的声响。

"莉亚？"科尔文的声音很轻柔，近乎耳语。

"嗯？"

一片静默之后，他的声音再次响起。

"我有事要告诉你。我必须承认一件事情。"

我们经常会想要一样东西,又祈祷着获得另一样东西,但我们内心甚至都不愿意承认自己会如此。

——高登·彭曼于米尔伍德大教堂

第三十六章
轰塌的巨树

"什么?"莉亚转头看他,问道。但是四周一片漆黑,完全看不清他的面容。

"请把圣球拿出来。"

于是莉亚从口袋中取出圣球。圣球绽放出一片光芒,将他们包裹着。她把圣球放在前方的地上。空气中满是木炭的味道,气温逐渐变冷。莉亚呼出的气息已然变成了一片白雾。她向他靠近了些,凝视着他严肃的脸庞。科尔文看起来很烦躁,似乎非常迫切想要说些什么,思考着该如何开口。他的目光深邃,闪烁着忧郁的光芒,先是低头看向圣球,而后又抬起头看向莉亚,双手微微地颤抖起来。

"我刚刚躺在这里的时候,"他开始说道,"还是想要逃避内心的真实想法。但是我不能逃避。不能再逃避了。自从那个雨天我们在苹果园谈话之后,我就一直感到很痛苦。那之前我一直说服自己你喜欢的是杜尔登,我对自己说,我对你的感情是没有回应的。我决定要控制住这种感情。"他低头看着自己的手,然后抬头看向她,"对于我来说,这种感情不能滋生出来。我必须要抑制住。我曾试图用愤怒焚毁它们,但也因为懊悔而将它们更加深刻地烙印在心中。没有一本我读过的圣书上面的诗篇可以对我心中的这种情感有所帮助。奥弗迪尔斯的著作可能最贴近我的想法,但并没有安慰到我。相反,读完之后我更加煎熬。我欺骗了自己,也欺骗了你。我不能再这样下去了,我必须把我心中真实的想法告诉你。"

莉亚的心中咚咚作响,脑中一片空白,身子不由颤抖起来了,她知道自己并非冻得哆嗦,赶忙抱紧了身子。此时她只感到头晕目眩,内心既有期待,又有恐惧。这几种复杂的情感交织在一起,在她体内沸腾、咆哮,牢牢地揪着她的心。她不知道该说什么,便只是对他点点头,示意他说下去。

科尔文再次低头看向自己的手,不敢直视莉亚的眼睛,"我并不害怕面对心里的真实情感。但是作为圣骑士,我许诺过不可背弃的誓言。我珍视灵力的存在,虽然我现在听不到它的低语。我应该告诉你这些吗?我的大脑告诉我,我应该信任你,但是我的内心几乎要把这些话永远地焚毁殆尽。"他抬头看向她,表情痛苦而绝望,"我最害怕的事便是让你受到伤害,让你失望。但我现在不得不冒着这样的风险,向你坦诚我的内心。这很难……用言语来表达。可以用诗歌来表达,但这不是我的风格。"他移开目光,下巴紧绷,神情懊恼。莉亚想伸出手去安抚他,但最终还是没有动。她等着他准备好继续说下去。

"你对于我来说有种奇怪的影响力,莉亚。从来没有人能对我有如此大的影响。和你在一起的时候,我会表现出最差的样子,也会表现出最好的样子。我曾经对你的一切都表示厌烦。我对你大喊大叫,责备怒骂。我有好几次都想牢牢捂上你说个不停的嘴巴。但是我不敢碰你,因为如果我这样做了,就难以抵挡内心那种强烈的情感,会让我暂且忘记了自己的身份，还有自己的使命。当我还是布勒贝克大教堂的圣学徒时，有一个女孩总是追我，就算我对她避之不及，她也不退让。我敢肯定她身份尊贵——来自一个高贵的家庭。她精通数门语言，也有耐心铭刻圣书。但是我并不在意她。我的心底一直对德蒙特的外甥女怀有秘密的念想，尽管那个时候我并不认识她。"他轻笑道："但是现在我认识她了，我无法爱上她。她太简单、太温顺了。"

科尔文凝视着莉亚的双眼，神情转而变得严肃，"当我在意某个人的时候，感情就会变得很强烈，就像一块坚硬的石头，牢牢地沉在心底。那天我在米尔伍德的厨房中醒来，便看到了你，你的目光中充满了忧虑和关切，那时我的心中就涌起了从未体验过的别样的感情，是那样的强烈而汹涌，我当时想那肯定是赤隼链在捣鬼。所以我当时一度怀疑你是赫——某些可以控制别人感情的女孩。当我看到你能操纵灵力，能利用灵力生火的时候，就立马觉得自己的猜测是对的。一个贱民怎么可能会有这么强的灵力？而且你还那么年轻。但是你脖子上只挂了一枚戒指，并没有赤隼链。我想要尽快从你身边逃离，因为这种感觉实在太强烈，太不对劲了。你尽情享受生活的样子……就算是半开玩笑地抱怨命运的不公，你总能从小事中发现乐趣，"他自嘲地一笑，"当我拿着苹果的时候，我的眼前总能浮现出你吃苹果之前嗅一嗅的样子。"他靠近她，把手放在圣球的附近，几乎要碰到她的手指，"我现在每次吃苹果之前也会先嗅一嗅，苹果的气味会让我想起你。还有薰衣草的香味，那么多不起眼的事物都能让我想起我们在一起的时光。这些回忆就像锋利的刀一样砍向我，让我痛苦不已。"

他无可奈何地叹了口气，眯起眼盯着圣球发出的光芒，"我现在仍旧不能做到无动于衷。你在我身边的每一分每一秒对于我来说都是莫大的考验和折磨，但也是一种安慰。我心中的一个声音告诉我，我的身边不能没有你,离开了你我就活不下去。但是同时我知道我不能这样,如果我们一直在一起,就会造成无法挽回的恶果。我有自己的职责,我需要在任何场合下都正确地言行。但是此时此刻,我的内心驱使我告诉你我爱……"他的喉头动了动,嗓音更加低沉,双目看向莉亚,"我爱你,莉亚。自从你在厨房那边收留了我,为我疗伤开始,我一直把这份感情隐藏在心底。当时我并没有意识到这份感情。我总是逃避它,不去想它。我欺骗自己当我再次回到米尔伍德的时候,我就能够控制住自己的想法而忽略情感,我会把你当作我的妹妹来爱护。但我并没有做到。我不应该在现在这个情况下,在我们独自待在山里的情况下告诉你这些话。但是并不是只有我们俩。一定是灵力促使我向你倾诉衷肠。"他目光深沉地望着她的眼睛,坦诚地说道:"我现在跟你吐露了一个最危险的秘密。我用我的整颗心作担保来相信你,没给自己留任何后路。我们不能在一起,莉亚。但是我必须告诉你我心里真正的想法。我相信你不会利用这一点来伤害我们彼此。"

莉亚听完他的这番话之后如释重负,一直以来并不是她单方面的误会了他的感情。莉亚轻轻颤抖着,她知道在接下来的日子里她会一直回味着他的这番告白。她感到内心异常地平静,一种安定和温暖的情愫在心中弥漫开来。

她看向他,顽皮地笑说:"你在害怕什么,科尔文?你觉得我会赖上你?我会在你告诉我这些之后逼你和我结婚?"

科尔文有些困惑地看向她。

"谢谢你把心里真正的情感告诉我,"她继续说道。"我并不知道这些,今后也不会把它说出去。但是我还是有些困惑。你说我们永远不可能在一起……"

"我们在行为举动上可以有选择权,莉亚,"他沉声说道,"但是我们对于这些举动带来的结果并没有选择权。我可以抛弃我的家族遗产，也可以背弃我的诺言。但是如果我这么做了，一定会备受折磨。我心里有这样的想法，希望我们可以不顾一切逃离现实生活，远离战争，和孩子们生活在一起，也不用因为圣骑士的身份而饱受被追杀的恐惧与威胁，但是我们早晚会被发现的。现在我把心门的钥匙交到你的手上，请求你放我自由。请求你不要再牵动着我的感情，让我不能完成我的誓言或是使命。总有一天你会知道，我爱的人只有你，没有任何其他的人。"

莉亚听到这些话之后心满意足，但她依然固执地问道："但是为什么呢，科尔文？为什么我们的将来会像你说的那样发展呢？我并不想让你因为我而丢下职责。为什么你一定坚持认为我们的结局会是那样？"

他重重地叹了口气，低头看向地面。

"看着我，"她说道。科尔文抬头看向她，她迎上他的目光说道："你有句话说对了。我不是赫达拉妖姬。"

科尔文的神情仿佛被雷劈过一样，让莉亚忍俊不禁。

"冷静，科尔文。我来向你解释我怎么知道这个词的，以及这个词的意思。王太后就是一个赫达拉妖姬。但是我不是。我现在也是一名圣骑士了。"她对他微微一笑，对他此时的反应感到沾沾自喜，"在你和埃德蒙还有你的妹妹离开之后，我就通过了圣骑士的考验，许下了誓言。大主教授予了我这个荣誉。很多……我家人中的很多人在年轻时都通过了圣骑士考验。"

科尔文瞪大了眼睛。他直起身子，眼中燃起希望，"真的吗？你已经是一名圣骑士了，莉亚？"

她点点头，"我通过了穿越圣幕，也穿上了银丝软甲。"她有些娇羞地摊开手掌,给他看当时白石烙下的印记。科尔文抓住她的手,细细地端详起来,但是并没有抚摸。他的表情很矛盾,既有期望与快乐,也有恐惧与担忧。他意识到她的祖先可能都是圣骑士。"你真应该看看你现在的表情。为什么这么震惊?一个贱民成为圣骑士就让你感到这么可怕吗?"

他摇摇头说道:"但是你的家人是谁?你从来不知道。你也几乎不可能在今后找到他们。"

"大主教给了我一些提示。我们都知道他们已经死了。我试着用圣球寻找他们,但是并不奏效。你还记得吗?大主教说普莱利的很多贵族都曾在他们年轻的时候通过了圣骑士考核。他暗示说我可能和某一个王室有关。可能是艾洛温的表亲。"她眼神清亮地看着他,轻轻地拿起他的手,"所以能不能不要继续抱着我们没有未来的想法,而是在你心里留下一个小小的希望,说不定我们是会有结果的呢?不久之前你说过你只会和圣骑士结婚。这也是我的目标。你也说过你只会通过永生咒结婚。既然我们还不确定我的父母是谁,那还是存在这样的一种可能性,他们某一方可能也是来自代代被永生咒护佑的家族。"

他脸上露出了明显的疑惑。

她放开他的手,面露红晕,低头看向圣球:"我想在大主教主办那样一场封印仪式之前,一定会要搜集双方族系足够的证据。我才十五岁,还有时间。我只是想请求你,能不能给我机会来证明我的血统?"

"但是万一——?"

她竖起食指放在他的嘴唇上,示意他不要说下去。他的呼吸灼热,嘴唇软软的,胡茬扎到了莉亚的手指,"不管在哪个王国,如果有某一家大教堂中有一本圣书,上面可以证明我的血统,那我一定能把它找出来。"她放下手,又因为科尔文满含期待的眼神而面泛红晕。"我很乐意试一试。"

他没有出声,静静地思考着。

"现在轮到我了。"她低下头说道。

"什么?"

"现在轮到我坦白了。"

他坐近了一点,眼神好奇而戒备,"还有别的?你成为圣骑士已经让我足够惊讶了。"

莉亚伸出手,拿起身边的弓箭,放在膝盖上。她低下头,轻轻地抚摸着羽毛。"大主教不想让我把这件事告诉任何人。只有他和梅德罗斯知道事情真相。你已经跟我分享了一个对你具有毁灭性的秘密,那我也会跟你分享一个同等重量的秘密。"她有些羞涩地说道:"那天早晨,在温特鲁德,国王被他的骑士们簇拥着,在一座小山坡上观看这场战役,我那时正躲在附近。他当时伪装成了普莱利的贵族。"她咬住下唇,顿了顿。"我就是那个一箭把他射倒的人。灵力驱使我这么做的。"她敲了敲弓弦,继续说道:"我觉得如果没有灵力的指引,我是不可能从这么远的距离把他击倒的。之后我就不省人事了。当我醒来的时候梅德罗斯在我旁边,他正在圣书里记录下事情的原委。我并不觉得自己在那里只是个意外,科尔文。你应该带上我。"

科尔文目瞪口呆,"我从来没有想过会是你。"

"你怎么可能会想到呢?我在回到米尔伍德之后才接受了所有关于猎人的训练。灵力想要为所有死去的圣骑士及其他人讨回公道。那晚你晕倒在大主教的厨房门口也不是偶然。一直以来,帕瑞吉斯一直指控大主教密谋杀害了老国王。他用尽一切方法来为我遮掩,把这个秘密牢牢地藏住。这是我的最后一个秘密。现在对于我,你没有不知道的事情了。"

她想要对他告白自己的感情,但是她内心的感情太强烈了,她甚至无法表达。于是莉亚摇了摇头,止住想哭的欲望。她总是在他面前哭。莉亚做了几次深呼吸,才将情绪平复下来。

她回头看向科尔文,说道:"你看起来很疲劳。我先来放哨吧。"

"我们应该点火吗?"

莉亚摇摇头:"还不行。如果夜里气温冷得让人无法忍受了,我会点火的。这里是一个不错的容身之处。"

"很好。那么晚安了,莉亚。"科尔文目光温和地看向她,轻声说道。

莉亚回以一个微笑,然后熄灭圣球的光芒。浓厚而压抑的黑暗又一次包围了他们。莉亚可以听到他翻身的声音,听到他在毯子上舒展身体而与木炭地面发出的摩擦声。外面风声依稀,树枝轻吟,莉亚陷入了思考之中,耐心地等待着。她终于听到了他发出均匀而浅淡的呼吸声。莉亚知道这个声音代表他睡着了,也因此感到很宽慰。

莉亚拿起圣球,脑中命令它散发出微弱的光芒,类似烛光,只要能看清他的脸就够了。圣球发出昏暗的光晕,就像月光那样。科尔文面向莉亚躺在那儿,表情轻松而宁静,嘴角挂着一丝笑意。

莉亚靠近他,弯下腰,侧耳倾听着他的呼吸声。她轻轻碰了碰他眉梢的疤痕,就像蜻蜓点水般掠过。"晚安,我的科尔文。"她轻声说道。

第三十七章
灰脚怪

科尔文捏了捏莉亚的肩膀,她便醒了过来,快速眨了眨眼,对四周一片漆黑的环境感到有些困惑,随后便想起昨晚他们躲到了树干里来。她坐起身,看着科尔文。他在她的帆布包中摸索着什么,半晌掏出来两个米尔伍德的苹果。他先后对着两个苹果仔细瞧了瞧,最后将斑点更多的那一个给了莉亚,因为那样的苹果往往更甜美可口。

莉亚坐起来接过苹果,把眼前凌乱的头发拨到了脑后,直直地问道:"你一直在旁边看我睡觉吗?看了多久?"天色已经逐渐变亮,周围的一切开始依稀可见。他应该早点把她叫醒的。

他并没有回答,只是冲她微微一笑,莉亚立即感到心旌摇曳。

莉亚将苹果拿到鼻子前,闭上眼睛,用力地嗅了嗅。她此刻内心充满感激,昨晚发生的一切原来并非一场梦,而是真实的。她现在看这个世界都觉得新鲜而令人振奋。莉亚睁开眼,咬了口苹果,果然和她想象中一样可口。"我永远都吃不够米尔伍德的苹果,"她说道,"我大概已经吃掉过几百个了。这些苹果可能是来自伊渡米亚的吧。"

科尔文也将苹果拿到鼻子前,也嗅了嗅。他凝视着莉亚说道:

"我也永远都看不够你吃得开心的样子。"然后两个人便默不作声地吃了起来。

吃完之后,他们将毛毯紧紧地卷起来收拾好。此刻两人都心事重重,不知道还有多久才能追上艾洛温,也不知道有怎样的危险在等着他们。但尽管如此,他们还是享受着此时片刻的安宁,一边将毛毯收入囊中,背起帆布包,一边不时地偷偷看看彼此。

就在莉亚准备拿出圣球的那一刻,一声巨吼从树林里传来。就像是一声惊天动地的哀切哭嚎。一阵寒意顺着莉亚的脊背窜了上来,让她不禁打了个冷战。就算莉亚去过那么多次比尔敦荒原,也从来没有听到过有哪种野兽会发出这样的声音。

科尔文"嗖"地站了起来,眼光扫向树林处,一只手则握上了剑柄,低声说道:"这到底是什么怪物?"

这声巨响令莉亚毛骨悚然。它不像狗熊、恶狼的嚎叫声那般雄厚,不像麋鹿宛若孩童哭泣般的叫声那样具有穿透力,也不像猎鹰或是老鹰的叫声那样尖利。它就像是一阵凄厉的恸哭声因为突然的窃笑而噎住,还有些像一只狗在兴奋地追捕猎物时发出的声音一般。如此浑厚声音必然来自某种巨型动物。

"我不知道,"莉亚说道,"我们最好赶快离开。"她取出圣球,召唤出它的力量,命令它指引出一条通向艾洛温的安全无虞的道路。她又一次在脑中构想出了艾洛温此时的模样,意念集中于她此刻的去向。

怪物的吼叫声又一次响起,这次仿佛离得更近了。莉亚的心跳得飞快,一瞬间恐惧之情充盈了她的大脑。圣球的指针也随之减慢,但最后还是指出了方向。

"动作快点,科尔文。"莉亚低声催促道。她系上弓弦,双手止不住地颤抖,然后将装满箭的箭筒放在腿边,从中抽出一支搭上弓,紧紧地用手扣着。他们走出树洞,加快了速度,赶紧下山。只见山顶处云雾缭绕,虽不像米尔伍德的那样浓厚,却也足以掩盖住他们周围景物的样貌,更利于那只怪物藏匿。

"但愿这不是灰脚怪,"科尔文仍然手握剑柄,说道。他们动作灵敏,地上各处绊脚的石块都被他们巧妙地躲开了。他们不时回头向后望去,却看不清任何东西。

"那是什么?"莉亚从来没听说过这个名称。

"它们居住在海拔较高的地区。体型庞大似熊,有着灰色的皮毛和爪子,用后肢行走,就像人一样。关于它们的流言不少,但实际见过它们的人却寥寥无几。要不是听到这声咆哮,我都快忘了这个传说了。"

莉亚一边听科尔文讲话,一边竖起耳朵仔细留意着远处的声响,似乎从他们身后传来,每一声脚步都沉重而具有穿透力,还伴随着树枝被踩踏折断的脆响。莉亚停下脚步,举着弓箭朝四周警觉地望去,然后将箭杆放到背后的箭筒中去。科尔文拔剑出鞘,发出一声清脆的声响。

后面的脚步声突然戛然而止了。

一阵恐惧突然从莉亚心底蔓延开来,仿佛被蚀心邪灵纠缠时的感觉,不过并没有被蚀心邪灵环绕时的那些低泣声。这种感觉有些迷蒙,似真切又不真切。

"怎么了?"科尔文轻声问道。

"我听到有东西在跟着我们。"她凝视着浓雾,观察着这些树木中有没有什么生物的形迹。此时一片寂静,让莉亚更加惊慌。野兽都是根据本能作出的反应的,不是理智。当一只熊决定要攻击别人的时候,就会一往无前,不会半途而废。"

莉亚看到自己的右首似乎有什么东西在移动。四围还是一片静寂。她转身瞄准,但只看到了参天红木的影子。

"我们走吧。注意动静。"她提醒科尔文道,然后转身往山底走去。科尔文跟在她后面,手里紧紧地握着圣剑。他们一开始走动,后面的脚步声就又响了起来。

"感觉像是灵力,"科尔文轻声说道。天气虽然寒冷,但科尔文的脸上还是渗出了汗珠。"不是吗?"

"是的,像是灵石。"莉亚同意道,"它在后面跟着我们,但灵石是不会动的呀。可能我们再走远些,这种感觉就会消失。"

"那应该是在警告我们,"科尔文说道,"看下圣球吧。"

莉亚觉得可能行不通,因为自己现在很恐惧。"最好还是别了,"她轻声说道,"我现在控制不了自己的情绪。我想我们应该赶快跑。"

"跑?"

恐惧有如一块沉甸甸的石头压在她的心头,让她感到很不舒服。莉亚抓着他的手,开始往山底跑。每跑一步,腿和膝盖都被石头或者树枝划得生疼,但是她并不在意。他们手牵着手往山下跑,就像当初在托尔山一样。但是这次追赶他们的不是黑衣骑士,而是某种巨大而摄人魂魄的怪物。它追在他们的身后,发出咔嚓咔嚓的巨响。浓雾此时也变得愈加浓厚。

"停!"科尔文拉住莉亚。他们差点就撞到了一棵树上。莉亚跑得气喘吁吁,满面通红,心中的畏惧还是丝毫未减。现在情况更糟糕了,就算他们现在停下脚步,后面的追赶还在继续。他们身后的浓雾中传来一阵咆哮声和喘息声,怪物的身形已依稀可辨。这一看把莉亚吓得不禁瑟瑟发抖。

科尔文快速转了个身，将手中的圣剑插入脚下的土地中。他举起手臂，开始划圣骑士符。这不禁让莉亚回想起在大教堂的时光——那种安详的感觉，还有她穿着的银丝软甲。她放下弓箭，也模仿科尔文的动作划起圣符。

"我们是圣骑士，莉亚，"科尔文哑声说道，"我们主宰着这个世界，主宰着这个世上的所有生命。你相信吗？"

"我相信。"她回答道，但声音因为恐惧而有些哽咽。科尔文咬紧牙关。他们身后的脚步声似乎变慢了，一阵四处嗅闻的声音从浓雾中传来。莉亚回头看去，缥缈的雾中隐约闪现出一个庞大的身影。

"我们是圣骑士，"科尔文鼓励她道，"我们会安全离开这座山。会这样的，莉亚。灵力会感受到我们的意图。放稳你的手。不要畏惧。"

莉亚咬紧牙关，迫不及待地想搭弓上箭一箭射去。但是她的一箭又能对这样的巨兽造成什么影响呢？科尔文的圣剑在它面前看起来也不过是把无足轻重的小刀而已。

莉亚试着抑制住自己的恐慌。模糊中看到，那个怪物犹豫地停下了脚步，发出一声低吼声。它呼哧呼哧的喘息声打破了周围的寂静。浓雾遮掩住了它的模样，但露出了它巨大的身形。一阵腐败的恶臭味飘入莉亚的鼻子和嘴中，让她感到一阵恶心。

科尔文坚毅地站着，用意念驱赶着这只怪兽。莉亚能感到他的意念从眼中、甚至整个身体中散发出来。现在局面的主导者是他，而不是那个怪兽。那只怪兽对他致以敬意。莉亚因此又重新鼓起勇气，同样注入了自己的意念，命令它离开。他们的意念令空气都为之颤抖。

四周的浓雾立刻开始退散，但是并没有露出那只怪物的踪迹。它已经离开了。

莉亚如释重负。等到浓雾消散的得差不多之后,他们拿起了武器,重新开始前进。然而不远处,赫然呈现出一个参差不齐的悬崖,莉亚倒吸一口冷气,不禁一把抓住了科尔文的衣襟。要是他们当时继续在浓雾中盲目行进,就肯定会摔下了这悬崖。

这时,悬崖底下的一座大教堂映入了他们的眼帘。

一座教堂就隐匿在这山中。它不似米尔伍德大教堂那般雄伟,而是更为矮小而方正,在悬崖峭壁的映衬下,就愈发显得低矮。他们绕到教堂的后侧,从山上看去,可见其回廊隐于一片阴影之中,旁边是几座以石头和砂浆堆砌而成的小建筑,似乎是各类物品的堆放处。让莉亚费解的是,四周毫无人影,回廊里面也没有圣学徒的踪迹。看起来,这里杂草丛生,到处都是枝叶繁茂的植物,看起来很久没有修剪过了,也到处开满了野花。这里看起来像是荒废了一段时间。但是在大教堂围墙外的一个主要建筑物里,轻烟从烟囱中袅袅升起。房子还有一个花园,周遭由石头围了起来,里面种着蔬菜,栽着果树,但是总体而言地方并不大。鹌鹑和鹿悠悠地走来走去,在空地上溜达着。莉亚仔细地观察着这里的情形。

"廷顿教堂的废墟。这里一定是廷顿。你怎么看?"科尔文微微弯下腰凑到她耳边问道。

"我的第一反应是,这里像是我们昨天看到的那些农场一样被废弃了。但是这里有个小花园看起来像是有人打理过。还有烟囱里的烟。这有点讲不通。看那边的常春藤都攀爬到墙上了。通常仆人都会把它们修剪掉。可能马丁把她带到这里来了吧,这样就没有人能看到她了。我想走近花园看个仔细,再作打算。我不清楚为什么这里会有这样的一个花园。如果教堂已经废弃了,那会是谁来打理的这个花园?"

科尔文点点头。接着他们便伏下身爬完最后一个斜坡,在树荫下行走来掩盖踪迹。除了烟囱中的轻烟,并没有其他迹象能显示出这里有人生活。真是奇怪,莉亚心想。廷顿教堂是用红石雕刻而成,面积大约是米尔伍德的一半,密密的山林掩盖住了这片地方。他俩朝花园走去。这里的围墙很高,鹿无法跃入。科尔文先帮莉亚翻过去,莉亚轻轻落下,弯着腰留意着四周有没有什么动静。科尔文也"砰"地一声翻了过来,降低身子观察着周遭的环境。

这个花园里有很多蔬菜,一排排非常整齐,用木桩和绳子固定着。地面的土地是肥沃的黑土,莉亚从地上拔出一个和她手腕差不多粗的胡萝卜。沿着墙边有一小块地,上面结满了成熟的草莓,簇莓和蓝莓。莉亚摘了一个草莓咬了一口。汁水很多,味道鲜美,是熟透了。她想了想,却惊讶地发现收获的季节其实已经过去了。果汁从她的嘴角淌了下来,她用手背随意地抹了去。

"看。"科尔文低声说道,手指向外指去。只见另外三面墙的中央都有一块灵石。它们非常安静,因此莉亚先前都没有觉察到它们的存在。这些古老的灵石经历了多少岁月和大自然的洗礼,被风雪侵蚀的已经斑驳。"你有没有一种似曾相识的感觉?"他问道。

莉亚迟疑了一会儿,答道:"我还记得梅德罗斯花园中的那棵苹果树。尽管不合时宜,但是那棵树上也是结了很多的果子。我想是这些灵石的作用让果子依然鲜美。"

科尔文点点头:"所以这座大教堂可能真的废弃了。圣球怎么显示?它有没有指向屋子的方向?"

莉亚取出圣球,放在手心。圣球缓慢地转动着指针,最后指向了那里。一行文字浮现在圣球表面。莉亚心中涌起一阵喜悦。她敢肯定艾洛温在里面。莉亚抬头望向天空，注意到太阳已经逐渐偏向西山。她可不想在晚上回到那座山里面。

"可能他们在睡觉，"莉亚提议道，"现在可能是去解救她的最佳时机。"

科尔文坐下来，从灌木丛中摘下一串蓝莓，慢吞吞地吃了起来，目光深邃而严肃，"我在想他们到底有多少人。"

莉亚在他身边坐了下来，也摘了一些果子。她的肩膀碰到了他的。"我希望我们能想出怎么把她救出来的法子。"

就在她话音刚落的那一刻，莉亚就听到了一些响动。那是一声关门声。那座花园的围墙虽然比较矮，但是他们仍然看不到周围走动的人。不过幸好周围有几棵果树，莉亚和科尔文迅速地躲过去，藏在茂密的枝叶下，上面有着累累的杏子和李子。莉亚摘下一些果子，放入背包中，仔细听着外面的脚步声。她听到了两个人的脚步声。莉亚探头朝屋子的方向望去。

首先映入眼帘的是一个又高又瘦的男人，穿着一身大主教穿的灰色教士服，但是外面套了一件脏兮兮的罩衫。罩衫的前面有一个口袋，里面装着一些东西，但只能看到木制手柄露在外面。他比米尔伍德的大主教年轻许多，和马丁年纪相仿，脸上一圈花白的络腮胡，头发茂密，整齐地梳理过。他一本正经地走向花园，轻声对身边的人说着什么。他身边的人微微低着头——正是艾洛温·德蒙特。

对未来的渴望，令人折磨。

——高登·彭曼于米尔伍德大教堂

第三十八章
廷顿教堂大主教

科尔文蹑手蹑脚地来到莉亚的身旁,以至于感觉到他的气息时,莉亚吓了一跳。

"我简直不敢相信,"他轻声说道,"灵力把她带出来和我们相遇。"

大主教和艾洛温逐渐走近,莉亚和科尔文逐渐能够听到他们谈话的声音。大主教的声音轻柔而富有磁性,他温柔舒缓地问艾洛温:"冷吗?需要披巾吗?"

"不用,我现在很舒服。"艾洛温温顺的声音响起。

"我跟你说,孩子,没有人会逼着你和你不喜欢的人结婚。你害怕的那种事情并不会发生。你来到这里之后看上去非常不适,我想如果多呼吸一些新鲜空气会好很多。或者你想回屋里和那些人一起吗?"

"不,"艾洛温赶忙说道,然后回头看了看屋子,又紧张地向前迈了一步,"我宁愿和您一起。您会说我们那边的语言,起码我能听懂您说的话。"

"我想带你去我的葡萄园那边。那里的果实还没有成熟,所以需要修剪。你会帮我吗?"

"我不知道该怎么做。"艾洛温迟疑着回答道。

"我会示范给你看。往这边走,要经过花园。"他们经过一面墙,穿过一片繁杂的椴木,谈话声也逐渐飘远,莉亚简直不敢相信他们会有这么好的运气。不,这已经不是运气了。就像科尔文说的那样,这是灵力的神奇所在。他们对视了一眼。

"我们不能用蛮力把她带回来。"莉亚说道。

科尔文点点头说道:"我也这么觉得。"

莉亚若有所思地揉了揉嘴,"那我试着跟他谈一谈,说服他把艾洛温放了。很快就要天黑了,这是我们去解救她的时机。我觉得……必须由我来跟他交谈。"她看向十字圣球,那行文字还在表面闪耀着,"他应该读得懂这行字。"

科尔文碰了碰她的手,对她鼓励地点点头。

莉亚捧着圣球,静静地穿过花园,轻轻翻过墙,朝他们的方向走去。在靠近的时候,她又一次听到了他们的谈话声。穿过一排椴木,她看到葡萄园中,一列列布满了格状分布的葡萄架。园中的葡萄树郁郁葱葱,叶子青翠欲滴,鲜嫩肥硕,结着的果子都呈现出一种深紫色。这时,夕阳已经开始从山顶处西下。

"您为什么把这么多葡萄剪下来?"艾洛温问道。

莉亚无法看到他们,但是能清晰地听到他们的谈话,也能看到葡萄树随着他们的动作而轻微摇晃。莉亚蹑手蹑脚地向前靠近。

"葡萄树结出的果实并不都能成熟,"大主教回答道,"顺着茎根这边切开,像这样。我来示范给你看。看见了吗?只要轻轻一切,果实就会落下来了。用你的围裙把它们收起来。"

"但是我应该剪下哪些?留下哪些呢?"

"当然你可以猜一下,这是一种方法。但我是灵力来告诉我应该剪哪一个。灵力知道哪一个水果会在丰收的时候味道最可口。那些就是我们需要留下来的。看这一簇果实。看到它们挨得多紧密了吗?如果我们不去修剪它们,那么在中间的那些可能就会被挤得变形。这一簇的果实太多了,可能会都很酸。但是如果我们把这里和这里剪掉……"莉亚往前又走近几步,听到了果实掉落的声音,"那么其他果实就能很好地生长起来,而且都会很甜美可口。"

"这整个葡萄园都是您修剪的?"艾洛温腼腆地问道。

"是的。但这样的劳动是值得的,会有个大丰收。这些果子你可以吃,但是它们还没那么甜。筛选这一步骤很重要。看看这串葡萄,在完全成熟之后肯定会很肥美的。你也一样,会越来越有力量的。"

"灵力并不听我的指令,"艾洛温轻声说道,"我的意思是……我甚至没法听到灵力的呼唤。这是我的错。"

"你为什么会这么想?"

"因为我总是很害怕。你们所告诉我的一切,都让我怕得要死。我并不知道大灾难会有多么的可怕。我希望我可以及时告诉我的朋友们,在所有大教堂沦陷之前。"

"你有没有见过森林大火,孩子?"

"没有。"

"最后除了烧焦的炭灰以外,什么都没有留下。一切都骨销形毁,灰飞烟灭,至少看起来是这样。但是,一段时间之后,在炭灰之中,会有新的种子萌芽,茁壮生长成参天大树,森林就这样又复苏了。虽然要花很长一段时间,但是终将如此。这个世界上有正义的一面,也有邪恶的一面。如果我们不修剪这些葡萄树,那么它们就会肆虐生长,最后就会全部变酸。大灾难也是一场筛选罢了,那是一个重生的机会。此时的大教堂就像这一片葡萄园一样,已经肆虐横生,不受掌控,只有一场大火才能使得这片土地获得新生,重新开始。灵力诅咒邪恶,赐福良善。大灾难正在来临……它就像我提到的森林大火,会将一切事物销毁殆尽。当所有大教堂被夷为平地之后,大灾难就要来临了。这就是你不得不千里迢迢来到此地的原因——来到一个安全的地方。在船上很安全。"

"其他普莱利人都去了哪里?"在听大主教长篇大论一番之后,艾洛温只是冒出这样一句简单的疑问,"那里要跨过这片海,看起来很远。您知道是哪儿吗?"

"不知道。你看到了,我并不准备离开。"

"为什么?您既然知道大灾难将要来临,为什么警告其他人赶快撤离,自己却不动身呢?"

莉亚听到细微的修剪声,和果子落在围裙上的声音。"因为我是大主教。廷顿是我的教堂,也是我的职责所在,我的家园。除非有人过来替代我,而且它有这样的权利,不然我不能离开这里。而且我还要留在这里警告其他人,让他们在最后一艘船启程之前及时登船逃走。"

艾洛温沉默了片刻,问道:"所以您会……死吗?"

一阵短促的笑声传来:"我们最终都会死去的,孩子。我的价值只是和这一颗小小的葡萄差不多。我只是尽力去成为一颗味道甜美的葡萄而已,这也是我唯一在意的事情。所有的仆人和圣学徒都已经离开了。我不会把他们之中的任何人落下,趁安全的时候把他们都送走。最后一批船正在修建中,修建完之后,剩下的普莱利人也会得到通知离开。他们会离开他们的家乡,割舍他们的农具,挥别他们的田地。当时机到来的时候，他们都不得不离开。"

"只有您不离开？"

"所有大主教都不会背弃他们的誓言。世事变幻无常。世人的目光都集中于不同阶层的权利与职责。大灾难摧毁一切的日子可能在好几年之后，也有可能就在转瞬间发生。那些目睹过这场灾难的大主教称之为黑色死亡。那是一场无法被阻止的疫病。所有接触过的人都会死去，没有方法可以治愈。在另一个世界，甚至在伊渡米亚，也发生了一场洪灾。只有八个仙人相信了警告，幸存下来，其余的人都丧生于洪灾之中。这真是个邪恶的世界。现在很多人都相信这个警告，他们四处伐木造船，寻找合适的时机逃离。但是真当大灾难逐渐来临的时候，相信的人反而越来越少了。这就是万事万物的规律。"

莉亚的心跳咚咚作响。她从四周藤蔓的缝隙中能看到大主教和艾洛温站在那边。她内心的情感汹涌澎湃，泪水不禁夺眶而出。她知道他说的话都是真的。灵力向她证实了这些话。

大主教停顿了一下，莉亚看到他弯下头，在聚精会神地思考着什么。他侧身向莉亚藏匿的地方看过来。"有人在听我们讲话，"他用普莱利语问道，"谁在那里？"

莉亚在大主教站起来的同时也站了起来，他们的目光穿过那排饱满的葡萄交汇在一起。大主教灰色的眼眸中露出好奇而戒备的神情，络腮胡下的嘴唇微微撅起——并不是愤怒的神情，而是集中注意力的表现。他目光深沉地看向她，在看到她的时候，眼睛快速地眨了几下。

他继续用普莱利语说道："你是谁，孩子？"

艾洛温看到莉亚的一瞬间也"嗖"地站了起来，深吸一口气，震惊地喊道："莉亚！"

莉亚也用他和她共同的母语回答道:"我必须要和您谈谈,大主教。灵力将我带到此处见您。我需要听一听您的看法。我想您是唯一能为我解读这些文字的人,您愿意帮我吗?"

莉亚弓着身从蜿蜒盘绕的藤蔓中穿行而出,向走廊走去,来到大主教和艾洛温的身边。她手中捧着十字圣球,拿给大主教看。

大主教睁大了眼睛,震惊地看着她问道:"你从哪里得到的这个球,孩子?"

"圣球自我的婴孩时期以来,就在我身边,从我被遗弃的那一刻开始就伴随着我。上面的文字是普莱利语,但是我看不懂。圣球将我指引到这里来见您,因为艾洛温在这里。但我想也有部分原因是让我到这里来了解大灾难,以及它爆发的形式。那样我就可以让我的人民防患于未然。我在科摩洛斯也效劳于一个大主教,米尔伍德的大主教。"

他凝视着莉亚,泪水突然盈满眼眶。他用手抹去,说道:"让我看看。"

艾洛温看起来松了口气,神情激动,不断有泪水顺着脸颊滑落下来。她用拳头按着嘴巴,想要克制住自己的抽泣声。她喃喃地喊着莉亚的名字。

"那上面说了什么?"莉亚捧着球问道。圣球散发出明亮的光芒。

大主教又一次抹去眼中的泪水,仔细地研究起上面的文字,面色逐渐肃穆起来。他困惑地摇摇头,声音因为激动而有些哽咽:"我看得懂。"他看向莉亚问道:"你从小时候起……就有了这个圣球?在米尔伍德?"

莉亚点点头,急不可待地问道:"那上面写了什么?"

他的面色有些苍白:"上面写着……上面很直白地让艾洛温·德

蒙特必须去一趟达荷米亚国的德豪特大教堂。她必须去那里提醒人们大灾难即将到来。那场灾难会在人们意想不到的时候降临。这是灵力希望她去完成的任务。她的名字也会因此而流传千古,毁誉参半。"大主教一脸惊讶地摇摇头,问道:"你叫什么名字,孩子?"

"我叫莉亚,来自米尔伍德。我是……我是一个贱民,但我出生于普莱利。这里是我的家乡。我被派来此处保护艾洛温。"

大主教的神情更添几分惊诧:"你怎么来到这里的?我知道这段路一直有人看守着。"

"我们翻越了那座山。"

"但是灰毛野人……你怎么经过它那关的?灰毛野人住在山里面,只有圣骑士才能安然无恙地经过。"

莉亚有些局促地答道:"我是。"

"你是圣骑士?"他一把抓住莉亚的手臂,满脸不可思议的表情。

"是的。"她回答道。

他手上不觉更加用力,抓得莉亚生疼。泪水从他脸颊上流淌下来:"你得离开了。你不能待在我这里。"

远处的一扇门开了又关,有说着普莱利语的声音从屋子中传来。但不是马丁的声音,否则莉亚认得出来。大主教回头看去,又看向莉亚。他拉着她藏到藤蔓中去,另一只手也拉着艾洛温蹲下。他用他们共通的语言说道:"我会拖住他们一会儿。你们必须马上就出发。他们不会听你们的理由,只会追赶你们。你们赶紧往山中去,圣球会为你们指引方向。灵力上一次保护了你们在山中的安危,那么这次也一样。你们得赶紧走了。"

莉亚看了看艾洛温,接着看向他,轻声问道:"您知道我是谁吗?"

大主教眨着眼睛，忍住就要夺眶而出的眼泪回答道："是的。我知道你是谁，孩子。我知道你。当你的任务完成之后，我会告诉你一切。去吧，孩子。"他的双手捧着莉亚的脸颊，轻轻吻了下她的额头。接着他也吻了下艾洛温的额头，抓住她们两个人的手。"我赐予你勇气神力，"他对艾洛温说道，"你在山中会需要的。现在你们赶紧走吧。快走！"

莉亚一只手臂环住艾洛温的肩膀，带着她在藤蔓中弓身前行。她们脚步迅捷，步履轻盈。有交谈声逐渐靠近，说着普莱利语。几个人正在谈笑风生。

"你看到他们往哪条路上走了吗，基兰？"一个人问道。

"内森说他们往葡萄园那边去了。我想他们应该在那里。"

"不会吧，那边是花园。"

"我们先去那儿检查一遍呗。我想吃几个草莓。"

莉亚闻言心中忐忑不安，惊慌失措。科尔文还在花园里。她不知如何是好。这排藤蔓一直延伸到山脚下，而花园在她们的左边，在那道矮石墙外。

莉亚的脑袋从葡萄园的树篱上探出，看到两个普莱利人往花园中走去。他们头戴皮质兜帽，身穿皮质马甲，每个人的腰间上都别着一把匕首。他们往那片灌木丛走去，那儿正是莉亚离开时科尔文的藏身之处。

第三十九章
灰毛野人

莉亚紧咬下唇,屏住呼吸,她缓慢地侧身挪到了一棵茂密的松树后面,向花园那边望去,在枝杈交织的树林间,看到那两个普莱利人。他们都像马丁一样作樵夫打扮,穿着带风帽的皮质外衣,腰间的皮带系着匕首。她看着他们,将意念注入他们的脑中:**去找艾洛温。她不见了。**

"你看这个大的?我从来没吃过这么甜的果子。来来来,尝一个。"

"不,我想吃个李子。李子比较稀少。我想在我们上船前带一些走。我从来没见过这么大的李子。"随着他们采撷果子的动作,树枝发出了沙沙的声音。

去找艾洛温。她不见了。莉亚又一次将这个意念注入他们脑中。

"你有没有看到大主教或是那个女孩?"一个人问道,"你不觉得有些不对劲吗?"

"怎么了?"艾洛温在莉亚耳边轻声问道。

莉亚抬起手,示意她保持安静,继续盯着那两个男人。她将那股意念更加强烈地注入他们的脑中。**快去找她**！

那两个男人在花园里采着果子，突然有一个人看向桤木丛中："我没听到他们的讲话。"

"听到什么？"

"我听不到大主教或是艾洛温的声音。你觉得他们去了哪儿？"

另一个人口中塞满果子说道："我觉得他们去了葡萄园吧。"

"你确定吗？"

"你为什么这么担心？"

"不知道，我就是有点担心的感觉。我们去看看他们去了哪儿？"

另一个人模糊地咕哝了一声。

"是呀，我们应该去看看。走吧。"

"好的。让我再摘一个果子。"

他们每在花园多逗留一秒，莉亚心中的恐惧就增加一分。不过他们后来还是走过了花园的壁架，走向了那片树丛。莉亚闭上眼长舒一口气，内心万分感激上苍。当她再次睁开眼的时候，看到科尔文已经翻过墙来，猫着身子朝她们的方向走来。莉亚看到安然无恙的他，内心的大石头终于落下。她采了个松果朝他扔过去，科尔文这才看到她们，继续弓身朝她们走来。

"科尔文！"艾洛温激动地喊道，紧接着冲过去紧紧地抱住他。她闭着眼睛，脸颊紧紧地贴着他的胸膛，脸上满是欢欣和解脱的神情。科尔文无助地看向莉亚，垂在身旁的两只手尴尬地张开，又尴尬地握成拳。他慌张地看向莉亚，莉亚则又气又笑地对他无声地说道，抱住她。仿佛他是天底下最大的傻瓜。于是科尔文用一只手轻轻地拍着艾洛温的后背。艾洛温比科尔文矮许多。她抬起头，深情地凝望着科尔文的脸庞，轻声地呢喃道："你找到我了。你终于来了，就像你承诺过的那样!"

科尔文点点头,但还是对艾洛温突如其来激烈的反应感到有些手足无措,"我答应过你我会来的,但是如果没有莉亚的帮忙,我就不可能到这里。"他看向莉亚,"大主教在哪里?你没有……伤害他,对吧?"

莉亚对科尔文的这个问题感到很好笑,摇了摇头说:"我没伤害他,是他放她走的。天色不早了,我们必须进山了,就算是晚上也得赶路。此地不宜久留。"莉亚抓住艾洛温的手臂说道:"我希望你有心理准备。我们不会只爬一座山的。我有很多话要跟你们俩说。"

夜色朦胧,月光皎洁。而此时的莉亚却无心欣赏皎皎皓月,尽管夜间霜寒露重,但莉亚筋疲力尽,满头大汗。她用尽了从马丁那儿学到的一切伎俩,或是原路折返来隐藏踪迹,或是必要的时候从石头上行进,以免留下痕迹,或是故意往别的方向走,留下误导的足迹。夜色逐渐加深,他们开始往山上爬去。她离科尔文和艾洛温更近了些,时不时退回几步替他们掩盖踪迹。

很明显他们正在被追逐。

手电筒的光线形成的光点在黑暗中特别明显,在他们后方缓缓地移动。莉亚知道此时此刻他们绝不能停下脚步,只能硬着头皮往前走。在她需要用圣球的时候,可以将圣球放入他们三个人的身躯之间,以此遮挡光芒,或者她可以到一棵参天红木的树桩里面使用。但是似乎不管他们用什么诡计,小光点总是不远不近地跟在后面。

莉亚气喘吁吁地走着,感觉骨头快要散架了,但是她知道他们必须先于马丁那伙人返回村庄,潘意林还在那里等着载他们回去。等到他们登船渡河之后,马丁再想追上他们难度就很大了。马丁不会知道他们接下来的计划，虽然他有可能猜到。莉亚抬头遥望夜空中的月亮，发现不知何时月亮已经掩映在一片雾霭之中，不知何时自己喘息的时候口中已有白气飘出。四周温度骤然降，雾气一缕缕地在空气中浮现，逐渐浓密起来。

噢，不。莉亚欲哭无泪地在心里说道。又开始了。

得快点。于是她不再留在后边掩盖科尔文和艾洛温的足迹，赶紧追上了他们两个。追上他们并不困难，因为艾洛温已经双腿发软，在科尔文的搀扶之下才能跌跌撞撞地勉强往前走。科尔文不断在她耳边说着鼓励和安慰的话。在莉亚追上来的时候，科尔文回头看了她一眼。

"雾又来了。"他直截了当地说道。

"我发现了。"她回答道。恐惧和不安又一次在心中滋生，细细密密地蔓延至她身体的每个角落。四面八方层出不穷的白雾宛如将月亮裹挟在一层薄纱之后，让人看不真切。

"我好冷。"艾洛温呜咽着说道。

莉亚并没有觉得冷，所以她解下自己的斗篷，披到艾洛温的身上。艾洛温目光感激地看着莉亚，接着紧紧地裹住自己。

迷雾原本在与树干齐高处氤氲缭绕，现在却逐渐下沉，从林间的各个角落穿透进去，甚至掩盖住他们后方那一片幽黑中的光点。林间树木密密麻麻，高大而气势逼人。他们还需要好一会儿才能登上山顶。

"他们在我们后面有多远？"科尔文问道。

"我已经很努力地想要把他们甩开了，但是目前看来并没有什么用。他们比我们速度快但是和我们之间的距离缩短的速度还是不快的。我用的办法可以为我们争取到一些时间，但并不充裕。下山的时候应该会轻松很多。如果我们不停歇的话，黎明的时候应该能走到谷底，这样到了中午我们应该能穿过山谷了。"

"我需要休息，"艾洛温出声道，"我快要喘不过气来了。"

突然，他们身后传来一阵咆哮。那是灰毛野人的声音。于是他们三个人同时停住了脚步。它的咆哮声令人不寒而栗，似乎瞬间就能击溃人们心中的防线，牵出内心深处的恐惧。这和上次的情形完全一样。艾洛温的眼睛瞪得像铜铃一样大，战战兢兢地问道："那是什么东西！"

科尔文回头望向山下，不可置信地问道："它就在我们的后面？"

莉亚恍然大悟，灰毛野人根本没在追猎他们。"马丁。"她轻轻地说。

艾洛温紧紧地抓住科尔文，将头深埋在他的怀里，颤声问道："那是什么？"

"一个灰脚怪，"他回答道，"它不会伤害到我们的。"

莉亚咽了下口水，嗓子有些干，"但是它会伤害到他们。"

"继续前进。"科尔文命令道，拉着艾洛温一起往前走。而莉亚依然僵在原地。"我们能做什么？"他问道，"就算我们帮了他们，他们会帮我们吗？大主教或许告诉了他们我们必须要去达荷米亚，如果不是为了拦住我们，他们何必这样穷追不舍？要是他们足够明智的话，就会往山底走，回到大教堂安全的地方去。他们过不了这一关的。"

莉亚内心还在激烈地挣扎着。他们是她的乡亲，她不愿意看到任何糟糕的事情发生在他们身上。就算马丁背叛了她，她还是放不下他。莉亚此时的心情难以名状，只是汹涌地在她心中翻腾。她不知道应该怎么做。

"走吧，莉亚，"科尔文说道，艰难地继续往前走，"你什么也做不了。"

这时,一阵尖叫声传来。

与此同时,莉亚一阵哽咽。那阵叫声充满了痛苦、警戒和慌张。另一声愤怒的咆哮从远处的坡底炸开来,响彻云霄。更多尖叫声此起彼伏地响起,充满了惊惧和恐慌。泪水从莉亚眼中夺眶而出。

科尔文握住她的肩膀,将她拉向自己身边。静谧的夜色中,越来越大的惊叫声显得格外突兀,愤怒的咆哮声却在这时戛然而止。他把她搂入怀中,捂住她的耳朵,把她与那屠杀的死亡之音隔绝开来。而这些声音会在她余生的日日夜夜萦绕她,折磨她。

科尔文抱紧莉亚,莉亚也紧紧地抓着科尔文,默默地流着眼泪。科尔文紧绷着脸,显然也对刚刚听到的那些声音感到不安。四周又重归寂静,一阵得意的叫声从底下传来,悠长而响亮,仿佛昭示着自己的胜利。

"走吧,"科尔文在她耳边轻声说道,"我们没什么能做的了。那些猎人们自己选择跟着我们。那是他们自己的决定。对于他们的遭遇,我心里也感到很不舒服。走吧,我们必须翻过这座山。"

现在他们已经没有必要掩盖踪迹了,便继续往上费力地攀登陡坡。泪水从莉亚的脸颊上滑落下来。她还是忍不住回头,心里希望能看到一星半点手电筒的光点,但是四周乌漆漆一片,毫无亮光,只能看到参天大树在夜色中映出的剪影。她很好奇这些树到底经历了多少岁月,在这些岁月里又在一旁静静目睹了多少次发生在山间的死亡?这片古老的树林是樵夫不敢踏足的。在这里,万物生灵才是主宰。

先是乔恩·亨特离她而去。

现在又是马丁。

她希望在路上可以遇到灵石,能把马丁的相貌刻在上面,就像当初为乔恩做的那样。但是她并不知道自己能不能遇到,她也不知道灰毛野人是否已经打道回府,他们是否已然安全无恙。他们在危机四伏的丛林中穿行着,莉亚一路上都情不自禁地默默流泪。

尽管一路上很坎坷,他们总算还是在午后赶到了厄纳斯村庄。艾洛温的脸上满是污渍和泪痕,已经疲惫得快要站不住了。她的头发上缠绕着几根小树枝,制作精良的外套此时已经边缘破烂。莉亚已腰酸背痛,脚步沉重,但还是没有停下来。科尔文看上去并无不适,神情依然坚毅。在他们抵达村庄的时候他并没有说什么。莉亚匆匆地瞥了眼圣球,接着按照指引的方向寻找潘意林和他的船。等到他们看到他的时候,他正在小码头之前搓着手来回踱步,他的船上已经装载上了一摞货物。看到莉亚他们的时候他愣在了原地,神情十分惊讶。

"怎么可能?"他露出一丝灿烂的笑容,"你们成功了?呃,我好像不应该在你们面前表现得这么惊讶。你好,小姐,我们又见面了。"他走向莉亚他们,兴奋地睁大眼睛,继续说道:"你们一直在那片丛林里吗?你们在路上有没有听到传闻?你们知道发生什么了吗?"

莉亚不确定他是不是在说大灾难,于是问道:"你听说了什么?"

"从卡戴沙传来的消息,"他挥挥手让他们跟他上船,"不知道你还记不记得,那是北边的一座贸易城镇。有一个私密的消息传给城主,后来就传开了。特别是在他升起吊桥之后,有人带着这个消息溜到了别处,于是现在每个人都听说了一些。"

"什么消息?"莉亚问道。

"消息说德蒙特的军队战败了。其中一位伯爵把他们引入了一个陷阱,经过一场战争之后,德蒙特那边无一人生还。每个圣骑士都被杀了。"

科尔文一把抓住他的胳膊问道:"什么时候的消息?"

"昨天，"船夫回答道，"就在城主升起吊桥之后。他无疑觉得之后会有一场叛乱发生。在海的对岸，时局将会动荡不安。他可能觉得这里不久之后也会被包围。他这个城主怕是当不长了。我们有个弓箭手会把他当作靶子攻击的。我现在会把你们渡过去，但是我今晚得回来。我已经把我的家人送到我母亲那里去了。我现在待在这里只是因为答应过你们。但是我现在不想再冒险待在科摩洛斯了。"

科尔文的眼中似能喷出火来，脸上一阵青一阵白，多种复杂的神情交织在一起。莉亚可以理解他的一些情绪。随着德蒙特死去，所有事情都将改变。他仰慕和尊敬的那个人一去不复返了。他在内阁的地位也不复存在。艾洛温的生命安全更加受到威胁。她现在是德蒙特家族仅存的最后一人了，想要杀死德蒙特的人肯定也想杀死她。

"舅舅……"艾洛温惊愕地想要问个明白，但是科尔文摇摇头，示意她不要多说。为什么要向船夫透露这么多信息呢？

"来吧，"潘意林走向他的船，说道，"天色不早，马上太阳就要落下了，这样划船会更加不容易。潮水很麻烦。但是你们应该为没有和其他圣骑士一起在那里丧命而感到庆幸。我敢肯定那是一场大屠杀，就像梅思福战役那样。圣骑士们丧生的日子真是相当黑暗。"

艾洛温不禁倒吸一口冷气，这个消息听起来是真的了。

最终他们拖着疲惫的身躯随潘意林上了船，抓住他的手尽量保持平衡。似乎不仅是船只随着潮水的起伏飘摇不定，十分凶险，甚至莉亚生命中的一切也开始飘摇不定，吉凶难料了。

对于一个不知道自己想去哪里的人来说,没有顺风可言。

——高登·彭曼于米尔伍德大教堂

第四十章
逃离

他们一行三个在普莱利翻越过好几座山峰之后,都已经疲惫到了极点,于是在船上倒头便睡,徒留潘意林一人划着船前行。他想在天色变暗之前回到岸边,于是绷着肌肉用力地划着,小船在水面轻轻划过。莉亚在颠簸中醒来,还是感到昏昏欲睡,情绪低落。还没等她又一次陷入沉思中,船夫的声音就在一片喧闹中响起。

"已经可以看到河岸了。虽然我们是逆风行进的,但是速度比我想象中要快。你们三个人都在睡觉,我一个人一路上可无聊了。不过我已经完成我的职责了。我想你们这一路一定累坏了。"

莉亚坐了起来,揉了揉眼睛。远处的对岸已经若隐若现,但莉亚并没有在那片郁郁葱葱的树林中看到茅屋。那个小码头矗立在一个尖坡上面,上面空无一人,也没有任何船只。

莉亚直直地看着码头,脑子有些晕。毕竟她已经连续几天没怎么睡觉了,精疲力竭。埃德蒙不是应该在那里吗?不是应该牵着马来迎接他们,护送他们回去吗?

莉亚转向科尔文,他也望着对岸,似乎在思考着什么。她问道:

"我没有看到任何人在等我们,你看到了吗?"

他摇摇头:"我也觉得很奇怪。"

"桥堡码头距离这里并不远。"莉亚轻声说道,"他过去肯定很容易,也应该会牵着马来接我们。如果德蒙特战败的消息已经抵达了卡戴沙,那么桥堡码头那边肯定已经听说了。那座城镇是德蒙特的。"

科尔文回头看向她,眯起眼,露出怀疑的目光,"如果他根本没有去那儿呢?"

一丝担忧在莉亚心中逐渐蔓延开来,她惊惶地问道:"狄埃尔?"

"他最想要什么?"科尔文低声说道,"他早就知道德蒙特会战败,他也知道王国内的权力即将更迭。他一直都知道这一切。就算当时他劝说我们站到他那一边,也已经来不及了。"

莉亚颤抖着手从口袋中取出十字圣球。埃德蒙在哪里?她用意念询问道。他还活着吗?指针指向了米尔伍德。马尔恰娜在哪里?她接着问道。指针却指向了另一个方向——与米尔伍德相反的东面。不仅与米尔伍德的方向相反,也与桥堡码头的方向相反。于是她问出了最后一个问题。狄埃尔在哪里?

指针直直地指向了他们正在前进的方向。

科尔文审视着莉亚的神色,看见她的脸庞因为愤怒而涨得通红。

"前面是一个陷阱,"莉亚轻声说道,"狄埃尔在那里等着我们。"

树林里看起来空无一人,但是莉亚知道这只是用来蒙蔽他们的表象。一旦他们下船,埋伏的人便会立即出现。

科尔文转身对潘意林说道:"我们不能再往这个方向走了。跟着水流走吧,但是不要去岸边。"

他疑惑地看向他们,"你在说什么?我们都快到了。"

"如果你把我们丢在那里,我们就会没命。跟着水流,沿着对岸划过去。"

"但是……"

"按我说的做!"科尔文厉声说道,指着一个方向,"往那里走!"

潘意林皱起眉头,咬着牙,继续用力地划着。但他并没有改变方向,码头离他们越来越近了。

"你在做什么?"莉亚问道。"潘意林?"她看到他脸上露出坚决的神情。

他低声说道:"你们付了我很多钱,让我在那边等你们,然后把你们载回来。但是他付了我更多钱让我把你们带到他身边。你们会怎样不关我的事。"他将目光投向科尔文,"如果你觉得你可以把我打倒,那你是大大地想错了。只要你敢站起来,我就会把船倾斜过来,那你就会掉下去,溺死在水中。相信我,你会的。我知道你也是一名圣骑士,杀人并不符合你们的作风。他并不想让你们死,只是想把你们抓起来。啊,我已经看到他们了。"

莉亚回头看向岸边,只见一队人马陆陆续续地从树林中出现,他们至少有五十人,如同铜墙铁壁在岸边一字排开,衣服和装备一看就是王太后的手下。莉亚很快就发现了狄埃尔,他正慵懒而自信地坐在马鞍上。

"求你了,"莉亚跨过一张长凳,向潘意林走去,"你不明白究竟发生了什么。你也根本不知道我们是谁。"

"我没必要知道,"他干脆地回答道,"说白了,我根本不想知道。别再过来了,小姐。如果你敢碰一下你的剑,我就把船倾过来,那你到时就不得不在水里游泳了。"

莉亚咬牙说道:"他现在背叛了我们,之后也会背叛你的。他说会给你付一大笔酬劳,那他到底有没有付呢?他是不是真的相信你?

求你了,潘意林。我和你一样是普莱利人,她也是。你不能背叛你的同胞。"

他冷哼一声,继续划着桨,"我本来就不是一个诚实的人,我帮人们逃税漏税。在我们停泊时,我会问他索要酬劳的。但是如果你的骑士想要阻止我,我发誓你们会……"

他的话音还没落,莉亚就猛地扑向他,一巴掌挥向他的鼻子。他踉跄着向后退去,鼻血喷涌而出,痛苦地呻吟着。接着莉亚用胳膊肘撞向他的肚子,一把抢过他手中的船桨。科尔文跨过艾洛温,过来帮忙,于是莉亚便把船桨扔给了他。

潘意林痛苦地抽搐着,说不出话来,鼻血仍然淌着。他想坐下来,但是莉亚又一次把他推倒,"要是你还想动什么念头,我就把你扔下去喂鱼。"她威胁道:"然后你就得游回普莱利了。往西边划吧,科尔文。一直往西边走。他们会沿着海岸追逐我们,但是一旦我们抵达了比尔敦荒原,他们的坐骑就会成为自身的劣势,而我们的船会成为我们的优势。在沼泽之间有着交错的河道。"

科尔文欣赏和感激的目光让莉亚脸红心跳。她拿出弓,从箭筒里拿出一根箭搭在弦上。她在摇摇晃晃的船只上站起来,看向狄埃尔伯爵。他正紧紧地盯着他们。莉亚拉开弓弦,一支箭便飞向狄埃尔。

那支箭飞到他面前,直直地射入地上。这是莉亚对他的警告。科尔文划着桨,将船头调向西边,莉亚仍然站立着,举起的弓弦依然没有放下,桀骜地定格在那里。狄埃尔没有闪躲,只是看着她。但她知道他要开始追捕他们了。莉亚知道比尔敦荒原中的所有河道。第一条叫作科摩,但是那边可能有狄埃尔的手下,因此他们不能往那里走。第二条叫作布伦特,那条河很浅很宽,在冬天的时候,河水漫过低地,只有少许陆地可以行进,但是只能坐船或者骑马。她想要一些宽点的板子，来让小船行进的速度更加快一些。但是，这条河最大的优点就是它与科摩相连，那是这个百里区最大的河流——也是部分米尔伍德的边界。如果他们穿过科摩，抵达贝尔吉奈克，那么狄埃尔就不可能追上他们了。他们的马匹需要休息，但是小船不用。

潘意林从衣服上撕下一条布缕塞进鼻子里，对莉亚埋怨道："你干嘛下手这么重？"

莉亚并没有理会他。

"我的鼻子肯定破了，我需要看医师。"

"我没有别的选择。"莉亚直截了当地说道。她抬起手指向一边："往那里走，科尔文。那里是布伦特。我们得在天黑之前赶到那里。"她又向圣球询问了狄埃尔他们的方向，圣球的回答是他们还在后面，一时半会儿追不上来。

"你不怎么会划船，"潘意林低声说道，因为塞着鼻子，他的声音透着浓重的鼻音，"让我来划吧。我不会再对你们做什么了，而且这条船是我的命根子。让我来吧。我不想让你们把船撞到礁石上面。"

科尔文点点头，一脸疲惫地说道："可以。但是如果你再敢起什么歪念头，别怪我不留情面，我可不会像莉亚那么仁慈。"

潘意林沉下脸说道："我知道你不是说着玩的。现在这世道，诚实并不能带来什么好处。男人需要钱养活家庭，尤其是像我家还这么大。来吧，把桨递给我。"他在长凳上坐下，开始划桨，"呃，比尔敦荒原。我猜我们会在那儿迷路。"

莉亚观察着水流的方向。他们现在正逆水前行，所以有些吃力。岸边橡木和柳木高耸入云，缠结的枝丫在空中铺展开来，逐渐浓厚的暮色也被遮掩住了。如果莉亚这时使用圣球，他们既可以知道往哪里走，也可以知道发生了什么。但是那样就会把他们暴露给狄埃尔带领的追兵。

"你在想什么?"科尔文目光落在一片暗色中,问道。

"我在努力让自己清醒地思考问题,虽然睡得太少脑子已经糊涂了。我们需要把艾洛温送到达荷米亚去。但是这艘小船没法把我们送到那么远的地方,它无法渡过那片海。如果我们能回到米尔伍德,那么我们就能把大灾难和普莱利在造船的事情告诉大主教,那样也能给其他帮工们逃生的机会。我们也能在那儿拿到一些供给品,可能还能得到几匹马。狄埃尔可能会料到我们要去米尔伍德。要是他聪明点儿的话,就不会跟着我们走,而是想要赶到我们前面拦住我们。如果我们能冲破他的防线的话,他就会从两面夹击我们。"她摇摇头,"米尔伍德很安全,而且有供给品。去达荷米亚那么远的地方,我们不能没有粮食和装备。米尔伍德是离我们最近的安全所在。"

科尔文碰了碰她的手臂,问道:"但是我们怎么知道米尔伍德没有沦陷呢?"

莉亚内心一直在担心这个问题:"我觉得埃德蒙在那儿。"

他犀利地看向她:"大主教在那儿吗?"

莉亚低头看着自己的手。科尔文说得没错。他们需要在冒这个险之前确定大主教的情况。她转过身,背着潘肯林取出了圣球。艾洛温在她旁边坐了下来。莉亚心里有些忐忑,不知道圣球会告诉她什么。她闭上双眼,在脑中构想出大主教坚毅的脸庞。

灵力在她体内逐渐翻腾、膨胀起来。在这一瞬间,她仿佛看到了一切。这是预知神力的作用。大教堂在夕阳余晖之下傲然挺立着。大主教穿过空地,走向厨房。而在厨房里面,埃德蒙躺在一张小床上,他的脸因为发烧而透着红晕,腰间缠着渗着血渍的绷带,索伊正在一旁照料她。大主教眺望着远处的托尔山,神情透着坚毅和藐视一切的凛然。莉亚仿佛可以钻进他的内心，知道他在想什么，也知道他知道什么。灵力在他体内逐渐聚集。王太后就要来了。她会在黎明之前抵达米尔伍德，那时便是他的死期。

莉亚睁开眼，手中圣球的指针指向米尔伍德。

"他还活着吗？"科尔文轻声问道。

莉亚心跳得飞快，泪水刺痛她的双眼，"是的，但是王太后要来了。他现在的状态无法抵抗她。"

"我们在黎明之前可以抵达米尔伍德吗？"科尔文问道。

她点点头，说道："顺着贝尔吉奈克前进，就可以到达米尔伍德。这比在陆地上走要快。"

"那我们就划船过去吧。"科尔文说道。

艾洛温握住莉亚的肩膀说道："如果我必须去达荷米亚的话，我希望你们俩都能陪我去。我不明白灵力为什么想让我去那里。我没有力量，我什么都没有。"她静默了片刻，继续说道："但是我会尽力的。如果你们俩都陪着我，我会努力不害怕的。"

莉亚转过身来，凝视着艾洛温透着勇气的双眸，"我也不明白。为什么要去那个大教堂？为什么要你去？我也不知道为什么。但是我知道这是灵力的意愿，这是毫无疑问的。"

"我也是，"艾洛温说道，"大主教在跟你讲话的时候，我已经领会到了。虽然我不懂普莱利语，但是我内心感受到了。我也不知道为什么。"

科尔文耐心地对她解释道："因为你的祖先生活在那里。灵力将艰难的任务交付给他们。我觉得我可以为你解释。圣书中有这样一种形式。这种形式总是重复出现。在大灾难到来之前，会有人去警告那些生命和意念都面临危险的人。当我听到大主教跟你说的话之后，我就想到了这个。灵力可能是想派你过去警告达荷米亚和其他地方的人。所有地方的统治者的孩子们都在达荷米亚大教堂学习。国王圣骑士和王后圣骑士也都在那里加冕。"

浪花拍打着小船,夜色中各种生灵尽情欢唱着,青蛙呱呱叫着,猫头鹰低吟着,飞虫嗡嗡地扑棱着翅膀,寒蝉的鸣泣响彻天空。

艾洛温小声问道:"在圣书里面,那些给予警告的人是什么下场?他们会变得怎么样?"

科尔文没有回答她,只是别过脸,眼睛望着一片漆黑。

"请告诉我。"她说道。

科尔文回头看向她,面带惋惜地摇摇头。

"他们是不是一般都会被杀掉?"艾洛温轻声问道,身体不由自主地战栗起来,"就像我祖父那样?"

科尔文缓缓地点点头。

她静默了一会儿,接着开口说道:"那么这件事肯定很重要了,如果需要付出生命的代价。"她呼吸有些急促,"我想……我可以做到。"

泪水再一次刺痛了莉亚的眼睛。她紧紧地抓住艾洛温的双手,艾洛温也牢牢地反握着她的手,仿佛她是自己生命中唯一的支柱。

"我想我能做到,"她轻声地重复了一遍,"如果科尔文你也在那儿的话。"

此时水面比较平静,但是没有一丝亮光的黑暗仿佛一块巨大的幕布遮住了他们的眼睛,潘意林只能小心翼翼地根据四面八方的声音来决定船的走向,因此小船行进得很慢。有时候船底会沾到河泥,有时候他们险些被支流带到错误的道路上去。幸亏莉亚有圣球,才能一直准确地辨明方向。

在午夜时分，他们前方的道路逐渐明亮起来，似乎是黎明的曙光即将来临。但定睛一看，那并不是黎明的光线，而是一团火光。

"那是什么？"潘意林喃喃道，放下船桨，揉了揉酸痛的胳膊，任由船只随着水流往前漂去。

莉亚听见水流的声音越来越大。他们已经来到了贝尔吉奈克。那是他们通往米尔伍德的主要河道。但是在岸边，只见许多道火把的光芒齐齐地排成一列，就像一层帘子遮挡在河岸。他们已经离得太近了，无路可退。

小船随着水流逐渐漂向岸边，他们借着火把的亮光看清了岸边的形势。那里有一小队渔船，每一只船上都载着好几个士兵，也是准备从贝尔吉奈克驶向米尔伍德。现在河上漂满了大大小小的船只。

"如果我们到那条河上去，他们就会发现我们的！"潘意林小声又急切地说道，"我们必须调头！"

但是莉亚知道他们已经无路可退了。显而易见，狄埃尔肯定在后面派了船只追逐他们，他也知道贝尔吉奈克上面会有不少秘密船只运送士兵往西边去，因此可以拦住莉亚他们。

她看向科尔文和艾洛温，看到他们的脸庞已经被火把的光晕照亮。她要把他们送到达荷米亚去，首先必须要把他们安全地送到比尔敦荒原去，这甚至比她自己的生命安全还要重要。但是他们现在要抵抗一支军队？抵抗这么多敌人？

莉亚一边这么想着，一边发现自己的手臂上生出好多鸡皮疙瘩。真冷啊，她心想。

第四十一章
血流成河

潘意林和科尔文把小船拖上泥泞的岸边。莉亚紧随其后，在树林中寻找士兵们的踪迹。艾洛温跌跌撞撞地走出来，科尔文在她摔倒之前眼疾手快地扶住了她，才没有跌进污泥中。他和潘意林两个人又用力将小船拖到灌木丛中藏起来。他们可以从眼前树木的缝隙中看到贝尔吉奈克，每一次小船在这些火把附近经过，都会引起火焰的摇曳。他们已经看到多少士兵了？五十个？难道还有更多？

莉亚回到船上，科尔文正在那儿穿自己的垫肩衬衫和皮马甲。潘意林心想那边可存了不少自己的衣裳。

艾洛温在冷风中瑟瑟发抖，紧紧地抱住自己，盯着面前的河流，轻轻地问莉亚："我们接下来怎么办？"

潘意林啐了一口："你确定这样有用？"

莉亚已经筋疲力尽了。她现在什么都不确定。"如果我是你的话，"她说道，"就会躲到离这艘船远远的地方，然后睡一觉。那些士兵会在黎明的时候路过这里，你应该可以把这艘船划回海里面。如果他们来找我们的话，想必也会很容易发现你的船。就算我想要掩盖你在泥土里留下的足迹,也不大容易,早晚会发现的,所以就算了。这样,他们会发现我们的足印,然后明白我们三个往一条路上走了,而你往另一条路上走了。我觉得他们不会跟踪你。他们想要追捕的是我们。我们只能为你做这么多了,潘意林。"

"然后你们要去哪里?"他搓了搓手臂,在一堆东西中找吃的。

莉亚沉下脸说道:"如果我告诉你了,那你不就掌握了他们想要知道的信息。你最好什么也不知道。告辞了。"

他露出些许恼火的神情,但是并没有说什么,然后便起身收拾东西,自言自语道:"先是把我的鼻子打破,现在又把我丢在这片可恶的沼泽中。我们可能会在黎明之前都被大蟒蛇吃掉,或者溺死在某个沼泽中。亲爱的。"

莉亚没有理他,带着艾洛温和科尔文向沼泽深处走去。沼泽中的土地泥泞而黏滑,他们没有马匹,因此穿越沼泽地的速度比较慢。他们刚才把小船留在了东岸,莉亚开始努力唤起自己对大教堂附近河流的记忆。贝尔吉奈克在绕过米尔伍德之后,从正西方向汇入海洋中。温特鲁德这个渔村竟然位于河流下游,这让莉亚感到很惊讶。

原本疲劳混沌的脑海中,一条思路逐渐清晰起来。"科尔文,我们被蒙蔽了双眼,"她低声说道,"王太后第一次来米尔伍德的时候,她说自己要去温特鲁德调查她丈夫的死因,但这并不是她的目的。实际上她一直暗中雇船将她的军队沿着海岸渡过来,她的计划从始至终都是这样。"

科尔文倒吸了一口气,说道:"你说得没错。狄埃尔说过他们把德蒙特引到了北方。那便是故意让他离开南方,米尔伍德,王国内最古老的大教堂便失去了庇护。"他懊恼地叹了口气,说道:"离我近点,艾洛温。这片土地上危机四伏。让我拉住你的手臂。"

"谢谢，"艾洛温含糊地说道。他们都已经疲惫不堪了。"离大教堂还有多远？"

"现在问题不在于还有多远，"莉亚说道，"在于怎么通过那些障碍。我们可以分成两批行动。如果我们能顺利过河的话，就能在黎明前走到那里。但是看起来他们在岸边放满了火把来为那些船只照明。这条河非常宽。你还记得我们穿过这条河吗，科尔文？就算我们当时骑在马上，还是能感受到湍流的河水。而现在天气很冷，我们也已经很疲惫了。"

"但是我们必须穿过这条河，"科尔文说道，"毕竟……大教堂在河的另一边。"

"没错，但是贝尔吉奈克经常涨潮，会在河流的弯道处形成一个湖。在现在这个雨季，这个湖会一直留在那里。我们可以从湖的另一边绕过去。其他两条较小的河流也汇聚到那里。有一条河上有一座石桥，叫作鹿桥，因为小鹿经常通过那座桥过河。而另一条河……呃，我们在那儿可能会浸湿衣服。那里的河水倒没有像贝尔吉奈那样深，但是也许圣球能够帮助我们找到一处浅滩。"

于是他们又默默地向前走，呼吸在冷冽的空中变成白色的雾气。科尔文率先打破宁静说道："我们能在黎明之前抵达大教堂吗？"

"必须到。"莉亚说道。她的情绪像这漆黑的树林般凝重。

猎人是耐心的，猎物是大意的。马丁的话语在她耳边萦绕，仿佛在嘲讽她，又在折磨着她。她已经疲惫不堪了，双腿酸痛得几乎不能走路，靴子也湿透了。艾洛温冷得牙齿打战，双腿越发沉重，时不时就要摔倒，但是她并没有抱怨什么，一只手拢着披风，另一只手挽住科尔文的胳膊，艰难地行进。

莉亚朝后面看去，越来越多的火把摇曳着光芒逐渐靠近。莉亚并没有特意去遮挡他们的踪迹。他们只有一个方向可以走，所以没什么必要耍手段蒙蔽那些人。如果莉亚把他们从河边引开会怎么样呢？这就会把他们的敌人引到他们的前方，而不是引到他们的后面。不，她得往回走，继而战斗。但是她并不想这样。对方有六个火把，那就意味着他们有十二个到十八个人。她叹了口气，那些举着火把的人就是她的攻击目标了。如果她把他们一个一个射倒，那肯定能引起混乱。在她把举着火把的人击倒之后，应该没有人会愿意自己捡起火把，那他们内部就会产生争吵。如果他们都放弃了那些火把，那么情况就对莉亚他们更有利了。

这么思考是对的吗？她有没有错过什么？两天两夜没有合过眼，她的脑子已经疲劳到了极点。莉亚此时饿得胃疼，但其实他们赶路的时候已经吃过了。他们也喝了足够的水，但是莉亚仍旧感觉很渴。

她想起当初乔恩·亨特千方百计帮助他们抵抗阿尔马格。但是这次和那次并不同——这次想要抵抗这么多人几乎是不可能的。比尔敦荒原那里有一支狄埃尔和王太后带领的军队。当他们抵达米尔伍德之后会发生什么事情呢？她有没有强大到可以召唤灵力来保护大教堂？她现在是如此疲惫不堪、心力交瘁，现在的能力可以召唤灵石的灵力吗？她知道大教堂可以自卫。梅德罗斯以前不是说过吗？大主教曾落下一座山来抵御外部侵犯的力量。她要怎么样才能召唤大教堂的防卫能力？她现在有没有强大到可以抵抗帕瑞吉斯的地步？

突然，当初她对阵杀手的记忆猝不及防地涌入她的脑海之中。她当时面对他的攻击时是那样无助。他化解了她对付他的每一招每一式。只有在阿斯特力德死之后，灵力才命令她挽救米尔伍德。在灵力挽救她之前首先有鲜血四溅。当时阿斯特力德的鲜血飞溅起来。

这样的想法在她脑中掠过。

鲜血的祭奠才能挽救米尔伍德。重要的并不是她运用灵力的技能，也不是她对大主教的忠心，而是她或者大主教的鲜血。这才是被需要的东西。必须先要付出代价，这种力量才能产生，才能来拯救他们所有人。

这样的想法令莉亚不寒而栗。

这是真的吗？这是她在大脑疲乏状态下的胡思乱想，还是灵力的作用？她怎么能确定是哪一种情况呢？自从她和科尔文在比尔敦荒原历险之后，她就开始了解灵力，灵力也对她絮絮低语了很多，给予她许多前所未有的观点和想法。这也帮助她更好地记忆学习到更多的东西。灵力对于她来说就像一个亲密的朋友？朋友会送她去死吗？

莉亚喉头动了动，感到内心无比灼热。难道这就是灵力想从她这里索取的吗？这个念头像是闪电一样从她脑中劈过。她从心底感受到了这个想法。在她的脑海中，她看到科尔文和艾洛温坐在一艘小船上乘风破浪，浪花飞溅到船体上，她甚至能嗅到空气中夹杂的海水的咸腥味。正因为她脑中的画面如此清晰，所以她也清楚地看到自己并没有和他们在一起。小船在海浪上颠簸着，科尔文扶住站不稳的艾洛温。莉亚明白了，自己无法和他们一起去德豪特大教堂。

先知神力带来的这些画面像是大山一样重重地压在她的心头，无法抑制的灵力确认了她的想法。她无法和他们一起去达荷米亚。

痛苦。想到这里，她的内心泛起一阵绞痛。对于她来说，和科尔文分开肯定很痛苦。在她脑海中，她还记得他们俩在乔恩·亨特的尸体上面堆起石头。然而画面一转，她看到科尔文和艾洛温站在那里，正在将她的尸体埋在石堆里。

不！

莉亚几乎要窒息了，心里疼痛得仿佛无法呼吸。她将眼睛中情不自禁流出的泪水抹去。这就是灵力想要让她做的事情？作为一个猎人为了保护科尔文和艾洛温而死？普莱利的大主教也预见到了这个吗？预见到了她被训练，被利用的理由？

她感到脚下的每一步都异常沉重。她身上又湿又冷，心中痛苦万分。一年之前她在比尔敦荒原经历过的那些感觉又重新出现了——孤独，失望，被遗弃。灵力遗弃了她，想让她去死，去拯救其他人的性命，去拯救……

她的内心煎熬地挣扎着。她想方设法地将这个念头从脑海中驱逐出去。灵力怎么能期望她做这样的事呢？她还那么年轻，还没有开始真正的生活。但是难道她曾经就没有为了救科尔文而献出生命吗？在温特鲁德的时候，难道她没有向灵力请求，宁可用自己的生命换来他的安全吗？她依然清晰地记得那时的情形。她记得灵力对于她宁愿付出自己生命很满意。接着灵力就给了她力量。而这个力量也使得德蒙特的手下在战争中大获全胜。不仅仅是科尔文一个，而是所有人。

这个力量拯救了他们所有人的性命。

尽管莉亚此刻内心灼痛，她还是借助神力看到了米尔伍德此时的情形。她看到了他们每个人的脸庞，帕斯卡，索伊，布琳，普雷斯特维奇，大主教，甚至是格特明、瑞奥姆、特蕾莎。所有和她一起长大的贱民们都在大教堂里手足无措，外面已经被来势汹汹的士兵们团团包围。没有人能守卫他们，除了一个在这里为自己的命运感到哀怨的女孩。

莉亚绷紧下颌。乔恩在丧生之前也知道自己即将会死吗？灵力是不是也像提醒她一样提醒了他？但他那时看起来是那样勇敢无畏。是不是不知道才更好？直到临死的时候才知道真相，是不是难过的时间就会少一点？他们必须遵照灵力的意愿行事。那样才能唤起最强大的力量。一旦她的行动或是意念有所退却，这种力量就会消逝。但她没有这么做。她将这些信息牢牢地记在脑中。那些守卫大教堂边境的灵石隐藏在苹果园前面的丛林中。所有人都必须待在这个范围里面，才能得到灵石的庇护。

莉亚的脸上露出坚毅的神情。她必须要把科尔文和艾洛温带到那个保护圈里面去。虽然她还不知道如何去做，但是她不得不去做。如果这场战役必须要她的鲜血献祭才能获得胜利，那么她会这么做。她不会畏惧、退缩。她感到内心被压得透不过气来，十分疼痛。回头看向科尔文，他的脸上充满了疲惫和烦躁，看起来十分恼怒。他也听到了灵力的指引吗？或者他是不是因为愤怒而忽略了灵力的低语声？

莉亚在黑暗中看着他的脸，他脸上不悦的神情令莉亚心中更为疼痛。艾洛温看起来已经筋疲力尽，眼睛都快闭上了，她虽然双腿发软，脚步虚浮，但还是努力赶上科尔文和莉亚的脚步。她想起了科尔文在普莱利山中的告白。能够在死之前听到他的那番话，知道他爱她，真的让她感到非常欣慰。等到她死去，科尔文就解脱了。普莱利的大主教也知道这件事吗？那时当他看了灵石上面的文字之后，泪水便夺眶而出。他用那样同情和怜悯的眼神看着她。他亲吻了她的前额。他是不是知道她即将面对的命运，知道只能由她一人完成的使命？

她愿意为科尔文死吗？答案是肯定的。这甚至不需要思考，也不需要理由。如果她可以拯救他的生命，她会愿意这么去做。虽然他肯定不会让她这么做。他是那样骄傲和固执，如果他知情的话，一定会想方设法地阻止她。

所以莉亚不能告诉他。她回头看去，后面的火把似乎离得更近了。很快他们就要被追上了。鹿桥还有多远？她只知道它隐没在前方的某个角落里。

"继续往前走，"她对科尔文轻声说道，"他们离得越来越近了。"

科尔文停下脚步，伸出手扶住艾洛温，把她从半梦半醒的状态唤醒，然后对莉亚说道："我们一起走。"

她摇摇头说道："我不是去和他们正面冲突的，科尔文。我只想去吓他们一下。你们继续往前走。我很快就会追上你。"

科尔文绷紧了下巴。他看起来情绪十分低落。他摇摇头，似乎想把脑中的一些念头甩出去，"我们会在前面等你。"

莉亚碰了碰他的手臂，"你是弗什伯爵，而她是德蒙特家族最后一人。你的职责就是将她安全地送达目的地。我的职责就是帮助你将她安全地送达目的地。现在按照我说的去做。我不会走远的。"

他的脸上露出怀疑的神情，警告她道："不要草率行事。"于是便带着艾洛温向前走去。

莉亚看着他用胳膊挟着艾洛温向树林中走去。很快他们就能抵达河流弯道处形成的那个湖了，很快就要午夜了。莉亚试了试她的弓，便走向后面的树林中那片摇曳的火光。她现在情绪很平静，意念很集中。所有经受过的训练的回忆都如潮水般涌向她。她藏在一棵高大雄伟、盘根交错的橡树后面，准备等他们从她面前经过时，出其不意地从后面攻击。

她放慢呼吸，静静地等待着火光逐渐靠近。穿着黑色制服的士兵越走越近，佩戴着属于王太后麾下的纹章。他们是达荷米亚的骑士。她的心快要烧起来了。十二个人，六个人拿着火把。狄埃尔太低估她了。他犯了个错误。

他们也在长途跋涉之后疲惫不堪,无法集中注意力,也没有留意附近的动静。为首的不是骑士,而是一个猎人。他沉着脸,不时研究着地上的脚印。随着地上的足迹越来越明显,他满意地点点头。莉亚在一旁观察着他们,伺机行动,悄悄地从橡树的树干后面走出来。她从后面的箭筒中取出一支箭,搭在弦上,然后耐心地等待着。猎物是大意的,猎人是耐心的。

为首的那个人停住脚步,抬手示意他们停下。他发现了莉亚他们曾经停下来的地方。他微微地抬起头,侧耳倾听着。莉亚拉开弦,一支弓箭便向他飞去。还没等他栽倒在地,又一支箭又向另一个拿着火把的士兵飞去。

人群中发出了此起彼伏的惊呼声。他们赶紧拔出剑,四处张望着。另一个人又被射中倒地,手中也举着火把。

"在那边!在那片树里面!"

莉亚又射出一箭,将另一个人击倒。她飞速地从一棵树转移到另一棵树后面。他们现在很慌张。很好。有人捡起掉在地上的火把,于是莉亚也把他射倒了。她又移到另一棵树后面,向另一个人射了一箭。他还没来得及吭声就倒了下去。现在还有六个人。

"不,箭是从那里来的!"

"不,我亲眼看见的!从那里!那里!"

莉亚等待了两秒钟,又一次对准一个举着火把的人射去。现在手中有火把的只剩一个人了。他显得聪明很多,将火把丢到地上,惊慌失措地跑进树林里。火把落在潮湿而泥泞的草地上,发出"嘶嘶"的声音,冒出一阵青烟,很快就熄灭了。但是没人敢去把火把捡起来。莉亚看到眼前的黑暗中,有些人蜷缩在树后面。

于是她从橡树后面走出来,开始往前面走去。杀了这么多人之后,她感到内心沉甸甸的。她一边走,一边高声用达荷米亚语说道:"你们要是敢跟着我,就别想活了。回去告诉你们的主子。"

这一瞬间,她有些犹豫要不要回去把其他人都杀了。在黑暗中杀他们会更加困难。他们现在很害怕。他们的猎人也已经死了。他们大概会跑回岸边寻求帮助。但是莉亚知道她需要贮存自己的体力。还有一场大的战争在前面等待着她。

一个人内心深处暗暗想的，不管是爱也好，恨也好，都很容易成真。所以我们思考或是恐惧的事物往往都会被我们带到生命中，来摧毁我们。

——高登·彭曼于米尔伍德大教堂

第四十二章
驭火

鹿桥很高大，由石砖堆砌而成，有两个桥洞，其中一个拱形弧度较大，且比较狭窄，相较于另一个而言更高一些，在汛期来临的时候可以将河水引流，以免淹没两岸。另一个桥洞看着更加厚实，中部呈尖顶状，横跨河流两岸。苔藓遍布的河岸边长满了参差不齐的橡树。尽管这几天阴雨连绵，那个更短的桥洞下方的地区还是干的。月光下，那石头与砖头砌成的桥墩若隐若现，伫立在河水中央，上边亦由石头堆砌出个弯弧形成桥面，连接两岸。莉亚，科尔文和艾洛温都很庆幸地看到桥底的石头上布满青苔，这样就能抵消他们走动时发出的声响。

两端都有达荷米亚的骑兵在站岗，他们的坐骑被拴在一边。大约有二十来人，都守在桥附近的路口。莉亚知道黎明即将到来，他们可能得杀出一条血路才能通过王太后手下把守的关隘，安全抵达米尔伍德。但她最希望的还是能兵不血刃地通过这群士兵。

莉亚在前面领着路，一支箭搭在弦上。她缓慢而小心地前进着，在桥下火光无法触及的阴影处走路。她听到他们在用达荷米亚语抱怨寒冷的天气，抱怨他们什么时候才能走过这座桥和他们在大教堂周围丛林中的同伴相遇。

"我们待会儿就能好好暖一暖手了，"一个人说道，"等我们抵达大教堂燃烧的灵石之后。这片地方真是令人讨厌，又冷又湿。"

莉亚走到桥底的那片石头处。石头正位于河流中央。她能听到士兵们在她上面的桥上走过，但是没有人发现她正慢慢靠近。艾洛温看着桥上的动静，差点从石头上摔入河中，幸亏科尔文眼疾手快一把抓住她，把她拉到自己身边。艾洛温惊魂未定，仍旧瑟瑟发抖着。见她没事，莉亚如释重负地舒了口气，侧耳倾听着动静。北面有一阵马蹄声越来越响，逐渐逼近。她示意科尔文和艾洛温赶紧走。

莉亚侧头看向黑漆漆的河面，打了一个冷战。她不知道这条河究竟有多深。但是河面看起来寒冷异常。河对岸离这里并不近，他们没法就这么跳过去。她希望桥上面没有守卫。她并不指望他们要过两条河。怎么样才能静悄悄地过去呢？他们必须从桥底下穿过去，不然那些骑兵就会看到他们，那么一切就全完了。她揉了揉自己的眼睛，绞尽脑汁在想办法。

科尔文把艾洛温拉到藏身处，在她整个人摇摇欲坠的时候抓住她的手扶住她。艾洛温牙齿不住地打战，她感到很冷。如果再让她浸泡在河水中，可能会要了她的命。看起来他们必须硬着头皮和他们打斗才能开出一条路前行了。

"那是狄埃尔，"一个声音喃喃道，"他看起来很恼火的样子。"

另一阵寒意从莉亚的脊背蔓延至全身，但并不是因为冰冷的河水，也不是因为寒冷的夜风，而是因为听到了狄埃尔的名字。她真想一箭把这个危险的人物射死。马蹄声越来越近，沿着河岸排列过来。大概有十几个骑兵，他们身下的坐骑晃着身子，喷着气。骏马们在泥地上一路飞奔至此。

狄埃尔的声音响起:"有他们的踪迹吗?"

"谁,大人?"

"任何人,蠢蛋。这一路沿着河岸过来都有我的人。他们现在应该已经和你们会合了。没有弗什或者那两个女孩的消息吗?"

"相信我们,"一个声音回答道,显得非常疲倦,"如果有女人大晚上在这里晃荡,我们肯定会发现的。在这种讨厌的晚上能有温香软玉作伴是最好不过了。大人您说对不对?您的囚徒怎么不在身边,她去哪儿了?"

莉亚和科尔文闻言面面相觑,眼神中透露着一样的猜测。马尔恰娜。

"她现在很安全,也很温暖。我把她留在了舒适的皮毛床单上面,还给她留了苹果酒和肉。在你完成工作后之后可以得到奖励,大教堂的一些女孩还是很漂亮的。在下一个看守的人来之前你就待在这里,之后快马加鞭在黎明之前感到米尔伍德。"

"我们不会晚到的,大人。"

马蹄声咚咚地从他们上面的石桥上走过。十几名骑士依次骑着马过去,造成的动静委实不小。她在科尔文的耳边小声说了几句。他即刻了然于心。狄埃尔此时出现,更有助于他们神不知鬼不觉地通过这里。

"河水有多深?"科尔文轻声问道。莉亚耸了耸肩。他点点头,拍了拍她的肩膀,然后率先走入河中。河水刺骨的冰冷令他眉头紧紧地蹙起,但他高大的身躯可以令他站在河中,水面才到他的腰间。他示意艾洛温下来,接着把手伸了过去。艾洛温看起来有些不知所措,于是莉亚帮着把她放入科尔文的怀抱中。科尔文转过身,调整了一下姿势抓住她,然后对莉亚轻声说道:"我待会儿回来接你。"

她摇摇头,"不,我自己可以跟上。我没有那么冷。"

科尔文坚决地摇摇头,"在这里等我。"于是他便往河水的更深处走去。桥上踢踢踏踏的马蹄声仿佛是隆隆的雷声在他们头顶上源源不断地响着。艾洛温环住他的脖子,将脸颊贴在他的胸膛上。科尔文勉强抱着她在河中往前走。莉亚咬着牙,希望他不要摔倒。中间的河水很深,一直蔓延至他的胸口。他将艾洛温举高,咬着牙坚持往前走去,熬过了这阵子他们便到达了对岸的浅滩边。他将她放在阴影处的一块青苔石上,然后很快地返回中游。莉亚此时正在中游处冷得瑟瑟发抖,也对于上方越来越靠近的士兵们有些胆战心惊。

科尔文喊莉亚过去。莉亚跨过石头,蹲下身子让他抱起来。他紧紧地抱起她,再一次勇敢地在冰冷的河水中艰难地前行。莉亚一只手拿着弓箭,另一只手环着他的脖子,嘴唇和他的耳朵靠得很近。他一步步迈进严寒的深水中,整个人不住地发抖,牙齿打着战,双手紧紧地握成拳头。此刻他的脸庞离莉亚是那么近,她几乎能看到他眉毛处的伤疤,尽管周围的一切都隐没在阴影中。科尔文差点就绊倒,但还是尽力把莉亚高高地托起,以免她被河水卷走。

她在他耳边轻声说道:"我也很担心恰娜。她是个勇敢的女孩。我知道她肯定会抵抗他。狄埃尔的那些话……应该更多的是开玩笑。他都不相信自己说的所有话,我们也只能相信一部分。"

他点点头,没说什么。在他们抵达对岸的时候,他的眼中涌现冰冷的愤怒,说道:"我刚刚想杀了他。但是时机已过。"

她用一只手臂环住他的脖子,在他放她下来之前,对他说了声谢谢。莉亚伸出手,把科尔文从冰冷的河水中拉出来。他很冷,莉亚可以感受到他非常的冷。隆隆的马蹄声从桥上退去,隐入灰蒙蒙的夜色中。有多少士兵拦在他们前往米尔伍德的路上？

前面还有一条河在等着他们。

莉亚有些绝望地抬头凝望着夜空中的星星。很多人已经不在他们视线中了，东方的天空中露出一抹鱼肚白——黎明的前兆。她知道东边某处有一座桥，但是米尔伍德在南边，可是圣球却将她引向了最东边的浅滩。她很确定另一座桥上一定也有王太后的属下把关。这条河比刚才的那条更为凶险，水流湍急还翻转着白沫。但是中间每隔一些距离都有石块突出来。莉亚吁了一口气，从一块石头跳到另一块石头上前行。艾洛温和科尔文在后面跟着她。有些石头表面很滑，容易摔跤。每一步都充满了危机。莉亚想要用圣球召唤光芒，但是那样就会把他们暴露在敌方的视线之下。

在跨过一个特别滑的石块之后，她正准备回头提醒艾洛温，然而为时已晚，艾洛温已经失足落入了河水中。莉亚知道科尔文会去救她，但他还因为之前在那样冰冷的河水中浸泡过而自身发抖不止。莉亚迅速地把手中的弓箭扔到对岸，纵身跳入令人畏惧的河水中。湍急的浪花轻而易举地将艾洛温吞噬，幸好莉亚抓住了她外套的一角，拼命地抓住她。艾洛温在河水中扑腾着，被河水呛得喘不过气来。她牢牢地抓住莉亚的手，脸庞因为惊恐而扭曲着，四面八方的河水涌入她的口中、耳朵中、鼻子中，她想要叫喊，却又发不出声音。莉亚用尽全力勾住她的脖子，拖着她艰难地往河岸走去。每一步都要消耗几分她本就所剩无几的精力。刺骨的寒冷似乎也冻结了她的大脑。河岸在哪里？水浪有没有把她带偏了？接着她便看到科尔文在后面朝她们跑来。莉亚在水浪中扑腾着，挣扎着，一个浪头把她俩撞到了一块大石头上。莉亚顿时感到眼前一片漆黑，有那么几秒钟什么都看不见，只听到了科尔文的呼吸声。她紧紧地拽着艾洛温,浑身瘫软,但还是咬着牙在黑暗中、阴冷的河水中摸索着,终于用脚踢腾着找到了石头。

水浪又一次向她席卷而来。莉亚睁开眼,看到眼前有一根木头递过来。科尔文拿着她白蜡弓的一头,将另一头向莉亚伸来。于是莉亚便紧紧地握住这一头。科尔文用尽全力把她和艾洛温拽到岸边,自己又再次下水,帮忙把艾洛温从冰冷的河水中拖上岸边。莉亚浑身都湿透了,她不由地紧紧抱住自己。

"把她腹部朝地放下来,"莉亚牙齿打着战说道,"快点!她已经呛入太多河水了。"

科尔文便照着她说的去做了。莉亚跪在这个姑娘身边,拍打着她的背部下方,一遍又一遍,想要把阻止艾洛温呼吸的河水全都拍出来。终于,艾洛温打了嗝,将咽入的河水吐了出来,不住地抽噎着。在重新呼吸到空气之后,艾洛温情不自禁地放声大哭,整个人缩成一团,不住地颤抖着。

莉亚脱下她湿透的皮外套,将穿在里面同样湿透的衬衫拧干。她的大脑还是晕乎乎的,手指麻木得仿佛不是自己的。

"我们需要火,"她轻声说道,"我们现在太冷了。如果不尽快让身体暖和起来,我们就会死。帮我把她的披风拧干。"

"我们不能生火,莉亚,"他提醒道,"那些人就在附近,他们会发现的。"

"如果我们什么都不做的话,一切就都没有意义了。艾洛温现在快要冻死了,科尔文。我也是。如果我们不尽快让身体暖和起来,我们就无法集中注意力,就会开始漫无目的地瞎走。实在是……太冷了。我们需要火。"

"我去找些木头。"他说道。但是莉亚知道他们没有那么多时间了。

"我们立刻就得生火。"她一边说着,一边拿出了圣球。她整个人还没有从河水的冰冷中缓过来。莉亚曾经命令它散发过光芒,也命令它指示过方向。而这一次,她需要圣球提供温暖。莉亚睁开眼,凝视着圣球光滑的表面。

圣球开始发光,但是并没有那么明亮,它散发出源源不断的热量。莉亚引出体内的灵力,开始召唤火焰,就像她曾经在浣衣房对灵石命令的那样。这叫作驭火。圣球在她手中逐渐变得火红,但是并没有灼伤她。艾洛温从昏迷中醒来,站了起来,怔怔地看着莉亚。圣球里面就像装着煤球一样,散发出红色的光晕,一股股热浪蔓延到空气中。科尔文和艾洛温都站到了莉亚身边,努力用身体遮挡住圣球的光芒。他们都伸出冻麻的双手,在圣球散发出的暖意中揉搓着、烘热着。空气中的暖意渗透入莉亚的体内,将原本的寒意全部驱散殆尽。他们的衣服甚至散发出热腾腾的蒸汽。

"你怎么能将灵力运用得这么好?"艾洛温看向莉亚,轻声问道。

"我过会儿再回答你,艾洛温。你先让自己暖和起来,科尔文也一样。"

科尔文的目光先是落在灼热的圣球上面,接着落在莉亚的手上,然后又与莉亚的眼神交汇。他看起来轻松了许多,眼神中也充满了对莉亚的感激之情。但莉亚也能从他脸上看出他的所思所想。他看起来有些困惑,肯定是在想一般情况下这样使用灵力是不被允许的。

"别发牢骚。"她似笑非笑地对科尔文说道。

"我才没有。"他回答道。

于是他们继续在一片寂静中享受着圣球带来的暖意,直到他们身体不再颤抖。莉亚现在感到整个人都很温暖。在冰冷的河水中走一遭似乎把她的疲惫也全都洗掉了。莉亚再一次恢复了充沛的精力，做好了面对前方艰难险阻的准备，做好了坦然面对死亡的准备。

这时，莉亚感受到了周围传来蚀心邪灵的气息。它们想将十字圣球的力量，将那属于艾塞奥司的力量引向邪恶和怨恨。这些鬼魅如同烟影般缠绕着他们，在他们身边嗅着，不时发出"嘶嘶"的声响。莉亚又一次开始颤抖起来。它们带来的恐惧、绝望之情不断地涌入莉亚的脑中，试图扰乱她的心志。

东边的天空中露出一抹淡红色。黎明即将来临。

"是时候了。"莉亚轻声说道。她释放出全身的灵力，用意念说道：随你对我做什么。我愿意牺牲一切换来他的平安离去。保护我。接着她便低头看向已经冷却的圣球。指针又一次开始旋转。

第四十三章
狄埃尔的复仇

黎明的曙光逐渐洒遍了整个山谷，天空中万里无云，明亮清透。如果有哪个最佳的天气的话，今天就是。但是这个清凉的早晨没有一丝微风。莉亚从浓密高耸的草丛中向大片的橡树林走去。米尔伍德便在这片橡树林中间拔地而起，壮丽而宁静。他们三个人彻夜都在赶路，却仍旧无法在太阳初升之前抵达更高的地方。

山谷自西向东有一整支队伍看守着。她看到士兵们骑着他们的骏马已经开始逐渐列队成形。他们现在在山谷的灌木丛中穿行，莉亚知道他们一行三人早晚会被发现的。他们一旦进入树林，就凶险无比，莉亚知道那边应该已经集结了不少骑兵。他们必须在其中杀出一条路来。莉亚本应该对这样的形势忧心忡忡，可是相反她感到十分兴奋。圣球将她指引向了哨兵橡树，径直插入两队聚集在一起的士兵当中。她从这里就可以看到那棵橡树庞大的枝干从树林中高耸而出。那里有一个地下密道的入口。如果她能把科尔文和艾洛温送进去，她就能跑到藏在树林中的一个灵石边，召唤出它守护大教堂的灵力。而这些都取决于他们需要面对多少敌人。

"那边有些马过来了。"就在莉亚也听到远处传来的声音时,科尔文出声提醒道。一队骑兵从桥柱那边出现,稳步向他们这里逼近。他们没有地方可以躲藏了。

"我们快跑,"莉亚说道,"还记得橡树旁边的水沟吗?那是密道的入口。你记得开启灵石的密语吗?"

"记得。过来,艾洛温。"科尔文一只手拔出利剑,另一只手握住艾洛温的手,便开始向前跑去。

莉亚握着弓箭紧随其后。她的内心既兴奋又恐惧,跳得飞快。后面大约有二十个骑兵,都穿着黑色的制服。他们策马加鞭赶过来,马蹄声如雷鸣般隆隆而至,越来越响。

科尔文跑得很快,艾洛温勉强才能跟上他的脚步。前方的树林距离他们越来越近,然而后方骑马追赶的骑士也距离他们越来越近。莉亚的呼吸变得急促而沉重。随着后方骑士的逐渐靠近,莉亚觉得自己应该做点什么了,于是她停下脚步,单膝跪地,弓箭对准最前面那匹马射过去。那匹马中箭后痛苦地嘶鸣了一声,便倒地不起了,其他骑兵纷纷转向闪避。莉亚又射了一箭,又将另一匹马射倒了。随后她又射中了一匹。科尔文和艾洛温马上就要跑进树林中了。莉亚飞速地冲上去,想要赶上他们。在她身后,几支弩箭向她飞过来,但是都没有射中。骑士们已经距离他们很近了,她甚至可以看到又一队骑兵从另一面赶过来。

前方响起兵器撞击的声音。莉亚看到科尔文一个转身将树林中冒出来的一个男人刺死了。艾洛温躲在科尔文的身后,看着他又一次转向另一个士兵将剑刺过去。他们身后还有更多士兵,莉亚一边向前跑,一边往后面射了一箭,没想到竟然又一个人被射中,无声地栽倒。科尔文和艾洛温跑到了树林中,莉亚能听到科尔文的利剑在打斗时发出的声响。莉亚更加拼命地向前跑去，在骑兵们之前跑进了树林中。树林中层层叠叠的橡树根本无法让马匹行走，他们必须下马追赶。一个士兵从树后朝她冲过来，莉亚都没有停下脚步就立刻向他的腿部射了一箭。前方兵器交接的声音越来越大，莉亚能从树枝的缝隙中看到前方的科尔文和艾洛温。莉亚在树干中敏捷地穿梭，最终追上了他们。此时科尔文正干掉了一个敌兵。其他三个士兵在一旁大喊大叫着，寻求他们同伴的援助。莉亚向其中一个人射了一箭，然后将弓箭背在肩膀上，取出她的短剑和匕首。其他两个人都向科尔文袭来，科尔文挡住他们的剑锋，又敏捷地刺向其中一人。此时另一个人正准备砍向科尔文暴露的后背，莉亚便迅速地挡住他的剑，猛地踩在他的脚上，用匕首刺中他。那人痛苦地扭曲着脸庞，应声倒地，扭动着身体。

"往哪儿走？"科尔文喘着气问道。他的脸上已经汗如雨下，表情中充满愤怒。这片树林密密麻麻，无法望清里面。哨兵橡树就在附近，可是往哪边走呢？莉亚环顾四周，认出了方向，便指着那个方向跑了起来。后面的骑士们都纷纷下马，跑进了树林里追逐他们。一支弩箭从她耳边"嗖"地飞过，她立马弯下身子。莉亚看向箭筒，里面只剩五六支箭了。骑士们一边跑着，一边大声呼唤同伴一起赶上他们。

"这里！在这儿！在这儿！"

莉亚听到树枝断落的"咔嚓"声和地上枯叶被踩的"沙沙"不断传来。另一支弩箭朝她飞过来，最终射在一棵树上，剧烈地抖动着。莉亚管不了那么多了，只是担心着科尔文和艾洛温。他俩在她前面，在跑向那棵高耸入云的橡树。那棵树附近的地方比较空旷，可以毫无阻碍地轻松跑过。莉亚回头看了一眼，发现好几个骑兵马上也要赶到这片空地了。喊叫声从四面八方传来,回响在小树林中。

"往哪儿跑?"科尔文喊道。

"水沟!就在那里!把灵石启动!"

莉亚将短剑扎进一旁粗大的橡树枝中,把匕首别在腰间,取下了背在身后的弓。在她将第一个人射倒之后,其余的人都瞪大了眼睛,闪现出愤怒而恐惧的目光。莉亚毫不畏惧地站在那里,从后面抽出另一支箭,将第二个人射倒在地。第三个人飞速地朝她冲过来,怒气冲冲地喊叫着,高高地举起手中的剑朝她砍去。莉亚来不及再取背后的箭,便在躲开他的一击之后,将手中的弓捅向他的咽喉。他发出一阵呕吐和窒息的声音。莉亚随之又拿着弓撞向他的太阳穴,于是他便晕了过去。莉亚拔出短剑,收入套中,追赶着科尔文和艾洛温,任由身后受伤的敌兵扭曲着,呻吟着。

抵达水沟边缘时,她看向科尔文,两人四目相对,科尔文满眼的震惊和不可思议。

那个洞穴已被泥土填满。她仍旧能感受到里面的灵石,要把洞穴挖开,需要耗费些时间,更别说现在后面还有这么多人在追他们,并且已经快追上了。橡树枝断裂的声音、叫嚣着复仇的喊声此起彼伏。是时候了。莉亚很快意识到这一点,在这片嘈杂中感受到了灵力的力量,心中不由地升腾起一阵得意。

"往那儿走,"她朝水沟的末端那里抬了抬下巴,梅德罗斯的小屋在那里。躲到石棺里面去。快!"

石棺,充满死亡气息的地方,所有的戒指都是在那儿找到的。莉亚知道这是她与科尔文在一起的最后时刻,一切都要结束了。她的手伸向脖子,将挂在脖子中的绳子取下来,拿着那枚金色的婚戒。戒指在阳光下闪耀着光芒,是它曾经唤起了她体内的灵力。这是她自孩童时期便一直携带的东西。她将戒指扔给科尔文，科尔文转向她时，看到了她深情的目光。

"我爱你——直到永远。"她说道，然后便赶在勇气还没消退的时候，往另一条路上跑去，她知道可以用那里的灵石唤起对大教堂守卫的力量。她听到科尔文在呼喊她的名字，但是她并没有放慢脚步，继续跑去。看到迎面而来的几个骑兵，当即摘下了弓箭，握在胸前。

"快跑！"她边喊边超前方挥着手，作势科尔文和艾洛温仍在她的前方似得。"我会拦住他们的！"

这些骑士从三个方向逐渐围追过来。莉亚向后射出一支箭，一个人便立刻倒地。她还剩下三支箭了。有个士兵咒骂着她的弓箭，她便向他射去。那人中箭跌下马来，重重地摔在地上，满脸的痛苦和挫败。仅剩下两支箭了。一个士兵挥着剑向莉亚袭来，她敏捷地弯下腰，身体轻盈一转，一只脚钩住他的脚踝，一只手擒住他空空如也绑在腰上的剑鞘，一个猛扯便将他绊倒在地。莉亚并没有停下来把他杀了，而是继续向前方的灵石跑去。

这时，她的前方又出现四个人，每个人手中都握有利剑。莉亚便改变了路线，在树与树之间绕行着。一支弩箭"嗖"的一声向她袭来，擦过她的肌肤，留下一道血印。莉亚喘着粗气，几乎感觉不到疼痛。一个骑士伸手想要擒住她，但是莉亚用弓重重地摔打到那人的脸上。

他们又一次让莉亚从眼前逃了过去。另一个骑兵又握着利剑在前面等着莉亚。在他身后，莉亚看到了那块灵石——大约齐腰高的石头，上面刻着一个严肃的络腮胡男人。那是大主教年轻时的样子。另一个男人跪在灵石之前，探着头，伸出一只胳膊，用手搭在石头上面。此时，灵石上面的眼睛闪烁出火焰，开始燃烧。

莉亚又将最后一个拦住她的骑士射倒，自己的箭筒中则只剩一支箭了。跪在灵石前的男人站了起来，回头用熟悉的眼光看向莉亚。

是斯卡塞特。他的双眼放出银色的光芒。

她将最后的一支箭从箭筒中扯出，搭在弦上，缓缓地举起弓，手指不自觉地开始颤抖。她周围的一切事物似乎都冻结了。他灼热的眼神牢牢地锁定住莉亚，将他的意念注入她的脑中。

放了我！求你！

莉亚仍旧拉紧了弓弦，就像拉回千斤石头那样沉重。他的衬衣敞开着，露出里面闪闪发亮的赤隼链。尽管他红棕色的胸毛浓密，但还是能明显地看到胸口黑色的文身盘旋至他的脖子处和肩膀处。这个文身说明他处于完全的束缚之中。

你足够强大了，女孩！我可以帮助你！

莉亚犹豫了一下，又想将那支箭射出去。但是随之而来的便是一股强劲的灵力冲击。一瞬间，她感到倦怠，疲乏，累不可支。莉亚甚至觉得手中的弓箭都非常非常之沉重，甚至都无法发出这只搭弓在弦的箭，她的手指都不再听自己大脑的指挥。

一阵猛烈的刺痛袭来。

一支弩箭从她的腿侧刺入骨肉之中。现在她每次触发意念都会引起一阵火辣辣的疼痛，她痛苦地嚎叫一声，瘫倒在地。橡树中传来一阵马蹄声，狄埃尔伯爵带着一大群骑兵向她走来。他穿着盔甲，外面的棕色罩衫随风飘扬。他眼神透露着愤怒，但脸上却夹杂着欣喜和无辜的神情。

"终于抓到你了！"他欢呼道，随后从马上跳下来，手中握着剑。后面三个骑士将弩弓对着她，第四个骑士正在重新装上弩箭。

莉亚艰难地支起一条腿，另一条腿疼痛地抽搐着。她憎恶地看着狄埃尔，拿起最后一支箭对准狄埃尔的喉咙。那些弓箭手也对准莉亚开始放箭，但是莉亚的动作更快。她放出了最后的一支箭，随之胳膊颤抖了一下，仰面朝天倒在地上，希望可以闪避掉一些弩箭。

然而狄埃尔早就在无数的战斗当中训练出了超凡的反应能力，他敏捷地闪身躲过那箭，用利剑将它劈断。他优雅地将握着剑的手臂缓缓放下，面上的笑容桀骜不驯。一支弩箭径直刺穿了莉亚的手心。而其他的弩箭都没有射中莉亚。钻心的疼痛令莉亚忍不住大叫，她躺倒在地，手上的弓落到了地上。

泪水模糊了她的双眼。狄埃尔向她缓缓走来，但她甚至看不清他的样子。莉亚忍着剧痛，拖着伤腿向灵石挪过去。灵石的整张脸都开始燃烧起来。如果她能触摸到灵石，就能用她的鲜血唤起灵石的力量。圣骑士的血液会在他们死去的时候发出最后的呼喊。她甚至能听到自己脑中的那个叫声，呼唤着帮助，叫嚷着复仇，召唤着正义。那是属于一个将死之人的呼声。

狄埃尔嘲弄地说道："你应该在我邀请你的时候加入我的阵营，姑娘。这场追逐很不容易，幸亏我持之以恒。我的耐心肯定让你十分吃惊。"

一个骑士粗暴地踢向莉亚的肋骨，问道："我现在可以杀了她吗，大人？"

"还不到时候，"狄埃尔应声答道，"让她在死之前亲眼看着大教堂被烧毁。把灵石烧了。"

当我第一次看到那个孩子的时候,她身上裹了条普莱利的披肩。当时我就知道她会是那个导致我死亡的人。在这些年里,我亲眼看着她长大,偷窃了戒指,戏弄过别人,时常哈哈大笑。但灵力许多次在我耳边低声述说着这件事。那个小女孩,充满了生机与爱心,将会引起米尔伍德大教堂的沦陷。但就算知道这件事,就算我内心再痛苦,也无法不继续爱她,无法不继续遵守她父亲令我许下的誓言。

——高登·彭曼于米尔伍德大教堂

第四十四章
焚烧

莉亚痛得几乎无法呼吸,嘴里喷出了鲜血。但她抱着战斗到生命最后一刻的决心,用另一只完好的手拔出匕首,猛地刺向踢她的那个骑士的脚背。那个人痛呼一声,连连退后,莉亚便用手肘撑着地往灵石那边爬去。她已经离灵石很近了,但还是不够近。她用意念命令火焰停止燃烧,于是火焰摇曳了几下,便熄灭了。

斯卡塞特的身体剧烈地摇晃着,他闪耀着银光的眼睛紧紧地盯着她。

"召唤火焰!"狄埃尔命令道。

莉亚和斯卡塞特的意念激烈地斗争着。莉亚竭尽所能地将斯卡塞特的意念推挤出去,想要阻止火焰的燃烧。要是她能碰到灵石,她就能唤起它的守卫之力。又有一只脚狠狠地踢到了她的后腰,莉亚感到一阵钻心的疼痛猛烈袭来,眼前一黑,差点晕厥过去。她的注意力被打破了,火焰又重新燃烧起来。在这样的剧痛之下,莉亚难以再集中起自己的注意力。莉亚觉得只要自己再被踢一脚或是打一下,就会没命了。她已经疲劳到了极点,但灵石又离得这么远。

"大人，来了个圣骑士！"

"别放弩箭。他归我收拾，"狄埃尔的声音低沉而贪婪，接着抬高音量说道："看来你真的很在乎这个女孩！还算是个真男人。她很快就能从痛苦中解脱了。我不会让他们玩弄她的。但你现在浪费了她的牺牲，虽然这些密道都被堵住之后，你也藏不了多久。"

莉亚睁开眼睛。泪水模糊了她的双眼，但是她听到了他的脚步声逐渐靠近，听到了他的喘息声。莉亚使劲眨着眼，泪水退去之后，眼前的景象就像一朵鲜花在阳光下绽放——科尔文握着圣骑士宝剑向他们走去。他的胸前挂着莉亚给他的戒指，随着他走路的动作而摇晃着。他没有举起剑锋，但是莉亚可以清晰地看到他紧握的拳头和眼中放射出的严寒与憎恶。

"弗什！"一个士兵粗声说道，语气中却透着不自觉的敬佩。

"那个德蒙特女孩在哪里？"另一个人问道。但所有人的注意力似乎都集中到了那两个彼此憎恶着的贵族男人身上。莉亚慢慢地向灵石走去。她口中的鲜血已经堵住了口腔。

"我一直在等这一刻，"狄埃尔慢慢向科尔文走去，"恰娜已经发过誓要成为我的妻子，只要我饶你一命。但是你知道我许下的诺言能信多少。"他的声音带着一丝嘲讽，莉亚为他感到恶心，"我知道她想在大教堂内举行婚礼，但是今天之后就再也没有大教堂了。一切都在这里终结，就在今天。你的土地归我了，你的妹妹归我了，甚至连你那满头卷发的贱民也归我了。你身上已经没有什么是我想要的了。"

士兵们并没有看到莉亚偷偷向灵石挪过去。身下乱石遍布的土地，让莉亚的后背加剧了疼痛，地上橡树的枯枝败叶也不断刮擦着她的肌肤。她从来没有体验过这样钻心的疼痛。每爬一步钻心的疼痛，让莉亚不得不咬着舌头，才能不哭出声来，一点一点地往灵石靠近。

"我不怕你。"科尔文声音嘶哑地说道。

"当然,你那么蠢,怎么会害怕。每个依靠你的人都落在了我的手里,除了你那个贫穷的草包朋友约克——我把他丢在了血泊里。所有圣骑士都跟着德蒙特丢了性命。我想你是留下来的最后一个。你本该死在温特鲁德的。今天就让我们把一切都了结了吧。"

空气中传来一阵兵器交接的声音,一时间火花四射,缠斗胶着。狄埃尔的利剑仿佛一道闪电向科尔文劈来,但是科尔文挡住了他的攻击。他们就像两股旋风互相纠缠着,一时间胜负难分。连续不断地跳跃和攻击,如同一千把铁盾在一瞬间将无数个石头挡落在地面。狄埃尔穿着盔甲,科尔文没有。他们不停地刺进,挥剑,或猛推,或踩脚,或扭打在一起,然后一个旋转退后,虚晃一拳,再次蓄势进攻。

莉亚回头望去,注意到狄埃尔的剑在科尔文的脸颊逼近眼睛的地方留下一道血痕,莉亚吓得倒吸一口冷气。

"看!她在往那边爬!"

他们发现她了。

一个身影落在了莉亚身边。是斯卡塞特,手中握着一把匕首,眼中散发出的银光愈发刺眼。在他用灵力控制灵石的同时,文身逐渐蔓延至他的咽喉处。他咬紧牙关,显然在脑中和大主教剧烈地搏斗着,来保持灵石上的火焰继续燃烧。

救我! 他用意念对莉亚喊道。**我不想伤害你!是帕瑞吉斯在操控我!**

但是她能做什么呢?**战斗啊!** 她也对他喊道。**把她击退!**

突然,兵器交接的声音停了下来。两个骑士绕着圈子,彼此对峙,两个人都满头大汗。狄埃尔的声音中透着钦佩,"你比以前厉害了。看来你一直在练习啊,弗什!"于是他们再一次缠斗在一起,兵器相撞的声音不断传来。莉亚不敢抬头去看他们,她对科尔文冒险赶过来的举动感到很生气。他应该带着艾洛温去达荷米亚的。除了他还有谁能完成灵力的意愿?

斯卡塞特猛地擒住了莉亚的咽喉,逐渐加大手上的力道。莉亚用完好的手抓住了他的手腕。他的灵力是那样雄厚。她有那么一瞬间眼前一黑,但很快又重新聚集起意念。这是从他的衬衣滑出一个挂坠,在她面前摇晃着。是赤隼链。

狄埃尔继续奚落道:"真希望你看到她是怎么求我的,弗什。她求我饶了约克和你的性命。她求饶的模样,她的眼泪,简直能征服任何一个男人。我答应了她,并且给了她一个吻。"他们的战斗越来越激烈,动作越来越迅猛。"那可不是随便的一个吻。她希望我吻她的!她也的确接受了,弗什。我会永远将这段记忆珍藏在心里。她的手臂环着我的……"

接着狄埃尔的宝剑在空中甩了出去,重重地落到地上。

科尔文狠狠地踩在狄埃尔的脚上,抬起手肘向他的后脑勺撞去。狄埃尔便倒在了地上。科尔文的利剑径直逼近他的前胸,然后在快要刺进去的时候停住了。

一旁的士兵们都惊呆了。周围陷入了一片寂静之中。

"杀了我吧,"狄埃尔吼道。"如果你是个男人就杀了我!我糟蹋了你的妹妹,我毁了她。不要对我有任何的怜悯。甚至你敢这样吗?弗什!你击败了我,结束吧,杀了我吧!"

赤隼链就在莉亚的眼前晃荡着。她的一只手已经被一只弩箭刺透,她甚至连其手指都动弹不得。如果她松开抓住斯卡塞特手腕的那只好手,就可以拽住他的赤隼链。

科尔文的声音充满了愤怒和鄙夷,"我不会的,狄埃尔。我知道你在想什么。你命令你的手下，只要你死了，就去杀死我的妹妹。我不会成为杀死她和你的刽子手。"

莉亚渐渐失去了气力。

她松开了他的手腕，抓住了那个蜗牛状的魔徽，那就是斯卡塞特控制灵石的魔力来源。

魔徽在她手中变得滚烫，而这时一把匕首径直刺入她的肋骨。莉亚闭上双眼，召唤灵力来完成她生命中的最后一个愿望。她将灵石内所有的火焰都吸到了自己手上。莉亚能感到自己拳头在发光发亮。莉亚手中的魔徽变得愈发滚烫，此时她的拳头俨然就是一个熔炉，魔徽在她的手中逐渐熔化，斯卡塞特身上的束缚终于解除了。

"那你就为我而死去吧，"狄埃尔伯爵说道，"谁能取到他的脑袋，一千马克就归谁！"他对士兵们喊道。

她的身体动弹不得，血液源源不断地从伤口涌出，她开始失去知觉。但是她感到有双手臂伸下来，托起了她。睁开双眼，她看到斯卡塞特正托着她走向灵石。他的脸上夹杂着愧疚不安和孤注一掷的神情。他摇摇晃晃地走过去，莉亚差点要从他手中摔下来了。最终他们到了灵石，他动作轻柔地把莉亚放到了灵石旁边，拿起她的手去触碰那逐渐冷却的石头。此刻，斯卡塞特正在帮助莉亚拯救大教堂。

"求你！"他轻声说道，"救救我们……"

先知神力让莉亚在瞬间看清了一切。二十个士兵手拿武器冲向了科尔文。科尔文站在风暴的中央，四周散发着耀目的金光。艾洛温藏在石棺中，但是士兵们已经开始在周围的残垣断壁中搜索。有一大队士兵向大教堂浩浩荡荡地行进，但是半路停了下来，对于大教堂不再燃烧感到很惊讶。这说明什么？她能感受到他们心中的疑惑。他们往前走还安全吗？他们的头领在哪里？

莉亚？

大主教的意念在呼唤她。他此刻孤身一人站在大教堂的大门口，应对着帕瑞吉斯排山倒海的淫威。她的士兵们用力撞击着教堂的大门，门板逐渐变形，弯曲，摇摇欲坠。但就在这时，莉亚感到形势开始有所改变。灵石颤动着开始释放出灵力。

莉亚，死的应该是我啊！应该由我的鲜血来献祭！求你！你不应该死！

但是她的生命正在逝去，灵魂正在从捆绑着她第二世生命的躯壳中飘离。大主教感受到了她的逝去，悲痛得不能自已。大门最终倒塌在地，帕瑞吉斯趾高气昂地骑着马走来，石板路都被她的坐骑踩踏地咚咚作响。大主教轰然倒地，心力交瘁，倒在了一片黑暗之中。但他的意念还一直抵挡着帕瑞吉斯的入侵。

莉亚感到了来自米尔伍德的召唤和力量，正在将她拉走。她随风飘荡着，看到了斜坡上伫立的大教堂，它看上去像是在燃烧，但环绕在它周围的并不是焚毁一切的橘红色火焰，而是比正午的阳光更加刺眼的光亮。她能感到大教堂散发出守卫的力量，保护着建筑，沸腾着，颤动着。灵石骤然散发出白色的光芒。莉亚的影子飘到古老的大教堂上方，亲眼目睹了接下来的事情。环绕着高地的两条河流涌上了河岸，化身为浩浩荡荡的洪水向山谷奔腾而去。大教堂现在完全被河流淹没了。河水漫过了整个山谷，将驻足的那些士兵们完全淹没。一阵阵恐惧的呼喊声不断传来。

帕瑞吉斯的意念想要阻止洪水，将它们召回，但是河流所携带的灵力如同天上的月亮一般不可撼动。莉亚逐渐飘近大教堂，飘向穿越圣幕，欣喜地看到圣骑士一个接一个地从里面走出来，戴着温特鲁德大战中的领章和武器，为首的正是盖伦·德蒙特。他和部下挥舞着利刃从里面冲出来。莉亚心中瞬间涌出一阵狂喜之情。帕瑞吉斯和她的骑兵此时相较于德蒙特的队伍而言已是寡不敌众。穿越圣幕将莉亚引向大教堂。她就要回到伊渡米亚了。但是莉亚并没有感到悲伤或是遗憾,相反,她感到温暖而安详。现在没有痛苦,也没有折磨。只有安宁。

但是后面突然有一种力量在召唤她。莉亚回头看去,发现科尔文站在一团亮光之中。而他周围躺满了达荷米亚骑士的尸体。他们想要杀了科尔文,却又一个接一个地倒下。这种感觉是如此的熟悉而难忘,她当时在温特鲁德也体验过相同的感受。灵力的力量达到巅峰。她又一次召唤了灵力来拯救科尔文的性命,来保护这个她深爱的男人。穿越圣幕将她慢慢吸引过去,她也是那么盼望回到伊渡米亚,再次看到那花园般的美丽城市。但她内心又有些留恋,她还有未竟的任务来执行。但此刻的她就像是一片渺小的树叶想要从大风中挣脱一样无力。不管莉亚心里有多想回去,她都无法再回头。

她穿过大教堂的墙壁,仿佛墙壁是用云朵而不是用石头做的。越来越多的圣骑士正从十字屏风处赶来。这是一支军队!这是德蒙特麾下完整的军队!他们没有在北方被歼灭?她不大理解,但是也没有关系。安全感和温暖感充盈着她,灵力的力量正在安抚着她。她终于从所有的伤痛中得到了解脱。

就在她快要进入圣幕的时候,有一股力量牵绊住了她。那股力量硬生生地拦截了她。莉亚感到一阵不适和痛苦,她不想再体验一次了,于是她畏缩着,逃避着。可是这股力量是那么的坚韧,还是将莉亚扯了回来。莉亚感到自己像是掉进了一个满是刀片、尸骨和牙齿的冰井中,只能感到无边的痛楚。但紧接着一阵温暖而安宁的亮光笼罩住了她,迸发出白色的光芒。

在那片光芒之后，科尔文的声音响起。

"厨娘莉亚，我赐予你起死回生的神力。回到我身边。你会重新活过来。伊渡米亚在上，你会活过来的。回来吧。"

莉亚眨了眨眼睛，感受到科尔文的手按压在自己的头顶。她又重新听到了水流和浪花的声音。她突然意识到自己很冷，已经浑身湿透。莉亚拼命地想要睁开眼，终于在最后看清了眼前的一切。她抬起头，看到了科尔文的脸，他满脸泪水，正将她抱在怀中，向山上走去。

莉亚在他的怀中向后看去。本来士兵云集的草地上，此时已经被一个硕大的湖面所替代。除了高耸的托尔山，其他都被洪水淹没了。米尔伍德就像一个小岛挺立在中央，周围都受到了保护。

"你把我召唤回来了。"莉亚在科尔文耳边轻声说道。她的腿和肋下都疼痛异常，几乎无法思考。

"代价已经付出，"他回答道，"这就够了。"

莉亚点点头，微微一笑，便靠在科尔文的胸膛昏睡过去。

第四十五章
道别

希亚拉医师向莉亚口中喂了一勺药汤,莉亚便醒了过来。她的睫毛扑扇着,缓缓地睁开眼睛。莉亚不知道她此时身在何处。周围唯一的光亮便是壁炉处柔和的火光。莉亚眨了眨眼,想要看得更清楚些。她试着挪动身子,想要坐起来,但是一阵钻心的疼痛立刻遍布她的身体各处。莉亚倒抽一口冷气,只能作罢。她的左手被缠上了厚厚的绷带,因此短时间内手指无法动弹。莉亚不确定自己的手能不能完全康复,以后还能不能照常活动。她花了一段时间才反应过来自己在哪里——在大主教宅邸里那间马尔恰娜和艾洛温住过的屋子里。屋子里面没有窗户,所以莉亚不知道现在是白天还是黑夜。她躺回铺有厚厚的鹅绒褥子的床上,感到非常舒适。

"别动。"科尔文从阴影处走了出来。他就着床的边缘坐了下来。莉亚又一次试图坐起来,但是又因为牵动到身上的伤口而忍不住瑟缩。

"来,让我帮你。"科尔文拿来一个枕头放在她的肩膀后面,然后扶着她缓缓地坐起来。莉亚的银丝软甲外面穿着马尔恰娜上次给她的睡裙。

"大教堂安全了吗?"莉亚问道,虽然她知道答案是肯定的。她能感受到空气中洋溢的温暖、安宁的氛围。

"是的,这都是你的功劳。"他回答道。

莉亚打心底感到感激上苍。但当她想起大主教在大门口倒下去,他的意念陷入一片黑暗之中的那一刻,她感到内心涌起一阵无法抑制的悲伤之情。她很肯定地知道,他已经死了。但她开不了口询问,只能硬生生将眼泪憋回去。

莉亚睁开眼重新看向科尔文,注意到他的脸上有所不同。"你刮胡子了。"她声音有些沙哑,轻声说道,看着他的脸掩映在火光之下。他的脸颊上有一道红色的疤痕。莉亚清了清嗓子,科尔文便给她端来一杯水让她解渴。他将杯子端到她嘴边,莉亚便咕咚咕咚喝了起来。喝完之后她说道:"好多了。现在时间很晚了吗?"

科尔文摇摇头,"太阳马上就要落山了。你几乎睡了一整天。"

"艾洛温在哪里?"

科尔文低头看向她,微微一笑,仿佛在讲述一件趣事,"她和她舅舅在一起。她没有死,盖伦·德蒙特也一样。"

莉亚闭上眼睛,回想起她那时看到的景象。"我记得,"她说道,"他领着所有骑士们一起从穿越圣幕中出来。我记得我看到了他……在我死了以后。"只要想到她曾经死去过,莉亚就忍不住瑟瑟发抖,就算壁炉很温暖,科尔文靠得那么近,也无法阻止她内心蔓延的寒意。她再次睁开眼,看向科尔文的脸庞,他的神情温柔而矛盾。"是你让我起死回生的,科尔文。你怎么做到的?"

科尔文想要忍住笑意,但是嘴角还是止不住地上扬。"当时我心里对你不胜感激,"他温和地说道,然后抓了抓头发,再用荒谬的眼神看向莉亚,"难道你以为我可以逼迫灵力做任何事吗?"他用一只手抚摸上脖子上悬挂的戒指,莉亚的眼神被他的这个动作吸引过去。他将戒指举起来,看了看它,又看向莉亚。"在你把这个戒指扔给我的时候,我的内心非常矛盾。我不能接受你牺牲自己的性命来拯救我们。但是我也意识到灵力可能希望你这么做。当时对于我来说真的很尴尬,很糟糕。我可能永远会失去你。"他调整了一下姿势,似乎离莉亚更近了。莉亚感到喉头有些涩,一颗心吊到了嗓子眼。她能清晰地感受到他的气息。科尔文此时的神情毫无防备,就这样坦诚地望着莉亚,让她忍不住颤抖。"我实在不想相信一切会以这样的方式结束。所以在你跑了之后,我祈求灵力为我指引方向。要么我就按照你为我指的那条路,沿着水沟走到梅德罗斯的洞穴。要么我就返回去找你。当灵力发出指示之后,我就清晰地明白自己应该做些什么了。我让艾洛温往另一条路上跑,躲在石棺之中。当时所有的士兵们都像飞蛾一样追逐着你。当他们最后抓住你的时候,我就躲在旁边的水沟里,在你的旁边。然后灵力命令我去拯救你。"他伸出手,温柔地将她脸颊上黏着的一绺鬈曲的头发抚到了耳后。"这个命令我非常乐意遵循。我知道我能把你带回来。因为我在那里,所以我可以救你,尽管我不是个大主教。"

莉亚缓缓地摇摇头,内心夹杂着感激、困惑、疲劳、饥饿和其他很多情绪。"为什么灵力告诉我,我会死?我看到你和艾洛温用石块在埋葬我,就像我们对乔恩·亨特做的那样。有什么不对的吗?"

科尔文沉下脸色问道:"你什么时候看到的?"

"黎明之前。那时我意识到我不能和你们俩一起去达荷米亚了。我有先知神力,之前也用到过。我相信自己就要死了。所以我才把自己的项链交给了你。"她伸出自己没有受伤的手,摸向戒指的边缘,

"我想让你记得我。"

科尔文的脸庞泛起了红晕，目光中饱含深情。莉亚眨了眨眼，眼眶有些湿润。

"我怎么可能……忘了你？日日夜夜，我的脑中无时无刻不在想着你。你是我生命中最特别的人。你明白吗？我也很担心我妹妹，因为我不知道她在哪里。但是我还不能去找她，我必须先将艾洛温带到达荷米亚去，这是我的职责。她得去告诫达荷米亚人防备大灾难的来临。不管我走到哪里，我都会思念着你。我不需要这个东西来提醒我。"

莉亚深深地吐了口气，往后靠向柔软的枕头上，"你的话让我感到好受多了，但也更加难受了。但我想让你把这枚戒指收好。我想让你戴着它去达荷米亚。我多希望自己能跟着你一起去……但是我的伤让我不能动弹。"

科尔文对她的固执而感到好笑，"医师说，你还要等几个礼拜才能下地走路。弩箭伤着你的腿骨了。她跟我说你的手会痊愈的。虽然你觉得很痛，但早晚会好的。但刀伤是致命的，你因而失血过多，所以当时失去了呼吸。但是当我呼唤你回来之后，你的伤口就开始愈合了。你的呼吸声也变得越来越有力量。"

"你一直在旁边看我睡觉吗？"她问道，很担心自己昏迷时虚弱的样子被科尔文看到。

科尔文将莉亚脸上的几束头发拨过去，"我今晚打算为你值夜的，因为我想在你起床之后亲口跟你告别。刚才索伊一直在照顾你，还有布琳和帕斯卡。她们帮着医师一起照料你。他们只允许我在你沐浴更衣之后再见你。帕斯卡的床搬到了厨房里，你以后就在那里休息，她们就可以日日夜夜地照看你了。我敢肯定你已经很饿了。"

莉亚点点头，依旧满腹疑问："你什么时候出发？"

"黎明。潘意林将会载我们过河。"

莉亚扭过头，疑惑不解地看向科尔文。

科尔文点点头，"在你将守卫的力量召唤起来之后，大教堂周围的好几条河流都涌出水流。他本来准备离开的，可是水流刚好从另一面将他冲回了米尔伍德。王太后的所有船只都撞毁或是沉没了。他的船是现在百里区唯一的一只船了。这一整天他都一直在来来回回载骑士们渡过这条巨大的壕沟，如果我没弄错的话，他应该捞了很大一笔。他会载我们去桥堡码头，然后再去载德蒙特，直到洪水退去。如果洪水会退去的话。"

莉亚想到潘意林就忍不住想笑，"他的鼻子还破着吗？"

"医师帮他治疗了一下。他的鼻子现在还是一片青紫，但是迟早会痊愈的。"

"狄埃尔当时是不是又在撒谎，说德蒙特的军队在北边全军覆没？我们当时都以为他死了。"

"他没有撒谎。他当时真的以为德蒙特死了。你听下去会觉得这件事情很有意思。还记得德蒙特的手下都是圣骑士吗？他们当时进军北上，去镇压卡斯珀伯爵带领的叛军。卡斯珀当时控制了所有的要道，他的部下为德蒙特设下了陷阱，伺机捕捉他。德蒙特知道自己的部队人数远远不如敌方，而且他的部下的精神状态都十分疲劳，而卡斯珀的部下却精神饱满。德蒙特的部队栖息在那个百里区的一个大教堂里面。卡斯珀派人放火，想将德蒙特他们烧死在大教堂里面。德蒙特便意识到卡斯珀并不知道大教堂会保护他们的安全。随后灵力指引德蒙特通过穿越圣幕来到米尔伍德。他们丢下自己的马匹，也丢下了那个小国王，只留了几个护卫带他离开。任何一个不是圣骑士的人都得到了警告,必须在晚上离开。早晨来临的时候便开始起大雾,就像这儿的一样。卡斯珀将他的部队铺展开来,认为这样德蒙特就无法在迷雾中溜走了。但是浓雾遮蔽了人们的视线,很快,卡斯珀的部下开始自相残杀,因为他们以为经过自己身边的是圣骑士。在浓雾退散之后,卡斯珀发现他的部下因为内斗而所剩无几。同一时间,德蒙特的部下正穿越圣幕,到达了米尔伍德。"

他停顿了一下,目光锐利地看着莉亚,继续说道:"他们在两天之前就通过了穿越圣幕,但是今天早晨才抵达米尔伍德,在你召唤了守卫之力以后。他们不仅跨越了距离,也跨越了时间,在我们最需要他们的时候刚好出现。这些人没有想到自己跨越穿越圣幕需要两天,所以出来之后有点迷糊,更别提他们还听见了坊间流传的关于自己的死讯。但是他们最终守卫了米尔伍德,将王太后的余党关押了起来。"

莉亚惊讶地摇摇头,"我相信。在我当初通过穿越圣幕之后,梅德罗斯暗示我他可以将我带到其他任何的地方,或是出现在任意时刻。那你是怎么处理狄埃尔的?你刚刚说过,你和他谈过。"

科尔文双手抱臂,表情逐渐变得严肃。愤怒之情又从他的身上逐渐散发出来,是那样强烈而难以平息。没有恐惧,只有愤怒。"他还活着,虽然他不肯说把我妹妹藏在了哪里。他知道这是他的最后一张底牌,于是千方百计利用这一点为自己争取更多。我猜她被他藏在了自己的宅邸里面。或者正被带往宅邸。他放话说谁敢放了她谁就会死。她现在是他的人质。"

莉亚蓦地往前坐了起来,然后疼得龇牙咧嘴。科尔文按住她的肩膀,把她放回了靠枕上面,"但是我们不可能永远不知道马尔恰娜在哪里。当你康复之后,我想让你带着一些圣骑士去救她。你可以用圣球找出她在哪儿。"

"是的，"她气愤地说道，"真希望你杀了他。当你面前出现一条毒蛇的时候，放它走可不是明智的做法。但是为了马尔恰娜的安全着想，我还是很高兴你没有这么做。我当时听到了你对他说的话。你可以感受到他的所思所想，然后就知道他为你设了怎样的陷阱。这真是一个残酷的男人，竟然会提出如果自己死，也要让马尔恰娜陪葬。那你们是怎么处理他的？别告诉我他被放走了。"

"当然不会。他的表现一点都不像才经受过沉重打击的人，看起来反而倒是很轻松。他没有像以前那样油腔滑调，当然也没有悔过之心。他提出一个要求，让我们把他带到科摩洛斯进行判决，德蒙特想要把他监禁起来，在这座城市安全之后，他会将狄埃尔带到幽闭塔去，那所监狱专门用来关押贵族。就像你猜到的那样，他会一直处于看守之下，但是因为他很有钱，很可能会试图想要贿赂狱卒而逃脱惩罚。我敢肯定你也想知道王太后现在怎么样了吧？她被关在宅邸的一个屋子里，有人看守着她。在德蒙特把她逮捕之后，他取下了她脖子上佩戴的祖传项链，发现了在她的珠宝覆盖之下，实际上就是赤隼链。"

莉亚闻言并不意外，"她的确一直戴着很多珠宝，但我本来以为佩戴赤隼链会在那个人身上留下印记？就像斯卡塞特，他的身上布满了文身。她是不是用某种方法掩盖住了印记？"

"你说得没错，但是奇怪的就是她身上并没有印记。她也没有刻意掩盖。她很傲慢地说，在达荷米亚，她的家族并不会因为使用赤隼链而受到反噬。他们觉得赤隼链才是使用灵力的唯一正确途径。而我们的使用方法是在糟蹋灵力。在她失败之后，她一直怒斥着德蒙特、大主教还有我们所有人，她还发誓要亲眼看着每一个圣骑士死亡。她命令我们把她带到他的哥哥那儿去。她的哥哥是达荷米亚的国王。但是在我们去德豪特大教堂完成任务之前,我们是不会放她回去的。她战败的样子可一点都不优雅。"

莉亚抓住科尔文的手臂,心中升腾起希望。她一直没敢问这个问题:"什么?大主教……他还活着?"

科尔文笑了起来,拍了拍她的手,"他当时的确丧失了意识,倒在了大门前。但他现在还活着,只不过还没有意识。每当我们想要赐予他疗伤神力时,灵力就会告诫我们不要讲话。现在他的老管家正寸步不离地在他身边照顾他。"

莉亚这才感到如释重负,心中充满了感激,"当时我在脑中亲眼目睹他倒下。我真开心……真开心我们及时赶到了。"

"时间刚刚好,莉亚。只是刚刚好。如果当时斯卡塞特没有把你带向灵石,那么王太后就会赢了。所以我没有杀他,尽管他用匕首捅伤了你。但是我们都知道那是因为他受到了操控。他似乎不愿意和王太后在水灾中幸存下来的手下待在一起,但是我们没有其他地方关押他。我也没有赐还他说话的能力。我不信任他。他知道太多事情了……尤其是关于你的事情。但是他当时是处于王太后的束缚之下,才干了那些事情。德蒙特认为应该在大主教醒来之后,由他决定怎么处理斯卡塞特。"

莉亚点点头。对于这个杀了她的男人,她毋庸置疑地感到厌恶,却也感到几分同情。真是矛盾。他用匕首刺伤了她,然后带她去灵石那边。如果没有他的帮助,她就不可能召唤守卫之力。她也记得当时他的意念——那样疯狂地请求她帮助他从王太后的束缚中解脱出来。

门口传来一阵轻柔的敲门声。科尔文站起身,解开门闩,打开门。帕斯卡端着一盘食物走了过来,一同前来的还有希亚拉医师,她手里拿着一卷亚麻绷带和一碗菘蓝粉末。

"她醒了?"帕斯卡突然出声喊道。她抬高声音对科尔文说道:"为什么你没来告诉我们她醒了?你这个傻瓜真是考虑不周到。她肯定饿坏了。饿坏了!我给她带了一些肉汤,也给你带了些吃的,但是现在你不许吃,作为你没有及时过来通知我的惩罚。别杵在那儿啊,年轻人!过来帮忙端盘子!我希望肉汤会溅到你身上。"她将托盘往科尔文手上一塞,一瘸一拐地向莉亚走去。莉亚还在因为身上的伤痛而蜷缩在床上,心中暗暗希望帕斯卡待会儿的拥抱不要伤到她。

"轻一点。"科尔文将盘子端过去,提醒帕斯卡道。

帕斯卡将莉亚完好的那只手捧在手心,"看看你,孩子,"她将莉亚额前垂下的碎发捋到后面,抚摸着她的脸颊,"当那个人浑身脏兮兮地把你背到山上来的时候,你看起来就像一具尸体,尽管你还有呼吸。你流了那么多血,身上有那么多的伤口。我觉得我应该一直牢牢看着你,不能让你再到我的视线以外了,不管你是不是猎人。饿了吗?我现在可以喂你点饭了吗?"

"只能喝点肉汤,"希亚拉说道,"她现在的身体还消化不了更稠的食物。先喝肉汤吧。你现在还感觉痛吗,莉亚?你还需要缬草来助眠吗?"

莉亚用力地摇摇头,"不,我不想睡觉。"她的目光又落在科尔文身上,一想到他第二天清早就要带着艾洛温离开,她的心就不由地抽痛起来。

"你需要好好休息,"希亚拉说道,"不过你更需要有朋友陪在身边。我们是不是应该把你抬到厨房里去?有很多人都想要见你。"

莉亚也很想见他们,但是她现在更想和科尔文单独待在一起。她矛盾的心情可能表露在了脸上,科尔文走过来放下盘子,对她说道:"黎明之前我都不会离开你的。"他谦恭地碰了碰帕斯卡的肩膀说道,

"当然，在得到您的允许之后。"

帕斯卡不情愿地看了他一眼，点点头。

莉亚叹了口气，心中还是很不好受。她也向科尔文点了点头。

科尔文掀开床罩，轻柔地抱起莉亚。但尽管他动作非常轻柔，莉亚还是感到伤口处传来阵阵疼痛。她紧紧地绷紧了下巴，忍住了痛呼的冲动，用鼻子深深地呼吸着。厨房离这里并不远，所以一会儿就到了。希亚拉医师在前面领路，为他们打开了厨房的门，帕斯卡端着盘子在后面跟着。莉亚靠在科尔文怀里，科尔文则小心翼翼地尽量避免碰到她的伤口。外面的天色逐渐变暗，空气中弥漫着海水的咸腥味。圣骑士们正举着火把在边界巡逻，守卫着米尔伍德的住民。大教堂笼罩在被保护的氛围中，显得非常安详而静谧。

厨房中的香气飘到了莉亚的鼻子里，她眨了眨眼，看到越来越近的灯光和厨房中的喧闹声。帕斯卡的床搬到了阁楼的遮篷底下，木桶、箱子、篮子都被搬到了房间的其他地方。她看到潘意林坐在一个桶上，一只手端着一盘撒布卡帝芝士蛋糕，饿狼似的往嘴里不停地塞。他对莉亚笑了笑，点点头，在看到帕斯卡回来之后吃得更快了。科尔文抱着莉亚走过瓷砖地，把她放在了床上，索伊铺好床单，放好一摞枕头让莉亚靠着坐。

索伊握住莉亚的手，对她露出一个温暖的笑容，然后亲吻了她的脸颊。埃德蒙仿佛是索伊的影子，一直陪伴在她身边。他的脸庞看起来憔悴而苍白，好像还在发烧，走过来的时候依然因为牵动到伤口而不住地蹙眉。

"我很惊讶你这么快就能走动了，埃德蒙。"莉亚同情地望着他说道。

"我更惊讶。索伊疗伤的本事比烹饪还要厉害。菘蓝真是神奇的植物,虽然用它敷在伤口上面之后,周围的皮肤会有些沾到蓝色,但是血立马就止住了。于是狄埃尔在这里刺下的伤口,在以后会变成一条可爱的疤痕。我大概永远不会厌倦讲述这个伤口的来历。"

莉亚叹了口气,看到埃德蒙眼中闪烁着诙谐的光芒,"你活下来真是幸运。"

他的目光转而变得严肃起来,"我欠了你一条命,莉亚。原谅我,看到你遭受了这么多的磨难,我的心里真的很不好受。我可以忍受自己遭罪。但是看到你受了这么多苦,我真的感到很悲伤,现在都忘了自己想说什么了……"

索伊害羞地看了他一眼,提示道:"你是怎么活下来的,还有马尔恰娜怎么救了你的。"

"啊,没错。这个故事很短。不用担心,我很快就能说完的,我希望让你知道。在你和科尔文坐着船离开之后,狄埃尔便二话不说抽出了剑,说他要带恰娜离开。我当时十分惊愕,也十分愤怒,我知道我不应该这样。我真是个笨蛋,以为我能阻止他——恰娜试着来阻止过我——但我是个鲁莽的人,你知道的。没过多久,他很轻松地就把我打得丢盔卸甲。这个事实至今还会伤害我的自尊心。他在我这里砍了一刀——"他龇牙咧嘴地指了指自己的身体,"——然后他一拳把我打倒在了地上,我很确定他本来想要跑过来杀了我的。科尔文告诉过我,在比尔敦荒原的时候,当那些治安官的手下想要攻击他的时候,你英勇地挡在了他的前面。那时马尔恰娜也用自己的身体护着我,热切地恳求着狄埃尔,于是狄埃尔便打消了杀心。他逼着她发誓如果要他放过我,她就得乖乖跟着他走。我看得出来他被恰娜劝服了。我能从他的眼神看出来,他想让我死,但是我已经血流不止了,他可能觉得也已经够了。可能他觉得我会流血过多致死吧。恰娜答应了他，便跟着狄埃尔骑着马走了。后来我将自己的伤口缠上布条，在路上一瘸一拐地走着。灵力拯救了我。我发现了一匹马，是达荷米亚士兵们落下的一匹坐骑。于是我便骑着这匹马，来到了米尔伍德。那匹马高大、漂亮、浑身黑得发亮。我不知道自己是怎么坐到马鞍上的，但我的确坐上去了，一直骑到了米尔伍德，才从马上摔下来倒在大门口，后来就被人带到了这里。"他伸出手，随意地拨弄着索伊的发丝。

"你应该休息了。"索伊腼腆地说道。埃德蒙点点头，一瘸一拐地走回地上铺着的草垫，在索伊的帮助下躺了下去。

莉亚盯着他们看了一会儿，接着感激地从帕斯卡手里接过肉汤。帕斯卡憋着眼泪，心疼地望着她这个伤痕累累的孩子，那眼神就是出自一位慈爱的母亲。

黎明很快就来临了，莉亚此时却心如刀割。科尔文整个晚上都守着她，他们彼此说着悄悄话，谈论着他们的生活，分享着一些以前没有提到过的事情。索伊和布琳睡在阁楼上面。艾洛温躺在面包烤炉边上的草垫上。在第一声鸡鸣之前，帕斯卡蹑手蹑脚地走进了厨房，生起壁炉的火焰，在尝了尝肉汤之后，又向锅里撒了些盐，接着给莉亚端了过来。她放了些面包在烤炉旁边加热，接着便开始为科尔文和艾洛温的远行准备水果和干果。

科尔文静静地坐在莉亚的床沿上，端详着她的脸庞，神情难辨，"回到米尔伍德之后，我一直在思考送什么礼物给索伊，来回报她在我受伤时对我的照料。现在我知道我应该给她什么了。"

莉亚很高兴他还记得自己的诺言，笑问道："什么？"

"你也看到了她和埃德蒙看向彼此的眼神了。埃德蒙已经被这个女孩迷得神魂颠倒了。我不能责备他。昨天他跟我说他打算留在米尔伍德通过圣骑士考核，同时恢复身体。在我离开的时候，我想让你告诉她，我打算认她做我的妹妹，就像我上一次向你提出的约定。在她结婚的时候，她也会收到一份嫁妆。她为大主教做事有一阵子了，我想她应该能理解这个新的地位对于她的意义。你愿意把我的提议告诉索伊吗？"

莉亚一瞬间开心得说不出话来。她点点头，将眼泪收回去，"你真慷慨，科尔文。"

"她是你的朋友。我这么做不是为了埃德蒙。如果他改变主意不打算和索伊结婚了，我也不会收回诺言，她仍然可以得到这个位置。当然我觉得埃德蒙不会这么做的。她是个好女孩，我很欣赏她。恰娜也同样欣赏她。"

这时，厨房外传来一阵敲门声。潘意林先走了进来，接着把着门，将艾洛温和一个年迈的男人迎进来。莉亚上一次看到他还是在温特鲁德的战场上。当时他在对那些幸存者说着话，衣服上沾满了血迹，虚弱地靠在一辆四轮运货车上。那天他的脸上布满污垢，她几乎看不清楚他到底长什么样。但是她立马就认出了他。盖伦·德蒙特。

莉亚心中的一角仿佛燃烧起来。看到他的瞬间，莉亚内心仿佛有什么东西在猛烈地拽着她。她不由自主地流出了眼泪。德蒙特大约五十岁了，但是因为长相比较孩子气，所以看上去依然比较年轻——他的胡子刮得很干净，就像科尔文一样——但是花白的头发乱糟糟的，不怎么整洁。他穿着锁子甲，外衣上沾到了污垢，然而气场十足，看起来就是一个身经百战的战士。他的圣骑士宝剑佩戴在后腰，戴着手套的右手握着剑柄。莉亚伸出手，抓住科尔文放在床沿的手，不想让他离开。她知道这一刻终究会到来，可还是止不住心中的难过。

"你准备好了吗,我的弗什大人?"德蒙特同情地问科尔文,"虽然我非常不想与你分离,但是你只有现在启程,才能在天黑之前抵达桥堡码头。那里停靠着很多船,都是开往达荷米亚的。我觉得在我们带着囚犯抵达科摩洛斯的时候,你应该也已经抵达那个岛上的大教堂了。不知道你还记不记得,德豪特大教堂在北边的海岸上。如果天气好的话,你和艾洛温坐船过几日就能抵达那里了。我很肯定。"

科尔文目光悲痛地看向莉亚,眼睛充满忧伤,深不见底。他站了起来,动作缓慢,仿佛肩上压着什么重担。他最后看了一眼莉亚之后,便向门口走去,"我准备好了。"

阁楼上传来了脚步声,索伊和布琳匆忙地从阶梯上下来。埃德蒙也醒了,坐了起来,捂着伤口处,痛得皱眉。帕斯卡将食物都装入一个帆布包,走到门口递给了科尔文。

"一路平安,"她嗓音粗哑地说道,"等你完成任务以后,一定要回来找我们。"

莉亚又开始感到一阵心痛。她看着她的朋友们簇拥着科尔文,眼前因为涌出的泪水而模糊起来。这真是难以承受的悲痛。没有她在身旁,谁来保护他?迷路的时候谁来为他引路?一想到不能和他一起待在米尔伍德,莉亚就忍不住难过起来。她不会再和他一起漫步于果园中,她不会再在洗衣服的时候看到他出现在浣衣房中。科尔文回头看向莉亚,虽然极力掩饰着不舍与痛苦,但还是不住地流露出来。

埃德蒙注意到了他们看向彼此的眼神,便在索伊耳边悄悄说了点什么,索伊点点头,擦去眼中的泪水,接着挽住帕斯卡,和布琳一起把她拖到厨房外面,呼吸清晨的新鲜空气。外面的天空刚刚开始发亮。埃德蒙对德蒙特和艾洛温说了些什么,然后也将他们送了出去。现在只有科尔文独自站在门槛处。埃德蒙一边向外走,一边回头看了一眼,把门轻轻地关上。

科尔文一动不动地站在那里,肩膀上背着帆布包。忽然他将帆布包甩到地上,大步向莉亚走来,紧紧地抱住了她。莉亚心中又是酸涩,又是甜蜜,尽管他的拥抱把她的伤口弄得生疼,她也毫不在意。莉亚也紧紧地回抱住他,很难过自己又一次要与他分离。她嗅着他发丝上的气味,皮外套上的气味,他皮肤上的气味——她将对他最后一刻的记忆牢牢地锁定在心中,直到她的手和伤口疼痛难耐,才放开了他。

"我是那么爱你,"她轻声说道,感到科尔文的身体突然变得僵直,"请你一定要回来找我。请你好好照顾自己。每一天我都会想着你,都会为你的平安祈祷。灵力会保佑你们的。我坚信这一点。"

她听到科尔文叹了口气,身体微微颤抖着。他轻轻地拉开距离,看着她的目光中流露出无法描述的痛苦与渴望。看得出来这个男人非常煎熬。"真是太难了,"他轻声说道,"要以这种方式离开你。我简直不能承受。你会帮助我吗?你会……赐予我神力吗,莉亚?"

莉亚嘴角浮现出一抹笑容,"如果你想的话,我愿意这么做。"

于是他跪在床边,低下头,这样莉亚就能碰到他的头顶了。莉亚一只手放在他的头顶,另一只手划着圣符。她应该说什么呢?这是她第一次赐予别人神力。灵力需要他有什么样的能力呢?莉亚感到脑中一片混乱和困惑。她知道自己要说什么,都她必须按照灵力的指示去说,而不能按照自己的想法。

"科尔文·普莱斯,"她的声音有些颤抖,"我赐予你……我赐予你……"她停顿了一下,在混乱的大脑中搜寻着合适的措辞,突然一阵温暖和确信的感受充盈在她的内心,"我赐予你智慧神力和知识神力。不管你遇到怎样的困难,你都能从迷惑的表象中看清事实真相,都能看出事物的真面目。伊渡米亚在上，赐予你神力吧。"

灵力就像一条温暖的毛毯，包裹着他们的肩膀。他们都感到舒适而安详。莉亚深深地吸了口气，试图平复自己想要哭出声的心情。科尔文抬起头，望着她的眼睛。他的神情又重新变得坚毅起来。他慢慢地从床边站起来，低头看着莉亚，"我会回来找你的。这是我的承诺。这次我不会再打破自己的诺言了。"

莉亚对他微微一笑，看着他的背影逐渐淡出视野，滚烫的泪水又一次夺眶而出。

尽管灵力能以许多种形式出现，甚至可能通过奇妙的方式表现出来，但大多数情况下不会如此。一些圣骑士认为他们在相信灵力的可能性之前，需要先体会一下属于灵力的最原始、最强大的力量。其实在我们做其他一些事情的时候，灵力会以宁静、令人安心的感觉的形式表现出来，但是如果我们没有意识到灵力会以什么形式、在什么时候、在哪里表现出来的话，我们可能就会错过这样的体验。灵力这些简单的体现形式和奇妙的体现形式有着相同的说服力，相同的力量。随着时间的推移，我们会了解到灵力是如何运转的。这是每个圣骑士需要自己学习的事情。

——高登·彭曼于米尔伍德大教堂

第四十六章
斯卡塞特的声音

大主教在三天之后便复活了。消息传遍了米尔伍德，就像春天的鸟儿一般迅捷。帕斯卡召集了厨房的大伙们开始工作，为大主教准备膳食。莉亚听到大主教复活这件事之后便如释重负。厨房里面开始忙碌起来，索伊和布琳弯着腰搓着面团，或将黄油刷在面包皮上面。莉亚嫉妒地看着她们忙碌，希望自己也赶紧好起来，可以再次活蹦乱跳。每一天她伤口的疼痛感都会减少几分，尽管她内心还是沉甸甸的。有消息传来，科尔文和艾洛温现在已经从桥堡码头出发，坐船去了达荷米亚。盖伦·德蒙特依然在大教堂做客，做每件事之前都会询问普雷斯特维奇的意见，而并没有表现得像在自己的领国那样，随意发号指令。一切事情他都会遵从大教堂的规矩。

"索伊，你能切一下那些苹果吗？切得大一些，他喜欢吃大片的。布琳，去楼上拿个南瓜下来。去吧，孩子。动作快一点！大主教肯定已经饿坏了。我想快一点给他准备好吃的。噢，还有一块腿肉可以烤，可能应该再去买些肉回来。"

后面厨房的门打开了，刺眼的阳光照了进来。帕斯卡恼怒地回头看去，当她发现来人是大主教的时候，惊得说不出一句话来。而普雷斯特维奇拐着大主教的胳膊，支撑着他站在那里。

"大主教，我们待会儿会把食物给您送过去的。"帕斯卡没想到他这么快就来了，显得有些慌乱。"我们已经以最快的速度在工作了。索伊，索伊！"

"我不饿，"大主教的声音嘶哑而低沉。他握拳在嘴边咳嗽了几声，身体微微颤动着。普雷斯特维奇扶着他站稳，安慰地对他轻声说着什么。"我必须要和莉亚单独谈谈。你们愿意让我们单独待一会儿吗？我必须和她谈论一些事情。"

莉亚看着大主教。他看起来更加苍老了几分，眼睛红肿，看起来像在发烧。普莱斯特维奇便扶着他走向了床边。

"但是……"帕斯卡犹豫道，明显不大情愿从自己的厨房出去。

大主教并没有多说什么，一步一步地慢慢走过来，目光落在莉亚身上。普雷斯特维奇扶着他坐下来之后，便站到了一旁。

"你也一样，老朋友。"大主教对普雷斯特维奇轻声说道。普雷斯特维奇顺从地点点头，便像其他人一样离开了厨房。帕斯卡口中在忿忿不平地抱怨着什么，但很快也走了出去。厨房里便顿时安静了下来，甚至能清晰地听到火花飞溅的噼啪声。

莉亚伸出手，握住老人的手。她用力地握了握他的手，用饱含暖意和崇敬的目光看着大主教，一时哽咽得说不出话来，热泪盈眶。看到他终于醒来，莉亚心中的大石头仿佛终于被拿走了，心情是那样的轻快而愉悦。大主教目光炯炯，乌黑的眉毛弯成两个弧。"您想跟我说什么？"她声音沙哑地问道。

大主教注视着她说道："我已经知道三天前发生什么了。我也了解了你的受伤情况。我知道科尔文已经带着……她……去了达荷米亚,因为十字圣球上面作出了指示。可是你怎么看得懂圣球上面的文字,孩子?上面说了什么?"

莉亚顿了顿,靠回枕头上,然后就开始讲述他们在普莱利的经历,以及在廷顿教堂的际遇。大主教饶有兴致地聆听着,脸上充满了好奇。莉亚也说了他们回来遭到狄埃尔背叛之后逃向比尔敦荒原的事情。大主教仔细地听着,直到莉亚全部讲完之后才出声讲话。

"廷顿教堂的大主教,"他低头看向床上的莉亚,轻声说道,"他认识你吗?他……认出你了?"

"是的,但是他没有说我是谁。当我身体康复之后,我想回去找他。我希望他能告诉我我是谁。"

大主教含糊地说道:"他不能告诉你,孩子。"

莉亚疑惑地看向他:"您的意思是?"

"我敢肯定灵力不会让他说出来的。所以他们去了达荷米亚。"他深深地叹了口气,"那里将会成为开端。一切都将从那里开始"

"什么?"她不由地忧虑起来,"大灾难吗?"

大主教点点头,"我脑中看到了这些画面。很多国家的大主教也能看到我所看到的东西。我们都看到树叶的颜色逐渐变化,预示着一个季节的过去。但是我看到了结局。我看到那些干瘦的树木在一片凋零的场景中依然茂密。这个大灾难比我们之前知道的那些还要凶猛。这些噩兆的蔓延将会毁灭所有人。所有的。没有一个男人、女人或是孩子能在这场大灾难中幸存。它的毁灭是彻底的、完全的。这将是所有王国的末日。"他目光炯炯地看着莉亚,"我在脑中看见了这一切。我们只有离开这里才能活下去,这是唯一的途径。廷顿教堂的大主教也跟你说过,已经有很多人陆续地离开了。"

"是的,"莉亚说道,"那里有很多船。他们一直在造船。有些人已经坐船离开了。但是为什么普莱利最先受到了告诫？为什么不是您最先看到大灾难的到来？"

大主教的身体前后摇晃了几下，因为身体的疼痛而面色苍白，但是他还是神情专注地回答道："普莱利是个骄傲的国家。太过于骄傲了。马丁肯定向你提起过，但是他们很快就屈从于命运，然后他们的王子都被杀死了。但他的说法我并不能全部赞同，他们国家的很多王子都拥有强大的灵力，他们知道接下来会发生什么。普莱利人民并不在意他们的领导者，于是领导者就被带走了。那些人民总想着怎么从贸易中捞钱，怎么从其他国家引进最先进的香料和金属，却并不花时间研究圣书。所以灵力在他们需要的时候抛弃了他们。在他们一败涂地之后，他们终于学会了谦恭。只有在被毁灭之后，他们才能看清楚自己的做法是不对的。这些人民的谦恭让他们的大主教拥有了预见的能力。真是为他们旧日荣耀的逝去而感到悲伤。但是最终还是普莱利的沦陷会拯救我们所有的人。"

莉亚身体颤抖了一下，"那我们要做什么？"

"我们必须去请求他们拯救我们，"他的脸上夹杂着疼痛与懊悔，"但是你发现麻烦是什么了吗，莉亚？我们本身也过于骄傲了。我们是征服者。你能想象像狄埃尔那样的人去请求那些被抛弃的人民帮忙吗？去像一个如此破败的国家寻求帮助？他们憎恶我们，我们也同样憎恶他们。有些人宁愿死去，也不会去寻求他们的帮助。大多数人甚至不相信情况已经如此紧迫。他们不相信，是因为他们内心不想去相信。因为这会转变他们的世界观。"

莉亚想起了恰娜跟她说过的一句话。**某件事如果会对我们的内心造成伤害，那我们就不愿意去相信。**

大主教悲伤地摇摇头，"我会尽我所能告知其他大主教的。我们的王国正处于战争的边缘,很多事可能会让我们分心,无法专注对付这个威胁。"

"您有没有告诉德蒙特?"莉亚问道。

"不,我想先告诉你,"他说道,"你知道怎么去廷顿教堂。你可以用圣球找到那里的幸存者。也许这就是你的目标。"他疼爱地对莉亚笑道:"你有没有感觉自己的力量已经回来了一点?现在米尔伍德中的灵力十分强大。你的身体在这里会比在别的地方康复得更快。并不是因为希亚拉药剂师本领强,而是因为圣骑士在他们起誓的大教堂会增强力量。你马上就可以下地走路了,你也必须如此,你的历程还没有就此结束。"

"您刚刚说大灾难会首先在达荷米亚爆发?"莉亚问道,"您知道在哪里吗?"

他点点头,神情严肃,内心隐隐发痛,"是的。"

莉亚捕捉到了大主教细微的神情变化,内心一震,"大灾难会先在德豪特大教堂爆发是吗?是不是会在那所大教堂沦陷的时候爆发?"

大主教静默了片刻,面色深沉。"但是他们会在那之前受到告诫。他们会受到告诫的。"他深深地叹了口气。

"您还有些事情没有告诉我。"莉亚轻声说道。

大主教微微地笑了笑,没有说什么,接着便缓缓从床沿站了起来。

"您会怎样处理斯卡塞特?"她好奇地问道,"会把他送到其他监狱里面吗?"

大主教停顿了一下,问道:"你认为我应该怎么处理他?"

"我不知道。可能我们应该把他留下来。"

"那他的声音呢?"大主教露出了高深莫测的神情,问道。

"他可能知道科尔文的妹妹在哪里。如果我们对他仁慈一点的话，他还有很多事情可以告诉我们。"她觉得这样做是对的，就算他对她造成过那么多的伤害，对他仁慈一点还是正确的。

大主教回头看向她，眼神锐利，"你同情他？对于这个背叛了你还想杀了你的人？他还有可能再次背叛你。"

莉亚顿了顿，意识到大主教这个问题更可能是在问他自己。斯卡塞特是不是也对他做过同样的事情？这两个人之间有一段过节，一段充满了愤怒与背叛的回忆。"我觉得我们应该这么做。如果他乞求我们原谅的话。"

大主教小心翼翼地笑道："很好，莉亚。就按照你说的办。灵力现在一直在迫切地推动我。你现在不适合继续从事你的岗位了。你需要时间疗养和休息。当他还是这里的一个贱民时，你知道他最想从事的岗位是什么吗？"

莉亚摇摇头。

"他想成为一名猎人，"大主教答道，"也许是时候给他这个机会了。"

莉亚站在悬崖边上往下看去，硕大的湖面环绕在山底。米尔伍德和村庄已经彻底与外面的道路隔绝开来了。山底的树木也已经被水淹没。同样淹没了草坪上的水面已经有所下降。几只老鹰在空中盘旋着，轻飘飘的微风拂过它们潇洒的身影。眼前的一切与她以前看到的景象完全不同。她也和她的同伴塞特说了很多话。

"就算没有这片湖，这里和我以前居住的时候相比也变了很多，"他说道，接着指向那片禁区，"那里有一个公墓。有些墓甚至一直挖到了山脚下。"想到这里他咧嘴一笑，"那时我还是个小伙子。"

莉亚现在还走不快，但是至少已经可以走动了。每天晚上她都觉得浑身疼痛，但她还是努力每天走更多的路。当她获得全部的力量之后，莉亚打算通过穿越圣幕去德豪特大教堂和廷顿教堂。她的手上还绑着绷带，当她握拳的时候还会疼，但是已经随着时间的推移逐渐减弱，她的手指已经可以灵活转动了。

她现在叫他塞特，而不是斯卡塞特。当他还是大教堂的贱民时，他就叫这个名字，塞特·佩奇。

"我一直想问你一些事情，莉亚。"他低头看向草坪，面色有些拘谨。自从大主教重新赐予了他说话的能力，他讲话就比她记忆中柔和许多，也更加会察言观色。有时候他的表情看起来很煎熬。

"什么？"

"你的腿现在觉得怎么样？"

"你想问的就是我的腿怎么样了？"她疑惑地问道。

"不，"他摇摇头说道，"我是想问你需不需要休息。厨房看起来离这里不太远，但是现在回去你的腿可能会受不了。我想和你谈一谈。"

她点点头，缓缓地坐在山边的草地上，看着高涨的水面。他在莉亚身边坐下，但是没有看她。他双臂抱着膝盖，注视着远方的夕阳。"大主教说你知道马丁是怎么死的。"他僵硬地问道，尽力克制住自己的情绪。

听到马丁名字的那一瞬间，莉亚便感到一阵钻心的疼痛。"我没有亲眼看到。"莉亚说道。

"但是你听到了，"他长叹一口气，"我一直认为没有人可以杀死那个男人。我还记得第一次见到他的样子。我跟你说过，他给我留下了很深的印象。"

"普莱利的大主教把那个东西叫作灰毛野人。科尔文把它叫作灰脚怪。"

塞特不由咋舌:"嘶……灰脚怪。怪不得。碰到它比碰到黑熊还要糟糕。我听说它的速度也非常快。我是对于马丁的死感到很惊讶。但灰脚怪的确能做到。"

莉亚转头看向他,"我也记得我第一次看到马丁的样子。在厨房里。"

塞特露出一丝怪异的笑容,"不,你不记得第一次见到他的样子,莉亚。你当时只是一个婴儿。但是我记得那个晚上。"

莉亚心中涌起一阵寒意,"你记得什么?"

"因为那个晚上马丁哭了,所以我才有印象的。那是在普莱利沦陷不久之后。十六年前。"

"但是我现在才十五岁。"莉亚感到有些疑惑。

他看向她,"是吗?我记得很清楚。但是我可能也记错了。已经过了很久了。"

"为什么马丁看到我的时候会哭?"

塞特的目光又回到湖面上,"你知道他这个人哪些事情?"

莉亚想了一会儿,说道:"他是普莱利人,也是一个猎人。在我被抛弃来到这里之前,他就已经为大主教工作了好几年。帕斯卡跟我说过。在我来这里之前,他已经在米尔伍德……我不知道……大概四五年?"

"我记得他刚来的时候,"塞特声音轻柔地说道,"他当时是王子护卫队的队长。那可是普莱利领导者的护卫队。他们骑着马从桥堡码头向科摩洛斯行进。当时他们带着随从在米尔伍德停留了一阵子。所有的护卫都衣着统一,并且像你现在一样戴着皮腰带和护腕。他们佩戴着匕首,而不会带长剑。他们都背着弓,所有的人都是危险的人物。当时王子和大主教谈了很久。他们还去了大教堂,因为王子是圣骑士。"

莉亚心中仿佛着火了一样。灵力在她体内翻滚、澎湃,她的呼吸也急促了起来。一个个片段开始在她脑中各就各位,就像雕刻的石头互相连接在了一起。"我不知道他是王子护卫队的一员。"大主教曾经跟她说过普莱利的王子在去往科摩洛斯的途中在米尔伍德停留过。

"是的,但是很奇怪的是,他把马丁留在了后方。我的意思是,作为护卫队的队长,当你的主人在科摩洛斯奋战杀敌之时,你为什么会留在后方的米尔伍德?我不知道这件事究竟是怎么回事。我只知道此后马丁成为了大教堂的猎人,接着开始招募一个学徒,"他的神情黯淡下来。"我以前一直觉得那个位置是属于我的。"

"但是你当时不是大主教的听差吗?你将他要说的话传送出去⋯⋯"

"然后将他要洗的衣服带给浣衣女,帮他拿这个拿那个,"他的声音中充满了不甘,"我太厌做这些工作了!老是按照别人的指示去规定的地方做规定的事情。但是马丁就可以自由地出入比尔敦荒原。他可以一次出去好久,我每次都迫切地希望他回来。当乔恩被选为他的学徒时,我嫉妒得快要发疯。当然那是大主教的选择,他也知道我很想要那个位置。但是他不会让我去做。但是我仍然抓住一切机会和马丁搞好关系。他⋯⋯他对于我来说就像父亲一样。他会教我一些细微的技巧和噱头。但是他教我的东西当然不如教乔恩的多。在乔恩被选中之后,我一直对他冷嘲热讽,虽然我们一度是朋友。如果我们都再小几岁,我肯定会把他揍一顿,因为那时我比他高大强壮。"他的眼睛开始变得茫然,陷入了回忆于过去的情感之中。"但是当他十三岁的时候,我已经无法再伤害到他了。那时他变得非常强壮,而且在马丁的训练之下,他的动作也十分矫健迅猛。我们一直以来的打斗都最终以我的惨烈失败而告终。我只能用言语来打击他,那是我最好的武器了。我怎么会对他说出那些话呢!但是他那时已经学会了控制自己的情感。那是我永远学不会的。"

莉亚饶有兴趣地聆听着,"我从来不知道你们俩曾是竞争对手。"

他摇摇头,说道:"他从来没有跟马丁讲过我对他做的事情。他是那种沉默寡言的人,总是把事情藏在心里。他喜欢艾尔莎厨娘,但是从来没有向她表白过。她跟我年纪差不多大,但是他对她非常着迷。你还记得在你很小的时候,艾尔莎在厨房工作吗?她由帕斯卡一手教导,并且帮着一起照顾你和索伊。她一向很擅长带小孩。"他叹了口气,继续说道:"我应该像乔恩一样明智才对。艾尔莎是个好女孩,她对每个人都很友好。但是我喜欢一个圣学徒。我做听差的一个好处就是可以去回廊传消息。当然我被很多人嘲笑。他们当着我的面嘲笑我,我的耳朵就像烧了起来一样,根本无法忘掉他们对我的冷嘲热讽。但是我愿意为那个女孩做任何事情。她和她的朋友们却暗中谈论着乔恩。每个月他似乎都会长高许多。但是他很安静,不会对任何女孩说话。我很擅长说话。如果我是猎人,如果我是那个佩戴着匕首、穿着皮衣,任意行走的那个人,一切都会好很多。我当时一直这么认为。但是我这样的想法是错的。我当时是那样憎恶大主教没有选择我,我非常生气。我把自己的失败都怪在他的身上。每次我被冷落都是他的错。每次我喜欢的女孩对我露出不屑的神情也都是因为他。"

他叹了口气,"我会把接下来的事情告诉你。我已经向大主教坦诚过了。在这么多年之后,当他让我担任他的猎人……呢,你应该可以想象到我该有多么地无地自容,觉得自己不配做猎人。但我必须好好做，我盼望了这么多年。"

他低头看向草地。

"告诉我。"莉亚安慰地拍拍他的背，轻声说道。

他看向她，脸上露出羞愧的神情，"大主教曾经不让我担任猎人是对的。我在担任听差的时候已经背叛过他一次。我以为他永远都不会再信任我了，但是他却真的又信任了我一次。"他抹了抹眼睛，又看向湖面，"当时我经常在晚上溜到大教堂附近偷东西，比如帕斯卡准备的菜肴，或者圣学徒那边的什么东西。我很擅长在晚上潜伏，不会发出声音。晚上的这片地方才是真正属于我的——我能想去哪儿就去哪儿，就像一个猎人那样。在我长大了一点之后，我又开始做更糟糕的事情了。我开始偷窥别人。我会在窗户上抠出一个小洞，这样我就能偷听到里面的人在说什么了。我知道圣学徒学习的时间，那时我就去翻他们的东西。有时候我也会偷几个。我很好奇大主教有没有怀疑我，但是他从来没有谴责过我。没有人抓住过我。但是最不想发生的事情还是发生了，就在我离开米尔伍德的那个晚上。"

莉亚耐心地等他说下去。

"我刚刚说过，我经常在大晚上一个人出去转悠。我知道晚上会发生什么事情。我知道有些圣学徒会偷偷溜到公墓里面接吻……或者做更糟糕的事情。我知道大教堂内部的一些习惯。那些犯错的人都会在晚上被带到大主教面前接受惩罚，"他闭上眼睛，"我知道很多人犯下的错误，还对自己从来没有被抓到过感到沾沾自喜。你是在厨房里面长大的。你知道每个人都会走大门口的。但我经常会爬到门后面，往窗户里面看。你和索伊还很小，我就想看一看艾尔莎。我只是很无聊，没有别的想法。但是那个晚上，她正好在洗澡。"他摇了摇头，满脸羞愧，"然后我被乔恩发现了。他把我狠狠地揍了一顿。我从来没见过他这么生气的样子。他说之前的那些晚上他就已经发现我了。他一直知道我做了哪些事情。而我还自以为很聪明。他说他会告诉大主教。更糟糕的是，他还说他会告诉马丁。马丁，我最尊敬的男人……我一直将他当作父亲一样敬爱。我当时羞愧极了，无法面对自己做过的事情。所以我流着血离开了米尔伍德。当时我的脸上留下了一条疤，我的心里也留下了一条疤……这就是我的别名的由来。"斯卡便是疤痕的意思。

他双手握成拳，尽力克制着内心的涌动，"当然，我又把我受到的耻辱怪在了大主教身上。我没有自由，这都是大主教的错。如果他当时让我跟着马丁训练，那么我就不会在晚上外出，也不会被乔恩发现。越是这么想，我心中便越是讨厌大主教，讨厌大教堂的一切。在我服务年限期满之后，我便离开了大教堂。"

莉亚为他感到遗憾。她从来没有听说过这些事情。没有人提起过这件事，更别说艾尔莎了。"后来你去了哪里？"

"我在比尔敦荒原晃悠了一阵子。我很擅长悄无声息地走路，也很擅长偷窃。我从一个城镇来到另一个城镇，用我的手指和智慧挣钱。你知道，我记性很好。别人说的话我听一遍就能记住了。我结交了这个王国里面的一些三教九流，然后把我听到的关于治安官的事情卖给他们。我为阿尔马格工作，他总是想方设法寻找侮辱大主教的机会。他讨厌米尔伍德，我当时也一样。每当有圣骑士经过这个国家，他都会出手阔绰，为了了解他们的动态。我并不在意自己说了那些话之后会发生什么。我努力让自己不去在意他们一个一个地被杀害。我知道治安官参与了这阴险的计划，但我只希望他有一天可以强大到毁灭米尔伍德。"

他咬紧牙关，摇摇头，"在温特鲁德之战以前，我很擅长玩自己的把戏。我总是在寻找有利可图的地方。比如将信息卖给阿尔马格，或者问那些被追捕的人索要钱币，我就放他们自由。或者为那些罪人传送消息。那天晚上我拖着弗什伯爵……我知道他的身份很重要，但我不知道他到底是谁。他不仅是一名圣骑士……我知道他也是一个贵族。他们开始在这个百里区找他。我把他丢在厨房里面，想要再次收点小费。但不知怎的，你成了狐狸，我成了被追捕的幼兽。当阿尔马格到这边来问我要人的时候，科尔文已经不见了。我差点因为这个被阿尔马格杀了。我搜遍了整片地方，也没有找到你把他藏在了哪儿。我非常害怕乔恩会发现我。所以我不得不非常小心谨慎。我回到了厨房去找你，想要套你的话，让你说出他到底在哪儿。你知道后来那个诅咒对我意味着什么吗？我不能讲话了！这可是我养活自己的方式啊，是我欺诈别人的渠道。接下来的一年我都不能说话。我只能借助魔徽来进行沟通，但只有那些使用灵力的人才能理解我在想什么。"

"当时在朝圣者驿站底下的密道，你想让我把门打开。我当时以为你想杀了我。"

"不！"他剧烈地摇头说道，"我知道你可以解放我！当我发现树林里的那块你用来杀死阿尔马格的灵石的时候，我就知道你的灵力很强大。非常强大。你的灵力强大到足以毁灭这个魔徽。我知道这一点。王太后也知道。在她发现我混在国王的残兵败卒中以后，她就开始控制我。她想让我把你带到她身边。我从来就没有想过要伤害你，莉亚。我知道马丁有多么珍视你。因为那天晚上，在你被带到他面前的时候，马丁哭了。"

莉亚抓住他的手臂，紧紧地盯着他。灵力在她脑中燃烧，事实的真相仿佛就要浮出水面。"带给他？"

"那是在普莱利沦陷不久以后。他当时是护卫队队长，你还记得吗？那天晚上，我正在苹果园闲逛，在偷苹果。我看到那边有一个男人拿着篮子，穿着跟马丁很像。一开始我看到他佩戴的匕首时，我还以为他就是马丁。但是后来发现他更加年轻。但是他穿着和马丁一样的皮衣和风帽。我跟着他穿过果园，没有发出一丝动静。马丁从黑暗中走了过来，接过了那个男人手中的篮子。我距离他们不算近，所以我听不清他们在说什么。而且他们说的是普莱利语，我也听不懂。马丁流下苦涩的眼泪，他把你喊作他的孙女。于是我便恍然大悟，另一个男人悄悄地离开的时候，我便躲到了一旁的阴影处。我看到马丁凝视了你一会儿，逗着你玩。然后他擦干眼泪，重新换上严肃的表情，走向厨房，把你交给了帕斯卡照顾，"他长叹了口气，"他一直没有认你。我不知道为什么。他让你以贱民的身份长大，尽管他知道你是谁。"他用严肃的目光深深地看了莉亚一眼，"所以我不可能伤害你，姑娘。所以我非常后悔自己居然刺伤你，蒙骗你。我必须征求你的原谅，不管你需要花多长时间才能原谅我。"

他缓缓地站了起来，抹了把鼻子，"有一天，我会去马丁丧生的那座山里面看一看，也征求他的原谅。可能你在今后的某一天……能带我去。"

莉亚完全震住了。她的内心开始翻江倒海。好像有哪里不对。塞特跟她说的事情似乎有些不对。莉亚对他点了点头，同样站起来，于是他们便一路上沉默着回到了厨房。各种各样的想法在莉亚的脑中翻腾。莉亚将这些事情一一梳理，把每件事放到正确的位置上思考。这时她感到了来自灵力的安抚，仿佛在确定她的想法似的。灵力轻声说道，她的观点是正确的。王子途经米尔伍德，将马丁留在了这里。灵力的能力会遗传给下一代人。莉亚拥有先知神力，那一定是从她父亲那里遗传到的。他的父亲曾经一定来到过米尔伍德，在相同的土地上走过。他去过大教堂更加深入的地方，也看到过圣坛。在她初次踏入大教堂的时候，她能感受到他曾经来过那里。即使跨越了许多年，他父亲在这里的回忆还是拂过莉亚的心间。

莉亚有些站不稳，身体颤抖着。她试着放慢脚步，不要让自己的力气耗尽。但是她的心中心跳如锤子般一下下重重地敲击着胸膛。她的思绪燃烧着，扭转着，互相撞击着，在她脑中碰撞出火花，形成了更为复杂的想法。她的父亲知道接下来会发生什么，他早就知道需要有一个人来保护她。为什么会把他的护卫队队长留在米尔伍德，在前线科摩洛斯最需要他的时候？除非他知道他的孩子需要队长来照顾。他需要马丁训练一批人来保护这个孩子，也需要他来训练这个孩子。

莉亚打了个寒战，塞特见状便问她是不是觉得冷。莉亚摇摇头，一时觉得喉头哽住，说不出话来。很快，夜幕降临，莉亚可以看到厨房内发出的灯光。塞特没有再问她什么，将她留在了门口，闷闷不乐地回到了一片漆黑中。他可能怀疑她到底有没有因为马丁的事情而感到难过。

她推开门，向厨房里面走去。帕斯卡忧心忡忡地看着她，"你回来了。你比我想象出去得久了点。是不是……莉亚，你还好吗？"

莉亚依然说不出话。斯卡塞特找回了他的声音，但是现在莉亚失去了自己。在走了那么长一段路之后，莉亚感到双腿十分酸痛。但她并没有在意，而是往阁楼上走去，拿开那块砖头，取出了十字圣球。圣球自她儿时便陪伴在她身边了。这是她父亲的圣球！她注视着圣球，仿佛已经知道了事情的来龙去脉。每次在她搜寻艾洛温·德蒙特的时候，她总是在脑中想象出那个女孩的模样。她经常这么做，总是在脑中想出他们的模样，而不是他们的名字。

莉亚深深地盯着圣球，面向南边。达荷米亚就在南边。**找出艾洛**

温·德蒙特的位置。**她用意念命令道。圣球开始发光,指针缓缓地转了一圈,然后指向了她。圣球表面浮现出一行字。

莉亚——艾洛温——紧紧地盯着指针,眼泪忍不住夺眶而出。她全部都知道了,所有的事情都像洪水般涌入她的脑中。她的内心仿佛烧了起来。灵力对她知道的事情表示了肯定。那个和科尔文一起坐船去德豪特大教堂的女孩不是艾洛温·德蒙特——她才是马丁的孙女。灵力不会回应这个女孩。事情的真相让莉亚的内心止不住地震颤。科尔文从很小的时候开始就知道了这个失踪的女孩艾洛温。他一直下定决心要亲自找到她。

他也的确做到了,虽然他不知道。在他被丢在厨房外台阶的那时候。

"怎么了?"索伊轻声问道,关切地看着莉亚,捏了捏她的肩膀。

莉亚终于能够发出声音了,尽管近乎哽咽,"我知道我是谁了,索伊。我知道了。大主教也知道这件事。"她的内心汹涌澎湃,"他也知道!"

后记

在《米尔伍德的厄兆》一书中,读者们可以体会到圣骑士的规制。许多早期的读者对这些细节的出处感到很疑惑,所以这里我向那些好奇的人介绍下犹太历史学家约瑟夫斯的著作。我在圣何塞州立大学读硕士期间,拜读了许多他的著作,也发现他对于许多古老传统的描述非常引人入胜。书中,他描述了他那个年代的一个教派——艾赛尼派的宗教仪式。你们也会发现我在书中引用了这个名词的希腊语版本(艾塞奥司)。我努力让书中的世界建立在史料和宗教文献中都能查到的古老传统之上。比如,莉亚许下的所有誓言,都是直接引用自约瑟夫斯的著作。"誓言的魔力"这个概念也是我其他作品的主题——即一个人不是通过深度的学习和训练,而是通过深度的誓约有限制地运用力量。

在这三部曲当中,厄兆是我最喜欢的一部。原因有很多。首先,写这部书让我乐在其中。第一本书中简单介绍了一些关系,而在这本书中我将这些关系拓展开来。我总是喜欢系列书中的中间一部。《帝国反击战》是《星球大战》系列电影中我最爱的一部,而《沙娜拉之剑:精灵之石》永远是我最爱的小说。但是这两部都是处于三部曲中间的故事。我特别享受描写莉亚与科尔文的关系渐趋复杂的过程。书中许多的情节都是以我自身经历为原型的——我与我的妻子在年少时的回忆——比如说在我们高三那一年的二月，我们在一个暴雨天一起从圣安东尼奥牧场国家公园的山上跑下来。那边的一家修道院就是我心中的米尔伍德。其他有些情节都是取自近年的事情，比如我们曾去加利福尼亚的卡拉维拉斯大树州立公园进行过家庭旅行，那里的所见所闻激发了我对于普莱利的构想。

图书在版编目（CIP）数据

米尔伍德的厄兆/(美)杰夫·惠勒著；李乐玗,蔡君梅译.
-上海：上海文艺出版社.2018.3
（米尔伍德大地传奇系列）
ISBN 978-7-5321-6416-5

Ⅰ.①米… Ⅱ.①杰…②李…③蔡… Ⅲ.①长篇小说—美国—现代
Ⅳ.①I712.45
中国版本图书馆CIP数据核字(2018)第014427号

©This edition made possible under a license arrangement originating with Amazon Publishing, www.apub.com.
Simplified Chinese edition copyright:
2018 SHANGHAI LITERATURE AND ART PUBLISHING HOUSE
All rights reserved.

著作权合同登记图字：09-2016-691

书　　名：	米尔伍德的厄兆
作　　者：	(美)杰夫·惠勒
译　　者：	李乐玗　蔡君梅
出　　版：	上海世纪出版集团　上海文艺出版社
地　　址：	上海绍兴路7号　200020
发　　行：	上海世纪出版股份有限公司发行中心发行
	上海福建中路193号　200001　www.ewen.co
印　　刷：	常熟市华顺印刷有限公司
开　　本：	890×1240　1/32
印　　张：	15.25
插　　页：	2
字　　数：	362,000
印　　次：	2018年3月第1版　2018年3月第1次印刷
ＩＳＢＮ：	978-7-5321-6416-5/I・5134
定　　价：	55.00元

告　读　者：如发现本书有质量问题请与印刷厂质量科联系　T：0512-52605406